Spiegel des Bösen

Björn Springorum, geboren 1982 in Calw, würde am liebsten am zweiten Stern rechts abbiegen, im Kleiderschrank eine neue Welt entdecken, durch einen Kaninchenbau ins Wunderland fallen, mit einem Ring unsichtbar werden, nur durch das Lesen eines Buches nach Phantásien reisen oder eine recht wagemutige Partie Quidditch spielen. Weil sich das alles als schwieriger herausstellt als gedacht, schreibt er eben solange seine eigenen Geschichten. Björn Springorum studierte Englisch und Geschichte, lebt, schreibt und liest in Stuttgart und wird von drei Katzen gehörig auf Trab gehalten.

Mehr über unsere Bücher, Autoren und Illustratoren auf:
www.thienemann.de

Springorum, Björn:
Spiegel des Bösen
ISBN 978 3 522 20230 5

Gesamtausstattung: Max Meinzold
Innentypografie: Kadja Gericke
Reproduktion: Medienfabrik GmbH, Stuttgart
Druck und Bindung: GGP Media GmbH, Pößneck

FSC www.fsc.org MIX Papier aus verantwortungsvollen Quellen FSC® C014496

BJÖRN SPRINGORUM

SPIEGEL DES BÖSEN

THIENEMANN

Für Maggie. Und meine anderen beiden Katzen.

Ich begreife nicht, wie so etwas in einem anständigen Hotel geschehen kann.
(Agatha Christie, »Der Todeswirbel«)

KAPITEL 1

DER WEG ZUM HOTEL

Da lag etwas in der Luft. Sophie spürte es sofort. Wie vor einem Gewitter, doch dafür war es hier oben viel zu kalt.

Ihr erster Impuls war, einfach umzudrehen und wegzulaufen. Runter, nur runter von diesem Berg. Das Blöde an ersten Impulsen war, dass sie einen öfter in Schwierigkeiten brachten, als vor irgendwas bewahrten.

»Hier, nimm einen Ballon!«

Sophie zuckte zusammen. Eine Fratze war vor ihr aufgetaucht. Sie bemaß den stümperhaft weiß geschminkten Pantomimen mit einem eisigen Blick. »Nein, danke«, gab sie möglichst ruhig zurück und stapfte ihren Eltern hinterher, die Hände tief in den Taschen ihres Parkas vergraben. Ihre Laune sank und sank. Sie konkurrierte so langsam mit den Temperaturen hier draußen.

Der neblige Weg von der Endstation der Bergbahn zum Hotel war voller fröhlicher Menschen, Artisten, Cocktail-Ständen und noch mehr von diesen Pantomime-Fritzen mit ihren lächerlich geknoteten Luftballons.

Schon jetzt hatte sie eine tiefe Abneigung gegen diesen Ort entwickelt. Und es wurde schlimmer: Jazz, sie hörte eindeutig Jazz. Mit jedem Schritt ein bisschen lauter. Ein bisschen quälender.

Sie hasste Jazz!

Ihr Vater eigentlich auch. Aber er schien eine gute Taktik zu haben, es sich nicht anmerken zu lassen. »Sieh mal, da vorne ist es!« Er deutete in eine Richtung und strahlte.

Jetzt sah es Sophie vor sich aus dem Nebel aufragen. Das berühmte und legendäre Grandhotel Rabenfels. Nun, zumindest, wenn sie ihrem Vater so zuhörte. Für sie war es ein Hotel, das zwanghaft versucht hatte, sich an der abgelegensten und ödesten, möglicherweise auch kältesten Stelle des Universums niederzulassen – und erfolgreich gewesen war.

Das Hotel befand sich am Ende der Welt, hoch oben auf einem schroffen und frostigen Felsplateau, umgeben von derart spitzen und steilen Bergen, dass es nicht mal als Wintersportort taugte. Wer kam freiwillig auf die Idee, hier hinaufzufahren?

Sie blieb neben ihren Eltern stehen, die gerade einen Glühwein in die Hand gedrückt bekommen hatten und von einem seltsamen Pinguin im Frack begrüßt worden waren. Sie blickte sich verwirrt um. Was war das gerade gewesen? Ihr war, als hätte sie etwas aus den Augenwinkeln gesehen.

»Ist das nicht atemberaubend«, schwärmte ihr Vater. Seine Brillengläser beschlugen vom Dampf, der aus der Tasse aufstieg. Sie hatte natürlich keinen Glühwein bekommen!

»Das ist es, Schatz.« Ihre Mutter schmiegte sich an ihn, gemeinsam standen sie da, starrten dieses Ungetüm von einem Gebäude versonnen an.

Ein Jahrhundert war es geschlossen gewesen, bis irgendein bekloppter Investor aus dem Ausland auf die Idee gekommen war, es mit allem Prunk und Getue wiederzueröffnen. 100 Jahre später, das musste man sich mal vorstellen!

Vor einigen Monaten hatte man das Hotel aus dem Ruhestand geholt. Und statt zu Hause zu sein und endlich mal mit Alex zu klären, was das eigentlich zwischen ihnen war, stand sie jetzt hier neben ihren Eltern in der Kälte und begutachtete das riesige Hotel, in dem sie die nächsten Tage verbringen sollte. Ein Häftling musste sich ganz ähnlich fühlen, bevor man ihn in seine Zelle führte. Wobei, immerhin gab es im Knast keinen Jazz und keine Pantomimekünstler. Vermutete Sophie jetzt einfach mal.

Da lag etwas in der Luft. Sophie drehte sich um. Sie konnte sich nicht erklären, was sie fühlte, doch es war, als würde sie beobachtet werden. Die weiß geschminkte Visage eines dieser affigen Schauspielers grinste sie obszön an. Er stand etwas abseits der Menge, musterte sie interessiert. Dann streckte er die Hand aus und zeigte nach oben.

Sophie ließ ihre Augen wandern: vom See zur breiten Eingangstreppe, über die Frontfassade des Hotels hinweg, einen hohen Turm hinauf …

Die Frau stand reglos da, der Blick in die Tiefe gerichtet. Ihr viel zu dünnes Kleid flatterte nervös im Wind.

Sophies Augen zogen weiter, streifte die kleinen Dachfenster, die altertümlichen Schornsteine, die …

Was?

Ihre Augen schnellten zurück zum Turm. Das hatte sie sich doch bestimmt eingebildet. Ihr Magen zog sich zusammen. Da stand tatsächlich eine Frau auf dem Turm!

Sophie starrte sie an. Es war, als würde ihr Verstand sich weigern, das Bild als real anzuerkennen. Sie blinzelte, doch die Frau war immer noch da. Seelenruhig, wie es schien. Ihr Blick schoss zurück zu dem Pantomimekünstler, doch wo er bis gerade eben noch gestanden hatte, war weit und breit niemand mehr zu sehen.

»Äh, seht ihr das?«

»Toll, nicht?«, murmelte ihr Vater, ohne überhaupt hinzusehen.

Sophie konnte die Augen nicht von diesem unwirklichen Bild nehmen. Jetzt breitete die Frau die Arme aus, machte einen Schritt nach vorn.

Die Zeit verlangsamte sich. Die Musik war plötzlich ganz weit weg, klang verzerrt, blechern, beinahe bedrohlich. Die klirrenden Gläser, das hysterische Gelächter drangen wie durch dicke Watte an ihr Ohr und hatten urplötzlich etwas Verzweifeltes. Verschwommen nahm sie die Maske eines Clowns wahr, der unverständliche Worte an sie richtete. Was hatte jetzt auch noch ein Clown hier zu suchen?

Sophie hörte nur den Wind brausen, bildete sich ein, sie könne sogar das Flattern des dünnen Kleides dort oben auf dem Turm hören.

Die Frau schaute sie an. Sophie wusste nicht, wieso sie das so sicher sagen konnte. Sie spürte es einfach.

Sie konnte nicht wegsehen. Sie konnte sich nicht bewegen. Es war wie in einem dieser Träume. Sie stand einfach nur da, starrte diese Frau an. Ihr Gesicht veränderte sich, fiel in sich zusammen. Anders konnte es Sophie nicht sagen. Ihr Körper krümmte sich, ihr Kleid verrottete an ihrem Körper. All das sah Sophie, obwohl die Frau eigentlich viel zu weit entfernt war.

Sie sprang in die Tiefe.

Da endlich schrie Sophie.

KAPITEL 2

ZIMMER 217

Die Flammen brüllten, schlugen meterhoch, verschlangen gierig alles, was ihnen in die Fänge geriet. Es loderte, es toste, es raste, es grollte. Drei Schemen tanzten wie wild umher. Das Hotel war kurz davor, in sich zusammenzufallen wie ein schlecht konstruiertes Kartenhaus. Alte Balken brachen entzwei, bis zum Dach stob der Funkenregen.

Sophie eilte durch die Flammenhölle. Sie jagte etwas. Oder wurde sie gejagt?

Ein Schemen kam auf sie zu. Eine weibliche Gestalt, zuerst nicht zu erkennen.

Sie kam näher.

Es war sie selbst. Sie selbst – und doch wieder nicht. Es war sie, aber eine Variante von ihr, aus der man all ihre guten Eigenschaften herausgesaugt hatte. All ihre Liebe, all ihre Freude. Eine leere grimmige Hülle voller Enttäuschung und Bosheit.

Sie streckte ihre Hand aus. »Komm zu uns«, sagte sie zu sich selbst. »Komm …«

Ruckartig wachte Sophie auf, bereit, um ihr Leben zu rennen. Sie konnte den Rauch riechen, fühlte, wie er in ihrer Kehle kratzte, hörte das Knistern, das Knirschen morscher Balken.

Da war kein Feuer, kein Rauch, kein versengender Tod. Keine zweite Sophie. Sie blickte sich um und wusste für einen kurzen seligen Moment nicht, wo sie sich befand. Dann fiel ihr Blick auf den Kleiderschrank, ihre achtlos hingeworfenen Klamotten, das Fenster.

Es war ein Traum gewesen. Nur ein Traum. Sie seufzte und ließ sich zurück in das viel zu weiche Kissen fallen. »Mist!«, sagte sie leidenschaftlich. Dasselbe öde Hotel in denselben öden Bergen. Dieselbe öde Aussicht aus demselben öden Fenster. Derselbe öde Tagesablauf an der Seite ihrer … ach, was sollte man da schönreden: an der Seite ihrer öden Eltern.

Ausgiebiges Strecken, Stunden zählen. Zwei Tage geschafft, zwei lagen noch vor ihr. 48 Stunden. Und die Zeit lief. In den letzten beiden Tagen war sie mehrfach drauf und dran gewesen, aus diesem trostlosen Hotel zu flüchten. Einfach mit Sack und Pack abhauen, die Bergbahn nehmen und nach Hause trampen. Sie hatte es sich verkniffen. Weshalb, wusste sie selbst nicht so genau – zumal ihr dieser Ort irgendwie nicht geheuer war. Sie konnte den Finger nicht darauf legen, hatte aber von Anfang an das Gefühl gehabt, dass hier etwas nicht stimmte.

Es hatte ja auch schon alles andere als gut angefangen. Niemand hatte ihr geglaubt, was sie bei ihrer Ankunft gesehen hatte. Es hatte offensichtlich keinen Unfall gegeben. Niemand war vom Turm gestürzt. Sie musste zugeben, dass so etwas in der Regel nicht unbemerkt geschah. Aber was zum Teufel hatte sie dann gesehen? So etwas bildete sie sich doch nicht ein.

Sie seufzte erneut. Anscheinend schon. Das hatte ihr gerade noch gefehlt. Erst die Wutausbrüche, dann diese Sache mit Alex … und jetzt auch noch Wahnvorstellungen?

Kurzer Blick auf ihr Smartphone. Vielleicht eine Nachricht von Alex? Natürlich nicht. Wäre ja auch zu schön gewesen, wenn irgendjemand letzte Nacht einen Funkmast in dieser Einöde aufgestellt hätte. Das blöde Ding versagte bockig jeden Dienst. Ihre einzige Verbindung zur Außenwelt, zur Zivilisation – ein nutzloser Klumpen Elektroschrott.

Sie warf das Telefon achtlos aufs Bett und fuhr sich durch die Haare. Sie waren lang geworden, doch ihr gefiel es. Mit geübten Bewegungen band sie sich die lockige Mähne zu einem Zopf. Dann gähnte sie erst mal ausgiebig.

Was ihr Vater an diesem heruntergekommenen Hotel so spannend fand, konnte Sophie immer noch nicht verstehen. Er war regelrecht besessen von der Geschichte des Hauses, von seiner angeblich so prunkvollen Vergangenheit, von all den Geheimnissen und Mythen, die sich um das Grandhotel Rabenfels rankten. Sogar von diesem Zimmer mit seinem tropfenden Wasserhahn und den grummelnden Rohren.

Sophie spürte rein gar nichts vom angeblichen Glanz der Vergangenheit. Für sie war das Hotel ein gewaltiger Staubfänger. Wieso eröffnete man ein Hotel wieder, wenn man mit der Renovierung noch gar nicht fertig war?

Hätte der nächste Roman ihres Vaters nicht in Australien spielen können? In New York, in der Karibik? Irgendwo anders eben als hier oben in den Bergen, mitten im Nirgendwo und abgeschnitten von allem, was Sophies Meinung nach Spaß machte …

Lange hatte sie auf ihre Eltern eingeredet. Hatte alles versucht, gefleht, monatelange Hausarbeit und bessere Schulnoten versprochen. Dann hatte sie geschrien. Das tat sie oft in letzter Zeit. In einem Moment war alles gut, dann wurde sie wütend, so wütend, dass sie es nicht kontrollieren konnte, ja es gar nicht kontrollieren wollte. Es war wie eine Woge, die sie schluckte und die Kontrolle übernahm. Danach fühlte sie sich immer schlecht, doch sie konnte nichts gegen die rote Welle tun. Rote Welle, so nannte sie es. Sie war tückisch, schlug unverhofft zu. Und hatte ihr schon oft Ärger und Kummer eingehandelt.

Wie sollte sie ihren Eltern erklären, was mit ihr los war, wenn sie es selbst nicht wusste? Sie wollte auf eigenen Beinen stehen und dann doch nicht so viel allein sein. Wer sollte das begreifen? Und dann diese Sache mit Alex. Er tat ihr nicht gut. Oder, anders gesagt: Das, was vorgefallen war, würde niemandem guttun. Ihre Eltern hatten sich ihr Verhalten eine Weile angesehen und ihr dann nahegelegt, diesen Arzt aufzusuchen. Er wäre ein Spezialist für diese Dinge, hatten sie gesagt, der beste in der Gegend sogar. Sophie hatte man nichts vormachen können. Sie wusste, dass ihre Eltern sie zu einem Psychiater schickten. Wegen ihrer Wut. Wegen ihrer Ausfälle. Wie erwartet, hatte er ihr nur eine Menge Quatsch erzählt, von wegen schwierige Phase, tief durchatmen, bis zehn zählen, bevor man etwas Unüberlegtes sagte. Sophie hatte bis sieben gezählt und war aus der Praxis gestürmt.

Sie kroch aus dem Bett, fluchte innerlich über den kalten Fußboden. Dann stutzte sie. Sie hatte das erste Mal nicht von dieser Frau auf dem Turm geträumt.

Gut, stattdessen von einem verheerenden Feuer und einer wirklich unangenehmen Begegnung mit sich selbst. Sophie wusste also nicht, ob das in irgendeiner Weise als Verbesserung durchging. Zu ihrem Wohlbefinden trug dieser Ort jedenfalls nicht bei, so viel stand fest. Es interessierte aber niemanden.

»Habt ihr schon gefrühstückt?«, rief sie, als sie sich Socken und diese stets zu großen und unbequemen Hotelhausschuhe anzog. »Ich hab Hunger.«

Stille.

Typisch! Sie waren wahrscheinlich mal wieder so vertieft, dass sie gar nichts anderes wahrnahmen. Sophie öffnete die Verbindungstür zum Zimmer ihrer Eltern. Es war leer.

»Mama? Papa? Wo steckt ihr denn wieder?«

Keine Antwort. Ein Blick ins Badezimmer – leer.

Die Bettwäsche war offensichtlich benutzt, die Lesebrille ihres Vaters lag wie immer auf einem Bücherstapel auf dem Nachttisch, Notizbücher und ein heilloses Durcheinander an Zetteln und alten Fotos bevölkerten einen kleinen Nebentisch. Waren sie ohne sie zum Frühstück gegangen? Eine Runde spazieren? Wahrscheinlich kroch ihr Vater gerade durch irgendwelche Heizungsschächte, um dem angeblichen Phantom des Hotels auf die Schliche zu kommen. Für Sophie war diese Legende nur ein billiger Vorwand, um überhaupt noch Menschen nach hier oben zu locken. Menschen wie ihren Vater. Er war der Idee des unbekannten Gastes, der in den Anfangsjahren des Hotels unbemerkt durch die Flure gestrichen war und angeblich eine Suite in einem entlegenen Flügel bewohnt hatte, mit Haut und Haar verfallen.

Ihre Klassenkameradinnen fanden es ganz spannend, dass ihr Vater relativ erfolgreiche Romane schrieb. Sie fand es einfach nur lästig.

Gut, dann würde sie eben im Frühstücksraum nach ihnen suchen. Kopfschüttelnd griff sie zur Türklinke – und stockte.

Die Tür war verschlossen. Doch das wirklich Seltsame daran war: Der Schlüssel steckte von innen.

Eine Weile blickte Sophie den Schlüssel an, als wäre er ein fremdartiges Insekt. Sie rüttelte wieder an der Klinke. Eindeutig verschlossen.

Sophie sah sich um, obwohl sie längst wusste, dass es keine andere Tür zum Flur in diesem Zimmer gab. Und durchs Fenster wären ihre Eltern wohl kaum ins Freie geklettert.

Sie fühlte eine leichte Gänsehaut auf ihrem Nacken, drehte den Schlüssel langsam im Schloss um. Ein sattes Klacken ertönte. Die Tür war offen.

Sie drückte die Klinke hinunter. Mit einem mulmigen Gefühl öffnete sie die quietschende Tür.

Kapitel 3

DIE HOTELHALLE

Endlose Korridore. Leere Gänge. Ihre Schritte geschluckt von durchgelaufenen dicken Teppichen voller Löcher. Bei ihrer Ankunft war es hier noch richtig trubelig gewesen, laut und voller Leben. Jetzt kam ihr das Hotel sehr einsam vor. Stiller. Dunkler. Irgendwo knarrte es.

Die Saison endete schon in zwei Tagen. Sophie und ihre Eltern gehörten zu den letzten Gästen, bevor das Hotel für die Wintermonate geschlossen und erst im Frühjahr erneut geöffnet wurde.

Ihr kam es schon jetzt so vor, als wäre das Hotel geschlossen. Ein abgestandener Geruch hing in der Luft. Schwer, muffig, verdorben. Schon bei ihrer Anreise war er ihr unangenehm in die Nase gekrochen und hielt sich hartnäckig. Ihr Vater hatte mit Nachdruck darauf bestanden, ein Zimmer im alten Flügel des Hotels zu bekommen. Mit anderen Worten: In dem Teil des Hotels, der noch nicht in den Genuss einer umfangreichen Modernisierung gekommen war. Regenwalddusche, Flatscreens, WLAN, dieser Kram eben. »Auf gar keinen Fall!«, hatte er abwinkend ausgerufen, als der Empfangschef sie in eines der besseren Zimmer umquartieren wollte. Wie sollte er denn da den wahren Geist des Hotels einfangen? Nach Sophies Ansicht waren das Einzige, was sie sich hier einfangen konnten, eine Erkältung und eine bedenkliche Menge an Schimmelsporen.

Missmutig stapfte sie voran. Vorne links, den Korridor entlang, dann rechts und um die Ecke mit dem verdorrten Blumenschmuck zum Fahrstuhl. Sie kannte den Weg längst auswendig. Mit dem kleinen, aber feinen Unterschied, dass dort kein Fahrstuhl war. Sophie starrte auf eine Zimmertür, als wäre es die erste Tür, die sie in ihrem Leben sah. Nach zwei Tagen in diesem Hotel hätte sie den Weg in die Hotelhalle und dann weiter zum Frühstücksraum blind gefunden.

Dennoch musste sie falsch abgebogen sein.

Verwirrt hielt sie inne. Zaghaft blickte sie sich nach allen Seiten um. Sie wurde das Gefühl nicht los, dass sie beobachtet wurde. Aber von wem? Außer ihr, ihrem Spiegelbild in einem der großen Wandspiegel und den übellaunigen Porträts an den Wänden war weit und breit niemand zu sehen.

Sie ging zurück, fand problemlos ihre Zimmertür wieder. Zimmer 217. So weit, so gut. Der nächste Versuch endete vor einer Wand, von der sie hätte schwören können, dass sie am Vorabend noch nicht existiert hatte.

Was war an diesem Morgen nur los mit ihr? Für gewöhnlich war Sophie durch nichts aus der Ruhe zu bringen, hatte stets eine vernünftige Erklärung parat. Es musste dieser grässlich langweilige Ort sein, der sie verwirrte. Das – und ihre Eltern, die sich seit ihrer Ankunft noch unmöglicher verhielten als sonst.

Im dritten Anlauf fand sie endlich den richtigen Weg durch dieses Gewirr an leeren Gängen, Zimmern und toten Blumenarragements voller Spinnweben. Vor dem Aufzug saß ein dicker alter Mann auf einem durchgesessenen Korbsessel. Er schwitzte. Sie grüßte höflich und lächelte ihm zu, doch er ignorierte sie, den Blick geradewegs durch sie hindurch auf ein grimmig dreinblickendes Porträt gerichtet. Eine erloschene Zigarre hing schlaff in seinem Mundwinkel.

Als sie weiterging, hatte sie das Gefühl, dass ihr nicht nur der dicke Mann im Sessel hinterherschaute. Langsam schien es ihr gar nicht mehr so abwegig, was ihr Vater gestern erzählt hatte. »Hotels sind übersinnliche Orte, in denen viele ihr Leben ließen, da spukt es von Natur aus. Ein Grandhotel vergisst nie. Seine Wände haben mehr Geheimnisse gehört als ein Priester. Was sie uns wohl erzählen würden, wenn sie sprechen könnten?«

Klagend setzte sich der Fahrstuhl in Bewegung. Auch er schien über Nacht in die Jahre gekommen zu sein, ruckelte und stöhnte, als wäre er seit 50 Jahren nicht gewartet worden. Sophie kam sich vor wie ein rußgeschwärzter Minenarbeiter, der in einem Lastenaufzug tief hinein in eine lichtlose Unterwelt geschickt wurde. Grandhotel Abgrund … wäre das nicht der passendere Name für diese altersschwache Ruine? Grandhotel Rabenfels klang wie aus einem billigen Gruselroman. Na gut, auch dazu passte dieses Gebäude irgendwie.

War ihr das bisher einfach nicht aufgefallen oder hatte man in diesem Fahrstuhl immer schon das Gefühl gehabt, jeden Augenblick abzustürzen? Nein, gestern war er noch wie geschmiert gelaufen, ganz sicher. Mit flauem Gefühl im Bauch klammerte sie sich an der angelaufenen Messingstange fest, die Augen auf den langsam nach links zuckelnden Zeiger der Stockwerkanzeige gerichtet, als wollte sie ihn hypnotisieren.

Ein heftiger Ruck. Ein bedrohliches Wanken. Dann stand der Aufzug still. Wenn dieses Ding jetzt auch noch stecken blieb!

Sophies Blick schoss nervös zu der Stockwerksanzeige. Scheinbar hing sie zwischen der ersten und zweiten Etage fest. Sophies Atem beschleunigte sich, mühsam zwang sie sich zur Ruhe. Der Notruf … Es gab doch immer einen Notruf in Aufzügen.

In diesem nicht.

Unruhig hämmerte Sophie auf die Knöpfe der einzelnen Stockwerke ein. Sie spähte durch den kleinen Spalt der Aufzugstüren. Offensichtlich hing sie wirklich zwischen den Etagen fest. Sophie ging näher an den Spalt heran, versuchte, im Dämmerlicht dahinter etwas zu erkennen.

Plötzlich huschte ein Schatten in der Dunkelheit hinter den Türen vorbei. Sophie machte einen Satz zurück und prallte schmerzhaft gegen die Rückwand des Aufzugs. Dröhnend setzte dieser sich wieder in Bewegung.

Ein kurzes Bimmeln. Endlich. Der Fahrstuhl kam rasselnd und rumorend zum Stillstand, die Türen bewegten sich langsam zur Seite. Nur widerwillig, so schien es, gab diese betagte Maschine ihre Beute wieder frei.

Kurz durchatmen. Umsehen. Keine Spur von ihren Eltern. Dennoch war sie fürs Erste heilfroh, diesem rumpelnden Gefängnis entkommen zu sein. Sie setzte einen unsicheren Schritt vor den anderen, die breite Treppe in die Hotelhalle hinab. Vor ihr sollen bereits Filmstars, Wirtschaftsbosse und Prinzessinnen diese steinernen Stufen benutzt haben. Es musste sehr, sehr lange her sein. Die Hotelhalle war sorgsam restauriert worden. Dennoch schien Sophie an diesem Morgen alles irgendwie verwahrloster, abgelebter. Wieso war ihr das zuvor nicht aufgefallen?

Durch eine gläserne Kuppel fiel diffuses Licht in großen Säulen herein, Staubkörner vollführten ein chaotisches Ballett darin. Das Mobiliar war edel, aber abgenutzt, die Goldverzierungen verblasst, die Teppiche abgewetzt. Es war, als hätte man ein Tuch weggezogen – und mit ihm all den Glanz. Nur die Spiegel, stellte Sophie milde erstaunt fest, waren anders. Die Spiegel glänzten ausnahmslos blitzblank.

Aus dem Speisesaal drang klassische Musik herüber. Seltsam verzerrt und leiernd, als spielte man sie zu langsam ab. Dann erinnerte sie sich daran, dass der Speisesaal von einem kleinen Kammerorchester beschallt wurde. Ob man auch echte Musiker zu langsam abspielen konnte? Ein Blick in den hohen Raum, in dem vereinzelt Menschen saßen und frühstückten –, nichts.

Überall schoben Pagen mit schicken Mützchen vergoldete Kofferwägen durch die Gänge, auf denen sich bergeweise Gepäck türmte. Die Drehtür wehte in unregelmäßigen Abständen kühle Herbstluft in die Halle hinein, hin und wieder schraubte sie auch einen Gast nach draußen.

Massive Zimmerschlüssel aus Messing wanderten aus der Hand der Gäste zurück in die großen Kästen hinter der Rezeption, das Geräusch gekünstelter Verabschiedungen und eilig gekritzelter Unterschriften erfüllte die Halle. Alles schien so zu sein, wie man es von einem großen, teuren und bedeutenden Hotel erwartete. Mit einem Unterschied: An diesem Morgen kam es Sophie so vor, als wäre die Betriebsamkeit nur vorgetäuscht. Als hätte es nicht funktioniert, diesen seit 100 Jahren schlafenden Riesen zu wecken.

Sophie hatte eine gute Vorstellung davon, wie lebendig das Hotel zu seinen Glanzzeiten gewesen sein musste. Jetzt war nicht mehr als ein Schatten davon übrig.

Sie verspürte einen Stich. Einen kurzen bitteren Moment wurde sie von dem betäubenden Gefühl geflutet, allein zurückgelassen worden zu sein. Sophie Schuster, der letzte Gast im

Grandhotel Abgrund. Bald nur ein weiterer Geist in diesen verlassenen Korridoren …

Sie schüttelte den Kopf über sich selbst und wandte sich schnurstracks dem nächsten Rezeptionisten zu. Die von einem grässlichen Hut und violetten Haaren verunstaltete Dame, in die Sophie unabsichtlich stolperte, zuckte nicht einmal mit der Wimper und stolzierte mit ihren peinlich hohen Schuhen weiter, als wäre nichts geschehen. Ein winziger fiepender Hund folgte ihr an einer silbernen Leine.

»Entschuldigung«, murmelte Sophie und starrte ihr irritiert hinterher. Ihr Vater hatte ihr einiges von der Hochnäsigkeit gewisser Hotelgäste erzählt. Schon die letzten Tage war es Sophie gewohnt gewesen, eher belächelt als ernst genommen zu werden. Aber dass man sie komplett wie Luft behandelte, war selbst für sie neu. An diesem Morgen schienen wirklich alle mit dem falschen Fuß aufgestanden zu sein.

»Verzeihen Sie«, wandte sie sich an den Rezeptionisten, der hinter dem holzvertäfelten Empfang im grünen Schein einer Glaslampe geschäftig Briefe in Umschläge gleiten ließ. »Können Sie mir sagen, ob Herr Schuster eine Nachricht für mich hinterlassen hat? Ich bin seine Tochter.«

Keine Reaktion.

»Hallo?«, fragte Sophie verwirrt und langsam auch ungehalten. Durfte man in einem unverhältnismäßig teuren Hotel wie diesem derart ignorant mit Gästen umgehen? »Mein Name ist Sophie Schuster, ich bin Gast hier. Zimmer 217. Können Sie mir bitte sagen, ob …«

Weiter kam sie nicht. In Eile schob sich ein Mann an ihr vorbei. Ohne sie zu beachten, knallte er seinen schweren Schlüssel auf die Marmorplatte der Rezeption und schwang seinen Schal in einer schwungvollen, aber einstudierten Bewegung über die

Schulter. »Auschecken, bitte«, schnappte er, »ich habe nicht den ganzen Tag Zeit.«

Wie eine Aufziehpuppe erwachte der Rezeptionist zu unterwürfigem Leben. Er verbeugte sich. »Aber natürlich, Herr Botschafter«, näselte er höflich und deutete eine Verbeugung an. Er schnippte mit dem Finger und beorderte ein paar flinke Pagen herbei, die sich sofort am Gepäck des arroganten Gastes zu schaffen machten. »Ich hoffe, alles war zu Ihrer Zufriedenheit?«

Der Botschafter brummte ein »Ja« und sah direkt durch Sophie hindurch in die Halle hinein. Sie starrte reichlich verwirrt in das strenge Gesicht. Der Botschafter schien sie tatsächlich nicht wahrzunehmen.

Sophie machte einige zögerliche Schritte zurück und schaute sich um. Der gigantische Kronleuchter, der sich über ihr in die Höhe reckte, zitterte leicht und klirrte bei jedem noch so kleinen Lufthauch. Staub rieselte herab. Ein ganz und gar ungutes Gefühl machte sich in ihr breit. War sie denn plötzlich unsichtbar geworden?

»Hallo?«, rief sie testweise und drehte sich langsam im Kreis. »Hört mich denn niemand?«

Ihr Blick fiel auf eine dieser runden Klingeln, mit denen man nach Personal rufen konnte. Sophie drängte sich nicht gern auf und stand noch weniger gern im Mittelpunkt. Diese Sache kam ihr jedoch viel zu seltsam vor. Und seltsame Ereignisse erforderten bisweilen drastische Maßnahmen.

Das schrille Klingeln gellte durch die Empfangshalle. Wie besessen hämmerte Sophie mit der flachen Hand auf die Klingel ein, hörte erst auf, als ihre Ohren von dem durchdringenden Geheule summten. Erwartungsvoll sah sie sich um.

Nichts.

Gäste reisten ab, Koffer wurden verladen, Rechnungen bezahlt, Schnurrbärte gekämmt, in Teetassen gerührt und Hüte zurechtgerückt. Niemand nahm von Sophie Notiz. Ein Teil von ihr hielt das alles für einen schlechten Scherz, einen Irrtum, eine makabre Inszenierung. Ein weiterer Teil war der Unsicherheit längst verfallen. Sie leckte sich nervös über die Lippen. Wie ein in die Enge getriebenes Tier blickte sie in der Halle hin und her. Ohne es zu merken, tat sie einige Schritte rückwärts, wieder in Richtung Fahrstuhl.

Sie zwang ihren schnaufenden Atem mühsam unter Kontrolle. Es musste doch für alles eine Erklärung geben! Am besten, sie ging erst mal wieder auf ihr Zimmer. Gezwungen ruhig schritt sie die Treppe hinauf. Vielleicht waren ihre Eltern zwischenzeitlich zurückgekehrt und alles würde sich aufklären.

Sie wandte sich um – und stand direkt vor dem geöffneten Fahrstuhl. Ohne nachzudenken, eilte sie die Treppe weiter zu Fuß hinauf. Keine zehn Pferde würden sie noch mal in dieses Gefährt kriegen.

Kapitel 4

Zimmer 217

Sophie rannte. Die letzten Meter vor ihrem Zimmer hatte eine schier übermächtige Hoffnung Besitz von ihr ergriffen.

Bestimmt waren ihre Eltern längst wieder da. Bestimmt war alles vernünftig zu erklären. Vielleicht hatten sie nur einen kleinen Spaziergang gemacht. Und vielleicht war Sophie in der Hotelhalle ja in Dreharbeiten für irgendeine kitschige Fernsehserie gestolpert. Ja, das musste es gewesen sein. Ihr Vater hatte ihr erzählt, dass das Hotel als Kulisse für mehr als einen Kinofilm gedient hatte.

Sie verlangsamte ihre Schritte.

Und wenn nicht?

Hinter der nächsten Ecke stand der Korbsessel. Er war leer, der dicke Mann verschwunden. Und nicht nur das: Auch der Bilderrahmen, aus dem sie vorhin noch dieser düstere Kerl angeblickt hatte, war leer. Von einem Porträt keine Spur!

Vor der Tür zu Zimmer 217 blieb sie stehen, hielt den Atem an und lauschte. Nichts. Das musste nichts bedeuten, die Türen waren recht dick. Außerdem konnte es gut sein, dass ihre Eltern schon wieder tief in ihren Büchern versunken waren. Was Sophie jetzt darum geben würde, die beiden genau so vorzufinden!

Sie drehte den Schlüssel im Schloss, spürte, wie sich der Mechanismus in Bewegung setzte und mit einem satten Geräusch aufschnappte.

Sie öffnete die Tür und betrat das Zimmer.

Es war verlassen.

»Mama? Papa?«, rief sie, legte aber keine Hoffnung in ihr Rufen. Das Zimmer war leer, das spürte sie sofort.

Jedes noch so kleine Detail brannte sich mit akkurater Genauigkeit in Sophies Gedächtnis ein. Die knarzenden Dielen, die zerwühlte Bettdecke, die Blumenvase, der Spiegel an der Tür, die Frau, die sich darin spiegelte.

Sophie erstarrte. Sie zitterte am ganzen Leib, hätte am liebsten laut aufgeschrien. Langsam drehte sie sich um. Gegen ihren Willen und ihre Sturm läutende Angst zwang sie sich dazu, in den Spiegel an der Tür zu blicken.

Nichts. Da war nichts. Nur ein leeres Zimmer und sie selbst, mit weit aufgerissenen Augen und dem Schlüssel in der Hand.

Schwer atmend trat sie auf den Spiegel zu, befühlte ihn. Ihr Spiegelbild weigerte sich glücklicherweise, von diesen Bewegungen abzuweichen. Von der Frau fehlte jede Spur. Wieder einmal kam ihr etwas in den Sinn, das ihr Vater von sich gegeben hatte. »Hotels sind abergläubische Orte«, hatte er gesagt. »In ihnen gibt es weder ein Zimmer 13 noch Spiegel an den Innenseiten der Zimmertüren – sonst könnten die Seelen der Verstorbenen nicht entweichen.« Hier in diesem Zimmer schien man es mit Fluchtwegen für Seelen anscheinend nicht allzu genau zu nehmen.

Sophie dachte an den hungrigen Ausdruck auf dem Gesicht der Frau. An die pechschwarzen Augen, die sie gemustert hatten. Für einen kurzen Moment hatte sie das Gefühl gehabt, dieses Gesicht zu kennen. Aber woher? Das war ganz und gar unmöglich.

Was machte sie da nur? Sie war doch sonst nicht solch ein Angsthase. Na ja, sonst war sie ja auch nicht verlassen in einem Hotel, das fleißig so tat, als würde sie nicht existieren. Sie fasste sich ein Herz und suchte das gesamte Zimmer nach Merkwürdigkeiten ab. Nachdem sie nichts Ungewöhnliches festgestellt hatte, verschloss sie die Tür, verhüllte nach kurzer Überlegung den Spiegel an ihrer Rückseite mit einem Morgenmantel und kuschelte sich in die Bettdecke ihrer Eltern. Ein Hauch des Parfums ihrer Mutter hing darin fest. Fühlte es sich so an, wenn man Angst um jemanden hatte? Dieses ohnmächtige Gefühl, diese nagende Ungewissheit? Wenn Sophie überlegte, wie oft sie viel später nach Hause gekommen war als abgemacht … war das nicht im Grunde dasselbe?

Schlafen. Sie wollte nur noch schlafen, aufwachen und feststellen, dass all das nur ein weiterer verstörender Traum gewesen war.

Das mit dem Schlafen klappte ganz gut. Doch in ihren Träumen erhielt sie wieder Besuch von der Dame, die sie durch endlose Korridore voller Echos und böser Erinnerungen jagte.

Hinter einer Ecke stand Sophie vor einem lebensgroßen Porträt. Es war sie selbst, grausig eingefangen von einem Albtraummaler. Die Augen unnatürlich weit aufgerissen, die Haut aschfahl. Hinter ihr loderte das Feuer, verzehrte das Hotel und alle, die sich in ihm befanden. Verzweifelte Schreie, der Geruch von verbrannter …

Mit einem Ruck wachte Sophie auf, saß kerzengerade im Bett. Genug davon! Entschlossen schlüpfte sie in andere Klamotten, trabte ins Bad, spritzte sich kaltes Wasser ins Gesicht und sah sich ruhig im Spiegel an. Ihr Spiegelbild blickte ihr entgegen. Sonst nichts.

Dieses Hotel würde ihr keine Angst mehr einjagen. Sie war Sophie Schuster, verdammt, sie hatte doch eigentlich vor nichts Angst. Gut, vor Mathearbeiten und diesen großen Spinnen mit den dicken Körpern vielleicht. Aber sonst …

Erneut betrat sie die Flure des Hotels. Ihre Eltern konnten schließlich nicht vom Erdboden verschluckt worden sein. So etwas passierte nur in albernen Filmen und Büchern. Und selbst da gab es meist eine Erklärung dafür. Über den dicken Teppich schritt sie bestimmt voran, fand das Treppenhaus diesmal gleich beim ersten Versuch. Na also, endlich mal ein gutes Zeichen. Mit wachsender Entschlossenheit lief sie die breite Treppe in die Empfangshalle hinab.

KAPITEL 5

DIE HOTELHALLE

Vom Trubel des Morgens war nicht mehr viel übrig geblieben. Ein wenig hing es noch in der Luft, das Leben, das die Halle vorhin noch erfüllt hatte. Jetzt war Stille eingekehrt. Sophie wusste ja längst, dass das Hotel in zwei Tagen schloss. Sie hätte nur nicht damit gerechnet, dass es sich so schnell leerte.

Sie schaute nach links. Sie hätte schwören können, aus dem Augenwinkel eine Gestalt wahrgenommen zu haben, hatte ihre Blicke förmlich gespürt. Aber da war niemand. Wahrscheinlich lag das an den endlos vielen Spiegeln, die hier überall hingen. Man spiegelte sich ständig in ihnen – und schon dachte man, da wäre jemand.

»Ganz ruhig jetzt«, sagte sie leise zu sich selbst und ging weiter.

Sie war noch nie jemand gewesen, der sich den Spaß und das Abenteuer an einer Sache nehmen ließ. Seit sie mit zehn Jahren einen Abenteuerroman ihres Vaters verschlungen hatte, war es immer ihr größter Wunsch gewesen, Entdeckerin zu werden. Mittlerweile, mit 15, hatte sie einsehen müssen, dass die großen Zeiten der Entdecker vorbei waren. Dennoch wollte sie später irgendetwas machen, bei dem sie möglichst wenig Zeit hinter einem Schreibtisch verbringen musste. Ganz anders eben als ihr Vater. Die Schatten in der Halle waren merklich länger geworden, außer ihr und einem alten Herrn in einem Korbsessel hielt sich hier kaum jemand auf. Ein Kellner verließ den Speisesaal mit einem leeren Tablett. Irgendwo wurde eine Tür zugeschlagen.

Nach allem, was Sophie über Tageszeiten wusste, musste es später Nachmittag sein. Dabei hatte sie kaum eine Stunde geschlafen, wenn ihr nutzloses Telefon nicht log. Sie hätte auch schwören können, dass die Rezeption vorhin noch auf der anderen Seite des Raumes stand. Und wieso kam es ihr eigentlich ständig so vor, dass man sie beobachtete, wenn sie doch offensichtlich unsichtbar für alle war?

An der Drehtür erblickte Sophie die alte Dame mit dem grotesken Hut und den violetten Haaren. »Ich werde zur Zahnradbahn gehen«, teilte sie einem Kellner in gewichtigem Tonfall mit. »Man erwartet mich in einer dringenden Angelegenheit im Tal. Servieren Sie trockenen Sherry bei meiner Rückkehr. Und nehmen Sie bitte nicht die kleinen Gläser. In Ihrem Haus bekommt man ja den Eindruck, dass jede Münze zweimal umgedreht werden muss.«

Aber natürlich. Die Drehtür! Die Bergbahn! Wieso war sie nicht schon früher darauf gekommen? Sie eilte auf die Tür zu, erneut keimte Hoffnung in ihr auf. Vielleicht waren ihre Eltern ja draußen am See. Vielleicht waren sie sogar mit der Zahnradbahn hinunter ins Dorf gefahren, um etwas zu besorgen, und aus irgendeinem Grund aufgehalten worden. Möglicherweise hatten sie auch einfach mal wieder vergessen, Sophie Bescheid zu sagen.

Sie stolperte in die vergoldete Drehtür, drückte sie ungeduldig auf und ließ sich quälend langsam in die kalte Herbstluft hinausbefördern.

Kapitel 6

Der See

Trüb kauerte der Nebel über dem See, die umliegenden Berge lagen hinter den dichten Schwaden verborgen. Sophie war das einerlei. Sie hielt nichts vom viel gerühmten majestätischen Panorama der Alpen, brauchte die angeblich gesunde Höhenluft nicht, um sich gut zu fühlen, und fand Bergwandern so spannend wie Hausaufgaben machen.

Jetzt hätte sie nichts gegen ein bisschen Sonnenschein gehabt. Das trübe Wetter schlug mächtig aufs Gemüt, zudem würde sie ihre Eltern nicht mal dann sehen, wenn sie nur ein paar Meter von ihr entfernt auf sie warteten. »Mama? Papa?«, rief sie testweise. Ihre Stimme wurde seltsam verzerrt zurückgeworfen. Alles, was recht war, aber das klang ganz schön gespenstisch.

Sie lief ans Ufer des Sees. Alles lag verlassen da, als hätte der Nebelschleier das Leben hinter sich verborgen. Schon jetzt war es schwer zu glauben, dass hier sonst ein hohes Aufkommen an Spaziergängern und anderen Müßiggängern geherrscht hatte. Auch wenn es Unsinn war, wurde Sophie das Gefühl nicht los, dass irgendetwas vorgefallen war. Irgendetwas, das jeder im Hotel mitbekommen hatte. Jeder außer ihr.

Sie schlug den Weg zur Zahnradbahn ein – oder hoffte zumindest, ihn zu finden. Sie war die einzige Möglichkeit, das Tal zu erreichen. Zumindest dann, wenn man keine Lust auf einen lebensgefährlichen Abstieg entlang steiler Klippen und bodenloser Abgründe verspürte. In zwei Tagen würde sich die betagte Bahn ein letztes Mal knirschend in Bewegung setzen, um die verbliebenen Gäste aus dem Hotel zurück in den sicheren Hafen der Zivilisation zu befördern. Danach würde hier alles noch ruhiger, noch verlassener und noch gespenstischer werden. Kaum vorstellbar eigentlich.

Wenn ihre Eltern nicht bald wieder auftauchten, würden sie hier oben überwintern müssen. Die nagende Furcht, dass ihnen etwas zugestoßen war, dass hier irgendetwas Unerklärliches passiert war, schluckte sie hinunter. Zunächst mal war es besser, einfach nur sauer auf ihre Eltern zu sein. Das machte es leichter.

Mit jedem Schritt wurde der Nebel dichter. So etwas hatte Sophie noch nie erlebt: Schon nach wenigen Metern konnte sie das Seeufer nicht mehr sehen, kurz darauf wurde ihre ausgestreckte Hand vollständig vom Nebel geschluckt. Würde man es überspitzt formulieren wollen, könnte man denken, dass jemand etwas dagegen hatte, dass sie das Hotel verließ.

Und da war noch etwas. Sophie blieb stehen und horchte. Da waren Stimmen im Wind. Verzerrte Stimmen. Vergeblich spähte Sophie in die trübe Suppe vor sich.

»Mama? Papa?«, rief sie ein weiteres Mal. Der Nebel verschluckte ihre Worte, gab sie tonlos und dumpf wider. Als ob sie Watte im Mund hätte.

Was war das nur? Merkwürdige Laute drangen an ihr Ohr.

Mal klangen sie wie Stimmen, mal wie ein Zischeln. Da! Sie hatte es genau gesehen. Irgendwo vor ihr waren drei Schemen aus dem Nebel aufgetaucht. Drei zuckende Figuren, die ruckartig näher kamen und immer wieder im Nebel verschwanden. Als würden sie untertauchen und sich heimlich an sie heranpirschen.

Eine Weile sah sie diesem seltsamen Schauspiel zu. Dann merkte sie plötzlich, wie dumm sie war. Mittlerweile waren die Schemen ganz nah, sie staksten auf sie zu. Fast hatten sie sie erreicht! Sie wandte sich um und eilte los. Kein Blick zurück. Wer oder was auch immer hinter ihr war: Es waren eindeutig nicht ihre Eltern.

Sophie floh im Blindflug, hoffte inständig, in dieser trüben Brühe nicht vom richtigen Weg abzukommen und als tragische Überschrift in der Zeitung zu enden. Der tiefe Abgrund lag bekanntlich gleich hinter dem See. *Tragischer Unfall beim Grandhotel Rabenfels. Junges Mädchen stürzt ins Verderben.*

Bloß weg hier.

Das übermächtige Gefühl, verfolgt zu werden, zwang sie fast in die Knie. Schon auf den endlosen Hotelfluren war es ihr so vorgekommen, als würde sie jemand beobachten, ihr nachstellen. Jetzt war dieses Gefühl unerträglich, war zur Gewissheit geworden. Sie hörte nicht auf zu rennen, bis sie die Lichter des Hotels endlich durch den Nebel aufleuchten sah. Wirklich beruhigend waren die allerdings auch nicht. Die dunklen Fenster der alten Fassade blickten missmutig, ja geradezu feindselig auf sie herab.

Sophie nahm zwei Stufen der Treppe auf einmal, stürmte durch die empört quietschende Drehtür, stürzte in die Halle, nahm in ihrem Tempo nicht den Schemen wahr, der sich rasch aus Richtung der Rezeption näherte. Und kollidierte mit voller Geschwindigkeit.

Kapitel 7

DIE HOTELHALLE

Als Sophie aufblickte, hatte sich eine seltsame Gestalt über ihr aufgebaut. Ein hagerer, krumm gewachsener Mann mit einem langen schwarzen Frack, langen Armen und einem langen Hals. Ein Kopf ruhte auf ihm, der unter anderen Umständen vielleicht sogar ganz ansehnlich gewesen wäre, aber von fransigem Haar und einem dieser spitzen Schnurrbärte drangsaliert wurde. Hätte man jemals einen Pinguin gezwungen, als Vogelscheuche zu arbeiten, würde das Ergebnis wohl ganz ähnlich aussehen.

Sie rappelte sich auf, rieb sich die schmerzende Schulter und warf einen angstvollen Blick durch die Drehtür. Nichts. Selbst der Nebel schien sich nach seiner plötzlichen Attacke langsam zurückzuziehen. Sophie wurde das alberne Gefühl nicht los, dass das kein Zufall gewesen war.

»Ist Ihnen etwas passiert, Mademoiselle?«

Im ersten Moment dachte Sophie, dieser komische Kauz spräche mit jemand anderem. Sie blickte über ihre Schulter, doch da war niemand.

»Mademoiselle, so antworten Sie doch! Haben Sie sich wehgetan?«

»Meinen … meinen Sie mich?«, fragte sie zaghaft.

Der dürre Mann strich sich über seinen ähnlich dürren Bart. Sophie bemerkte seine eingerissenen Fingernägel, seine schmutzige Fliege und die beiden gekreuzten Goldschlüssel auf der Brusttasche seines Fracks. Er sah reichlich mitgenommen aus, wenn man es genau nahm. »Selbstverständlich«, intonierte er mit seiner weichen Stimme. »Oder sehen Sie hier noch andere junge Damen, die auf äußerst bedauerliche Weise meinen Weg gekreuzt haben?«

»Äh, nein«, erwiderte Sophie perplex. »Es ist nur …«

»Nur … was?« Der Mann musterte sie neugierig.

»Ach, nichts!«, sagte Sophie. Und im nächsten Moment war sie ihm um den Hals gefallen.

Unbeholfen klopfte er ihr auf die Schulter. »Aber, aber, was haben wir denn hier?«

Es sprudelte aus Sophie heraus wie ein Wasserfall. Das Verschwinden der Eltern, ihre plötzliche Unsichtbarkeit, der Nebel. Unendlich erleichtert, wieder wahrgenommen zu werden, erzählte sie ihm alles, ohne darüber nachzudenken, wie diese absurde Geschichte auf ihn wirken musste.

»Nun, Mademoiselle«, begann er ernst. »Als Concierge des Grandhotel Rabenfels bin ich natürlich bestens über alle Vorgänge informiert.« Kurze Pause. »Über *alle*, wenn Sie verstehen.« Er nahm sie am Arm und führte sie an hohen Spiegeln vorbei in eine verlassene Ecke der Hotelhalle. Er hatte einen staksigen, schwankenden Gang, was Sophie erneut an eine Vogelscheuche denken ließ. Oder an einen angetrunkenen Kreuzfahrtpassagier bei starkem Seegang. »Doch ich fürchte, es gibt Dinge in diesem Hotel«, fuhr er mit gesenkter Stimme fort, nachdem er sich prüfend umgesehen hatte, »die auch ich nicht erklären kann. Und schon gar nicht erklären darf.«

»Was meinen Sie?«

Der Concierge senkte seine Stimme auf ein Flüstern herab. »Ich weiß, was Ihnen passiert ist, und ich kann Ihnen helfen. Doch Sie müssen mir vertrauen. Ich beschwöre Sie, Mademoiselle, Sie müssen mir von ganzem Herzen vertrauen. Andernfalls kann ich nichts für Sie und Ihre armen Eltern tun.«

Irgendwo in der Halle ertönte ein Klirren. Der Concierge fuhr herum. »Es ist gefährlich«, wisperte er und schob sie gehetzt weiter, bis sie vor einem Spiegel zum Stehen kamen. Argwöhnisch blickte Sophie hinein. Da war nichts. Wer hätte gedacht, dass man Spiegeln gegenüber so schnell so misstrauisch werden konnte? »Ich dürfte Ihnen gar nicht helfen, doch ich sehe es als meine Pflicht an, meinen Gästen im Guten wie auch im Schlechten zur Seite zu stehen.« Er hob das Kinn, reckte die Brust und deutete mit seinen lädierten Fingern auf das Emblem mit den gekreuzten Schlüsseln. »Nicht umsonst bin ich der Concierge dieses Hotels.«

Sophie fiel es schwer, ruhig zu bleiben. Von ihrem Vater wusste sie zwar, dass der Concierge so etwas wie die gute Seele eines Hotels war, einer, der sich um das Wohlergehen aller Gäste kümmerte und ihre geheimsten Wünsche erfüllte. Sie hatte sich einen Concierge bisher allerdings eleganter vorgestellt. Und sauberer.

»Aber was ist denn mit mir passiert?«, fragte sie ungeduldig. »Warum sieht mich niemand? Und … und was ist mit meinen Eltern?«

Der Concierge legte einen langen Finger auf seine Lippen. »Nicht jetzt. Nicht hier. Ich werde Ihnen helfen, so gut ich kann. Das habe ich den anderen auch versprochen.«

»Den *anderen*?«

Erneut sah sich der hochgewachsene Mann mit ruckartigen Kopfbewegungen um. Diesmal wirkte er wie ein nervöser Rabe. Er deutete ein knappes Nicken an. »Suchen Sie in den Kellern nach ihnen. Der Zugang befindet sich hinter der Bar. Gleich dort, wo es zu den Personalquartieren geht. Und dann warten Sie, bis ich Ihnen sage, was Sie zu tun haben. Ich beschwöre Sie: Bleiben Sie in den Kellern. Nur dort sind Sie sicher. Oh, und meiden Sie bitte den Heizraum. Er ist gefährlich.«

Was wurde hier nur gespielt? Wäre das in einem Film passiert, hätte ihn Sophie längst abgeschaltet. Das war im eigenen Leben natürlich nicht möglich.

»Aber warum sehen Sie mich?«, stellte sie die nächste Frage, doch der Concierge hatte schon wieder seinen langen Zeigefinger auf die Lippen gelegt. Sie waren ebenso brüchig wie seine Fingernägel. Wie das Grandhotel, so hatte sicher auch er vor langer Zeit einmal piekfein und elegant ausgesehen. Jetzt war er nur noch ein Schatten seiner eigenen Geschichte. »Für den Moment muss Ihnen reichen, dass es so ist, Mademoiselle. Haben Sie Geduld. Geduld und Vertrauen.«

Na spitze! Wenn Sophie von etwas nicht allzu viel hatte, dann war es Geduld. »Aber meine Eltern? Sagen Sie es mir doch! Die können doch nicht so einfach verschwunden sein.«

»Ihre Eltern sind sozusagen in Sicherheit«, zischte der Concierge. »Zumindest solange Sie in den Kellern ausharren. Vertrauen Sie mir, Mademoiselle, und gehen Sie. Gehen Sie!«

Sozusagen?

Verwirrt stolperte Sophie davon.

Als sie sich am Ende der Halle umsah, stand der Concierge immer noch vor einem der großen Spiegel, die so unpassend strahlend sauber waren.

Sie musste es sich eingebildet haben, doch für einen kurzen Moment schien es, als würde er sich mit seinem Spiegelbild unterhalten.

KAPITEL 8

DIE HOTELBAR

Dinge, die man nicht erklären konnte, hatten Sophie schon immer ein gewisses Unbehagen bereitet, gemischt mit einer gefährlichen Faszination. Sie war es gewohnt, für alles eine Erklärung zu haben. Oder sie zumindest, wenn es denn unbedingt sein musste, im Internet zu erhalten.

Aber das hier? Sie hatte keinen blassen Schimmer, was hier vor sich ging, und wusste nicht, ob sie wütend auf ihre Eltern oder doch eher besorgt um sie sein sollte. Von ihrer unerklärlichen Unsichtbarkeit und den rätselhaften Veränderungen im Hotel mal ganz zu schweigen.

In Gedanken bei der überaus merkwürdigen Begegnung mit diesem Concierge und seinen rätselhaften Botschaften betrat Sophie die Hotelbar. Hinter dem Tresen erblickte sie schon das nächste seltsame Geschöpf. Gut, den winzigen alten Mann mit dem ergrauten Haar und der viel zu großen Weste sah sie heute nicht zum ersten Mal. Weniger absonderlich wirkte er deswegen noch lange nicht. Er stand auf einem Hocker, damit er überhaupt über den Tresen hinausspähen konnte und die

Gäste sah, die er seinem Aussehen nach schon seit Eröffnung des Hotels vor über 100 Jahren bediente.

Völlig versunken polierte er ein Glas mit einem derart dreckigen Handtuch, dass er längst Schlieren und komplexe Muster auf der Oberfläche hinterlassen hatte.

Die Tür zum Personalbereich fand Sophie sofort. Es war eine Schwingtür, die zu Zeiten des Hochbetriebs bestimmt niemals stillstand. Jetzt hing sie träge in ihren Angeln. Sophie überlegte. Sollte sie den Worten dieser komischen Figur tatsächlich Glauben schenken? Woher wusste sie, ob sie dem Concierge vertrauen konnte?

Andererseits … wem sollte sie sonst vertrauen? Er schien die einzige Person in diesem riesigen Hotel zu sein, die sie überhaupt *sah*. Das war nicht unbedingt ein beruhigender Gedanke. Fürs Erste war es aber alles, was sie hatte.

Entschlossen schritt sie durch die Drehtür.

Die Personalquartiere des Grandhotel Rabenfels konnten sich nicht stärker von der Welt da draußen unterscheiden. Wo man in der Hotelhalle, auf den Korridoren und in den Zimmern zumindest noch erahnen konnte, wie prachtvoll alles einst gewesen sein musste, gaben die alte Küche und der trostlose Speisesaal keinen Anlass zu Illusionen.

Dies hier war die triste, kahle Welt der Arbeiter, die den Luxus dort draußen ermöglichten, aber nichts davon hatten. Prunkvoller Goldglanz, das Klirren von Champagnergläsern und der Duft nach Rosenwasser waren höchstens in der Fantasie der Angestelltenarmee in diese Bereiche vorgedrungen.

Sophie schluckte das bittere Gefühl von Ungerechtigkeit hinunter und ging weiter. Einige Angestellte eilten an ihr vorbei, ohne Notiz von ihr zu nehmen. An einem Tisch saßen zwei

Kellner, rauchten und spielten Karten. *In dieser Welt bin ich sogar unter den Unsichtbaren unsichtbar*, dachte Sophie. Das schrille Klingeln einer kleinen Glocke unterbrach die Ruhe. An der Wand über dem Tisch war eine gewaltige Vorrichtung mit mehr Glöckchen angebracht, als Sophie jemals auf einen Blick gesehen hatte. Jede schien zu einem bestimmten Zimmer zu gehören, denn als das Klingeln ertönte, sprang einer der Kellner sofort auf, murmelte irgendetwas von »der alte Geizkragen schon wieder« und stürmte aus dem Raum.

Die Kellertreppe befand sich hinter einer schweren alten Holztür, die deutlich nach Keller aussah. Mit einiger Mühe wuchtete Sophie sie auf und blickte in den dunklen Schlund hinab, der sich zu ihren Füßen erstreckte. Ein feuchter, kalter Geruch drang zu ihr herauf.

Sie zitterte. Dass Keller immer so dunkel sein mussten.

Vergeblich tastete sie nach einem Lichtschalter. Nein, da war keiner. Gut, dann musste eben ihr Smartphone herhalten. Es beleuchtete breite, ausgetretene und grob aus Stein gehauene Treppen, die steil in die Tiefe führten.

Keller hatten immer etwas Unheimliches für Sophie. Wenn sie an den Keller ihrer Großeltern dachte, wurde ihr ganz anders. Spinnen, überall Spinnen. Dicke, pelzige, viel zu flinke Spinnen mit langen Beinen. Erst kürzlich hatte sie ein Video im Internet gesehen, in der eine Spinne eine Maus in ihr Versteck geschleppt hatte. *Eine ausgewachsene Maus!*

Ob sie die Keller wirklich betreten sollte? Falls der Concierge recht behielt, wäre sie dort unten nicht allein. Wer waren nur diese *anderen*, von denen er gesprochen hatte? Und was machten sie in den Kellern?

Sophie atmete tief durch. Beim Herumstehen würde sie das gewiss nicht herausfinden. Ein letztes kurzes Zögern, dann betrat sie die erste Stufe, leuchtete akribisch jeden Quadratzentimeter Wand ab. Auf Begegnungen mit diesen achtbeinigen Unholden wollte sie unbedingt verzichten.

Die Treppe war glitschig, wie die Treppe in einem jahrhundertealten Gewölbekeller tief unter der Erde. Einen vorsichtigen Schritt setzte sie vor den anderen, tunlichst darauf bedacht, die Wände nicht zu berühren. Was sie sah, genügte ihr: Die Wände waren über und über von alten, verklebten Spinnweben befallen. Und nicht nur das: Überall hingen mumifizierte Spinnen darin fest, baumelten gespenstisch in einem kleinen Lufthauch oder, schlimmer, zuckten leicht. Ein schwacher Trost: Von lebenden Exemplaren schien jede Spur zu fehlen.

Noch ein Schritt.

Und dann noch einer.

Nahm diese Treppe denn überhaupt kein Ende? Was, wenn sie eine gewaltige Dummheit beging? Sollte sie nicht lieber auf ihrem Zimmer warten, bis ihre Eltern zurückkamen?

Die Stimme war plötzlich ganz nah an ihrem Ohr. »Sophie«, säuselte sie sanft, beinahe liebevoll.

Es war die Stimme ihrer Mutter.

Mit einem Keuchen fuhr Sophie herum. Nichts, da war niemand. Dabei passierte es. Sie verlor auf der glitschigen Treppe das Gleichgewicht. Und stürzte in den lichtlosen Schlund.

Kapitel 9

DIE KELLER

Ist sie tot?«

»Woher soll ich das wissen?«

»Nun, findest du nicht, wir sind alle so etwas wie Experten auf diesem Gebiet?«

»Sehr witzig!«

»Also?«

»Also was?«

»Ist sie tot?«

»Ich weiß es nicht, zum Teufel! Finde du es doch heraus, du Feigling.«

Stille. Sophie wusste nicht, wo sie war oder was passiert war. Ihr Kopf tat höllisch weh und ihre Hüfte pochte unangenehm. Sie musste gestürzt sein.

Bevor sie nicht wusste, mit wem sie es zu tun hatte, war es wohl das Beste, wenn sie weiterhin reglos auf dem kalten Boden liegen blieb.

»Was machen wir, wenn sie … nun ja, wenn sie wirklich tot ist?« Eine dritte Stimme, diesmal die einer Frau.

Dann erinnerte sich Sophie: Sie war auf der Kellertreppe ausgerutscht und gestürzt. Ihr Herz machte einen Satz. Da war doch diese Stimme ganz nah an ihrem Ohr gewesen! Ein Schauer überlief ihren Körper.

»Wollen wir es nicht hoffen«, meldete sich wieder eine der Männerstimmen zu Wort. Sie klang zackig, kurz angebunden und durchdringend. »Muss gestürzt sein, das junge Ding.«

»Sie wissen so gut wie ich, dass hier niemand einfach nur so die Treppe hinunterpurzelt, General!«

»Ob die anderen von ihr wissen? Sie hat ja ungefähr das gleiche Alter.« Mütterliche Besorgnis hatte sich in die Frauenstimme eingeschlichen. Mit einem Kloß im Hals stellte Sophie fest, dass sie jetzt nirgendwo lieber wäre als bei ihrer Mutter.

»Tragisch, einfach tragisch«, murmelte die erste Männerstimme wieder. Sie klang weich und melodisch, hüpfte von Wort zu Wort wie bei einem Lied. »Und wenn sie nun wirklich …«

»Ich bin nicht tot!«, schaltete sich Sophie ein. Sie schlug die Augen auf. Und hätte sie am liebsten gleich wieder geschlossen: Im Gang vor ihr hatten sich drei schockiert auf sie herabblickende … Erscheinungen aufgereiht. Im ersten Moment weigerte sich Sophie, das von den Augen ans Gehirn gesandte Bild zu akzeptieren.

So etwas war doch unmöglich.

Weiter kam sie zunächst nicht. Mit einem spitzen Aufschrei rauschte die füllige Frau davon, der dünnere der beiden Männer folgte ihr ähnlich übereilt. Das ließ Sophie in der Gegenwart eines bulligen, untersetzten Mannes mit buschigem Schnurrbart, dichten Brauen und strengem Blick zurück. Er trug eine altmodisch wirkende Uniform und eine Prothese, wo früher mal seine Hand gewesen sein musste.

Das war jedoch nicht das, was herausstach. Das wirklich Bemerkenswerte war, dass er annähernd *durchsichtig* war.

Hatte sie bei ihrem Sturz vielleicht einen zu harten Schlag auf den Kopf erhalten? Hatte sie über Nacht unbemerkt den Verstand verloren? Beide Erklärungen erschienen ihr logischer als die, die ihr Verstand hartnäckig abblockte.

Der Unsichtbare musterte sie erstaunt, aber nicht feindselig. »Du kannst uns sehen?«, fragte er mit seiner tiefen Stimme.

Sophie nickte, während es in ihrem Kopf Sturm läutete. *So etwas gibt es doch gar nicht!*, schrie ihr Verstand immer wieder. *So etwas gibt es doch gar nicht!*

Der Mann in Uniform strich sich über seinen Schnurrbart. »Fürwahr, das ist höchst bemerkenswert.«

»Wer … wer sind Sie?«, brachte Sophie mühsam hervor. *Was sind Sie?*

»Ich bin General Preysing, zu Diensten. Und diese beiden hier …« Er drehte sich um und blickte erstaunt in den leeren Korridor hinter sich. Er machte ein verärgertes Geräusch, das nach »Hrmph« klang, und wandte sich wieder Sophie zu. Er seufzte. »Wir sind es nicht gewohnt, gesehen zu werden, wenn du verstehst.«

»Sind Sie …« *Seid ihr tatsächlich das, was ich denke?*, wollte Sophie fragen. *Seid ihr Geister?*

»Was sind Sie?«, drang stattdessen aus ihr hervor.

»Nenne uns, wie du willst. Wir wissen selbst nicht genau, wie wir in diese Lage gekommen sind. Oder ob wir uns darüber freuen sollen. Und nun entschuldige mich, ich werde einmal nach den anderen sehen. Du hast sie ziemlich erschreckt, wie mir scheint. Sie haben sich sicherlich wieder im Weinkeller versteckt.«

»Das wollte ich nicht«, entgegnete Sophie automatisch. Wie sie sich dabei fühlte, schien keine Rolle zu spielen.

»Papperlapapp, die beiden würden selbst vor ihrem eigenen Schatten davonlaufen. Wenn sie denn einen hätten, versteht sich.« Mit einem »Ha!«, das wohl sein Amüsement über den eigenen Witz zum Ausdruck bringen sollte, schritt der General würdevoll davon.

Zurück blieb eine fassungslose Sophie, die nicht wusste, was verrückter war. Dass sie mit einem Geist gesprochen hatte. Oder dass er geantwortet hatte.

Kapitel 10

Die Keller

Schon wenige Augenblicke nach dem Verschwinden des Generals wusste Sophie nicht, ob das alles gerade tatsächlich passiert war. Sie glaubte nicht an Geister. Schon gar nicht glaubte sie an Geister, die vor ihr davonliefen.

Sie rappelte sich auf. Ihre Hüfte verkündete ihr vorwurfsvoll, dass der Sturz auf einen anständigen blauen Fleck hinauslaufen würde, ihr Kopf summte wie ein Bienenstock. Immerhin war ihr nichts Schlimmeres passiert.

Dann erinnerte sich Sophie wieder an das körperlose Flüstern direkt an ihrem Ohr. Es war eindeutig die Stimme ihrer Mutter gewesen.

Wut mischte sich in ihre Angst. Wer auch immer hinter all dem steckte: Was erlaubte sich diese Person? Was sollten diese blöden Spielchen? Sophie würde dieser Sache auf den Grund gehen – und wenn sie dafür das gesamte Hotel auf den Kopf stellen musste!

Die Keller waren eine riesenhafte Welt für sich. Überall gab es Räume, zweigten sich weitere Gänge ab, führten Treppen noch tiefer hinunter. Ein Labyrinth, in dem man sich mühelos verirren konnte. Und dann, dachte Sophie mit einem mulmigen Gefühl, erst nächsten Frühling gefunden wurde. Abgemagert und verwest ...Der Geruch von Feuchtigkeit, Öl und vermodertem Papier lag in der Luft, hüllte alles ein wie ein blickdichtes Tuch.

Bis auf ihre denkwürdige Begegnung vorhin schien sich niemand sonst in dieser schwach erhellten Welt aufzuhalten. Leere Vorratskammern, Räume voller Gerümpel und altem Hotelmobiliar, Konservendosen, zerbrochenes Geschirr, langsam verrottender Papierkram, Schutt und Staub. Es sah aus wie bei einem Umzug. Oder eher wie beim Sperrmüll. Korridore verloren sich schon nach wenigen Metern in trüber Dunkelheit, dicke Rohre führten wie pulsierende Adern an den Wänden entlang. Es plätscherte, es pochte, es knarrte, es rumorte. Menschliche Laute waren nicht zu hören. Kein allzu einladender Ort, das sicher nicht. Aber immerhin nicht so gespenstisch, wie sie es sich ausgemalt hatte.

Dann hörte sie es.

Im ersten Moment dachte sie, es wären vielleicht Ratten, die vor ihr davoneilten. Dicke, haarige Ratten mit langen Schwänzen. Bis sie es wieder hörte. Nein, das waren eindeutig keine Ratten. Es sei denn, die Ratten in diesem Hotel wären in etwa so groß wie ausgewachsene Hunde.

Wenige Meter vor ihr führte der Gang um die Ecke – und somit zum Ursprung dieses raschelnden Geräuschs.

Sophie drückte sich an die Wand und pirschte sich Schritt für Schritt voran. So eine böse Überraschung wie auf der Treppe würde ihr nicht wieder passieren. Gebückt und nahezu lautlos näherte sie sich der Ecke. Sie wusste nicht, was sie dahinter erwartete. Doch an einem Tag, an dem man schon mit

Geistern geredet hatte, unsichtbar geworden war und beinahe von einem urplötzlich heraufziehenden Nebel verschluckt worden wäre, galten andere Regeln. Es war Zeit, den Spieß umzudrehen.

Mit einem mutigen »Ha!« sprang sie um die Ecke. Und blickte in weit aufgerissene Augen. Er war ungefähr so alt wie sie, etwas größer und trug reichlich abgetragene Klamotten. Schmutziges weißes Hemd, Hosenträger, zerwühlte Haare. Das war aber nicht das, was Sophie zuerst auffiel.

Zuerst waren da seine Augen.

Unergründliche, dunkle, tiefe Augen, locker fiel eine dunkle Haarsträhne darüber. Reglos sahen sie sich an, niemand sagte etwas, niemand rührte sich. Für einen Moment verlor sich Sophie in diesen grünbraunen Augen, vergaß die Keller, das Hotel, die Welt.

»Max!«, tönte es aus den Tiefen des Kellers. Dann rannte er ohne ein Wort davon.

Sophie nahm die Verfolgung auf. Er war flink, doch sie konnte mühelos mithalten. Er rannte um Ecken, Gänge hinab, durch Verbindungszimmer und leere Vorratskammern, in denen einsam brummende Glühbirnen von der Decke baumelten.

In einem großen Waschraum kam sie keuchend zum Stehen. Überall waren weiße Bettlaken zum Trocknen aufgehängt. Der Typ war nicht zu sehen.

Wo steckte er?

Sophie hielt den Atem an und horchte. Er war ganz sicher hier hineingelaufen, wahrscheinlich versteckte er sich hinter einem der Laken.

Lautlos schlich sie in den Raum, spähte hinter das erste Laken. Nichts, nur eine scheinbar endlose Abfolge weiterer Laken. Ein leichter Windhauch bewegte den weißen Stoff sanft hin und her. Aus dem Nichts beschlich sie ein ungutes Gefühl. Und noch bevor in ihren Verstand gerieselt war, dass es hier unten gar keinen Wind geben konnte und sie gerade in eine perfekte Falle getappt war, schlang jemand von hinten ein Laken um ihren Oberkörper und rang sie zu Boden.

Sophie wollte schreien, doch kein Laut kam über ihre Lippen. Sie wehrte sich nach Kräften, schlug um sich, traf etwas Weiches. Ein Keuchen ließ sie dieselbe Stelle instinktiv ein weiteres Mal anvisieren, doch wer immer sie da auch festhielt, war stärker als sie. Und jetzt war es auch noch mehr als ein Angreifer. Irgendjemand presste ihre Hände hinter ihrem Rücken zusammen und fesselte sie mit einem kratzigen Stück Stoff. In ihrer Verzweiflung riss sie sich los, prallte schmerzhaft gegen einen harten Gegenstand, trat in alle Richtungen. Etwas hatte ihr Denken übernommen, tat alles dafür, sich zu befreien. Um jeden Preis. Die rote Welle, sie trug sie, verlieh ihr große Kräfte. Erstmals war sie willkommen.

»Sie hat mich getreten!«, heulte eine Stimme hinter ihr auf. Sie klang eher erstaunt als schmerzerfüllt, doch Sophie spürte eine grimmige Genugtuung. So heftig sie konnte, trat sie mit ihrem Fuß erneut in die Richtung, aus der das Geheul kam. Er traf auf etwas Hartes, dem Schrei nach zu urteilen wahrscheinlich das Schienbein. Sehr gut!

»Stell dich nicht so an. Ihr werdet doch wohl zu zweit mit ihr fertig.« Das war eindeutig eine weibliche Stimme!

»Lasst mich!«, wollte sie schreien, doch sie brachte nur ein ersticktes Keuchen zustande. Sie bekam kaum noch Luft.

Irgendwann musste selbst Sophie einsehen, dass Widerstand zwecklos war.

»Na also, geht doch.« Wieder die weibliche Stimme.

»Und was jetzt?«, fragte eine der männlichen Stimmen atemlos.

»Jetzt zeigen wir ihr, was wir mit Eindringlingen machen. Los, weg mit ihr.«

MÄRZ 1883

Sie konnte ihr Glück kaum fassen. Dass er sich ausgerechnet für sie interessierte. Sie, Colette, ein einfaches Zimmermädchen! Die Neue, die erst seit wenigen Wochen im Grandhotel arbeitete. Amalie war schon viel länger hier und außerdem viel hübscher als sie. Warum also ausgerechnet sie?

Anfangs hatte sie ihn nur scheu angelächelt, aber dann immer öfter gemerkt, dass er sie interessiert musterte. Sie hatte sich geschmeichelt gefühlt, aber auch unsicher. Immerhin war er ja nicht irgendwer!

Dann waren da plötzlich die kleinen Geschenke gewesen. Gewisse Aufmerksamkeiten. Und ehe sie wusste, was da gerade passiert, war es um sie geschehen. Sie hatte sich Hals über Kopf in ihn verliebt. Sie genoss ihre gemeinsamen Stunden, ihre geheimen Treffen, ihren Status. Und merkte gar nicht, in welches Unglück sie schlitterte.

Kapitel 11

DIE KELLER

Sophie wurde aus dem Raum gezerrt. Links, dann rechts. Eine Tür wurde geöffnet, mit einem Krachen zugeknallt. Sie wurde ein paar Schritte weitergeschleppt, offensichtlich auf einen Stuhl gesetzt und mit den Händen an seine Lehne gefesselt wie eine Verbrecherin. Ein Splitter fuhr ihr schmerzhaft unter einen Fingernagel.

Sophies Wut hatte längst ihre Angst überwältigt. Was heute alles passiert war, ging doch auf keine Kuhhaut. Es war der so ziemlich mieseste Tag ihres Lebens. Und sie hatte schon wirklich miese Tage erlebt.

Sie hörte ein schabendes Geräusch, als offensichtlich ein schwerer Gegenstand über den Boden geschoben wurde. Dann löste jemand von hinten ihre Augenbinde.

Sophie sah sich selbst, gefesselt auf einem Stuhl in einem schwach erhellten Lagerraum. Die Deckenlampe schwankte hin und her, ließ die Schatten wirr über die Wände tanzen. Ein großer Spiegel stand vor ihr, der Rahmen reichlich ramponiert. Wie in der Empfangshalle war aber auch hier das Glas blitzblank, als wäre es soeben erst auf Hochglanz poliert worden. Ihr Spiegelbild blickte sie grimmig an. Von ihren Entführern fehlte jede Spur. Sollte das witzig sein? Sie versuchte, sich zu befreien, kam aber nicht weit. Da hatte jemand ganze Arbeit geleistet.

Jetzt nur nicht panisch werden, redete sie sich selbst ein. Sie konzentrierte sich auf das schmerzhafte Pochen ihres Fingers und bekam ihre Panik unter Kontrolle. Möglichst gelassen betrachtete sie ihr Spiegelbild. Ihre langen Haare waren schrecklich zerzaust, auch ganz allgemein machte sie einen fürchterlich ramponierten Eindruck. Ihr schöner Parka war ruiniert, ihre Jeans zerrissen, Blut klebte an ihrer Wange.

Etwas wölbte sich aus dem Spiegel heraus. Für einen schrecklichen Moment wirkte es so, als würde sich eine Gestalt durch das Glas drücken. Dann war es vorbei.

Sophie atmete schwer. Was war das nur gewesen? Oder hatte sich nur etwas gespiegelt?

»Siehst du etwas, Ludwig?«, fragte unvermittelt die kalte Frauenstimme.

Sophie blinzelte. Erst jetzt sah sie die anderen. Sie waren zu dritt, kauerten hinter dem Spiegel und blickten sie mit einer Mischung aus offener Feindseligkeit und Unsicherheit an. Unter ihnen erkannte sie den Typ mit den tollen Augen, der wohl Max hieß. Er wich ihrem Blick aus. Kein Wunder, der Mistkerl hatte sie in eine Falle gelockt!

»Wird das noch was, Ludwig? Tritt näher heran!«

Der andere schüttelte den Kopf. Er war etwas größer, äußerst schlaksig, hatte blonde kurze Haare und machte ein alles andere als glückliches Gesicht. »Wirklich, muss das sein? Wieso denn ich?«

»Feigling!« Ludwig zuckte unter ihrem Wort zusammen. Sie

war Sophie schon im Wäscheraum wie die Anführerin vorgekommen. »Wir werden alle nachsehen.«

Zaghaft liefen die drei um den Spiegel herum, hielten sich immer im Schatten des Raumes. Als sie wieder hinter ihr Aufstellung bezogen hatten, folgten einige Momente angespannter Stille. Am liebsten hätte Sophie laut gelacht, so komisch war die ganze Situation. Sie, gefesselt auf einem Stuhl, aus dem Spiegel vor ihr blickten ihr drei Gesichter mit angestrengten Mienen entgegen.

»Da ist nichts«, sagte der, dem sie als Erstes begegnet war.

Wie war das bitte? Vielleicht war da nichts *mehr*. Sophie wusste jedoch, was sie gesehen hatte. Und es war nicht besonders angenehm.

Ludwig nickte und wandte sich rasch ab. »Max hat recht, und das sage ich wirklich nicht oft. Das Spiegelbild ist eindeutig ihres. Was natürlich immer noch nicht erklärt, was sie hier zu suchen hat.«

Die Ernsthaftigkeit, mit der diese Worte gesagt wurden, ließ Sophie erschauern. *Wem, bitte schön, sollte das Spiegelbild denn sonst gehören?*

»Rasch, verhüllt den Spiegel wieder.« Die junge Frau baute sich vor Sophie auf. Das mit Pailletten besetzte Kleid, das sie trug, mochte einmal äußerst nobel gewirkt haben. Jetzt starrte es vor Schmutz, war an vielen Stellen zerrissen. Wer trug heutzutage noch so etwas? »Das beweist noch gar nichts.« Sie klang fast ein wenig enttäuscht, aber keineswegs besänftigt. »Was willst du hier?«

Sophie schwieg und funkelte sie feindselig an.

»Margarete … das ist die Falsche. Das sieht doch wohl je…«

»Nicht jetzt, Max!«, schnitt sie ihm das Wort ab und kam ganz nah an Sophie heran.

Max warf einen nachdenklichen Blick auf sie, sah schnell wieder weg und machte sich dann mit dem Kerl namens Ludwig daran, den Spiegel zu verhüllen.

»Ich frage dich noch einmal. Was willst du hier?«

Sophie funkelte Margarete noch ein bisschen länger an. »Leck! Mich!«, sagte sie zischend. Sie fluchte nicht oft. Manchmal genoss sie es aber regelrecht.

»Sicher, giftet euch ruhig weiter an. Wird uns bestimmt weiterhelfen«, schaltete sich Max vehementer ein und fuhr sich durch die Haare. Seine Rolle in dem Ganzen hatte Sophie noch nicht verstanden. Erst der Verräter, jetzt der Vernünftige? »Sie ist es nicht!«

»Was macht dich da so sicher?«, fauchte Margarete. Sie kannte solche Mädchen aus der Schule – herrschsüchtig, gemein, arrogant. »Hast du etwa mit ihr Karten gespielt? Tee getrunken? Sie in die Oper ausgeführt?« Sie verzog den Mund zu einem spöttischen Lächeln. »Oder gefällt dir diese Kleine hier einfach?«

Jetzt schaute Max Sophie erstmals wieder an. »Das geht dich nichts an. Sieh doch einfach mal genau hin, dann merkst du es auch«, sagte er. »Nicht sehr schwierig, oder?«

Sophie kannte niemanden, der in dieser Situation so ruhig geblieben wäre. Selbst Alex hätte sich sofort zu einer gepfefferten Beleidigung hinreißen lassen. Oder Schlimmerem. Dann dämmerte ihr etwas, das sie für einen Moment ihren Zorn auf Margarete vergessen ließ. »Moment mal … seid ihr etwa die anderen?«

»Die was?«

»Der Concierge, er … er hat mir gesagt, dass ich in den Kellern nach *den anderen* suchen soll.«

Ludwig wandte sich um und blickte sie mit großen Augen an. »Der Concierge? Bist du ihm begegnet?«

»Ja, gerade eben noch. Er war der Einzige, der mich überhaupt sehen konnte, also habe ich auf ihn gehört und mich auf die Suche gemacht. Ich wollte doch nicht …«

»Hat er etwas gesagt? Über uns? Wir warten schon lange auf Nachricht von ihm. Sag bloß, es gibt etwas Neues.«

Margarete brachte ihn mit einer Handbewegung zum Schweigen. Wieso gehorchte er ihr nur derart bedingungslos? »Da könnte ja jeder kommen. Du bist nicht die Erste, die sich hier einschleichen will. Die uns aushorchen und auf dumme Gedanken bringen will.«

»Was? Ich?« Sophie fühlte sich zunehmend hilfloser.

»Sie ist doch keine Spionin!«, stellte Max fest. »Sondern eher eine von uns.«

»Du glaubst aber auch alles, Max. Da muss nur ein süßes junges Ding in einem äußerst komischen Aufzug daherkommen und schon ist alles in bester Ordnung.« Margarete stolzierte um Sophie herum und bemaß sie mit abschätzigen Blicken. »Sieh dir nur mal diese Schuhe an! Und was soll das, bitte schön, sein? Eine Hose? Pah, eine junge Dame mit Hose? Also, ich würde mich ja schämen.«

»Kannst du nicht einfach mal den Mund halten?«, fragte Max zornig.

Margarete holte erbost Luft. »Ludwig!«

»Rede nicht so mit ihr!«, gab der wie aus der Pistole geschossen zurück und baute sich vor ihm auf.

Max ignorierte den schlaksigen Kerl mit der runden Brille einfach. »Wie heißt du?« Er kniete sich neben sie. Er sah müde aus … müde und allein. Und da war noch etwas. Etwas, das von ihm ausging und das Sophie nicht einordnen konnte. Sie wusste nicht, weshalb, doch sie hatte das Gefühl, dass sie ihm vertrauen konnte. Dass er ihr nichts Böses wollte.

Sie zwang sich zur Ruhe. Was sollten diese Gedanken? Immerhin hatte dieser Typ mitgeholfen, sie zu überwältigen und zu verschleppen.

»Sophie. Sophie Schuster. Ich bin mit meinen Eltern hier.«

»Und kannst du das beweisen?«, ging Ludwig dazwischen. Wie Max, trug er auch merkwürdig altmodische Klamotten – mit dem Unterschied, dass er mit seiner Weste, den kurzen Hosen und den hochgezogenen Strümpfen ziemlich albern aussah.

»Ja, könnte ich«, schnappte Sophie. »Wenn ich nicht gefesselt wäre, du Leuchte. In meiner rechten Tasche habe ich unseren Zimmerschlüssel.«

»Geh nachsehen, Ludwig.«

Das war doch zum Verrücktwerden. Diese Margarete behandelte sie wie eine Schwerverbrecherin und alle anderen wie ihre Untergebenen.

Ludwig machte sich an ihrer Tasche zu schaffen und förderte nach kurzer Suche ihr Smartphone zutage.

»Was ist das denn?«, fragte er baff und hielt das schwarze Rechteck in die Höhe. Dabei musste er wohl an eine Taste gekommen sein, die das Display zum Aufleuchten brachte. Ludwig zuckte zusammen und hätte das Telefon fast fallen lassen. »Seht mal, eine äußerst merkwürdige Lampe!«

»Nein, das ist doch nur …«, begann Sophie. Und stockte, als sie die entgeisterten Mienen von Max und Margarete bemerkte.

»Zeig das mal her.« Margarete riss Ludwig das Smartphone aus der Hand, drehte und wendete es, konnte die Augen nicht davon nehmen.

»Äh, Leute?« Sophie hatte Schwierigkeiten, all dem zu folgen. »Der Schlüssel …?«

Margarete deutete ein irritiertes Nicken an, ohne den Blick von ihrem Smartphone zu nehmen. Sie hatte so etwas offensichtlich noch nie gesehen.

Ludwig machte sich wieder an ihrer Tasche zu schaffen. Diesmal zog er den schweren Messingschlüssel aus ihrer Tasche. »Scheint zu stimmen«, murmelte er kleinlaut. Es wirkte so, als wollte er noch etwas sagen. Nach einem Seitenblick auf diese Margarete wandte er sich stumm ab.

»Was ist mit dir passiert?«, fragte Max stattdessen und berührte sie leicht am Unterarm. »Bist du auch …« Er pausierte. »Allein gelassen worden?«

Sophie nickte. Ein Gefühl von Trauer durchströmte sie bei seinen Worten. »Heute Morgen«, begann sie mit belegter Stimme. »Als ich aufgewacht bin, waren meine Eltern weg. Einfach so, spurlos verschwunden.« Die Wut hatte sich längst in Luft aufgelöst. An ihre Stelle traten Angst, Sorge und diese furchtbare nagende Ungewissheit.

»Und dann hat jeder im Hotel so getan, als wärst du unsichtbar?«

»Bis auf den Concierge, ja.«

Max wandte sich an Margarete. »Binde sie los, sofort«, sagte er mit fester Stimme. Wie ruhig und sicher sie klang. »Sie ist zweifelsfrei eine von uns.«

»Und dann«, ergänzte Sophie möglichst ruhig und nahm Margarete ihr Telefon ab, »erzählt ihr mir gefälligst, mit wem ihr mich verwechselt habt.« Sie wusste nur nicht, ob sie das wirklich wissen wollte.

»Los, komm mit«, befahl Margarete in einem Tonfall, den man sonst bei Heimleiterinnen oder Polizistinnen vermutet hätte.

Sophie war noch immer recht aufgebracht über das Verhalten

der drei, folgte ihnen aber zögerlich. Sie war nun mal neugierig, außerdem wusste sie einfach nicht, was sie sonst tun sollte. Sie rieb sich die schmerzenden Handgelenke. Keine angenehme Sache, so eine Entführung.

Sie kamen in einen anderen Raum, der mit viel Fantasie als Wohnzimmer durchgehen konnte: Eine alte Stehlampe in der Ecke, abgewetzte Teppiche, alte Stühle, zusammengetragene Möbel aus verschiedenen Jahrzehnten. Auch hier wirkte alles reichlich verkommen und traurig.

Die drei schienen es gar nicht zu bemerken. Sie ließen sich in Sessel plumpsen oder setzten sich auf den Boden. Dann wurde es still. Eine Fliege summte träge, setzte sich auf Margaretes Arm. »Scher dich fort!«, zischte sie und verscheuchte das Insekt. »Ludwig, wieso müssen diese Mistdinger immer ausgerechnet zu mir kommen?«

Ludwig wirkte wie ein Schüler, der nicht aufgepasst hatte und plötzlich merkte, dass man eine Antwort von ihm erwartete. »Ich, äh, ich weiß nicht. Weil du so … süß bist?«

Sophie taten Typen wie er leid. Sie waren so verrückt nach einem Mädchen, dass sie ihre Selbstachtung glatt vor der Tür ließen. Und gar nicht merkten, dass sie dabei mehr und mehr von sich aufgaben.

»Also?«, fragte Sophie. »Wolltet ihr mir nicht sagen, was hier los ist?«

»Irgendetwas stimmt nicht mit diesem Hotel«, flüsterte Max im Tonfall des Verschwörers. »Und damit meine ich nicht, dass wir wie drei Wilde in diesem Keller sitzen und jeden fesseln, der sich die Treppe hinunterwagt.«

Sophie tat ihm nicht den Gefallen, auf diesen Scherz einzugehen. So leicht würde sie es ihm nicht machen! »Was meinst du denn dann?«

»Ich weiß, das klingt verrückt«, fuhr er ruhig fort, »aber glaube mir: Wir sind schon länger hier als du und haben einige Dinge gesehen. Unerklärliche Dinge, die ich früher niemals für möglich gehalten hätte.«

Sophie warf einen weiteren Blick auf die Kleidung der drei. Wie viel länger waren sie schon hier?

»Wie diese Frau zum Beispiel«, fuhr Max fort.

»Welche Frau?«, fragte Sophie. Es beschlich sie das ungute Gefühl, dass sie die Antwort bereits kannte.

»Wir sind uns sicher, dass eine Frau hinter all dem steckt«, schaltete sich Margarete ein. Na prima, sie gehörte also zu der unangenehmen Sorte, die früher oder später jedes Gespräch an sich riss. »Eine Frau, die wir noch nie zu Gesicht bekommen haben – außer in Spiegelbildern.«

»Und diesem einen Mal, als sie über die Flure wandelte«, sagte Ludwig leise und verzog das Gesicht bei dieser offensichtlich unangenehmen Erinnerung. »Wenn sie an den Spiegeln vorüberging, veränderte sich ihr Spiegelbild.« Sophie sah förmlich, wie er beim Gedanken daran erbleichte. »Wir ... wir dachten, dass ...«

»Nicht so schüchtern.« Margarete baute sich vor Sophie auf und verschränkte die Arme. »Wir dachten, du wärst es. Aber nur weil du es vielleicht nicht bist, heißt das noch lange nicht, dass wir dir auch vertrauen.«

Sophie dachte an die Frau, die sie im Spiegel auf ihrem Zimmer gesehen, an die Gestalt, die sie gerade erst vor sich erblickt hatte, an die, die sich vom Turm gestürzt hatte. Es lief ihr eiskalt den Rücken hinab. »Wie ... wie sieht diese Frau aus?«

»Nicht ... menschlich.«

Nicht menschlich. Ja, das konnte Sophie unterschreiben.

»Aber wieso ...?«

»Sie unsere Eltern verschleppt hat und uns im Hotel gefangen hält?«, vollendete Margarete ihre Frage ungeduldig. »Das wissen wir auch nicht. Alles, was wir wissen, ist, dass wir hier unten warten sollen, wenn wir nicht wollen, dass uns oder unseren Eltern etwas passiert. Und genau das tun wir, falls du nichts dagegen hast.«

Oh Mann. Sophie sah sich diese ungleiche Truppe noch mal genauer an. Ging man einzig und allein von der Kleidung aus, saßen die drei nicht erst seit gestern hier unten fest. Sondern seit vielen, vielen Jahren. Jahrzehnten, um genau zu sein.

»Wie lange seid ihr schon hier?«, fragte sie vorsichtig.

Margarete wich ihrem Blick aus und nestelte an ihrem Stirnband, Ludwig zuckte bloß mit den Achseln und kratzte sich am Ohr. Er lehnte lässig an der Wand, doch selbst ohne ihn zu kennen, spürte Sophie, dass diese Sicherheit nur Fassade war.

»Das wissen wir nicht«, sagte Max nach einer ganzen Weile. »Und ehrlich gesagt wollen wir das auch gar nicht wissen. Die Zeit hier unten … sie vergeht anders. Es ist dieses Hotel. Es macht etwas mit dir, verändert sich und dich.« Bevor Sophie etwas erwidern konnte, fuhr er fort: »Ich weiß, wie das klingt. Meine Eltern würden mich in eine Anstalt schicken, wenn sie das wüssten. Aber hattest du nicht auch schon den Eindruck, dass dieses Hotel von einem Tag auf den anderen anders ist. Älter, leerer, größer? Dass mal Abend ist, obwohl gerade erst Morgen war? Dass es Türen gibt, wo vorher keine waren? Gänge, die ins Nichts führen? Und dann noch dieses Gefühl, dass man eigentlich nie allein ist. Dass man beobachtet wird.«

Und wie Sophie das aufgefallen war. »Aber es muss doch einen Grund für all das geben.«

Margarete lachte schrill auf. »Das ist ja eine wirklich grandiose Feststellung, Madame.«

Sophie schluckte eine gepfefferte Bemerkung hinunter wie

bittere Medizin. »Und was wollt ihr tun?«, fragte sie stattdessen. Sie blickte einen nach dem anderen an. Ludwig wich ihrem Blick aus, Margarete sah ihr herausfordernd in die Augen. »Ihr könnt doch nicht einfach so herumsitzen?«

»Und ob wir das können.« Wie aus Protest setzte sich Margarete wieder auf den abgewetzten Sessel in einer Ecke des Raumes. Ludwig folgte ihr prompt. Er würde wohl selbst von einer Klippe springen, wenn diese Furie es ihm befahl. »Ich finde, es ist das Beste, wenn wir eben das tun, was der Concierge uns aufgetragen hat«, sagte er wenig überzeugend. Er hätte vielleicht etwas anderes gesagt, wenn Margarete nicht dabei gewesen wäre. »Mal abgesehen davon, dass wir keine bessere Idee haben.«

Margarete verschränkte die Arme und blickte sie herausfordernd an. »Und was dich angeht: Mach doch, was du willst. Ich erinnere dich gern daran, dass du hier nicht willkommen bist.«

Sophie setzte zu einer Erwiderung an, verkniff sie sich aber. Kopfschüttelnd stürmte sie aus dem Raum.

DEZEMBER 1883

Bis zuletzt hatte sie gedacht, dass er es sich anders überlegen würde. Dass er übertrieb, um sie einzuschüchtern und ruhig zu stellen. Dass er zu so etwas gar nicht in der Lage war. Sie einfach rauszuschmeißen, jetzt, zu dieser Jahreszeit. In ihrem Zustand.

Wie sie sich getäuscht hatte.

Es gab keinen Eklat, kein Gebrüll, keinen Skandal. Alles lief im Stillen ab. Hinter den Kulissen. Im Verborgenen. Wie zuvor ihre wunderbaren gemeinsamen Stunden, durfte auch jetzt niemand Wind davon bekommen. Sein Ruf stand auf dem Spiel. Der Ruf des Grandhotels.

Dennoch hatte sie geplaudert. Nicht, weil sie böse Absichten hegte. Nicht, weil sie schmutzige Wäsche waschen wollte. Sie war verzweifelt. Und in ihrer Verzweiflung hatte sie sich ihrer Zimmergenossin anvertraut.

Deswegen verstieß er sie. Entließ sie fristlos. War urplötzlich so kalt und unbarmherzig zu ihr, wie er sonst nur bei anderen gewesen war. Sie redete auf ihn ein, flehte ihn an, versprach ihm alles, kroch unterwürfig vor ihm.

Er ließ sich nicht erweichen. Dieses Mal nicht. Kälte. Dort draußen wartete Kälte auf sie.

Was würde mit ihr passieren?

Kapitel 12

DIE KELLER

Idioten! Vor allem dieser Margarete hätte Sophie am liebsten eine verpasst. Was für ein selbstherrliches, ungerechtes Ding!

Sophie kam nicht weit. Noch vor der ersten Wegbiegung hatte Max sie eingeholt. Er packte sie am Ärmel ihres Parkas, ließ sie dann aber hastig wieder los, als hätte er sich verbrannt.

»Bitte entschuldige.«

»Wofür?«, gab Sophie gereizter zurück, als sie es beabsichtigt hatte. »Für das Benehmen deiner … Freunde oder dass du mich in eine Falle gelockt hast?«

Er schaute überaus unglücklich drein. »Für … beides, nehme ich an. Obwohl ich nicht sagen würde, dass es meine Freunde sind. Zumindest nicht ohne dass mir jemand einen Revolver an die Schläfe halten würde.«

»Und was sind sie dann?« Sophie war müde und hatte Kopfschmerzen. Es war ein mehr als langer und unerfreulicher Tag gewesen. Sie wollte nur noch ihre Ruhe.

»Manchmal«, murmelte er, »kann man sich seine Gesellschaft nicht aussuchen.«

Sie dachte an ihre Eltern, an ihre vielen langweiligen Ausflüge, an ihre jetzige Situation. An Alex mit seinen unverschämten Vorstellungen. »Da hast du wohl recht«, sagte sie deutlich sanfter. Sie seufzte. »Was ist nur mit uns passiert?«

Max blickte sie an, dann senkte er die Augen und schüttelte den Kopf. »Ich weiß es nicht. Ich … wir haben uns wohl damit abgefunden. Wir sitzen herum, warten, schweigen uns an und hoffen darauf, dass etwas passiert. Aber es passiert nichts. Nie passiert irgendwas. Es ist wie das Warten auf etwas, das nie eintreten wird. So fühlt es sich wenigstens an.«

Sophie musterte ihn. Sie war nicht sonderlich gut in der Mode vergangener Jahrzehnte, war sich aber ziemlich sicher, dass selbst ihr Vater nicht so herumgelaufen war, als er jung gewesen war. Die Hosenträger, das Hemd mit dem seltsamen Kragen, die Schuhe … Ihr fiel spontan kein Laden ein, in dem es solche Klamotten gab. Außer vielleicht ein Kostümverleih.

Erstmals fiel ihr auf, wie hübsch er eigentlich war. Und das, obwohl er vollkommen anders aussah als Sophies Klassenkameraden. Seine Haare mochten mal akkurat gescheitelt gewesen sein, jetzt hingen sie ihm locker in die Stirn. Es sah besser aus, als man das jemals vor einem Spiegel hinbekommen würde. Und irgendwie betonte es seine Augen sogar noch mehr.

Sie verscheuchte diese unpassenden Gedanken. »Und ihr habt die ganze Zeit nichts unternommen?«

»Margarete ist dagegen.« Er lächelte schief. »Und das bedeutet, dass auch Ludwig dagegen ist.«

Das hatte sich Sophie schon gedacht. »Und du?«

»Ich habe es oft versucht. Habe mich auf Erkundungen begeben.«

»Was hast du herausgefunden?«

Max presste die Lippen aufeinander. Er sah ganz und gar unglücklich aus. »Zu wenig. Seit gestern sind wir zumindest nicht hier, daran besteht für mich kein Zweifel. Und die Kleider, die du trägst«, fuhr er nach einer kurzen Pause schwerfällig fort, »sehen auch reichlich sonderbar aus, wenn du mich fragst. Von deiner schwarze Lampe mal ganz zu schweigen …«

Ein mulmiges Gefühl machte sich in Sophie breit. Würde sie auch so werden, wenn sie erst mal eine Weile hier war? »Aber es muss einen Ausweg geben!«, sagte sie mehr zu sich als zu Max. »Es gibt doch immer einen.«

»Ich wünschte, es wäre so.«

»Max, egal, seit wann ihr wirklich schon hier seid: Ihr habt eindeutig zu lange herumgelungert und nichts getan. Ich muss was unternehmen! Bist du dabei?«

Sie wunderte sich über sich selbst. Fragte sie ihren Entführer gerade wirklich, ob sie gemeinsame Sache machen sollten?

»Margarete muss es ja nicht gleich erfahren«, fügte sie verschwörerisch hinzu und tippte sich unbewusst genauso gegen die Nase, wie es ihr Vater immer tat, wenn er ein Geheimnis mit ihr teilte. »Und der Concierge wird es auch nicht mitbekommen.«

Er blickte sie erstaunt an. »Meinst du wirklich, das ist eine gute Idee?«

Sophie nickte. »Es ist die beste, die ich habe.«

Er lächelte. Dann streckte er ihr seine Hand entgegen. Sophie schüttelte sie unbeholfen und versuchte, ihren beschleunigten Herzschlag zu ignorieren. Wieso hatte sie plötzlich so schwitzige Hände? »Also gut, komm. Ich weiß, wo wir in Ruhe reden können.«

Max führte sie zu einem kleinen Verschlag unter einer Treppe, notdürftig eingerichtet mit einer durchgelegenen alten Matratze, einem schiefen Hocker und einer kleinen Kommode. Sophie versuchte, sich nichts anmerken zu lassen, doch Max hatte bereits in ihrem Gesicht gelesen. »Es ist nicht viel, aber immerhin habe ich hier meine Ruhe.«

»Ach was«, entgegnete Sophie schnell. »Es ist … interessant.«

»Du musst mir nicht schmeicheln. Ich weiß selbst, wie das auf dich wirken muss. Ich kann mich kaum noch daran erinnern, wie es ist, in einem richtigen Bett zu schlafen.« Seine Miene verfinsterte sich. »In meinem Zimmer …«

»Das wird schneller passieren, als du glaubst.« Woher sie diese Sicherheit nahm, wusste sie nicht. Vielleicht, weil ihr der Zustand der anderen unmissverständlich klargemacht hatte, dass sie schnellstmöglich hier rausmusste. Zumindest, wenn sie nicht genauso enden wollte. Sie setzte sich auf den Hocker. Er wackelte. »Also, legen wir los.«

Max ließ sich auf die Matratze fallen und sah sie erwartungsvoll an. Aus irgendeinem Grund fiel es ihr schwer, dem Blick standzuhalten. »Was meinst du?«

»Äh, gut.« Sie ordnete ihre Gedanken und stellte fest, dass sie ein wenig nervös war. Hoffentlich merkte er es nicht. »Erzähl mir alles über dich. Wer bist du, wie alt bist du, wo kommst du her und an was kannst du dich erinnern?«

»Na ja, dass ich Max heiße, weißt du ja schon. Max … Gaigern«, brachte er mit einiger Anstrengung hervor, erleichtert und gleichzeitig bestürzt darüber, dass es so lang gedauert hatte. Er schaute verwirrt ins Nichts. »Das war schwierig.«

Auch seine übrigen Erinnerungen waren äußerst bruchstückhaft. Er wusste, dass er wohl 16 Jahre alt war, konnte sich aber kaum noch daran erinnern, wie sein Leben ausgesehen hatte, bevor er mit seinen Eltern ins Grandhotel Rabenfels gekommen war. Seinem Vater gehörte eine Reihe großer Fabriken, die irgendetwas mit Möbeln zu tun hatten, allerdings konnte Max schon gar nicht mehr genau sagen, was es eigentlich war, womit sein Vater sein Geld verdiente. Er wusste nur, dass es eine Menge Geld gewesen war, sie hatten in einem großen Haus mit Angestellten gewohnt, sein letzter Geburtstag war wohl eine ziemliche Sensation gewesen. Außerdem war er von Hauslehrern unterrichtet worden. Strengen Hauslehrern ohne jeden Humor. »Aber ich denke, das gehört zu diesem Beruf«, meinte er mit dunkler Miene. »Immer noch besser als das Internat.«

»Und wann das war, kannst du nicht mehr sagen?«

Max schüttelte bekümmert den Kopf. »Ich habe alles vergessen. Welches Jahr haben wir?«, fragte er, und Sophie wusste nicht, ob es scherzhaft oder ernst gemeint war.

Unruhig rutschte sie auf ihrem Schemel hin und her. Das brüchige Möbelstück eilte ihr zu Hilfe und verlor unter Protest ein Bein. Unsanft landete Sophie auf der harten Erde. Als Max ihr aufhelfen wollte, fiel sein Blick auf ihren Zimmerschlüssel. Er musste ihr aus der Tasche gefallen sein.

»Warte mal«, meinte er irritiert und griff nach dem Schlüssel. Die Nummer 217 prangte in geschwungenen Ziffern auf der abgewetzten Messingplatte. »He, das war auch unser Zimmer!«, rief er aus.

»Was? Bist du dir ganz sicher?«

»Ja, völlig sicher! Bis vor einem Moment hätte ich niemals sagen können, in welchem Zimmer wir residierten, doch jetzt ist es mir so klar wie niemals zuvor. Es hatte einen tollen Blick auf die ganzen Kutschen, die vor dem Eingang standen.«

»Hm«, machte Sophie geistesabwesend. Dann rieselten seine Worte in ihren Verstand. Kutschen? Hatte er gerade wirklich etwas von Kutschen gesagt? Ob er am Ende vielleicht eine Touristenattraktion meinte, die diese Einöde hier oben beleben sollte?

Sophie schob den Gedanken beiseite. »Das mit den Schlüsseln ist immerhin ein Anfang.«

»Was meinst du damit? Denkst du, die anderen beiden waren ebenfalls in diesem Zimmer?«

»Es wäre zumindest eine Erklärung – auch wenn wir natürlich immer noch nicht wissen, was damit erklärt werden würde.«

»Sollen wir sie fragen?«

Sophie wiegte den Kopf hin und her. »Glaubst du, das ist eine gute Idee? Margarete wird denken, dass wir etwas aushecken.«

»Da hast du wohl recht.«

»Es gibt natürlich einen anderen Weg …«, begann Sophie und ließ die Worte extra lang in der Luft hängen. »Es wäre allerdings riskant.«

»Nun sag schon!«

Erfreut bemerkte sie, dass sie seine ungeteilte Aufmerksamkeit hatte. »In jedem Hotel gibt es Melderegister und Aufzeichnungen über die Zimmerbelegung. Wenn wir die finden, können wir herausfinden, in welchem Zimmer die anderen beiden gewohnt haben. Das bedeutet allerdings, dass wir uns nach oben ins Hotel schleichen müssen.«

Für einen Moment schien es, als würde Max zögern. Dann nahmen seine Augen einen entschlossenen Ausdruck an. Sophie war schon jetzt sehr dankbar, ihn an ihrer Seite zu haben. Aus irgendeinem Grund verlieh er ihr Zuversicht, Mut. »Also gut, genug herumgesessen. Versuchen wir's!«

Sophie konnte es sich nicht genau erklären, doch eine gewaltige Aufbruchsstimmung machte sich in ihr breit. Lag das nur an Max?

»Dann los!«, sagte sie betont munter. Jetzt galt es zu handeln.

Als sie sich erhob, um das Versteck zu verlassen, hielt Max sie zurück. »Ich bin sehr froh, dass du da bist, Sophie.«

Sie lächelte und merkte erstaunt, wie ihr das Blut in die Wangen stieg. Gut, dass es hier so schummrig war.

Die drei Geister schauten ihnen grübelnd nach. »Sie kann uns sehen«, sagte die dicke Frau nach einer Weile. »Was hat das nur zu bedeuten?«

»Es bedeutet«, meinte der General mit einem Brummen und strich sich über seinen Schnauzer, »dass wir ihr helfen können. Und endlich Frieden finden.«

Kapitel 13

Die Kellertreppe

Sophie gab es ungern zu, doch es tat verdammt gut, nicht mehr allein zu sein. Sie hatte keinerlei Probleme mit dem Alleinsein, hatte das Haus oft genug für sich, wenn ihre Eltern auf einer Lesereise waren. Nach einem Tag wie diesem musste aber auch sie zugeben, dass ein wenig Gesellschaft alles andere als unangenehm war. Noch dazu von einem wie Max, dem sie bereits mehr vertraute, als es wahrscheinlich ratsam war. Doch da war etwas. Etwas, das ihn von allen anderen Kerlen unterschied, die Sophie je kennengelernt hatte. Vor allem von Alex. Aber je länger sie darüber nachdachte, desto weniger wunderte es sie. Alex war ein Mistkerl, der Dinge von ihr verlangt hatte, für die sie noch nicht bereit war! Aus irgendeinem Grund wusste sie, dass Max so etwas nie tun würde. Er wirkte wie ein echter Gentleman. Wenn es denn so etwas überhaupt gab.

Zugeben, dass sie die Gesellschaft eines Kerls genoss, der sie gerade eben erst gewaltsam verschleppt hatte, würde Sophie natürlich nie. Aber wer würde das schon? Sie würde es ja nicht mal dann zugeben, wenn er nichts dergleichen getan hätte. Dafür war sie immer schon zu stolz gewesen. Man sagte, das habe sie von ihrer italienischen Oma – mitsamt ihren Locken und ihrem Temperament.

»Äh, Sophie? Hallo?«

»Was?«, fragte sie verwirrt. »Oh, ich … was hast du gesagt?«

»Ob ich jetzt dran bin mit den Fragen.«

»Na klar, nur zu.«

»Was ist dein Leibgericht?«

Sophie blieb stehen. »Mein … was?«

»Na ja, ich würde gern mehr über dich erfahren. Ich meine, dass du mit deinen Eltern in dieses Hotel gekommen bist und sie irgendwie verloren hast, weiß ich ja schon. Jetzt würde ich gern mehr wissen.«

Sophie schüttelte den Kopf. Sie lächelte still in sich hinein. Wer sonst würde eine solche Frage stellen, noch dazu in dieser Situation? »Also gut, mal sehen«, begann sie. »Ich steh total auf Pizza. Allerdings auf selbst gemachte, nicht so eine aus der Tiefkühltruhe.«

Jetzt war es an Max, verwirrt auszusehen. »Ganz langsam. Ich fürchte, ich habe die Hälfte nicht verstanden. Was ist eine … Pizza?«

Du lieber Himmel! Konnte es einen Menschen geben, der nicht wusste, was eine Pizza war?

»Etwas verdammt Leckeres aus Italien«, sagte sie schnell. »Gebackener Hefeteig mit Tomatensoße, Käse und sonstigem Zeug, was man so zu Hause hat.«

»Klingt toll. Italien, da war ich noch nie. Mir fehlt dieser Eintopf, den unsere Köchin immer gemacht hat. An den kann ich mich komischerweise erinnern, obwohl ich gar nicht mehr weiß, was Hunger ist.«

Sophie wurde mulmig und sie zog es vor, zu schweigen. Auf

ihrem Weg zur Kellertreppe begegneten sie niemandem. Auch von den Geistern fehlte jede Spur. Es war seltsam, doch obwohl Sophie noch vor wenigen Stunden die Existenz solcher Wesen oder sonstiger merkwürdiger Kreaturen um jeden Preis abgestritten hätte, hatte sie sich praktisch bereits damit abgefunden. Entweder das – oder sie verlor gerade den Verstand.

»Warte«, sagte Max an der Kellertreppe und berührte Sophie sanft an der Hand.

»Was ist denn?«, fragte sie ein wenig zu schnell. Max zog seine Hand hastig zurück, wie sie etwas enttäuscht bemerkte. Was war nur los mit ihr?

»Es ist nur …«, begann er und blickte kritisch die Stufen hinauf.

»Ja?« Sophie musste feststellen, dass sich Max nicht stärker von Alex unterscheiden könnte. Von Alex, diesem coolen Skater, der dann offensichtlich doch Laura besser fand und sie einfach fallen gelassen hatte. Nur weil sie mit ihm hinter der Turnhalle nicht das machen wollte, was ihm vorschwebte. Laura hatte natürlich nichts anbrennen lassen und am nächsten Tag damit geprahlt. Über zwei Monate war das her. Es tat noch höllisch weh.

»Da oben …«, begann er zögerlich. »Gibt's da noch mehr von diesen leuchtenden Wunderdingern?«

»Klar, wart mal ab, bis du die Flatscreens siehst.« Sie biss sich auf die Zunge. »Äh …«

»Ja … ich frage jetzt besser gar nicht, was das ist«, sagte er und lächelte bemüht. »Ich möchte nur wissen, worauf ich mich einlasse. Ich war nun mal lange nicht mehr da oben. Und ehrlich gesagt weiß ich nicht, wie viel Zeit wirklich vergangen ist. Nicht, dass da oben alle durch die Gegend fliegen oder so etwas.«

Sophie grinste. »Du hast doch noch mich!«

»Ganz toll, ein Mädchen, das aus dem Nichts auftaucht und

Dinge bei sich trägt, die es eigentlich gar nicht geben dürfte. Äußerst beruhigend.«

»Sagt der Richtige! Ich treibe mich hier mit jemandem herum, der mich vorhin entführt und gefesselt hat!«

Max schien etwas entgegnen zu wollen, dann setzte er ein umwerfendes Lächeln auf. »Gut, wir sind also quitt.«

Sophie blickte die Kellertreppe hinauf. »Du wirst schon sehen, da oben ist alles wie immer. Ich bin doch selbst erst vorhin hier heruntergekommen.«

Max blickte sie ernst an. »Glaubst *du*.«

Mit jedem weiteren Schritt auf der feuchten Kellertreppe hallten Max' Worte dröhnender in ihr wider. Ihrem Kopf gab das natürlich ausreichend Nahrung, den pochenden Schmerz zu verstärken und den Unannehmlichkeiten noch ein hässliches Ziehen hinzuzufügen.

Glaubst du …

Was, wenn Max recht hatte? Sie sah ja leibhaftig vor sich, was passierte, wenn man die Keller betrat. Dieses Haus veränderte die Menschen, die sich in ihm aufhielten. Vielleicht hatte es auch sie längst erfasst. Zögerlich nahm sie Stufe für Stufe, konnte Max' Besorgnis auf einmal viel besser verstehen.

In ihrem Kopf tobte ein Sturm. Sie stellte sich vor, dass das Hotel bereits geschlossen worden war. Dass man sie allein mit den Geistern und Erinnerungen dieses Hauses zurückgelassen hatte.

Sie fühlte etwas Weiches an ihrer Hand. Sophie schüttelte sie instinktiv und ging weiter. Dann fühlte sie, wie etwas auf ihrem Kopf landete. Sie fuhr sich mit der Hand durch die Haare und sah gerade noch, wie ein dunkler Schemen vor ihr auf den Boden fiel.

Mit einem flauen Gefühl tastete sie nach ihrem Smartphone und leuchtete auf den Boden.

Vor Schreck wäre sie fast schon wieder die Treppe heruntergestürzt.

Spinnen! Da waren überall Spinnen! Auf den Stufen, an den Wänden, an der Decke.

Sophie schrie, konnte sich aber nicht rühren. Wie gelähmt verfolgte sie das Wuseln der achtbeinigen Ungetiere, die sich von der Decke abseilten und sich in ihren Haaren verfingen.

Das Kitzeln eines Spinnenbeins an ihrer Wange weckte Sophie aus ihrer Schockstarre, jetzt fühlte sie voller Entsetzen, wie etwas ihre Beine hochkrabbelte. Panisch schlug sie um sich, trampelte wie wild auf und ab. Sie spürte, wie etwas aus ihrem Hosenbein fiel.

Max handelte geistesgegenwärtig, packte sie fest an der Schulter und zog sie die Treppe hinunter.

»Stillhalten«, sagte er mit so viel Nachdruck, dass Sophie augenblicklich gehorchte. Eine Spinne nach der anderen fischte er aus ihren Haaren, aus ihren Ärmeln und von ihrem Rücken, während er beruhigend auf sie einsprach. Schließlich sah er ihr fest in die Augen und sagte ruhig: »Es sind alle weg!«

Zitternd beobachtete Sophie, wie Max sich einen alten Besen schnappte, der am Treppenabsatz stand, und damit ein kurzes, aber effektives Gemetzel verrichtete.

»Das hätten wir«, sagte er dann und nahm Sophie tröstend in den Arm.

»Schon gut, schon gut, ich weiß, wie das ist.« Er strich leicht über ihren Rücken.

Sophie schluchzte, wusste selbst nicht so recht, ob aus Erleichterung oder aus Angst.

»Wo kamen die nur her?«, fragte sie, als sie wieder einigermaßen ruhig atmete und das Zittern nachgelassen hatte. »Ich meine, als ich vorhin gekommen bin, war hier kaum eine Spinne. Na ja, keine lebendige zumindest. Denkst du, was ich denke?«

Max nickte grimmig. »Jemand hat was dagegen, dass wir diese Keller verlassen.«

So absurd der Gedanke auch war: Laut ausgesprochen klang es vollkommen logisch.

»Worauf warten wir dann noch?« Sophie atmete tief durch. Dann nahmen sie die Treppe nach oben.

»Bist du bereit?«, fragte Max auf der letzten Stufe.

Sophie nahm seine Hand und nickte tapfer. »Eigentlich nicht«, sagte sie – und öffnete die Kellertür.

Zaghafte Schritte, nervöse Blicke. Hatte sich hier etwas verändert? Aufatmen. Nein, in den Personalquartieren war tatsächlich alles so wie immer. Zumindest aus Sophies Sicht. Ein Kellner balancierte eine besorgniserregend hohe Anzahl an Gläsern durch die Schwingtür hinaus, in der Küche wurden die üblichen anstrengenden Arbeiten verrichtet. Jemand schrie nach Salz, ein Gast läutete auch jetzt in seinem Zimmer die Glocke, um von irgendjemand anderem mit irgendetwas Überflüssigem bedient zu werden.

»Los, hier entlang«, flüsterte sie. Hier oben war wieder äußerste Vorsicht geboten. Niemand konnte sie hören oder sehen, aber sie wussten nicht, wo sich der Concierge gerade herumtrieb.

Von all den anderen Dingen, die in diesem verfluchten Hotel lauerten, mal ganz zu schweigen.

Kapitel 14

DER KORRIDOR

Die Halle lag in tiefen Schatten. Nicht ohne Erleichterung stellte Sophie fest, dass es Abend geworden war. Ein ganz normaler Abend, so wie es sich eben nach einem Nachmittag gehörte. Während ihres Ausflugs in die Keller schien sich die Zeit schön an die Regeln gehalten zu haben. War es am Ende töricht gewesen, etwas anderes anzunehmen?

»Wo könnte das Büro des Direktors sein?«, überlegte sie laut und sah Max fragend an.

Er zuckte mit den Schultern. »Ich schätze, wir müssen alles absuchen.«

Wie die Halle so im schwindenden Tage lag, beinahe menschenleer und erhellt von goldenen Lampen und Kronleuchtern, war es fast unmöglich zu bestimmen, in welcher Zeit man sich befand. Ging es nach Sophie, konnte dies noch eine ganze Weile so bleiben. Eine Stimme in ihr wollte sie hartnäckig auf das eigentlich Undenkbare hinweisen, darauf, dass Max und die anderen schon viel länger in den Kellern herumlungerten, als es möglich war. Sie müssten längst tot sein. Tot – oder ziemlich alt.

Sophie überhörte diese Stimme gekonnt und nahm sich vor, ein Problem nach dem anderen anzugehen. »Ich hab's«, sagte sie, als sie durch die Halle strichen. »Mein Vater hatte einen Grundriss des Hotels auf unserem Zimmer. Wenn ich den hole, finden wir das Büro des Direktors bestimmt.«

»Wieso hat er einen Grundriss? Ist er so was wie ein Architekt?«

»Nein. Er ist Schriftsteller und schreibt ein Buch über dieses Hotel. Frag nicht – ich verstehe es ja auch nicht. Warte in der Bar auf mich, ich bin gleich zurück.«

»Sophie«, zischte Max mit großen Augen und hielt sie zurück. »Ich … ich bin mir nicht sicher, ob es eine gute Idee ist, wenn du allein nach oben gehst.«

Sophie fühlte sich geschmeichelt. »Mir wird schon nichts passieren.« Sie setzte ein bemühtes Grinsen auf. »Du kannst uns ja solange einen Drink mixen. Es gibt hier schließlich niemanden, der es uns verbietet, oder?«

Das schien Max zu überzeugen. Sophie eilte die breite Treppe hinauf, hoffte inständig, diesmal gleich den Weg zu ihrem Zimmer zu finden.

Wie ausgestorben wirkte das Hotel hier oben, kein Laut drang durch die leeren Korridore. Betont lässig schlenderte sie durch die Flure, versuchte, sich nicht von den düsteren Porträts beunruhigen zu lassen. Sie war sich mittlerweile völlig sicher, dass diese Bilder bei ihrer Ankunft noch nicht an den Wänden gewesen waren. Welcher verstörte Maler auch immer hinter diesen Werken steckte, er hatte offensichtlich einige dunkle Flecken auf seiner Seele und mehrere Schrauben locker.

Sophie hielt einen Moment inne und schloss die Augen. Sie widerstand dem Impuls, sofort wieder in die Halle hinunterzurennen und Max zu bitten, sie zu begleiten. Einatmen, ausatmen.

Ruhe bewahren. Sie würde sich nicht von diesem Hotel unterkriegen lassen!

Sie zwang sich dazu, ihre Augen geschlossen zu halten und ruhig zu bleiben. Leicht war das nicht, Sophie hatte das Gefühl, dass sich jeden Moment eine Hand über ihren Mund legen und sie für immer zum Schweigen bringen würde. Einatmen, ausatmen. Gar nichts würde geschehen.

Sie öffnete die Augen. Und starrte direkt in einen Spiegel.

Das war unmöglich. Gerade hatte sie sich noch in einem Gang befunden, links und rechts nichts als Zimmertüren. Jetzt stand sie vor einer Wand. Und starrte sich selbst aus dem Spiegel entgegen. Ihr Herz begann zu rasen, ihre Hände waren schweißnass. Dann passierte es. Ihr Spiegelbild bewegte sich. Sie stand mucksmäuschenstill da und rührte sich nicht, doch die Sophie im Spiegel blickte über ihre Schulter nach hinten.

Dann veränderte sie sich. Verschwamm, bis sie sich nur noch unscharf sehen konnte.

Ein neues Bild entstand. Eines, das unmöglich ihr Spiegelbild zeigen konnte. Eines, das Sophie große Angst einjagte. Sie sah sich selbst, wie sie auf dem zugefrorenen See vor dem Hotel stand. Es schneite, sie spürte sogar die Kälte. Als sie das Knirschen hörte, wusste sie, dass sie einbrechen würde. Dass sie niemand retten würde, sie auf den lichtlosen Grund des Sees sinken und erfrieren oder ertrinken würde. Was auch immer schneller ging.

Eine Figur materialisierte sich im Schneegestöber hinter ihr. Trat durch sie hindurch. Und kam aus dem Spiegel heraus.

Sophie rannte. Sie rannte, so schnell sie konnte, blind, ohne Orientierung. Es war ihr egal, wo sie landete, solange sie nur von diesem Spiegel wegkam. Doch da war etwas hinter ihr. Etwas, das sie nicht abschütteln konnte. Dafür musste sich Sophie nicht umdrehen. Sie fühlte es, wusste es einfach. Halb wahnsinnig vor Angst stolperte sie über eine Falte in den ausgetretenen Teppichen, fiel um ein Haar der Länge nach hin, rappelte sich gerade noch auf, rannte weiter.

Da, ihre Zimmertür! Vier, vielleicht fünf Schritte. Sie nestelte den Schlüssel aus der Tasche hervor. Sie zitterte so stark, dass er ihr aus den Händen fiel, bevor sie ihn ins Schloss stecken konnte. Sie wusste, dass etwas hinter ihr war. Sie wusste, dass sie keine Chance hatte. Dass es nicht reichen würde.

Sie versuchte es trotzdem. Mit aller Willenskraft zwang sie sich zur Ruhe, hob den Schlüssel auf. Ganz langsam und vorsichtig schob sie ihn in das Schloss.

Das Verlangen, sich umzudrehen und endlich dem gegenüberzustehen, was ihr aufgelauert hatte, war beinahe übermenschlich stark. Doch sie tat es nicht. Sie wollte es nicht, konnte es nicht. Überdeutlich spürte sie eine Präsenz, hörte ein schmatzendes Geräusch, konnte den rasselnden Atem förmlich spüren. Er roch nach Verwesung.

Der Schlüssel bewegte sich nicht. Wieso bewegte er sich nicht? Fahrig, mit kraftlosen Fingern drehte sie ihn in die andere Richtung. Es klickte, die Tür schwang auf, Sophie stürzte hinein, knallte die Tür hinter sich ins Schloss und verriegelte sie. Was auch immer da draußen war – es hatte sie nicht zu fassen gekriegt.

Diesmal.

Jemand war in ihrem Zimmer gewesen. Hatte die Betten zerwühlt, die Schreibtischschubladen herausgerissen, die Unterlagen ihres Vaters im ganzen Zimmer verstreut.

Wer auch immer hier gewesen war, hatte etwas gesucht. Das Problem war nur: Sophie hatte keine Ahnung, ob der Eindringling fündig geworden war oder nicht. Hastig durchwühlte sie das Durcheinander. Sie spürte Erleichterung, als sie den zusammengerollten Plan fand – im Schirmständer. Sie musste trotz allem lächeln. Ihr stets äußerst zerstreuter Vater bewahrte Dinge immer an den merkwürdigsten Orten auf. Bücher in der Speisekammer, Tee im Bücherregal, Autoschlüssel im Kühlschrank und dergleichen. Nur er würde auf die Idee kommen, den Grundrissplan eines Hotels im Schirmständer unterzubringen.

Wieder verspürte sie einen Stich. »Ich werde euch finden«, sagte sie leise, sah sich ein letztes Mal im Zimmer um und wandte sich dann wieder der Tür zu. Sie hielt kurz inne, machte auf dem Absatz kehrt und rannte ins Bad, wo sie sich die Nagelschere ihrer Mutter in die Tasche stopfte. Man konnte ja nie wissen.

Dann lauschte sie an der Tür. Nichts. Draußen schien alles ruhig. Insgeheim wusste Sophie, weshalb sie sich vorhin im Gang nicht umgedreht hatte. Sie wollte es nicht wissen, um weiterhin zu glauben, dass zumindest keine abartige Frau hinter ihr her war. Das wäre nicht mehr möglich gewesen, wenn sie sich da draußen umgedreht hätte.

Moment mal. Erst die Spinnen, jetzt diese unerfreuliche Begegnung auf dem Flur. Je mehr sie darüber nachdachte, desto sicherer war sie, dass sie das Hotel von etwas abhalten wollte. Und das konnte nur bedeuten, dass sie auf der richtigen Spur war. Aber wieso dann die Sache mit dem See? Eine Warnung, was mit ihr passieren würde? Oder verbarg sich dort draußen etwas?

Durchatmen. Sie fasste sich ein Herz – und öffnete die Tür mit einem Ruck. Niemand zu sehen. Es passte ihr nicht, dass man ihr gerade derart große Angst eingejagt hatte. Dass man sie für irgendein furchtbares Spiel missbrauchte. Wieder flammte Wut in ihrem Inneren auf, überdeckte erfolgreich die Furcht und die Trauer. Wer auch immer hinter allem steckte: Er würde damit nicht durchkommen! Oder sie. Oder … oder … *es*.

Kapitel 15

DIE HOTELBAR

So ruhig und gelassen wie möglich lief sie den Gang entlang, widerstand mehrfach dem Impuls, einfach loszurennen. Dennoch war sie mehr als nur ein wenig froh, als sie Max in der Bar vor zwei Gläsern mit rätselhaftem Inhalt stehen sah. Er hantierte mit allerlei Flaschen, goss von dieser oder jener ein paar Tröpfchen in die gefährlich grelle Mischung.

»Was machst du denn da?«, fragte Sophie betont locker und setzte sich an einen Barhocker vor ihm. Nur wenige andere Gäste saßen in der Bar. Wie gewohnt nahmen sie keine Notiz von ihnen, also beschloss auch Sophie zu ignorieren, dass Pelzmäntel, Federboas und Zylinder das Modebild bestimmten. »Willst du uns vergiften?«

Max blickte sie mit feierlichem Ernst an. »Das«, sagte er gewichtig und reichte ihr eines der Gläser, »ist ein Max Spezial. Wie geschaffen für Zeiten wie diese.«

»Ach ja?«

»Ja.« Seine Augen blitzten. »Ein paar von diesen und man muss diese Zeiten gar nicht mehr erdulden!«

Der Inhalt sah hochgradig gefährlich aus und sprudelte munter vor sich hin. »Spezial, aha!« Sophie schnupperte kritisch daran. Es roch süß. Beinahe … trinkbar.

Max erhob sein Glas. »Auf uns.« Er verzog die Lippen zu einem spöttischen Grinsen. »Und einen unvergesslichen Urlaub.«

Er stürzte den gesamten Inhalt seines Glases auf einmal hinunter und knallte es auf die Theke. Sophie verzog das Gesicht, probierte einen Schluck. Und verzog das Gesicht dann erst so richtig. »Igitt!«, rief sie aus und schob das Glas beiseite. Es schmeckte ebenso giftig, wie es aussah: bitter, scharf, brennend. Nicht, dass sie noch nie Alkohol getrunken hatte. Aber das hier schmeckte ganz und gar nicht wie etwas, wofür es sich lohnte, gegen Regeln zu verstoßen.

Max bewerkstelligte es, keine Miene zu verziehen. »Du bist wohl nichts gewohnt, was?«

»Zumindest nichts, was man aus einem Giftschrank zusammengemischt hat.«

Einen Moment lang blickten sie sich herausfordernd in die Augen, dann mussten sie beide lachen. Eine erstaunliche Wandlung war in Max vorgegangen, seit sie die Keller verlassen hatten. Als hätte er eine dunkle Wolke hinter sich zurückgelassen. Sophie musste feststellen, dass seine interessante Art dadurch keineswegs verloren gegangen war. Wenn überhaupt, war Max sogar noch interessanter geworden.

Und nicht nur das: Irgendwas an seiner bloßen Anwesenheit machte sie ruhiger, gelassener. Seit sie allein mit ihm war, hatte sie kein einziges Mal das Gefühl gehabt, grundlos wütend zu werden. Für jemanden wie sie war das allerhand. Forschend sah sie in sein Gesicht. Wie machte er das nur?

Max musterte währenddessen die Bar. »Hier sieht alles genauso aus wie immer«, stellte er beinahe ein wenig enttäuscht fest. Es stimmte: Wie die Hotelhalle hatte sich auch die Bar ihren nostalgischen Charakter erhalten. In einem Haus wie diesem waren die alten Zeiten alles, woran man festhalten konnte.

»Das habe ich doch gesagt«, ließ Sophie beiläufig fallen, obwohl sie es besser wusste und die Mode der anderen Gäste gekonnt ausblendete. »Alles halb so schlimm.«

Max trat hinter der Bar hervor. »Also los. Schauen wir uns diesen Grundriss mal an.«

Es dauerte eine Weile, bis sie sich in diesem komplexen Gewirr aus Linien und Kreisen zurechtgefunden hatten. Sophie band ihre zerwühlten Haare zu einem neuen Zopf, kaute auf dem Ende herum und starrte angestrengt auf den Plan.

Nach einer Weile spürte sie einen Blick auf sich ruhen. Aus den Augenwinkeln sah sie, dass Max sie aufmerksam beobachtete. Sie beschloss, sich nichts anmerken zu lassen, und hoffte, dass er nicht sah, wie ihr schon wieder das Blut in die Wangen stieg.

Als sie dann doch hinschaute, war er es, der sich konzentriert dem Grundriss widmete. Mist! Wie er hier neben ihr stand, voll und ganz konzentriert, der Blick wachsam, die Haare fielen locker über die Stirn, machte er es ihr aber auch denkbar schwer, nicht hinzusehen.

»Sieh mal, wir sind hier.« Er legte einen Finger auf den Grundriss und fuhr mit ihm durch die einzelnen Räume. »Da sind die Personalquartiere, hier geht es zu den Kellern. Aber was ist das?«

Sophie starrte auf den Plan. »Sieht aus wie der große Aufzug in der Halle dort drüben, nur kleiner. Das muss ein Lastenaufzug sein! Hotels sind Welten für sich«, begann sie unabsichtlich, ihren Vater zu zitieren. »Gut möglich, dass es Geheimgänge und komplette Flügel gibt, die hier nicht mal auftauchen.«

»Fürs Erste reicht mir schon das alles.« Max stöhnte. »Ist ein ziemlich großer Bau.«

Das Hotel war tatsächlich deutlich größer, als Sophie bislang angenommen hatte, und überaus verschachtelt an den Berg gebaut worden. Gänge knickten in seltsamen Richtungen ab, verwinkelte Zimmer hatten dem Zeichner dieses Plans einiges abverlangt. Erst jetzt entdeckte Sophie, dass das Hotel einen riesigen Garten hinter dem Haus hatte, auch diverse Salons, Hallen oder der Wintergarten waren ihr bislang gar nicht aufgefallen.

»Schau mal!« Jetzt war es an Sophie, mit dem Finger eine Erkundungstour durch das Grandhotel zu machen. »Hier wurde eine Treppe ausradiert.«

Max beugte sich vor. »Da hinten auch. Vielleicht ein Fehler im Plan?«

Sophie schüttelte hilflos den Kopf. Sie befanden sich in einem riesigen Ungetüm. Wer wusste schon, was das alles zu bedeuten hatte.

»Als wären wir mit Haut und Haar von einer prähistorischen Kreatur verschluckt worden.«

Sophie schaute Max entgeistert an. »Wie bitte?«

»Das, äh, ist mir nur so eingefallen.«

»Sehr aufmunternd, das muss ich schon sagen.«

Max grinste schief und beugte sich wieder über den Plan. »Wo steckt dieses verdammte Büro nur …«

»Da!« Sophie zeigte auf einen der Räume direkt neben der Hotelhalle. »Das muss es sein. Mein Vater hat gesagt, dass das Büro meist recht zentral untergebracht ist.«

»Donnerwetter.« Max nickte anerkennend. »Dein Vater weiß ja wirklich eine ganze Menge über dieses Hotel. Mein Vater wusste nur, dass es teuer war, also wollte er es unbedingt besuchen.«

Sophie schenkte Max ein scheues Lächeln. Dann faltete sie den Grundrissplan zusammen, stand auf und blickte ihn herausfordernd an, die Hand leicht in seine Richtung ausgestreckt. »Wollen wir?«

Mit einem leichten Kribbeln im Bauch stellte sie fest, dass er ihre Hand sofort ergriff.

DEZEMBER 1883

Sechs ausdruckslose Augen starrten sie an. Kalt waren sie, unberührt und wie in Stein gemeißelt.

Ihr war, als blickte sie dreimal in dasselbe Gesicht. In dieselben mitleidlosen Züge, dieselben schmalen, abwärts gerichteten Mundwinkel. Dieselben dürren Haare, die sich in einer unsichtbaren Brise bewegten wie Algen im Wasser.

War sie nicht mehr ganz bei Sinnen? Sie hatte gedacht, dort draußen in der Kälte zu erfrieren. Das stimmte nicht ganz. Sie war mit jeder Faser ihres geschundenen Körpers überzeugt davon gewesen.

Verstoßen. Man hatte sie verstoßen.

Vielleicht war das hier alles – die drei alten Frauen, die Hütte, das so irrsinnig willkommene Knistern des Lagerfeuers – ja auch eine Art Jenseits. Wenn nicht, so war sie noch am Leben. Mehr oder weniger. Doch wofür lohnte es sich zu leben? Da war nichts in ihr. Eine Einöde, wo einst ihr Herz gewesen war. Ein schwarzes Loch, wo einst die Hoffnung blühte.

»Sie ist dem Tode nah«, hörte sie gezischelte Worte.

»Dennoch ist sie hier. Es ist lange her, dass sich jemand verirrte. Verfluchtes Hotel.«

»So ist sie unbrauchbar für uns. Seht, wie schwach und leer sie ist. Wie ein ausgewrungener Schwamm.«

»Uns geht es auch nicht anders. Wir brauchen sie! Wir müssen alles dafür tun, sie zu überreden.«

»Sie will den Direktor.«

»Dann soll sie ihn bekommen. Alles, alles, was sie will.«

»Es wird lange dauern. Ihr wisst, dass wir nur die Macht über das Hotel haben.«

»Schweigt. Sie kommt zu sich.«

»Was wollt ihr?«, sagte sie mühsam. Oder wollte es sagen. Es kam nur ein heiseres Krächzen heraus.

Eine knorrige Hand tauchte vor ihr auf. Sie sah aus wie das Wurzelgeflecht eines toten Baums und hielt einen hölzernen Becher. Etwas blubberte darin.

»Trink das, Colette.« Die Stimme kam von allen Seiten. Aus allen drei Mündern. Aus ihr selbst.

Wie in Trance ließ sie die bittere Flüssigkeit ihre Kehle hinabrinnen. Sie war heiß, doch verbrannte sie sie nicht. Sie war eiskalt, doch verkühlte sie sie nicht.

Sie war … genau richtig. Mit einem Mal war alles klar. War alles wieder da. Als hätte jemand ein Tuch von einer Leinwand gezogen. Man wusste zwar, dass ein Bild dahinter verborgen lag. Man konnte sich aber nicht mehr daran erinnern. Bis jetzt.

Mit einem wuchtigen Schlag kehrte der Hass zurück an seinen angestammten Platz. Sie warf den Kopf in den Nacken und breitete die Arme aus. Sie hieß ihn willkommen.

Er musste sterben. Er musste dafür bezahlen.

War es nicht erstaunlich, wie schnell sich flammende Liebe in lodernden Hass umkehren konnte? Ein emotionaler Vorzeichenwechsel, der durch nichts auf der Welt aufzuhalten war. Je stärker die Liebe, desto näher war ihr der Hass. Letztlich waren es nur zwei Sichtweisen auf dasselbe Thema.

»Was wollt ihr?«, fragte sie wieder.

»Die Frage ist doch eher, was du willst, nicht wahr? Wir wissen, was du willst. Wir wissen, wen du willst.«

Wieder blickte sie in sechs Augen. Diesmal funkelte etwas

in ihnen. Etwas, das ihr nicht gefallen hätte, wäre sie bei klarem Verstand gewesen. Doch der Hass befeuerte sie mit seiner gesamten Armada und sie überließ ihm bereitwillig das Feld.

»Wir können dir helfen«, sagten sie. Hilfsbereitschaft schwang nicht darin mit. »Wir wissen, was du begehrst. Und du begehrst es zu Recht.«

Ihre Augen hatten sich langsam an das trübe Zwielicht der Hütte gewöhnt. Die Körper der drei alten Frauen konnte sie dennoch nicht erkennen.

»Wie?«, hörte sie eine Stimme, die die ihre sein musste, aber heiser und kratzig klang. Was war nur aus ihr geworden? »Wie könnt ihr mir helfen?«

»Wir sorgen dafür, dass du deine Rache erhältst. Und bieten dir einen Pakt an.«

»Wer … wer seid ihr?«, fragte sie verunsichert. Was tat sie hier nur?

»Wir sind so alt wie der Berg. Wir sind die, die dein Leben retten.«

»Was wollt ihr?«

Ein boshaftes Lächeln huschte gleichzeitig über die drei merkwürdig ähnlichen Gesichter. Dann erhoben sie die Stimme wie ein Chor und das Kaminfeuer wallte auf.

»Gib uns deine Seele!«

Etwas schrie auf in ihr. Etwas wehrte sich.

»Gib uns deine Seele!«

Etwas wollte weg von hier. Etwas wollte schreien.

»Gib uns deine Seele!«

Etwas starb in ihr.

»Was muss ich tun?«, fragte sie entschlossen.

Die drei Frauen sagten es ihr.

Kapitel 16

Das Büro des Direktors

Es war dunkel geworden, hinter dem Empfang döste ein ergrauter alter Rezeptionist vor sich hin. Alles schien mit halber Geschwindigkeit abzulaufen, selbst das Ticken der großen Standuhr schien langsamer durch diese zähe Stille zu hallen.

Bis auf ein gackerndes Pärchen, das auf unsteten Beinen an ihnen vorbeistolperte, war die Halle leer.

»Los jetzt, bringen wir es hinter uns.« Die beiden schlichen um den Rezeptionisten herum, der seine Teetasse selbst schlafend nicht losließ, und betraten das Büro des Direktors durch eine verglaste, zum Glück unverschlossene Tür.

»Wie gehen wir vor?«

»Du hast wohl nicht viel Erfahrungen mit Herumschnüffeln, was?«, bemerkte Sophie.

»Au contraire, Madame«, gab Max pikiert zurück. »Ich wollte lediglich fragen, welche Methode wir anwenden. Am besten teilen wir uns auf. Du nimmst dir dieses Regal vor, ich schaue mir mal die Schreibtischschubladen an.« Er stockte. »Ach ja, wonach suchen wir eigentlich genau?«

»Nach irgendeinem Melderegister. Nach Aufzeichnungen, wann welcher Gast wo übernachtet hat. Jedes Hotel hat so etwas.«

Das Büro war ein rechteckiger Raum mit großzügigen Fenstern, die zum Park zeigten. Nicht ohne ein gewisses Unwohlsein blickte Sophie in den Nebel. Er war wieder da.

Wo keine Regale, Kommoden oder Tischchen standen, waren die Wände über und über mit Bildern, Fotografien und alten Zeitungsausschnitten übersät. Max lief staunend vor ihnen auf und ab.

»Mensch, sogar der amerikanische Präsident war schon mal hier. Und diese berühmte Schauspielerin. Wie hieß die noch mal? Sophie?«

Ein Brand. Es hatte einen verheerenden Brand gegeben. Sophie stand wie hypnotisiert vor dem Zeitungsausschnitt und starrte auf das Foto. Hoch loderten die Flammen, der Text sprach von einer unerklärlichen Brandursache, von Toten, von einer Katastrophe. Wie in ihrem Traum …

»He, Sophie?« Max fuchtelte mit den Händen vor ihren Augen herum. »Bist du da irgendwo?«

»Wie?« Verwirrt blickte sie in Max' amüsiertes Gesicht. »Entschuldige, ich war ganz versunken …«

»Verstehe«, meinte Max, als er den Zeitungsausschnitt sah. »Das ist ja komisch.«

»Was meinst du?«

»Na dieses Feuer. Ich bin mir selten einig mit Ludwig und Margarete, doch wir sind uns sicher, dass es da vor einiger Zeit ein Feuer gegeben hat. Es roch nach Rauch und verkohltem Holz, außerdem wurde es eine Zeit lang ziemlich stickig und heiß in den Kellern.« Seine Miene verdüsterte sich. »Damals sind viele panisch in die Keller und dann wieder hinaufgerannt.

Einige …« Er stockte. »Einige blieben leblos liegen. Der Rest ist irgendwie weg.«

»Weg?«

»Ich erinnere mich nicht. Die anderen auch nicht. Sagen sie. Aber Margarete … sie redet im Schlaf. Ich glaube, sie verbirgt etwas, doch als ich sie mal danach fragte, hat sie mir eine Ohrfeige verpasst. Einfach so.«

Sophie schüttelte empört den Kopf.

Max warf einen prüfenden Blick auf den Artikel. »Meinst du, das war dieser Brand?«

Sophie sprang das Datum ins Auge, das unfassbare Datum, das die Zeitung als Ausgabe des 3. Oktober 1916 zu erkennen gab. »Ich hoffe es nicht«, sagte sie leise. Und wandte sich schnell ab.

Die Suche erwies sich als recht hoffnungslos, doch es tat gut, mal einen Moment lang abgelenkt zu sein. Die Schränke waren voller Unterlagen, Briefe und Aufzeichnungen, von Ordnung konnte aber keine Rede sein. Es herrschte ein heilloses Durcheinander, das Sophie so nicht mal von ihren Schulsachen kannte.

»Wie sollen wir hier jemals fündig werden!«, stöhnte Max. Lustlos durchblätterte er einen ramponierten Aktenordner nach dem anderen. »Wir wissen ja nicht mal genau, wonach wir suchen.«

»Aber klar wissen wir das.« Auch Sophie klang nicht allzu überzeugt. »Zumindest wenn du dich an die Nachnamen erinnerst.«

Max blickte beinahe gekränkt von einem Stapel staubiger Papiere auf. »He!«, machte er entrüstet. »Nur weil mir mein Nachname nicht gleich eingefallen ist, heißt das noch lange nicht, dass ich die anderen vergessen habe. Margarete Wallenstein und Ludwig von Salzbergen, da, bitte schön. Ich mochte meinen Namen eh nie. Max Gaigern, das klingt nun wirklich nicht sehr toll.«

»Sei nicht albern, mir gefällt der Name.«

»Deiner gefällt mir auch«, murmelte er leise.

Ohne den Grund dafür zu kennen, errötete Sophie. Dabei war es streng genommen nicht mal ein Kompliment – sie hatte sich diesen Namen ja schließlich nicht ausgesucht. »Danke«, meinte sie und lächelte verlegen. »Aber gegen Margarete Wallenstein und Ludwig von Salzbergen klingt das auch eher öde.«

»Stimmt.« Max lächelte zurück und blickte sie aus seinen dunklen Augen an. »Die beiden klingen echt wie aus einem Groschenroman. Also gut …«, sagte er und öffnete beherzt die nächste Schublade, »suchen wir weiter. He … was ist denn das für ein Ding?« Max zog einen schlanken rechteckigen Gegenstand aus den Untiefen der Schreibtischschublade hervor – einen Laptop.

»Na also!«, machte Sophie erfreut und sprang auf. »Danach habe ich die ganze Zeit gesucht.«

»Was, äh, was ist das für eine Apparatur? Ist das einer dieser Flät…, wie hießen die noch gleich?«

Sie wollte schon etwas sagen, biss sich dann aber auf die Zunge. Ein Teil von ihr wusste längst, was das alles zu bedeuten hatte. Der andere Teil jedoch weigerte sich störrisch, der Wahrheit ins unglaubliche Gesicht zu blicken.

»Das … na ja, das könnte uns helfen, der Sache mit der Zimmernummer auf den Grund zu gehen.«

Wie durch ein Wunder war der Laptop nicht durch ein Passwort geschützt. Sophie wusste, dass es nur eine äußerst geringe Wahrscheinlichkeit gab, dass das Hotel nach seinem hundertjährigen Winterschlaf immer noch akribisch Buch über die ganzen damaligen Gäste führte.

Sie hatte Glück. Wahrscheinlich war es irgendjemandem wichtig genug gewesen, die angeblich so glanzvolle Geschichte dieses Hauses für die Nachwelt zu dokumentieren.

»Mal sehen.« Sophie rieb sich die Hände. »Gaigern also …«

Max stand neben ihr und schaute ihr fassungslos zu. »Was ist das für ein Zauberkasten?«, fragte er ehrfürchtig, aber auch neugierig.

Sophie reagierte nicht. Sie starrte den Bildschirm mit großen Augen an. »Vielleicht liegt da ein Fehler vor«, sagte sie, schloss das Dokument schnell und suchte nach den anderen beiden Nachnamen.

Sie schluckte.

Sollte sie es Max jetzt nicht besser sagen? Sollte sie ihm nicht erzählen, dass sie seinen Namen in die Suchmaske eingegeben hatte und als einziges Ergebnis »Hermann Gaigern mit Frau Sarah und Sohn Max, Anreise 16. März 1917« vor ihr aufflackerte?

»Und? Was sagt dir dieses Gerät denn jetzt? So mache es doch nicht so spannend, ich bitte dich.«

Sophies Mund wurde trocken. Sie versuchte die unfassbare Gewissheit zu ignorieren und tat so, als suche sie noch etwas, um mehr Zeit zu gewinnen.

Sie musste ihm die Wahrheit sagen. Aber wie nur? Die Wahrheit, dass er seit über 100 Jahren in diesem Hotel lebte und um keinen Tag gealtert war. Die Wahrheit, dass er weder zu essen noch zu trinken brauchte und offensichtlich jegliches Zeitgefühl verloren hatte.

»Sophie? Nun sag schon, was hast du herausgefunden?«

»Ich gebe zu, diese Frage stelle ich mir auch.«

Die beiden erstarrten. Die seltsam windschiefe Gestalt des Concierge stand im Türrahmen. Sie warfen sich einen alarmierten Blick zu. Wie lange hatte er sie schon beobachtet?

»Wir … wir wollen nur was überprüfen«, stammelte Sophie und ärgerte sich über sich selbst. Es gab keinen Grund, dass sie sich ertappt fühlte. Immerhin wurde sie hier festgehalten!

Der Concierge seufzte und kam näher. Wieder fiel Sophie sein merkwürdiger Gang auf. Als wäre er erst seit Kurzem in der Lage, sich mit seinen Füßen fortzubewegen. »Seien Sie unbesorgt, meine Teure, ich bin nicht hier, um Sie zu maßregeln. Ich bin hier, um die Gäste dieses edlen Hauses zu beschützen. Mit meinem Leben, wenn nötig. Sie erinnern sich doch noch daran, was ich Ihnen gesagt habe, nicht wahr?«

»Ja ja, dass Sie uns beschützen. Sie haben nur nicht gesagt, wie Sie das anstellen wollen und wovor Sie uns überhaupt beschützen müssen.«

Der Concierge machte einen Schritt auf sie zu und für einen kurzen Moment zogen sich seine krausen Brauen verärgert zusammen. »Ich muss doch sehr bitten«, sagte er verstimmt. Dann glätteten sich seine Züge.

Max hatte sich schützend vor Sophie gestellt. »Sie hat doch recht! Wie lange sollen wir denn noch in den Kellern warten?«, fragte er ungeduldig, und wieder fühlte Sophie einen Stich. *Wenn er wüsste, wie lange er tatsächlich wartete …*

Der Concierge legte den Kopf schief und blickte die beiden mit einem sanften Lächeln an. Die gelben Zähne, die dahinter zum Vorschein kamen, passten nicht zu seiner eleganten Art. »Ich wünschte, ich wüsste es. Alles, was ich weiß, ist, dass Sie hier oben in großer Gefahr sind. Es wird Ihnen nicht gut bekommen, wenn Sie weiterhin im Grandhotel herumschnüffeln, wenn ich das so frei sagen darf.«

»Nein, das dürfen Sie eigentlich nicht«, widersprach Sophie. »Sie müssen doch wohl verstehen, dass uns das nicht reicht. Wieso sollen wir warten? Und wieso ausgerechnet in den Kellern? Unsere Eltern sind weg, wir sind unsichtbar. Da muss es schon etwas mehr sein, um uns zu überzeugen.«

Sophie zog instinktiv den Kopf ein und machte sich auf eine Standpauke gefasst. Doch anstelle eines Donnerwetters ließ der Concierge die Schultern sinken und schloss die Tür leise hinter sich. Er stakste zum Fenster, sah kurz hinaus und zog dann die Vorhänge zu. Eine, wie Sophie fand, äußerst überflüssige Geste bei der trüben Suppe da draußen.

»Was soll ich sagen?« Der Concierge sprach leise, und Sophie war nicht sicher, ob er mit ihnen sprach oder mit sich selbst. Dann wandte er sich ruckartig um und blickte Sophie starr in die Augen. »Sie träumen, habe ich recht?«

Etwas an der Art und Weise, wie der Concierge seine Worte betonte, ließ ihr die Nackenhaare zu Berge stehen. Perplex nickte sie.

»Das habe ich auch. Früher einmal.« Sein Blick verlor sich in der Ferne, dann durchleuchtete er sie wieder. »Sie sehen Dinge. Schlimme Dinge.« Es war keine Frage, es war eine Feststellung.

Ein Geräusch ertönte und er schnellte herum, spähte durch die Vorhänge hindurch. »Da draußen ist etwas«, sagte er nach einer Weile. »Es will hinein.«

»Aber was will es denn?«, meldete sich Sophie zu Wort. »Und woher wissen Sie das alles?«

»Ah.« Der Concierge schloss einen Moment lang die Augen und atmete aus. »Sehen Sie, es gibt Dinge, die ich nur weiß, weil ich der treu ergebene Concierge dieses Hauses bin.« Wie zur Bestätigung zeigte er mit einem krummen Finger auf die gekreuzten Schlüssel an seinem Revers. »Ob ich will oder nicht. Ich habe es mir nicht ausgesucht, weiß sie aber. Weil es meine Pflicht ist. Weder aber weiß ich, woher ich sie weiß, noch kann ich gegenwärtig etwas an ihnen ändern. Ich flehe Sie lediglich an, mich als Ihren Freund und Beschützer zu sehen. Solange Sie in den Kellern ausharren, wird Ihnen nichts passieren.«

»Aber was soll uns denn passieren?«

Der Concierge beugte sich zu Sophie herab und bemaß sie mit einem unangenehm durchleuchtenden Blick. »Ich fürchte, das wissen Sie ...«

»Aber das«, begann Sophie, doch Max legte ihr seine Hand auf die Schulter. »Komm, Sophie, wir gehen zurück.« Er blickte den Concierge nachdenklich an. »Ich denke nicht, dass das noch etwas bringt.«

Ohne ein weiteres Wort verließen sie das Büro. Als Sophie sich umdrehte, stand der Concierge am Fenster und blickte konzentriert in den dichten Nebel hinaus. »Gehen Sie nur«, sagte er leise, ohne sich umzudrehen. »Ich halte hier Wache.«

Das Problem war nur: Sophie bezweifelte zutiefst, dass es die Welt dort draußen war, über die sie sich sorgen sollten.

Kapitel 17

DIE KELLER

Ob sie es wollte oder nicht: Die Worte des Concierge verfolgten sie wie die Reste eines unangenehmen Traums. Max stupste Sophie unauffällig an und riss sie aus ihren Gedanken. »Siehst du das?«

»Was?«

»All diese Menschen hier.«

Sie waren wieder an der Bar angekommen. Wo noch vor wenigen Minuten gähnende Leere geherrscht hatte, bevölkerten jetzt zahlreiche schwatzende, schrill lachende, trinkende und rauchende Damen und Herren in langen Roben und Smokings die Tische und Tresen. Am Ende des Raumes ließ ein wild gewordener Pianist seine Aggressionen an den weißen und schwarzen Tasten aus.

»Aber ist das nicht normal für eine Bar?«

»Wahrscheinlich schon. Aber findest du es nicht seltsam, dass wir hier vor ein paar Minuten noch zwischen vereinzelten Menschen saßen und in der Zwischenzeit alle Gäste gleichzeitig entschieden haben, in die Bar zu gehen?«

Sophie wiegte den Kopf hin und her. »So gesehen …«

Unsicher bewegten sie sich vorwärts durch die Menge, vollkommen unbeachtet von den aufgekratzten Leuten um sie herum. Sophie war sich sicher, dass sie nicht länger als zehn Minuten in dem Büro gewesen waren. Und doch stapelten sich leere Gläser auf den Tischen, wirkte alles so, als sei die Party schon seit Stunden im Gang.

Sophie fühlte Max' Hand an ihrer Schulter. »Na los«, raunte er ihr zu, »lass uns wieder in die Keller gehen und uns etwas anderes überlegen. Hier kommen wir erst mal nicht weiter.«

Sie ließ sich widerstandslos an den Gästen vorbei und durch die Drehtür hinein in die Personalquartiere schieben. Es tat ihr gerade sehr gut, dass jemand anderes die Entscheidungen traf.

Eilig huschten Diener hin und her, Flaschen klirrten, Befehle und Anweisungen wurden durch die Räume gebrüllt. Ein paar Meter vor der Kellertür blieb Sophie stehen und starrte auf die Standuhr. Ihr Ticken dröhnte unnatürlich laut durch den Flur. Wie der Puls eines riesigen Wesens.

»Was hast du?«, fragte Max, doch sie reagierte nicht. Starrte nur auf die Uhr. Wusste nicht, warum sie es tat.

Dann geschah es. Der Sekundenzeiger wanderte vorwärts, wurde langsamer und langsamer, blieb dann mit einem dumpfen Ton stehen.

Dann lief die Uhr rückwärts.

Die letzten Meter zurück in die Keller rannten sie.

»Wo zur Hölle seid ihr gewesen?«

Margarete hatte sich vor ihnen aufgebaut, der Blick flammend, die Hände anklagend in die Hüften gestemmt. Sie war wütend. Sehr wütend. Hinter ihr hatte sich Ludwig postiert. »Ja, wo wart ihr?«, gab er von sich, die Hand scheinbar locker auf

Margaretes Schulter postiert. »Wir hatten uns doch ausdrücklich darauf geeinigt, dass niemand diese Keller verlässt.«

»Wir haben uns nur ein wenig umgesehen, ist doch keine große Sache.«

»Keine große Sache«, äffte Margarete Max nach und ließ Sophie gar nicht erst zu Wort kommen, die gerade etwas Scharfes entgegnen wollte. »Von dir will ich überhaupt nichts hören!«, brachte sie sie beiläufig zum Schweigen. »Was denkt ihr eigentlich, was ihr hier macht?« Sie beantwortete sich die Frage gleich selbst. »Uns alle in Gefahr bringen, das macht ihr! Ihr riskiert, dass wir hier nie wieder rauskommen!«

Sophie hatte genug. »So ein Quatsch!«, gab sie erhitzt zurück. Sie wusste nicht, weshalb, doch Margarete hatte es von Anfang an auf sie abgesehen. »Ihr denkt doch nicht wirklich, dass ihr hier rauskommt, wenn ihr euch brav in die Keller verkriecht. Das kann doch nicht euer Ernst sein. Hat euch diese Warterei schon was gebracht?«

Für einen kurzen Moment dachte Sophie, dass Margarete auf sie losgehen würde. Dann zerbrach etwas in ihrem zornigen Blick. »Was weißt du schon«, sagte sie tonlos und wandte sich mit hängenden Schultern ab.

»Hey, warte«, begann Sophie deutlich sanfter, doch Margarete beachtete sie nicht.

»Ludwig, wir gehen.«

»Sollten wir nicht gemeinsam …«, brachte Sophie noch über die Lippen, dann schloss sich die Tür vor ihnen.

Sie blickte zu Max, doch der schaute sie nur aus großen Augen an. Hilflos zuckte er mit den Achseln. »Frag mich nicht«, sagte er seufzend. »Komm, wir lassen sie in Ruhe. Margarete beruhigt sich schon wieder. Nimm es ihr nicht übel, schließlich ist sie am längsten hier.«

Sophie bewunderte Max für seine Worte. Sie würde längst nicht so ruhig und fair bleiben, wenn sich ihr gegenüber jemand derart herabwürdigend benehmen würde. Es war seltsam, doch seit sie die Keller betreten hatten, war Sophie wieder deutlich angespannter.

»Aber sollten wir nicht wirklich alle zusammen versuchen, hier rauszukommen?«

»Zusammen?« Max lächelte traurig und wandte sich zum Gehen. »Nein, zusammen funktioniert hier gar nichts.«

Sophie blieb nichts anderes übrig, als ihm entlang der dicken Rohre hinterherzutrotten. Die Stimmung war mies und hatte selbst Max' Tatendrang ordentlich ramponiert. »Wir sollten schlafen«, meinte er, als sie seinen desolaten kleinen Rückzugsort wieder erreicht hatten.

»Äh, wie meinst du das?« Bislang hatte sie sich keine Gedanken darüber gemacht, wo sie die Nacht verbringen sollte. »Wo sollen wir schlafen?«

Max deutete mit der Hand durch den unordentlichen Verschlag. »Na hier, nehme ich an. Es sei denn, du willst bei Ludwig und Margarete klopfen.«

»Was ist denn mit meinem Zimmer?«, überlegte sie laut. Dann fiel ihr der Zwischenfall auf dem verlassenen Flur wieder ein. »Ach, vergiss es«, sagte sie schnell und winkte ab. »Aber wir können ja wohl kaum in einem Bett schlafen, oder?«

Als sie es laut aussprach, merkte sie, wie sie errötete. »Äh …«

Max blickte sie regelrecht erschrocken an. »Aber natürlich nicht! Das wäre nicht angemessen.«

Sie hatte noch nie neben, geschweige denn mit einem Jungen geschlafen. Wenn man es ganz genau nahm, hatte sie noch nie viel mehr mit einem Jungen gemacht als diese wilde Knutscherei mit Alex, die dann plötzlich ausgeartet war. Sophie schüttelte sich noch jetzt bei dem Gedanken daran. Wieso hatte er das nur getan? Und würde es sich immer so anfühlen?

Nicht, dass Max ihr nicht gefiel. Aber sie kannte ihn ja gerade mal einen Tag. Außerdem wusste sie nicht, ob sie schon wieder bereit für so viel Nähe war. Ob sie das jemals wieder sein würde.

»Nein«, murmelte Sophie. »Nicht angemessen. Äh, genau.«

»Ich schlafe natürlich gern auf dem Boden und überlasse dir mein königliches Bett. Wanzenfrei seit, nun … seit einiger Zeit eben.«

Er trug ein paar Laken und Decken zusammen und bereitete sich ein notdürftiges Lager neben dem Bett. »Ist es der Prinzessin denn recht, wenn ich hier auf dem Boden liege?«

Sophie lachte. »Ausnahmsweise. Du kannst mich ja bewachen.« Ihre Miene verdüsterte sich. Ein Gedanke folgte ihr, als sie erschöpft in die Kissen sank, um diesen furchtbaren Tag endlich zu vergessen. *Wollen wir hoffen, dass es nicht nötig ist.*

Als Sophie unter der warmen Decke langsam in Richtung Traumwelt driftete und sich das Tropfen und Blubbern der Rohre zu einer einschläfernden Sinfonie vereinigt hatten, merkte sie, dass sie vielleicht ein wenig vorschnell gehandelt hatten. Gegen ein wenig Geborgenheit hier neben ihr in der muffigen Dunkelheit hätte sie eigentlich gar nichts einzuwenden gehabt. Wie es sich wohl anfühlen würde, in seinen Armen einzuschlafen? Seinen Herzschlag zu spüren?

»Sophie?«, riss Max sie aus ihren Gedanken.

»Ja?«, antwortete sie in der seligen Gleichgültigkeit des Halbschlafs.

»Auch wenn ich weiß, dass du mir etwas verschweigst: Ich bin sehr froh, dass du da bist.«

Kapitel 18

DER WEINKELLER

Sie wusste nicht, weshalb, doch sie lief allein durch endlose Korridore. Hinter jeder Biegung führte ein weiterer Gang ins Nichts, an den Wänden hingen unzählige riesige Gemälde. Kein Blick zurück, immerzu nach vorn. Sie suchte etwas. Ja, das musste es sein. Sie suchte etwas, von dem sie nicht wusste, was es war. Sie würde es merken. Genau! Sie würde es merken, sobald sie es gefunden hatte.

Bild nach Bild passierte sie, suchte die unheimlichen Gemälde ab. Nein, das war nicht das, wonach sie suchte. Sie sah Bilder von Wanderern, die in Schluchten gestürzt waren, wild zuckende Blitze, die Höfe in Brand steckten, dunkle Höhlen, in denen sie bösartige Augen aus den tiefen Schatten anfunkelten. Nein, das war nicht das, wonach sie suchte.

Sie lief immer weiter. Dumpf hallte ein Schlagen durch den Gang, durch ihren Körper. Ein schwerer, langsamer und sterbender Herzschlag. Der Wind klang wie eine Totenklage. Sie suchte etwas. Sie musste es finden. Sie würde weitersuchen müssen.

Da vorne! Dort, an der Wand ganz am Ende. Das Bild. Ihr

Herzschlag beschleunigte sich, und mit ihm auch das dumpfe Wummern, das die Gänge erfüllte. Noch zehn Schritte. Sie konnte den Rahmen erkennen, das abgewetzte Gold, die Stellen, wo das Holz gesprungen war. Noch fünf Schritte. Ein Gebäude war auf dem Bild zu sehen. Drei Schemen. War das nicht …

»Karla!«

Sophie erwachte, das Echo des Schreis rang noch in ihren Ohren. Für einen Moment wusste sie nicht, wo sie war. Dann kam die Erinnerung zurück. Was war das gewesen? Sie setzte sich auf. »Max, warst du das?«

Keine Antwort, nur sein gleichmäßiges Atmen. Hatte sie diesen Schrei geträumt? Schwer vorstellbar, sie kannte schließlich gar keine Karla.

Sie kuschelte sich wieder ein, stellte nach kurzer Zeit fest, dass sie hellwach war, stand auf und schlich sich aus dem Verschlag. Der merkwürdige Traum verfolgte sie hinaus in die verlassenen Kellerflure. Einen kurzen Moment wurde sie von der Einsamkeit überwältigt, schnürte ihr die Angst die Kehle zu.

Ihre Eltern. Wo steckten nur ihre Eltern? Sophie fühlte sich schrecklich allein, hier im endlosen Dämmerlicht der Kellerflure. Die Wände bewegten sich auf sie zu, engten sie ein, nahmen ihr die Luft zum Atmen. Dann zwang sie sich zur Ruhe, band ihre Haare zum Zopf und holte ihr Telefon aus der Tasche. Der Akku war leer. Sie erlaubte es sich, einen ziemlich unanständigen Fluch zwischen zusammengepressten Zähnen zu zischen und sank auf einem zurückgelassenen Hocker zusammen.

Die Bestandsaufnahme war nicht gerade tröstlich. Ihre Eltern waren verschwunden, sie hockte in diesen Kellern herum und hatte keine Ahnung, ob sie die letzte Bahn hinunter ins Dorf nicht längst verpasst hatte. Mal ganz zu schweigen davon, dass sie hier von irgendetwas festgehalten wurde. Diese nagende Ungewissheit war das Schlimmste.

Ein Klirren holte sie in die Wirklichkeit zurück, gefolgt von einem heiteren Kichern und einer grollenden Ermahnung. Sie erkannte die Stimme sofort und beschloss, sich diese Sache mal aus der Nähe anzusehen. Etwas Ablenkung konnte gewiss nicht schaden.

»Was habe ich dir gesagt, Esmeralda? Sei vorsichtig auf der Leiter!«

»Für Sie immer noch Lady Esmeralda, Sie ungehobelter General!«, flötete eine schrille Stimme zu Sophie herauf.

Sie stand am Treppenabsatz und blickte die Treppe zum Weinkeller hinunter. Die Stimmen kamen eindeutig von dort.

»Dann hat eben *Lady Esmeralda* den Champagner auf dem Boden zerschellen lassen. So oder so ist es eine gewaltige Schande! Ein 1923er Mercier, also wirklich.«

»Papperlapapp, alter Mann, stellen Sie sich mal nicht so an. Wir sind hier nicht im Krieg.«

Das hohe Gelächter einer dritten Person gesellte sich zu den anderen beiden Stimmen.

»Hör auf zu lachen, Barnaby«, ertönte die Brummstimme wieder. »Vom Krieg verstehst du doch so viel wie von harter Arbeit.«

»Hallo?«, fragte Sophie zaghaft. Mehr oder weniger unbewusst war sie einige Stufen hinabgestiegen und fand sich nun zum zweiten Mal in der Gegenwart dieser merkwürdigen Figuren wieder, die sie in Ermangelung eines besseren Ausdrucks nur als Geister bezeichnen konnte.

Der Effekt dieses einzelnen Wortes war wahrhaft erstaunlich. Während sich die buschigen Brauen und der nicht weniger buschige Bart des Generals bei ihrem Anblick zu einem breiten Lächeln hochschraubten, verharrten die anderen beiden in Schockstarre, als habe jemand die große »Pause«-Taste des Universums gedrückt. Ein hagerer Mann mit krummem Rücken, sorgsamem Scheitel, Anzug und ordentlich Pomade im Haar stand auf der ersten Sprosse einer Leiter und blickte sie mit offenem Mund an. Er war außerordentlich gut aussehend, doch seine Schönheit war seltsam glatt und kaum einprägsam. Weiter oben stand eine füllige Frau mit vollen Locken und einer glitzernden Robe, ihre Miene nicht weniger ungläubig, nicht weniger schockiert. Sie hielten Flaschen in den Händen.

Es waren … ja, es waren irgendwie eben schon Geister, daran konnte es nicht den geringsten Zweifel geben. Sie sahen nicht aus wie die Geister aus Gruselfilmen, waren auch nicht auf den ersten Blick transparent. Ihre durchscheinende Gestalt wirkte erst auf den zweiten Blick, sozusagen – und nur dann, wenn man genauer hinsah. Wirklich erstaunlich war, dass sie weder gruselig noch albern wirkten. Sie wirkten ernst, gesetzt, echt. Als wäre ihre Erscheinung das Normalste auf der Welt.

»Ich wollte nicht stören«, sagte Sophie und stellte verwundert fest, dass sie weder Angst noch Schwierigkeiten hatte, die Tatsache zu akzeptieren, dass es offensichtlich Geister gab. Oder etwas in der Art.

»Nicht doch, nicht doch, junge Dame!«, beeilte sich der General zu versichern. »Barnaby, Esme… Lady Esmeralda, hört auf, euch wie verängstigte Wildschweine zu benehmen und sagt gefälligst unserem Gast Guten Tag.«

»G…g…gast?«, brachte der hagere Kerl unter einiger Anstrengung hervor, sein Blick flackerte nervös von Sophie zum General und zurück zu ihr.

Die füllige Dame machte keine Anstalten, ihre erhöhte Position auf der Leiter kampflos aufzugeben und reckte trotzig ihr opulentes Kinn vor. Ihre Lippe zitterte. »Was willst du denn hier?«, fragte sie barsch. »Zum Trinken bist du noch zu jung.«

»Ich weiß es nicht«, begann Sophie, nahezu belustigt davon, dass es doch eigentlich sie sein müsste, die es hier mit der Angst zu tun bekam. »Ich konnte nicht schlafen und könnte auch einen Schluck vertragen.«

»Hör nicht auf Sie.« Der General bemaß die Frau mit einem strengen Blick und schenkte Sophie ein weiteres breites Lächeln. »Sie hat ihr gutes Benehmen schon vor Jahren auf einer Theaterbühne vergessen.«

»Generälchen, ich muss doch sehr bitten. Ich habe gar nichts auf der Bühne verloren. Außer vielleicht mein Herz.« Sie machte sich an den langen Abstieg, der durch ihre hohen Schuhe und die lange Schleppe des Kleides ordentlich erschwert wurde. »Platz da, Barnaby!«

Der dürre Geist zuckte zusammen, als hätte man ihm einen Schlag versetzt. Er machte der eindrucksvollen Gestalt von Lady Esmeralda in Begleitung zweier neuer Champagnerflaschen Platz, ohne Sophie aus den Augen zu lassen. »Du … kannst uns also sehen, ja?«

»Wonach sieht es denn aus?«, erwiderte der General grollend. »Ist das denn wirklich so schwer zu verstehen? Darf ich vorstellen«, wandte er sich dann mit einer angedeuteten Verbeugung an Sophie. »Das ist Barnaby Braxton, einstmals Englands bester Musiker.«

Barnaby seufzte tief.

»Einstmals?«, erlaubte sich Sophie zu fragen.

»Seit ich in dieses verdammte Hotel gekommen bin, gelingen mir nur noch Schlager. Was ich auch versuche: Am Ende kommt ein schlimmer Schlager dabei heraus.«

»Das tut mir leid für Sie.«

»Für ihn?«, erhob Lady Esmeralda die Stimme, die mittlerweile wieder festen Boden unter den Füßen hatte. »Frag besser mal, wie es uns damit geht!«

»Und das«, fuhr der General stirnrunzelnd fort, »ist Lady Esmeralda, einst der strahlendste Stern auf den Theaterbühnen Europas.«

Sie bemaß ihn mit einem zornigen Blick. »Du bist auch nicht mehr der, der du mal warst, Generälchen. Los, wir gehen wieder nach oben und trinken diese Babys, solange sie noch kalt sind.«

»Zumindest habe ich noch Manieren und behandle eine junge Dame nicht, als wäre sie ein Strauchdieb.«

»Aber was will sie denn?«, beklagten sich Barnaby und Lady Esmeralda gleichzeitig, als sie die Treppe hinaufmarschiert waren.

»Eigentlich«, begann Sophie leise, »will ich nur meine Eltern finden und dann nach Hause. Aber das scheint schwieriger zu sein, als gedacht.«

Das schien Eindruck auf Lady Esmeralda zu machen. »Nichts für ungut, war ja gar nicht böse gemeint.« Sie betraten einen Raum, der nach Maßstäben dieses Kellers beinahe als gemütlich einzustufen war. »Armes Ding, ich weiß, wie es dir geht. Wir alle wissen das, denke ich.«

»Aber was macht ihr hier?«, fragte Sophie, nachdem alle in den verschiedensten Sitzgelegenheiten Platz genommen und Gläser eingeschenkt hatten. Barnaby hantierte an einem Plattenspieler herum, kurz darauf erfüllte leise Musik den Raum. »Ich meine, wie seid ihr hierhergekommen und seid ihr wirklich …«

»Geister?«, ertönte es diesmal aus drei Mündern. Barnaby trat mit wichtiger Miene vor. »Nun, streng genommen wissen wir nicht, was wir sind, doch ich gebe zu, dass dieser Eindruck entstehen kann. Wir ziehen es vor, nicht allzu viel darüber nachzusinnen. Wir sind Erinnerungen. Erinnerungen an die, die wir einst waren. Mehr wissen wir auch nicht. Aber immerhin gibt es etwas zu trinken.«

Mit einem satten Ploppen schoss der Korken aus der zweiten Champagnerflasche. Mit geübten Bewegungen füllte Lady Esmeralda ihr Glas wieder auf. »Außerdem gibt es Wichtigeres als das, oder etwa nicht? Es ist ja eh nichts daran zu ändern.«

Das sah Sophie anders. An Max, Ludwig und Margarete war deutlich zu sehen, was passierte, wenn man die Gegebenheiten einfach hinnahm. »Und wenn doch?«

Drei Augenpaare musterten sie erstaunt.

»Es muss doch einen Weg geben.« Sie merkte, dass ihre Stimme verbohrt, beinahe trotzig klang. Vielleicht, weil sie selbst nicht wusste, ob es die Wahrheit war. »Es gibt doch immer einen …«, fügte sie leise an. Für sich.

Der General blickte ernst drein. »Nun, wir haben offensichtlich den Fehler gemacht, in diesem Hotel zu sterben, und sind an das Schicksal dieses Hauses gebunden. Solange es steht, sind wir verflucht, hier zu versauern, wenn du die Melodramatik verzeihst. Du bist offensichtlich kein … nun, keine Erinnerung, meinetwegen, also kann ich dir leider nicht sagen, was am besten zu tun wäre. In diesem Gebäude weiß niemand, was gerade vor sich geht. Es hat«, raunte er und zog die buschigen Brauen in die Höhe, »einen eigenen Willen, weißt du.«

»Sie meinen, es … lebt?«

»Nicht so laut«, zischte Barnaby, als er gerade die Schallplatte wechselte. »Man muss es ja nicht gleich übertreiben. Aber ich wäre vorsichtig. Hier haben nicht nur die Wände Ohren.«

»Das ist mir im Moment völlig egal«, gab Sophie erhitzt zurück. »Ich will meine Eltern finden und dann endlich aus diesem grässlichen Hotel verschwinden!«

Der General erhob sich und marschierte mit verschränkten Händen hinter dem Rücken auf und ab wie vor einem Appell. »Ich darf mich in diese Sache nicht einmischen, wenn ich nicht ein noch schlimmeres Schicksal erleiden will, als die Ewigkeit mit diesen Champagner vernichtenden Nervensägen zu verbringen«, sagte er und ignorierte die entrüsteten Blicke und das demonstrative Atemholen seiner beiden Leidensgenossen. »Aber es ist wohl nicht zu viel verlangt, einem netten jungen Mädchen ein wenig … Starthilfe zu geben.«

Er öffnete eine kleine Schublade, suchte kurz darin herum und baute sich dann mit stolzgeschwellter Brust vor Sophie auf. »Hier.« In seiner ausgestreckten Hand lag ein großer kupferner Schlüssel. »Verwahre ihn gut. Er wird dir sehr nützlich sein, wenn du deinen Plan wirklich durchführen willst. Betrachte ihn als Waffe im Kampf gegen geschlossene Türen in diesem Hotel.«

»Aber General!« Lady Esmeralda war entsetzt. »Das dürfen wir nicht!«

»Papperlapapp«, sagte er einmal mehr. »Dieses Mädchen hat Mumm in den Knochen, das gefällt mir. Mehr Mumm als ihr beide zusammen und, was mir zugegebenermaßen weniger gut gefällt, auch mehr Mumm als ich.« Er blickte Sophie eindringlich an. »Mache einen armen alten General stolz und zeige es diesem verdammten Hotel!«

Sophies Mundwinkel zuckten nach oben. »Zu Befehl, Herr General! Ach, haben Sie vielleicht eine Idee, wo ich anfangen soll?«

Er senkte seine Stimme auf ein brummiges Flüstern herab. »Bei den Dingen, die es gar nicht gibt.«

»Mit wem redest du denn da?« Max stand auf der Kellertreppe und blickte sie verwirrt an.

Barnaby und Lady Esmeralda gefroren fast vor Schreck. Die

dicke alte Dame klammerte sich an die Champagnerflasche, als hinge ihr Leben davon ab, Barnaby verharrte gebückt, die nächste Schallplatte in den Händen wie ein rohes Ei. Beide erinnerten sie an wilde Tiere, die hofften, ihrem Feind allein durch vollkommene Regungslosigkeit zu entgehen.

»Was machst *du* denn hier?«, fragte Sophie betont ruhig und schob den Schlüssel unauffällig in ihre Jackentasche. »Es ist mitten in der Nacht.«

»Ich … ich dachte, ich hätte etwas gehört.« Er blickte sich argwöhnisch um und kam langsam die Treppe herunter. »Und du?«

»Ich?« Ein verlegenes Lächeln huschte über Sophies Gesicht. Der General und die anderen beiden gaben ihr mit Gesten mehr oder minder subtil zu verstehen, dass sie sich besser etwas einfallen ließ. »Ach, ich auch. Ein Geräusch. Aus, äh, dem Weinkeller.«

»Und mit wem hast du dich unterhalten?«

»Nur mit mir selbst …«

Max sah nicht überzeugt aus. »Hast du denn was gesehen?«

»Nein, ich denke nicht«, beeilte sich Sophie zu versichern. Beim Blick in seine grünbraunen Augen fiel ihr das Lügen besonders schwer. Aber was sollte sie ihm auch sagen? Die Wahrheit? Sie kannte ihn doch kaum – und hätte das hier nicht mal ihren Eltern anvertraut. »Ich wollte gerade wieder ins Bett.«

»Und du bist dir ganz sicher?«

Sophie zog es vor zu schweigen und griff nach seiner Hand. »Bringst du mich zurück?«

Das schien Max auf andere Gedanken zu bringen.

Auf dem Weg zu ihrem Versteck fiel ihr etwas ein. Der Schrei, der sie geweckt hatte. »Wer ist eigentlich Karla?«

Diesmal war es Max, der ihr eine Antwort schuldig blieb.

Kapitel 19

DIE KELLER

Sophie hatte das Gefühl, ihr Kopf würde zerspringen. So viel … es gab so verdammt viel, was in ihm herumspukte. Die Sorge um ihre Eltern, natürlich auch die Sorge um ihr eigenes Wohl. Ihre fast schon prophetischen Träume, die Sache mit den Geistern, der Konflikt mit Margarete. Und Max … ganz besonders machte ihr der Gedanke an Max Sorgen.

Seine Nähe tat ihr gut. So gut sogar, dass es ihr selbst nicht recht war. Es ging so schnell. Und doch war da dieses Ziehen in ihrem Magen, wenn sie an ihn dachte, dieses Kribbeln im Bauch, wenn er sie ansah.

Am Morgen nach ihrer Begegnung im Weinkeller wachte sie mit einem besonders schlechten Gewissen auf. Sie konnte Max die Wahrheit nicht länger verschweigen.

»Max, ich muss dir etwas sagen«, begann sie zögerlich. Keine Antwort. Sein Bett war leer.

»Bitte nicht schon wieder«, stöhnte Sophie und schwang sich aus dem Bett. Der Gedanke daran, dass jetzt auch noch Max weg war, war überraschend beängstigend. Sie hatte sich wirklich schnell an seine Anwesenheit gewöhnt. Dabei wusste sie gar nicht genau, was er tat, damit sie sich besser und ruhiger fühlte. Es war einfach so. Und für den Moment war Sophie sehr froh darüber.

Wenigstens diesmal war ihre Sorge unbegründet. Gerade als sie verunsichert aus dem Verschlag blickte, kam er beladen mit Kissen um die Ecke gebogen.

»Hallo«, sagte er, als er sie sah, und seine Miene hellte sich auf. »Hast du gut geschlafen?«

Sophie schüttelte den Kopf. »Nicht besonders.« Sie fuhr sich prüfend durch die Haare und stellte fest, dass sie fürchterlich verstrubbelt aussehen musste. Ein wenig verzweifelt nestelte sie an ihnen herum. Wenn sie doch nur …

»Ich mag deine Haare so«, sagte Max bloß, und schon war alle Unsicherheit verfolgen. »Hier, ich habe dir noch ein paar Kissen geholt. Ich meine, falls du es dir hier in dieser Suite länger gemütlich machen möchtest.«

So wenig. Manchmal war so wenig nötig, damit es einem besser ging. Max war offensichtlich ein Meister in dieser Disziplin. Ob er überhaupt wusste, wie gut er ihr tat?

»Du, ich muss dir etwas sagen«, begann sie, als sie die Kissen auf das Bett getürmt hatte.

»Was das angeht«, sagte Max ernst und trat an sie heran. Sie konnte ihn riechen, konnte seinen Atem fühlen. »Ich weiß, dass es da etwas gibt, das du mir sagen willst. Ich weiß nur nicht, ob ich es wirklich hören will. Ist es einmal ausgesprochen …«

Damit war die Sache aus der Welt. Zumindest fürs Erste. Sophie war erleichtert, wusste aber auch, dass sie es ihm irgendwann sagen musste. Max war mehr oder weniger genau einhundert Jahre älter als sie. Dass dieser Irrsinn nur innerhalb dieses Hotels funktionierte, war Sophie sonnenklar. Sie wusste nur nicht, was passieren würde, wenn sie ihrer Gefangenschaft endlich entkamen.

Ludwig und Margarete bekamen sie selten zu Gesicht. Wenn doch, dann begnügte sich Margarete meist mit einem mörderischen Blick, was wiederum bedeutete, dass sich auch Ludwig auf nicht mehr herabließ als ein angedeutetes Kopfnicken.

Einmal erwischte Sophie Ludwig allein. Er saß auf einer kleinen Treppe und war in die Betrachtung eines Schwarz-Weiß-Fotos versunken. Zunächst dachte Sophie, es wäre ein Bild von Margarete, dann erkannte sie mehrere Personen darauf. Als er sie kommen sah, packte er es hastig weg.

»Deine Familie?«, fragte sie interessiert.

Er lächelte unsicher. »Meine Freunde. Margarete sagt, ich soll dieses Bild nicht immer ansehen, doch ich kann nicht widerstehen. Es ist das Einzige, das ich noch habe, und ich habe Angst, es irgendwann einfach zu vergessen.«

»Wie den ganzen Rest?«

Er nickte. »Ich kann mich nicht mal mehr daran erinnern, aus welcher Stadt ich komme. Ich weiß nur, dass sie nicht sonderlich aufregend war.«

»Aber wohl aufregender als hier, oder nicht?«, meinte sie aufmunternd. Es blieb ohne Wirkung.

Sophie war sehr froh darüber, dass Max ihr üblicherweise nicht von der Seite wich und ständig neue Pläne mit ihr ausbrütete. Nicht, dass sie es nicht allein angepackt hätte – dafür war sie immer schon starrsinnig genug gewesen. Nein, längst war da etwas, von dem sie nicht wusste, wie sie es einzuordnen hatte. Etwas, das ihr guttat. Oft trafen sich ihre Blicke, und im Laufe der Zeit dauerte es immer länger, bis einer von beiden die Augen abwandte. Dieses wohlige Kribbeln durchströmte ihren Körper häufiger und häufiger – ein Gefühl, das sie angesichts ihrer hoffnungslosen Situation anfangs unterdrückte und irgendwann bewusst zuließ. Sehr bald war es das einzig Erfreuliche an ihrem Kellerexil.

Sie gefiel ihm, das wusste sie auch ohne irgendeinen Psychotest in einem albernen Magazin. Und er … er gefiel ihr. Mit jedem Tag mehr. Max war anders. Er hatte tadellose Manieren, war sanft, ruhig, wusste anscheinend immer ganz genau, was er sagen oder tun musste, damit sie sich besser fühlte. Und das wirklich Verrückte war: Er verlangte nicht mal etwas dafür! Ein Blick von ihm … und sie fühlte sich besser. Mal ganz zu schweigen von diesem nicht gerade unangenehmen Ziehen in der Magengegend.

Mittlerweile wusste sie auch eine ganze Menge über ihn. Oder zumindest das, woran er sich noch erinnern konnte. Sie mochten durch ein ganzes Jahrhundert getrennt sein – und doch waren beide ganz verrückt nach Apfelkuchen, gingen wirklich gern in der Natur spazieren und legten nicht besonders viel Wert auf die Gesellschaft anderer Menschen. Sie beide schienen füreinander eine große Ausnahme zu sein, fühlten sich erst in Gegenwart des anderen richtig wohl. Vollständig. Das fühlte sich gut an. Besonders.

Sophie war zutiefst erstaunt, dass das Jahrhundert zwischen ihnen keine allzu große Rolle zu spielen schien. Bei Ludwig und Margarete, so redete sie sich zumindest ein, war das viel stärker spürbar.

Je mehr sie über Max erfuhr, je mehr seiner verschütteten Erinnerungen er freilegte, desto vertrauter wurde er ihr. Klar gab es da die offensichtlichen Unterschiede, die die verschiedenen Zeiten mit sich brachten. Irgendwann war es aber eher unterhaltsam, in der Welt des jeweils anderen spazieren zu gehen. Max berichtete mit leuchtenden Augen von den ersten Automobilen, erzählte ihr, wie die Nachricht über den Untergang der Titanic um die Welt ging und wie man sich nicht sicher war, ob dieser Albert Einstein Unfug verzapfte oder vielleicht etwas ziemlich Wichtiges herausgefunden hatte.

Max wiederum hörte Sophie gern dabei zu, wenn sie von den Entwicklungen in ihrer Zeit sprach. Sie konnte gar nicht sagen, wie es ihr gefiel, wenn er sie bei ihren Erzählungen ansah. Gar nicht so leicht, dabei die Ruhe zu bewahren, wenn gleichzeitig eine riesige Schar Schmetterlinge durch ihren Bauch flatterte.

Für ihn musste es sich anhören wie ein Science-Fiction-Hörspiel, wenn sie von Flugzeugen, Spielekonsolen und Zentralheizungen sprach. Eigentlich war es gar nicht so übel, im 21. Jahrhundert zu leben, wenn man mal genau darüber nachdachte.

Weitaus weniger erfreulich, aber leider ein ebenso fester Bestandteil ihres Gefängnisses unter Tage waren ihre Träume. Oder, genauer gesagt, dieser eine Traum, der die anderen Träume ersetzt hatte und der sie immer dann heimsuchte, sobald sie die Augen schloss und für einige wenige Stunden die Pforten des Schlafs durchschritt. Nacht für Nacht – oder Tag für Tag, denn hier unten war es nahezu unmöglich zu sagen, welche Uhrzeit es gerade war – derselbe Traum. Nacht für Nacht derselbe angsterfüllte, beunruhigende Rundgang durch diese Galerie des Schreckens. Jedes Mal kam sie ein Stückchen weiter, näherte sich dem Bild am Ende des Ganges etwas mehr. Jedes Mal erwachte sie, bevor sie es genau betrachten konnte. Und mit jedem weiteren Erwachen nach den kurzen und anstrengenden Schlafphasen wünschte sie, es nie zu Gesicht zu bekommen. Woher die Gewissheit kam, dass es eines Tages so weit sein würde, wusste sie nicht.

Die Geister sah sie kaum. Aber zumindest stand fest: Der freundliche General war auf ihrer Seite. Das machte einen weiteren Verbündeten aus ihm – einen weiteren Mitstreiter in einer eventuellen Schlacht. Der Schlüssel, den er ihr überlassen hatte, war längst zu einem Symbol für sie geworden, zu einem Hoffnungsschimmer. Sie wusste nur noch nicht, wozu er gut war.

Der General hatte etwas von Dingen, die es gar nicht gibt, geredet, bevor sie unterbrochen worden waren. Was er nur damit meinte?

»Weißt du, Sophie«, sagte er ihr, als sie ihn zufällig in einem der unzähligen Kellerräume aufspürte. Er beugte sich mit angestrengter Miene über einige alte Landkarten. »Diese Schlacht wurde 1871 geschlagen, und ich erinnere mich noch daran, als wäre es gestern gewesen.«

Ermutigt durch diese Worte trat Sophie näher an den Tisch heran. Die Karten zeigten jede Menge merkwürdige Linien, waren über und über mit kleiner, krakeliger Schrift vollgeschrieben und bunt bemalt mit verschiedenen geometrischen Formen. Oben links stand ein Datum und eine Ortsangabe: 15. Januar 1871, Lisaine. Das war fast hundertfünfzig Jahre her! »Was ist das?«, fragte sie ehrlich interessiert.

Der General lächelte traurig. »Ein anderes Leben. Ein anderer General. Und doch …« Er pausierte, um mit dem Finger einige Linien nachzufahren. »Ist mir dieser Tag näher als der gestrige. Ich weiß noch, was es am Morgen der Schlacht zu essen gab, ich weiß es noch ganz genau. Haferschleim. Fürchterlichen Haferschleim. Doch ich kann mich nicht mehr daran erinnern, was ich heute Morgen gemacht habe.«

»Das geht allen hier unten so, richtig?«

»Ich fürchte es, ja.« Der General nickte bedächtig. »Auch deine armen jungen Freunde leiden darunter. Uns ist es vollkommen egal, wie lange wir wirklich schon hier unten sind. Wir haben nichts Besseres zu tun, sozusagen. Und dich«, meinte er leise und legte eine Hand auf ihre Schulter, »wird es ebenfalls treffen.«

»Kann ich denn gar nichts tun?«

»Nun …« Der General wiegte bedächtig den Kopf hin und her, was seinen Schnurrbart leicht zum Wippen brachte und ihn wie einen uniformierten Seelöwen wirken ließ. »Du hast mir doch kürzlich erzählt, dass du diesen Grundrissplan des Hotels hast, nicht?«

Sophie nickte. »Ja. Aber wieso?«

»Ich denke, es ist an der Zeit, dir eine weitere kleine Hilfestellung zu geben. Doch zuvor«, fügte er schnell an, nachdem er sah, wie Sophie aufgeregt die Augen aufriss, »möchte ich etwas klarstellen.«

»Was denn?«, fragte sie ungeduldig. Sie wollte endlich wieder zur Tat schreiten.

»Diese Sache ist gefährlich. Dieses …« Er blickte sich um und senkte die Stimme. »… dieses Hotel ist gefährlich. Ich dürfte dir nicht helfen, sollte dir eigentlich raten, es dabei zu belassen und dich zu den anderen zu gesellen. Wir sind in dieser Geschichte nicht für einen aktiven Teil vorgesehen. Ich bringe es aber nicht übers Herz, nur tatenlos zuzusehen. Du kannst uns sehen, das muss etwas zu bedeuten haben. Ich weiß noch nicht, was es ist, und vielleicht ist es auch nur Einbildung. Doch ich glaube, dass du anders bist. Ja, irgendwie bist du anders. Und das könnte euch ebenso retten wie uns.« Er pausierte, schien nach den richtigen Worten zu suchen. »Du bist allerdings auf dich allein gestellt, Sophie. Überlege gut, ob du dieses Wagnis eingehen willst, du wärst nicht die Erste, die mit Haut und Haar von diesem Haus verschlungen wird.«

Als Sophie zurückeilte, um den Grundriss zu holen, fragte sie sich schaudernd, ob die Worte des Generals wörtlich zu nehmen waren oder nicht.

»Hier, siehst du das?« Der General zeigte auf ein Quadrat, in das ein schwarzes X gezeichnet worden war. Dasselbe Symbol befand sich an der exakt gleichen Stelle auf jedem Stockwerk des Hotels.

»Ja, sieht so aus wie das große X in der Empfangshalle.«

»Gut erkannt!«

»Also ist das ein weiterer Aufzug?«

Der General blickte sie vielsagend an. »Das musst du allein herausfinden. Ich würde sagen, es ist ein guter Ausgangspunkt für diese Operation.«

Sophie fühlte Aufregung in sich ansteigen wie eine Flut aus Hoffnung, Abenteuergeist und Nervosität. »Und die … Dinge, die es gar nicht gibt? Die werde ich dort auch finden?«, fragte sie mit trockenem Mund. Sie bekam immer einen trockenen Mund, wenn sie diese Aufregung verspürte.

»Sicher, sicher«, meinte der General. »Doch ich muss dich warnen: Das Hotel wird es dir nicht einfach machen, hinter sein Geheimnis zu kommen. Das dürftest du mittlerweile ja gemerkt haben.«

Sophie blickte ihn erwartungsvoll an. Sie hatte schon gelernt, dass sich der General gerne Zeit für eine seiner Geschichten nahm, und wollte ihn nicht unter Druck setzen. Wer über 100 Jahre in diesem Haus festsaß, schmückte wohl alles möglichst aus, um nur etwas mehr Zeit verstreichen zu lassen. Andererseits … eine Ewigkeit blieb ja irgendwie immer eine Ewigkeit.

»Das können Sie laut sagen!«

»Wieso, rede ich zu leise?« Der General blickte sie erstaunt an.

»Nein, nein. Vergessen Sie's. Worauf muss ich mich gefasst machen?«

»Es ist anzunehmen, dass der Lastenaufzug bewacht ist.«

»Bewacht?«, wiederholte Sophie und dachte unweigerlich an riesige Wachhunde.

»Der alte Maître d'hôtel, Monsieur Alfonse Lautrec.«

»Der Restaurantleiter bewacht den Lastenaufzug? Aber warum? Und wovor?«

»Er oblag zu Lebzeiten seinem Verantwortungsbereich. Das genügt ihm wohl, um diese Sache immer noch reichlich ernst zu nehmen.« Echte Anerkennung schlich sich in die Stimme des Generals. »Er versteht eben noch was von Disziplin!« Nach einer kurzen verzückten Pause fuhr er fort: »Aber eines solltest du wissen: Hinter jedem starken Mann steht eine mindestens ebenso starke Frau. Und im Falle unseres Maître ist das wirklich ein ganz besonderes Exemplar.«

»Der Maître hat eine Frau?«

»Nun, das ist es ja gerade: Hat er nicht. Noch nicht.«

»Aber er ist verliebt?«

Der General machte große Augen. »Das ist gar kein Ausdruck! Wahrhaft bemerkenswert, wenn man bedenkt, dass er eigentlich tot ist, nicht wahr?«

»Tot?«

»Mausetot. Fiel die Treppe herunter, als er den Weinkeller inspizieren wollte. Ich habe es ja immer gesagt: Alkohol ist gefährlich.«

»Also ist er auch ein …«

»Eine Erinnerung? Ja, so kann man das sagen. Und sie ist es natürlich auch, nebenbei bemerkt. Allerdings sind beide von gänzlich anderer Natur, als wir es sind. Sie sind Angestellte dieses Hotels, das macht sie gewissermaßen mächtiger.«

Sophie zog die Brauen hoch.

Der General schien ihre Miene richtig zu deuten und fuhr offensichtlich hocherfreut fort: »Nun ja, soweit ich das bisher verstanden habe, werden alle Menschen, die in diesem Hotel ihren letzten Atemzug tun, nicht zu Geistern im klassischen Sinne.«

Sophie biss sich auf die Zunge, um nicht die Zwischenfrage einzuwerfen, was um alles in der Welt denn Geister im klassischen Sinne waren. Weißes Laken, Ketten und »Buu-huu«-Rufe vielleicht?

»Vielmehr«, fuhr der General ein wenig pikiert fort, als die Zwischenfrage einfach nicht kommen wollte, »scheint es uns so, dass wir zu Erinnerungen wurden und auf diese Weise weiterexistieren: Als Abbild unserer eigenen Vergangenheit, als Erinnerungen eben, die dieses Haus mit uns verknüpft. Und das sind bei Gästen nun mal andere als beim Personal. Und vor allem nicht so viele. Wir wissen alles, was war, bis wir starben. Danach kommen nur Vermutungen und Ungewissheiten. Als würden wir gegen eine Wand laufen.«

»Bei Ihnen klingt das irgendwie immer so, als würde dieses Hotel leben.«

»Mh«, machte der General und strich sich über seinen buschigen Bart. »Merkwürdig, nicht?«

Als Sophie den Raum verlassen hatte, tauchten Barnaby und Lady Esmeralda auf.

Barnaby schlenderte zum Klavier, blickte die Tasten beinahe feindselig an und ließ sich kraftlos auf den Schemel sinken. Der General räusperte sich. »Ihr könntet wirklich den Anstand haben, die Gespräche fremder Menschen nicht zu belauschen, wisst ihr«, rügte er sie. »Einfach verschwinden und dennoch zuzuhören ist nun wirklich nicht die feine englische Arzt.«

»Feine englische Art, pah!«, spuckte die füllige Dame aus. »Davon hat Barnaby hier noch nie etwas gehört. Und er kommt schließlich aus England.«

»Wales, wenn ich bitten darf.«

»Papperlapapp«, ging der General dazwischen. »Ihr könntet durchaus etwas netter zu dem Mädchen sein!«

»Ich verstehe nicht, was du mit dieser jungen Göre willst, Generälchen.«

»Wie denn auch, wenn du immer vor ihr davonläufst oder dich versteckst, sobald sie auftaucht.«

»Esme hat recht.« Ein lodernder Blick. »Ich, äh, Lady Esmeralda, meinte ich.«

Sie nickte zufrieden. »Natürlich habe ich das. Dies hier ist keine von deinen Missionen, in der du deine Soldaten wie Figuren auf einem Schachbrett hin- und herschieben kannst. Das hier ist die Ewigkeit, in die wir unglücklicherweise hineingestolpert sind. Du wirst es bestimmt nicht rosiger für uns machen, wenn du das Mädchen gegen sie aufwiegelst. Mal ganz zu schweigen davon, dass du weißt, dass wir ihr nicht helfen dürfen.«

»Sollen wir denn tatenlos herumsitzen, während ein Kind nach dem anderen ins Verderben gezogen wird?«

»Solange noch Schampus da ist«, sagten Lady Esmeralda und Barnaby aus einem Mund. Der General zog seine buschigen Brauen zusammen und sah sie streng an.

»Na komm, das war ein Spaß«, gab Barnaby kleinlaut zu.

»Bleib bei deiner Musik, Scherzkeks. Die ist schon komisch genug zurzeit.«

»Kein Grund, gleich persönlich zu werden.«

»Schluss mit der Zankerei«, ging Lady Esmeralda dazwischen, die es in Wirklichkeit nur nicht ertrug, wenn es mal nicht um sie ging. »Was macht dich denn so sicher, dass die Kleine etwas ausrichten kann?«

»Sicher macht mich eigentlich gar nichts«, gab der General nach einer langen Pause zurück, die nur von den hoffnungslos kitschigen Klaviertönen Barnabys erfüllt worden war. »Sie kann uns sehen, das ist schon mal ein Anfang. Oder erinnert ihr euch noch daran, wann wir das letzte Mal von jemand anderem wahrgenommen wurden?«

»Und das macht sie gleich zur Heldin, die uns alle erretten wird?«

»Quatsch kein dummes Zeug! Da ist etwas in ihr, das ich lange nicht in einem Menschen gespürt habe. Etwas, das auch eine gewisse Dame, die ich hier nicht namentlich erwähne, vor langer Zeit in sich trug. Nein, ich meine nicht dich!«, fügte der General schnell an, als Lady Esmeralda sich schon mit stolzgeschwellter Brust erheben wollte. »Ich meine … *sie*. Ihr wisst schon, diese Colette, der wir diese ganze Misere hier zu verdanken haben. Mit dem Unterschied, dass unser junges Ding hier hoffentlich nicht denselben Fehler macht. Was sie in sich trägt, ist unersetzlich.«

»Und was soll das sein?«, fragte Barnaby gelangweilt und frustriert, während seine Finger unablässig über die weißen und schwarzen Tasten glitten und ihnen partout keine anständige Melodie abringen konnten. »Irgendeine übernatürliche Kraft vielleicht?«

Der General nickte und ein wissendes Lächeln kroch auf seine Lippen. »So könnte man das sagen.«

Kapitel 20

DIE KELLER

Was machte Ludwig denn schon wieder allein hier draußen in den Gängen? Er und Margarete hatten sich seit ihrem kleinen Ausflug derart zurückgezogen, dass Sophie nicht wenig erstaunt war, dass sie ihn hier antraf. Ohne Margarete. Dafür, wie es schien, mit jeder Menge Kummer.

»Ist alles in Ordnung?«, fragte sie versöhnlich.

Zuerst schien es, als würde er sich abwenden und wortlos verschwinden. So hatten es die beiden in letzter Zeit eigentlich immer gehalten. Anklagender Blick, zusammengepresste Lippen. Dann überlegte er es sich offensichtlich anders. »Es … es ist wegen Margarete«, begann er zögerlich. »Sie …« Er stockte, und es fiel ihm offensichtlich schwer, mit ihr zu reden. Mit Sophie, der Verräterin. Der Aufrührerin. »Ich glaube, es geht ihr nicht besonders gut.«

Sophie legte ihm eine Hand auf den Arm. »Uns allen geht es nicht besonders gut, weißt du?«

Er lächelte gequält. »Sicher, aber das ist es nicht. Wir kommen zurecht. Normalerweise kommen wir zurecht. Aber da ist etwas, das sie mit sich herumträgt. Das sie erlebt hat. Sie leidet darunter, das sehe ich. Mal mehr, mal weniger, doch sie leidet immer darunter.«

»Was ist es denn?«

»Sie sagt es mir nicht!« Er blickte sie an, und Sophie konnte seine Verzweiflung spüren. »Ich habe sie angefleht, dass sie es mir erzählt, doch sie sagt nichts. Kein Wort. Dabei wäre ich so gern für sie da.«

Natürlich. Ludwig war unsterblich in Margarete verliebt. Sie wusste, wie schrecklich es sein musste, sich derart hilflos zu fühlen.

»Ich weiß, Ludwig«, meinte Sophie darauf und tätschelte ein wenig unbeholfen seinen Arm. »Und ich bin mir sicher, sie weiß es auch.«

»Ich wünschte, es wäre so.« Er setzte ein bekümmertes Gesicht auf. »Sie … sie ist nicht immer so, weißt du?«

»Was meinst du?«, fragte Sophie, doch sie wusste es genau. Zickig, biestig, kalt, herablassend, verletzend, unfair und herrisch waren nur einige der Attribute, die ihr spontan zu Margarete einfielen. Und da würden bestimmt noch mehr kommen, wenn sie einen Moment darüber nachdachte. Oh, hatte sie überheblich schon?

»Ich denke, du weißt sehr wohl, was ich meine, aber ich weiß es zu schätzen, dass du so höflich bleibst. Wenn du sie kennen würdest, wie ich sie kenne, würdest du anders über sie denken. Wir hatten es nicht immer einfach hier unten.«

»So weit war ich auch schon.«

»Ja, aber du darfst nicht vergessen, dass Margarete die Erste war. Sie war ganz allein hier in den Kellern. Mit dem Rost, dem Staub und diesen toten Erinnerungen. Sie will nur hier raus. Wie wir alle. Ich gebe zu, dass wir mehr tun könnten, doch ich traue mich einfach nicht. Ja, was soll ich es verheimlichen: Ich bin froh, dass Margarete einfach hier unten warten will, bis etwas geschieht. Ich war noch nie der mutige Kerl, der die Sachen in die Hand nimmt. Meine Entscheidungen wurden bislang stets für mich getroffen und ich war dankbar dafür. Jetzt ist es eine andere Situation – und auch wieder nicht. Ich wüsste nicht, was ich sonst tun sollte, also warte ich. Auf irgendetwas.«

»Was sollte das denn sein, deiner Meinung nach?«

Ludwig fuhr sich durch die Haare. »Ich habe keine Ahnung«, gab er zu. »Aber ich erinnere mich daran, dass ich mal am Strand verloren ging, als ich noch ein kleiner Junge war. Mir kam es so vor, als wäre ich eine Ewigkeit durch die Dünen geirrt, doch am Ende hat mich meine Amme gefunden.« Er versuchte sich an einem Lächeln. »Schon klar, so ist es hier unten nicht. Aber vielleicht passiert ja doch bald irgendetwas.«

»Ludwig, ihr seid seit …«

»Ich weiß.« Er lächelte traurig und befühlte den Stoff ihrer Jacke. »Ich weiß, dass wir länger hier unten sind, als wir das bisher angenommen haben. Schau dich nur an, du bist gekleidet wie ein Mensch aus einer anderen Welt und trägst die merkwürdigsten Dinge mit dir herum!«

Sophie hätte am liebsten gelacht. Wenn es nicht so schmerzhaft wahr gewesen wäre.

»Und da ist eben noch etwas mit Margarete.« Ludwig blickte sie ernst an. »Es ist etwas passiert, Sophie. Etwas, das so schlimm war, dass sie nicht darüber reden möchte. Oder kann. Oder *darf*.«

Jetzt wurde ihr kalt. Dieses Gespräch nahm keine allzu erfreuliche Richtung. »Komm, lass uns gehen«, sagte sie, so beherrscht sie konnte, und zog Ludwig mit sich.

»Nur noch eines.« Er wand sich aus ihrem Griff. »Ich will nicht, dass es hier unten Seiten gibt. Dass wir gegen euch sind oder sonst was. Aber ich liebe Margarete. Und am wichtigsten ist mir, dass es ihr gut geht. Ich würde alles für sie tun. Das verstehst du doch, oder?«

Sophie lächelte, und es war sogar ein ehrliches Lächeln. »Das verstehe ich. Aber liebt sie dich denn auch?« Diese Frage brannte ihr auf der Zunge, seit sie die beiden das erste Mal gesehen hatte.

Ludwig gelang es beinahe, seine Zweifel aus seiner Stimme herauszuhalten. Beinahe. »Das wird sie, wenn sie nur merkt, wie ernst es mir ist. Man muss es doch versuchen!«

»Aber natürlich!«, entgegnete Sophie mit plötzlicher Inbrunst. Das musste man doch, oder? Die Frage war nur: Galt das auch, wenn man spürte, dass es einem nicht guttat?

Seine Miene hellte sich auf. »Also werdet ihr mir den Gefallen tun und euch zurückhalten, was eure Abenteuerlust angeht? Zumindest, bis es ihr besser geht? Nicht, dass ich nicht interessiert daran bin, was ihr herausfindet«, fügte er an, »doch ich fürchte, ihr macht damit alles nur noch schlimmer.«

»Dir werden keine Klagen kommen«, sagte sie vielsagend und musste ein wissendes Grinsen unterdrücken. Diesmal würde sie bestimmt niemand entdecken!

Mit neuem Mut eilte sie davon. Es war allerhöchste Zeit, diesen Lastenaufzug zu finden.

»Was ist, wenn ich dir sage, dass ich eventuell einen Weg gefunden habe, wie wir das Hotel in aller Ruhe untersuchen können?«

Sophie hatte sofort Max' ungeteilte Aufmerksamkeit. Er setzte sich zu ihr ans Bett und blickte sie erwartungsvoll an. Ihre Beine berührten sich. »Da bin ich aber mal gespannt.«

»Also, hör gut zu«, begann Sophie. Das würde nicht einfach werden. Wie würde sie darauf reagieren, wenn ihr ein beinahe vollkommen Fremder erzählte, es gäbe Geister? »Neulich, als du gehört hast, wie ich im Keller gesprochen habe …«

»Ah, du hast es also wirklich!«

»Ja. Irgendwie schon. Ich weiß, dass sich das jetzt gleich ziemlich dämlich und haarsträubend anhört, aber …«

»Dämlicher und haarsträubender als dein kleiner leuchtender Zauberkasten oder diese gesamte Situation hier unten etwa? Oder wie das mit diesem … Wie hieß dieses Ding, von dem du mir neulich erzählt hast? Dieses Netz …«

»Internet.« Sophie musste lächeln. »So gesehen …«, sagte sie. Und erzählte Max von ihren Begegnungen mit den Erinnerungen. Sie fand es bemerkenswert, wie sachlich und nüchtern sie Max davon berichten konnte, dass sie sich in letzter Zeit mehrfach mit toten Menschen unterhalten hatte.

»Also … wenn du nicht vollkommen irrsinnig und in Wirklichkeit aus einer Anstalt geflohen bist, was ich bislang eigentlich nicht glaube, dann ist das das Aufregendste, was ich je gehört habe!« Max war mehr als ein wenig überrascht, schien aber keine Sekunde an ihren Worten zu zweifeln. Er hatte staunend zugehört, sie aber nicht unterbrochen und schien das alles außerordentlich gut aufzunehmen. »Dieser Lastenaufzug«, begann er, nachdem Sophie ihre Geschichte beendet hatte, »fährt also wirklich in jedes Stockwerk.«

Sophie nickte. »Sobald wir diesen Alfonse davon weggelockt haben.«

»Und wie stellen wir das an?«

Sophie schürzte die Lippen. »Das weiß ich noch nicht.«

»Es hat also mit einer Frau zu tun, ja?«

»Ja, aber ich habe keine Ahnung, mit welcher.«

»Vielleicht eine weitere Angestellte?«

»Möglich wär's.«

»Du sagst also, die beiden sind unsterblich ineinander verliebt, ja?«

Sophie setzte sich neben ihn aufs Bett und blickte ihn eine Weile aufmerksam an, bevor sie etwas sagte. »Ja, das sind sie.«

»Wir müssen also nur einen Weg finden, wie wir die beiden vereinen?«

»Ich denke schon.«

»Denkst du, sie passen zueinander?«

Sophie schluckte und leckte sich nervös über die Lippen. Über wen redeten sie hier eigentlich? »Ich … ich bin mir sogar sicher.«

»Wie haben sie es nur so lange ohne den anderen ausgehalten?«

Sophie schüttelte unmerklich den Kopf. Sie konnte ihre Augen nicht von ihm abwenden. »Das wüsste ich auch gern.«

Als das Schweigen ein wenig zu lang dauerte, wechselte Sophie abrupt das Thema. Später fragte sie sich, was passiert wäre, wenn sie es nicht getan hätte. Wieso nur wurde sie in seiner Gegenwart so schnell nervös?

»Vermisst du sie?«, fragte sie.

»Wen?«, gab er mit einem fragenden Ausdruck in den Augen zurück.

»Deine Eltern. Fehlen sie dir?«

Er nickte. »Jeden Tag. Dabei hätte ich das früher nie für möglich gehalten. Ich habe mir sogar oft gewünscht, alleine zu sein.«

»Ich auch.« Ihr fiel etwas ein. Etwas, das ihr einen Schauer den Rücken herab wandern ließ. »Oh Gott, Max, ich habe es sogar laut ausgesprochen.«

»Was?«

»Dass ich mir wünschte, sie würden mich in Ruhe lassen.«

»Ja, aber das hat bestimmt jeder schon mal getan. Was man eben so von sich gibt, wenn man wütend ist.«

»Nein.« Sophie schüttelte aufgebracht den Kopf. »Ich habe es mir gewünscht – in der Nacht, bevor sie verschwunden sind!«

Sie eilten zu Margarete und Ludwig. Max hatte sich dasselbe gewünscht! Das musste natürlich nichts bedeuten, bescherte Sophie aber ein ziemlich mulmiges Gefühl. Sie hatten sich gewünscht, dass ihre Eltern sie in Ruhe ließen, und am nächsten Morgen waren sie verschwunden. Ganz schön beunruhigend.

»Ich weiß nicht, was das bringen soll«, sagte Margarete und setzte sich mit ihrem völlig zerfledderten Buch in eine Ecke des Raumes. Ähnlich wie Max mit seinem Zimmerchen, hatten auch sie und Ludwig versucht, es sich ein wenig gemütlich zu machen – oder so gemütlich, wie es in einem alten und feuchten Keller sein konnte. Ein paar Decken und Kissen, Kerzenständer und Fotografien machten aus einem dreckigen Loch aber noch kein Zuhause.

»Und du, Ludwig?« Sophie blickte ihn Hilfe suchend an.

»Ich weiß nicht.« Er fuhr sich mit der Hand über den Mund. »Einerseits hat Margarete natürlich recht, es bringt ja alles nichts, aber jetzt, da du es sagst, muss ich zugeben, dass ich etwas ganz Ähnliches gedacht habe.«

»Und das weißt du jetzt noch?«, ging Margarete dazwischen. Sie schien mal wieder gar keine Lust auf dieses Thema zu haben und ging davon aus, dass es dann alle anderen bitte schön genauso zu halten hatten. »Du weißt ja nicht mal, was letzte Woche war.«

»Niemand hier weiß das«, gab Ludwig ungewohnt scharf zurück. Gleich danach stieg Bedauern in seine Augen. »Entschuldige … ich, ich meine ja nur. Ich kann mich gut daran erinnern, weil ich mich dafür geschämt habe.« Er pausierte. »Weil ich mich immer noch dafür schäme. Ich weiß ehrlich gesagt gar nicht mehr, warum ich das gesagt habe. Wenn ich jetzt darüber nachdenke, gab es eigentlich keinen Grund dafür. Ich kam immer recht passabel mit meinen Eltern aus, sie zwangen mich nicht mal dazu, Geigenunterricht zu nehmen. Auch dieses neue Hotel fand ich eigentlich ziemlich aufregend. Nicht, dass wir es uns leisten konnten, doch meine Mutter wollte es so gerne mal sehen.« Sophie hörte gebannt zu. Das war die längste Ansprache, die Ludwig jemals gehalten hatte. Und er war noch nicht fertig, schien mit jedem Satz regelrecht aufzublühen. »Ich musste zwar immer viel helfen, weil wir keine Haushälterin hatten, aber schlimm war das eigentlich nicht. Zumindest nicht so schlimm, dass ich mir etwas Derartiges gewünscht hätte.« Er machte ein schockiertes Gesicht. »Das ist furchtbar.«

»Was ist mit dir?« Sophie wandte sich möglichst versöhnlich an Margarete. »Hey, vielleicht ist das ja endlich mal eine Spur.«

»Spur, Spur, du mit deiner Spur.« Sie war wieder aufgestanden und baute sich vor Sophie auf. »Wann kapierst du denn endlich, dass es hier keine Spuren gibt? Wir sitzen hier und warten ab, bis etwas passiert.«

Sophie zwang sich, ruhig zu bleiben. Ein Streit würde ihnen jetzt auch nicht weiterhelfen. Das Problem war nur: Sobald sie sich mit Margarete in einem Raum befand, hatte sie ziemlich große Lust auf einen Streit. »Was schadet es denn, es zuzugeben?«

»Was schadet es denn, uns in Ruhe zu lassen«, giftete Margarete zurück.

Hilfe kam aus einer gänzlich unerwarteten Ecke. »Ich finde, Sophie hat recht.«

Sophie und Max tauschten einen erstaunten Blick. Was war denn nur mit Ludwig los? Sophie war bislang davon ausgegangen, dass sich Ludwig eher einen Arm abgehackt hätte, als ihr zu widersprechen. Margarete war ähnlich überrumpelt. Sie verengte die Augen zu Schlitzen. »Was soll das, bitte schön, heißen?«

»Ich für meinen Teil wüsste es gern, wenn ich schuld an all dem bin, weil ich mir gewünscht habe, dass meine Eltern mich allein lassen.«

»So ein Unsinn!« Margarete lief unruhig im Saal auf und ab wie ein wildes Tier, das seine Chancen abwägt. Sie hatte ein schönes Gesicht, das leider allzu oft von Wut verzerrt wurde. »Los, verschwindet!«

Es war Sophie ein Rätsel, weshalb sie sich in dieser Sache so stur stellte.

Ludwig offensichtlich auch. Dieses eine Mal schien er so etwas wie einen eigenen Willen zu zeigen, schien bemüht, diese Sache aufzuklären. »So sag uns doch einfach, was passiert ist«, begann er beinahe flehentlich, doch Margarete unterbrach ihn.

»Was geht es euch an, was damals geschah?«, schrie sie plötzlich. »Ihr wart nicht da. Ihr wisst nicht, wie es für uns war.«

Die Stille, die entstand, war beinahe greifbar. Wie eine Präsenz, die sich in den Raum geschoben hat, eine dunkle Wolke vor der wärmenden Sonne. Es war verdammt beklemmend.

Margarete blickte einen Moment lang von einem zum anderen, ihr Körper angespannt, ihre Fäuste geballt. Niemand sagte etwas. Sophie sah ihr überdeutlich an, dass sie in diesem Moment sehnlichst wünschte, das Gesagte zurückzunehmen. Aber das war ja das Schlimme an Worten: Ließ man sie einmal frei, konnte man sie nie wieder einfangen. Ganz gleich, wie viele weitere Worte man zur Verfolgung hinterherschickte.

»Ludwig«, sagte sie mit brüchiger Stimme, »ich will allein sein.«

Er warf Sophie und Max einen vielsagenden Blick zu. Sophie

sah überdeutlich, wie er mit sich zu kämpfen hatte. »Ich denke, es ist wohl das Beste, wenn ihr geht. Ich …« Er atmete schwer und schien noch etwas sagen zu wollen. »Ach, ich weiß es doch auch nicht.«

Als die beiden wieder im Kellerflur standen, wusste niemand so recht, was er dazu sagen sollte. Max machte irgendwann den Anfang. »Das war unangenehm«, sagte er, offensichtlich erleichtert darüber, wieder allein mit Sophie zu sein.

»›Uns‹? Wie hat sie das nur gemeint?«

»Keine Ahnung.« Max rieb sich die Stirn. »Aber es war offensichtlich etwas, das sie am liebsten für sich behalten hätte.«

»Selbst Ludwig wusste es nicht.«

»Ludwig.« Max verzog die Lippen zu einem spöttischen Lächeln. »Der würde doch echt alles tun für sie.«

Sie gingen langsam den Gang hinab, zurück zu Max' Unterschlupf. Seine Worte hallten durch Sophies Kopf. War es denn verwerflich, so viel für die Liebe zu tun? Klar, was Ludwig alles tat, um Margarete zu schützen und ihr zu gefallen, mochte albern und übertrieben sein. Es zeigte ihr aber auch, wie viel er bereit war, für die Liebe zu geben. Es mochte zu viel sein und es mochte unerwidert bleiben. Ihm war es egal. Aber wollte sie so etwas überhaupt? Einen Menschen zu lieben, obwohl diese Liebe einseitig war? Oder von jemandem geliebt werden, für den man nichts empfand? Nein. Nein, das wollte sie nicht, stellte sie fest. Wenn schon, dann wollte sie eine Liebe auf Augenhöhe. Eine Liebe, die keine Kompromisse machte. Eine Liebe, die man aller Wagnisse zum Trotz einging.

Sophie spürte, wie sich Max' Hand um die ihre schloss und erschauerte.

»Und was schlägst du jetzt vor?«, fragte sie mit leicht zitternder Stimme.

»Na was schon?« Er ließ ihre Hand los und nahm sein abgewetztes Jackett vom Bett. »Auf ins Personalquartier. Alfonse wartet auf seine große Liebe.«

Als Sophie ihm gedankenverloren folgte, formte sich eine Frage in ihrem Kopf: Traf das auch auf sie zu? Hatte sie sie am Ende gar an diesem unwahrscheinlichen Ort gefunden?

KAPITEL 21

DIE PERSONALQUARTIERE

Enttäuschung machte sich breit, als Sophie und Max den Lastenaufzug vor sich sahen. Er sah aus wie ein Personenaufzug in deutlich kleiner, mit einer Klappe statt einer automatischen Tür und versehen mit großen Hebeln. Das sollte er also sein, der Schlüssel zum Grandhotel?

»Komm, wir werfen nur mal einen Blick darauf«, wisperte Sophie und zog Max mit sich.

Weit kam sie in dieser heiklen Mission nicht. Als wäre urplötzlich ein grauer Regenschleier vor ihnen aufgezogen wie ein Vorhang, verschwamm der kleine Aufzug und sah so aus wie etwas, das man durch dickes Glas betrachtet.

Max tippte ihr frenetisch auf die Schulter. »Wir sollten …«

Sophie hörte nicht hin. Vor ihr schälte sich etwas, nein, jemand, nein, wohl doch eher etwas aus dem Nichts heraus. Urplötzlich kam ihr die Vorstellung von einem diabolischen Wächter aus einer anderen Dimension gar nicht mehr so abwegig vor. Wieso lief sie eigentlich nicht einfach mal weg? Diese Neugierde würde sie eines Tages noch umbringen!

Seine Stimme war zuerst da. »Was wollt ihr?«, erklang sie verzerrt, während sich langsam ein Körper materialisierte. Dann war auch dieser angekommen. Und sah mit einem Mal gar nicht mehr bedrohlich aus. Vor ihnen lehnte sich ein untersetzter Mann mit reichlich ausgedünntem Seitenscheitel, kleinen Knopfaugen und mindestens einem Kinn zu viel an den Lastenaufzug und betrachtete prüfend seine Fingernägel. Er kaute auf einer dünnen langen Zigarette herum und wirkte recht gelangweilt. Eine normale Erscheinung in Frack und Livree – wäre er nicht auf ähnliche Weise durchscheinend wie der General und die beiden Nervensägen gewesen. Auch seine Stimme klang plötzlich völlig normal. Etwas zu hoch vielleicht, aber ansonsten nicht außergewöhnlich. »Ihr habt keine Befugnis, den Lastenaufzug zu benutzen«, murmelte er unmotiviert und drehte die feuchte Zigarette im Mund hin und her. Nach allzu viel Disziplin sah das nicht gerade aus!

»Wir, nein, das wollten wir auch gar nicht«, stammelte Max, was Sophie die Frage erübrigte, ob er diesmal auch etwas bemerkte oder nicht. »Wir haben nur …«

»Rumgeschnüffelt habt ihr, das sehe ich doch.« Gut, vielleicht war der Maître kein diabolischer Wächter aus einer Dämonenwelt, der sie mit Haut und Haar verschlingen würde. Sympathisch war er trotzdem nicht.

»Wir wollten gerade gehen«, gab Sophie rasch von sich und signalisierte Max mit Blicken, dass es Zeit für den Rückzug war.

Ihr fiel etwas ein. Es war ein gewagter Plan. Tollkühn geradezu. Genau das Richtige also für jemanden wie sie. »Das heißt … eigentlich sind wir mit einer Botschaft für Sie hier.«

Die Gestalt des Maître verblasste bereits wieder und Sophie dachte schon, es wäre zu spät. Dann war sie wieder da. »Eine Botschaft? Von wem?«

Max warf Sophie einen fragenden Blick zu. Sie schüttelte unmerklich den Kopf. Jetzt galt es, zu improvisieren. »Das ist ja das Seltsame!« Sie versuchte, ihrer Stimme einen geheimnisvollen Klang zu geben. »Wir wissen es nicht.«

»Was soll der Unfug? Ich habe Besseres zu tun, als mich mit den Launen von Rotzlöffeln wie euch herumzuschlagen!«

Was für ein netter Bursche! Versuchte sie hier gerade ernsthaft, ihn mit einer Dame zu verkuppeln? Dieses Ekel? »Ich weiß nur, dass sie von einer Frau stammt.« Der Maître schwieg, was Sophie als Zeichen nahm, dass sie seine ungeteilte Aufmerksamkeit hatte. »Von einer Frau ... aus den oberen Stockwerken.«

Er kam ganz nah an Sophie heran. Sie sah den Lastenaufzug durch seine füllige Figur hindurch. »Und wie«, sagte er leise und bedrohlich, die Zigarette ganz nah vor Sophies Nasenspitze, »heißt diese Frau, wenn ich fragen darf?«

»Das war bemerkenswert!«, meinte Max anerkennend, als sie unbemerkt in die oberen Stockwerke des Personaltrakts huschten. Hier gab es wenig Licht, die Böden knarrten missbilligend und die Dachschrägen sorgten in einigen Gängen dafür, dass man nur gebückt vorankam, wenn man sich nicht den Kopf stoßen wollte. »Bis auf die Sache mit dem Namen natürlich. Aber sonst ... ich hätte dir ja selbst fast geglaubt.«

Sophie ließ dieses Kompliment unerwidert. Sie hasste es, wenn einer ihrer Pläne nach hinten losging und war in keiner allzu guten Stimmung. »Wieso hast du diesen Kerl eigentlich gesehen und die anderen nicht?«, gab sie nach einer Weile zurück. Das war eine weitere Veränderung: Früher hätte ihr eine solche Situation die Laune derart vermiest, dass sie alles und jeden als Provokation aufgefasst hatte. Was machte er nur mit ihr? Und könnte es bitte nie wieder aufhören?

»Oh, keine Ahnung, ehrlich gesagt.« Er pausierte und dachte eine Weile nach. Staubkörner tanzten im Licht einer schwankenden Deckenlampe. Einige Fliegen summten zwischen den Balken. »Vielleicht weil der hier ein Teil des Hotels ist. Die anderen waren ja nur Gäste, hast du gesagt, oder?«

»Stimmt!«, meinte Sophie, als ihr einfiel, was der General zu ihr gesagt hatte. »Da gibt's offensichtlich einen Unterschied.«

»Was denkst du? Warum siehst du sie alle?«

Sophie seufzte. »Wenn ich das wüsste.« Ein Gedanke ließ sie nicht los: Wer sagte denn bitte schön, dass *sie* alle Geister sah, die in diesem Hotel hausten? »Wollen wir hoffen, dass wir diese Frau hier oben finden.«

Die Personalunterkünfte boten ein ähnlich trostloses Bild wie die Aufenthaltsräume ein Stockwerk darunter. Keine Spur von protzigen Suiten und teuren Möbeln. Hier oben regierte ein karger Stil, der selbst das Zimmer, das Sophie mit ihren Eltern bewohnt hatte, wie einen Palast erscheinen ließ.

»Ich glaube, wir brauchen einen Plan«, machte Max seine Lieblingsfeststellung, nachdem sie eine Weile durch einsame und dunkle Korridore geschlendert waren. Sophie fand es beeindruckend, wie er jede noch so seltsame Situation ruhig und wohlüberlegt anging. Ein ziemlicher Unterschied zu ihrem impulsiven Wesen, das musste sie sagen. Vielleicht war am Ende ja doch etwas dran an dieser Sache mit den sich anziehenden Gegensätzen.

Nur vereinzelt steckten Kerzen in billigen Lüstern, die Wände geschwärzt vom Ruß, der Holzboden beklagenswert durchgelaufen, die Luft kalt. Was man in der Welt der Reichen und angeblich Wichtigen nicht hörte, schwoll hier zu einem Crescendo an: Der Sturm pfiff durch jedes Loch, ließ sein Geheul anklagend durch die zugigen Gänge streifen.

»Was genau hat dein General über sie gesagt?«

»Nicht viel. Nur dass sie hier oben irgendwo rumgeistert.«

»Rumgeistert.« Max schmunzelte. »Recht passend, das muss ich sagen.«

»Ich denke mal, wir suchen eine …« Sophie verstummte und blieb wie angewurzelt stehen. »Hast du das gehört?«

Max starrte angestrengt in das Zwielicht vor ihnen. »Was denn?«

»Da war …«, begann Sophie, brach aber sofort wieder ab. Das Geräusch, es war verschwunden.

»Los, weiter«, flüsterte Max und griff nach ihrer Hand. Obwohl sie sich eigentlich mittlerweile daran gewöhnt haben müsste, fühlte sie immer noch dieses Kribbeln im Bauch, sobald er sie berührte.

Schritt für Schritt tasteten sie sich vor, mit jedem Meter wurde das altbekannte Gefühl stärker, nicht allein zu sein. Beobachtet zu werden. In den Kellern hatte sie es kein einziges Mal gespürt, jetzt war es wieder so, als wäre es nie weggewesen. Als hätten die Wände Augen und Ohren. Max fühlte es offensichtlich auch, blickte sich verstohlen nach allen Seiten um. Sie warfen sich einen entschlossenen Blick zu, bogen um die Ecke. Und fühlten, wie alle Entschlossenheit aus ihnen heraussickerte wie Wasser aus einem kaputten Eimer.

Sie standen sich selbst gegenüber.

Einen kurzen Moment dachte Sophie, das wäre wieder eine dieser unangenehmen Begegnungen mit einem Spiegel. Nur dass diesmal weit und breit kein Spiegel zu sehen war.

Sie standen sich selbst gegenüber, starrten sich selbst an. Fassungslos, regungslos. Sophie und Max hielten einander an der Hand, ihre beiden Ebenbilder hielten einander an der Hand. Sophie und Max schauten sich an. Ihre Kopien schauten sich an. Es war wie ein Blick in den Spiegel. Wäre da ein Spiegel gewesen.

Dann geschah es. Die anderen ließen sich los und ein wölfisches Grinsen legte sich auf ihre Lippen. Sophies Augen zuckten zwischen ihrem Ebenbild und dieser Max-Kopie hin und her. »Max«, hauchte sie hilflos.

»Max«, wimmerte die andere Sophie, äffte sie auf besonders grausige Weise nach.

Dann sahen sich ihre Ebenbilder an, grinsten noch breiter und nickten. »Zeit zu spielen«, sagte der andere Max in einem Ton, der Sophie alle Haare zu Berge stehen ließ.

Sie kamen langsam auf Sophie und Max zu.

Wie in Zeitlupe brannte sich jedes kleine Detail in Sophies Verstand. Das waren eindeutig sie und Max – und auch wieder nicht. Es war, als wären es ihre Zwillingsgeschwister. Wäre da nicht dieses verstörende Grinsen. Sophie war sich sicher, dass weder sie noch Max ihre Gesichter derart bestialisch verziehen konnten.

Schritt für Schritt kamen die beiden näher, Schritt für Schritt wichen Sophie und Max zurück. »Bleib dicht bei mir und lass meine Hand nicht los«, raunte Max ihr mit belegter Stimme zu. Es fiel ihm mehr als schwer, ruhig zu bleiben. »Sie dürfen uns nicht trennen!«

»Wo wollt ihr denn hin?«, höhnte die andere Sophie mit gespieltem Interesse und fuhr sich in einer obszönen Geste mit der Zunge über die Lippen. »Wir haben uns doch so viel zu erzählen.«

Sophie konnte den Blick nicht abwenden. »Was wollt ihr?«, schrie sie, doch Max brachte sie mit einem festen Händedruck zum Schweigen. »Pssst!«, machte er eindringlich.

»Psst! Psst! Psst! Mehr hast du nicht zu sagen, du feige Sau?«

Der andere Max hatte wieder das Wort ergriffen. Er hatte eine Hand locker in der Hosentasche, mit der anderen fasste er der anderen Sophie ungeniert an den Po. »Das willst du doch, oder? Worauf wartest du? Warum holst du dir nicht einfach, was du willst? Wäre das nicht viel schöner?«

Sie waren bis zur Wand zurückgewichen. »Was jetzt?«, wisperte Sophie panisch. Normalerweise hatte sie immer eine Idee, einen Ausweg parat. Jetzt war da nur nackte Panik in ihr.

»Ihr seid nicht echt.« Max nahm all seinen Mut zusammen, machte sogar einen Schritt auf die beiden grässlichen Kopien zu. »Es gibt euch gar nicht.«

»Oh, wirklich?« Der andere Max machte unerwartet einen Satz nach vorn und schlug zu. »Nicht echt, ja?«, fragte er belustigt, als Max stöhnend zurücktaumelte. Blut schoss aus seiner Nase und befleckte sein Hemd. »Wollte immer schon mal erfahren, wie es sich anfühlt, sich selbst zu verprügeln.«

Die andere Sophie lachte schrill. »Willst du auch mal, Süße?«, fragte sie Sophie und stemmte die Arme in die Hüften. So bescheuert sah das also aus, wenn sie das machte?

Sophies Hand bekam in ihrer Tasche den Schlüssel des Generals zu fassen, suchte weiter … Die Nagelschere. Unauffällig nahm sie sie heraus und hielt sie hinter ihrem Rücken versteckt.

»Das traust du dich doch eh nicht«, gab Sophie so selbstbewusst wie möglich zurück und machte sich bereit.

»Ach nein?« In einem Moment stand die Sophie-Kopie ganz ruhig da. Im anderen stürzte sie sich mit wild aufgerissenen Augen nach vorn. Doch Sophie war darauf vorbereitet. Sie wich zur Seite aus und stach mit der Schere zu. Die falsche Sophie heulte vor Schmerz auf. Sophie stach noch mal zu, doch diesmal verfehlte die Schere ihr Ziel.

»Miststück«, zischte ihre Kopie und versetzte Sophie einen heftigen Stoß mit dem Kopf. Sie taumelte zurück, stolperte gegen Max, wollte sich schon schützend anlehnen, bis sie dieses abartige Grinsen auf seinem Gesicht sah.

»Hallo, Süße«, sagte der nur und versuchte, eine Hand unter ihren Pullover zu schieben.

Er kam nicht weit. Mit einem wütenden Aufschrei stürzte sich Max auf seinen furchtbaren Zwilling, rang ihn zu Boden und versetzte ihm einen heftigen Tritt in eine ganz gewisse Gegend. Kurz blitzte so viel Zorn in seinen Augen auf, dass Sophie sicher war, er würde dieser Horrorkopie etwas Schlimmes antun. Dann packte er sie am Arm und rannte mit ihr die Treppe hinauf.

Schrilles Gelächter folgte ihnen wie ein Rudel Hyänen.

Kapitel 22

DIE PERSONALQUARTIERE

Sophies Lunge brannte, als sie im obersten Geschoss der Personalquartiere angekommen waren. Die Luft war stickig, abgestanden. Als wäre sie zu oft geatmet worden.

Sie waren gerannt, ohne einen Blick zurückzuwerfen, höher und immer höher, jeden Moment darauf gefasst, dass ihnen ihre lebendig gewordenen Spiegelbilder an die Gurgel gingen. Nichts dergleichen geschah.

Max spähte schwer atmend in eines der kleinen Personalzimmer. »Hier rein«, sagte er keuchend, nachdem er sich vergewissert hatte, dass es leer war. »Ich glaube, sie folgen uns nicht.«

Als er die Tür hinter ihnen abgeschlossen hatte, ließen sie sich aufs Bett fallen. Sophie war vollkommen entkräftet. Sie fühlte, wie Tränen ihre Wangen hinabrannen, und vergrub ihren Kopf an Max' Schulter.

»Ich hatte solche Angst«, schluchzte sie hemmungslos. Jetzt, da sie vorläufig in Sicherheit waren, holte sie die grausige Begegnung ein.

Max strich ihr sanft über den Rücken. »Es ist alles gut.«

Mit einem Ruck setzte sie sich auf, blickte ihn verunsichert an. »Was ist?«, fragte Max alarmiert.

»Ich … ich«, begann sie stammelnd, dann sah sie ihm fest in die Augen. »Ich wollte nur sichergehen.«

Max sah sie verletzt an und sie wusste, dass sie eine Dummheit begangen hatte. »Du dachtest doch nicht, dass ich …«

»Nein!«, schob Sophie schnell hinterher. Sie wusste ja selbst nicht, was sie da gerade gedacht hatte. Für einen kurzen Moment war da nur dieses ohnmächtige Gefühl gewesen, allein mit diesem … diesem Ding zu sein. »Natürlich nicht.«

»Ich würde so etwas nie tun«, sagte Max nachdrücklich und blickte sie ernst an. »Du weißt schon … was dieser andere Max vorhin getan hat.«

»Das weiß ich.« Und ob Sophie das wusste. Es gab in ihrer derzeitigen Situation weniger Dinge, die sicherer waren. Sie strich sich die Haare aus dem Gesicht und wischte sich über die Augen. Ihre Lippe war aufgeplatzt und blutete. »Du hast nicht zufällig ein Taschentuch?«

Max sah sich um, sprang auf, zog das Laken vom zweiten Bett im Raum, zerteilte es mit einem kräftigen Ruck und tupfte ihr sanft das Blut von den Lippen. »Aber selbstverständlich«, raunte er leise und Sophies Welt schmolz auf seine Augen zusammen.

Ein perfekter Moment. Ein Moment, in dem alles geschehen konnte. Als sie seine Miene sah, verflog ihr Herzklopfen so schnell, wie es gekommen war. »Was? Was hast du?«, fragte sie alarmiert.

»Dein Arm, er blutet!«

Ein dunkler Fleck hatte sich auf ihrem Parka ausgebreitet. Jetzt spürte Sophie auch einen brennenden Schmerz. »Moment mal«, sagte sie, als sie die Jacke ausgezogen und die Stichwunde in ihrem Oberarm tapfer begutachtet hatte. »Das ist doch die Stelle, an der ich dieses Ding mit der Schere erwischt habe.«

Max riss einen weiteren Streifen von dem alten Laken und verband ihr den Arm. Er grinste grimmig. »Fantastisch! Das bedeutet zumindest, dass dem anderen Kerl auch die Nase gehörig wehtut.«

Sie sahen sich an und mussten beide lachen. Manchmal konnte man eben nichts anderes tun. »Sollen wir schauen, ob die Luft rein ist, und dann zurück?« Die Lust auf Erkundungen war Sophie gründlich vergangen.

»Zurück?« Max musterte sie erstaunt. »Und diese Dame?«

»Ich dachte nur. Nach dem, was gerade passiert ist.« Sophie hielt inne. »Andererseits … wahrscheinlich sollen wir genau das tun.«

»Ja, den Eindruck hatte ich auch schon. Vielleicht sollten wir …« Max brach mitten im Satz ab, setzte sich alarmiert auf.

»Was? Was hörst du?« Panik war in Sophies Stimme zurückgekrochen. »Doch nicht etwa …«

Max legte einen Finger auf die Lippen und schlich zur Tür. »Nicht!«, zischte Sophie, als sie sah, dass er die Klinke herunterdrückte. Die Vorstellung, wieder sich selbst und diesem grässlichen Abbild von Max gegenüberzustehen, raubte ihr den Verstand.

Leise öffnete Max die Tür, lugte vorsichtig heraus – und bedeutete ihr dann, näher zu kommen. »Hör mal«, flüsterte er.

Ein leiser Gesang wehte zu ihnen herüber. Er klang wunderschön und zugleich furchtbar traurig. Wie eine Erinnerung an etwas, das unwiederbringlich verloren ist.

Sophie blickte Max entschlossen an und nickte. Das musste sie sein! Gemeinsam traten sie auf den leeren Gang. Sie würden sich nicht unterkriegen lassen!

Hinter einer Biegung standen sie einem Wesen gegenüber, gegen das der General, der Maître, der Sänger und die Schauspielerin wie die Geister aus einer Kindergeschichte wirkten. Das, was da vor ihnen durch die Gänge schwebte, war ein waschechter und beunruhigender Geist, der wirklich alles richtig machte: Der durch Mark und Bein gehende Klagegesang, das weite weiße Gewand, die wallenden dunklen Haare – wenn es in einem Lexikon das Bild eines Geistes gab, dann konnte es nur das dieser Frau sein!

Sophie musste zugeben, dass diese Präsenz durchaus beunruhigender war als die anderen Erinnerungen, die ihr bislang begegnet waren. »Ich glaube, wir haben sie gefunden. Jetzt müssen wir nur darauf achten …«

»… dass wir es nicht so vermasseln wie eben bei diesem unangenehmen Kerl vor dem Aufzug.«

»Wie beim Maître, ganz genau«, gab Sophie zerknirscht zu.

Die geisterhafte Erscheinung nahm keine Notiz von ihnen. Völlig versunken in ihren Gesang schritt sie von Zimmer zu Zimmer, ein Ausdruck entrückter Leere auf den ansonsten sanften und freundlichen Gesichtszügen.

»Was meinst du, wie alt sie ist … war?«, fragte Max.

»Schwer zu sagen. Sie scheint jedenfalls auch schon eine ganze Weile lang hier oben durch die leeren Flure zu spuken. Schau dir nur mal diese Haube an, die sie trägt.«

Max grinste. »Ich finde diese Haube deutlich weniger seltsam als deine Schuhe.«

»Wie auch immer«, meinte Sophie. »Das hier ist wahrscheinlich die Herzdame unseres Maître, also müssen wir sie irgendwie dazu bringen, uns zu vertrauen.«

Kein allzu leichtes Unterfangen. Nicht, dass die Frau ein ähnlich ablehnendes Verhalten an den Tag legte wie dieser unausstehliche Maître. Es war vielmehr so, dass sie überhaupt nicht wahrnahm, was um sie herum passierte. Da konnten Sophie und Max noch so viel vor ihren Augen herumfuchteln oder sie regelrecht anschreien: Stoisch schritt sie von Zimmer zu Zimmer, aufrecht und stolz wie eine englische Königin.

»Diese Dame nimmt ihre Arbeit viel zu ernst, wenn du mich fragst«, meinte Max entnervt. »Dafür, dass sie längst tot ist, meine ich. Ich sage dir, dagegen ist ja sogar unsere Haushälterin weniger steif! Und was macht sie da überhaupt?«, fuhr er fort. »Stets nur von Zimmer zu Zimmer laufen ist doch vollkommen sinnlos.«

Da geschah es. Die Frau vor ihnen hielt inne. Es schien, als ginge ein leichtes Zittern durch ihre Gestalt. Dann drehte sie sich um. »Die Arbeit einer Hausdame ist niemals sinnlos«, sagte sie in einem merkwürdigen Singsang, ohne die Augen von Max zu nehmen. Der war standesgemäß erbleicht und wusste offensichtlich nicht, ob er jetzt tatsächlich froh darüber sein sollte, endlich die Aufmerksamkeit dieser Erinnerung auf sich gezogen zu haben. »Die Arbeit einer Hausdame ist niemals vorbei«, fuhr sie im selben Tonfall fort und nahm ihre endlose Route wieder auf, angetrieben von einem nicht enden wollenden Pflichtgefühl.

Max blickte Sophie fragend an. »Hausdame?«

»Ihr unterstehen alle Zimmermädchen«, sagte Sophie, ohne nachzudenken. »Sie ist jemand, der Sauberkeit und Pflichtgefühl sehr ernst nimmt. Selbst hier in den Unterkünften des Personals.«

»Das sieht man.« Max schüttelte ungläubig den Kopf. »Mir würde nach meinem Tod ganz zweifellos etwas Besseres einfallen, als immer noch Zimmer zu kontrollieren.«

Dem konnte Sophie nicht widersprechen. »Meinst du, sie ist es?«

»Wer? Die heimliche Herzdame unseres Wachhunds?«

Sophie nickte.

»Ich denke schon.« Max blickte sich um. »Hier oben ist sonst niemand.«

Die Erscheinung verließ ein Zimmer, glitt ein Stückchen den Gang hinunter und verschwand im nächsten.

»Verzeihung«, rief Max ihr hinterher, doch sie reagierte nicht. »Elender Mist!«, fluchte er leise.

Sophie hatte eine Idee. »Sie haben ein Zimmer übersehen!«

Die geisterhafte Erscheinung vor ihnen verharrte wie vom Donner gerührt. »Unmöglich«, sagte sie leise und kam dennoch langsam zurück.

»Frag sie nach ihrem Namen«, flüsterte ihr Max zu. »Ich habe eine Idee.«

»Mein Fehler, bitte verzeihen Sie«, gab sich Sophie kleinlaut. Sie musste irgendwie dafür sorgen, dass die Hausdame mit ihnen sprach. Nicht einfach bei einer Person, die die Ausgeburt des Pflichtgefühls war und eine kleine Plauderei während der Arbeitszeit gewiss missbilligte. »Wie lange sind Sie hier schon die Hausdame?«

»Seit dem ersten Tag«, antwortete der Geist nicht ohne eine Spur von Stolz. Sie schwebte ganz nah an Sophie heran und ihr sanftes Gesicht verzog sich zu einer Fratze der Wut. »Nie gab es eine Beschwerde!«, entfuhr es ihr fauchend. »Nie habe ich ein Zimmer übersehen.«

Sophie wich zurück, bis sie die Wand hinter sich fühlte. Auch Max war vollkommen überrumpelt von diesem Ausbruch. »Das … das weiß ich doch«, stammelte Sophie. »Ich habe mich getäuscht.«

Starr vor Angst blickte sie in die lodernden Augen der toten Hausdame.

»Nie!«, spuckte sie ein weiteres Mal aus. Und setzte ihre endlose Runde fort, als sei nichts geschehen.

Das hatte ja ausgezeichnet funktioniert! Als dann doch noch ein leises »Antoinette entgeht nichts« zu ihnen herüberwehte, waren sie beide vollkommen von den Socken.

»Das war … unangenehm«, stellte Max fachmännisch fest. »Komm mit, schnell.«

Sophie blickte ihn an, ihr Herz noch immer ein wütend galoppierender Gaul. »Unangenehm? So kann man das auch sagen.«

Max betrat ein anderes Personalzimmer. Bis auf zwei alte Metallbetten, zwei Schränke, einen Tisch mit zwei Stühlen und einen kleinen Spiegel an der Wand war es völlig leer. Es wirkte so, als habe hier schon lange niemand mehr übernachtet. Schon beim Betrachten dieses Raumes verspürte Sophie eine unbestimmte Traurigkeit. In diesen Zimmern hier oben wurde nicht gelacht, wurde nicht gefeiert und so im Überfluss gelebt wie in den Hotelzimmern einige Stockwerke darunter.

Mit einem Ruck drehte sich Sophie um. Nichts. Da war niemand. Und doch hatte sie das Gefühl gehabt, dass sie beobachtet wurden. Ein unangenehmes Prickeln im Nacken, das meist nichts Gutes verhieß. Dann fiel ihr Blick wieder auf den Spiegel. Sie hätte schwören können, dass sie einen Schemen darin gesehen hatte. Schnell nahm sie ihn von der Wand und legte ihn mit der Spiegelseite nach unten auf den Tisch.

»Was machst du denn?«, fragte sie, um sich auf andere Gedanken zu bringen.

Max stand gebeugt am Tisch und kritzelte etwas auf einen Zettel. »Einen Moment noch. So, hier.« Er reichte ihr eine hastig beschriebene Seite. »Geliebte Antoinette«, las Sophie, »ich muss dich sehen! Viel zu lange waren wir voneinander getrennt. Diese Tortur muss enden!« Sophie konnte sich ein Grinsen nicht verkneifen. »Nicht übel, Max«, sagte sie anerkennend und las weiter. »Komm in einer Stunde zum Personaleingang. Ich ertrage es nicht mehr ohne dich.« Sie nahm den Brief herunter. »Schon mal an eine Karriere als professioneller Liebesbriefschreiber gedacht?«

Max' Antwort war ein derart süßes Lächeln, wie Sophie es noch nie gesehen hatte.

»Das Problem ist nur«, meinte er gleich darauf ein wenig zerknirscht, »dass ich schon wieder vergessen habe, wie dieser grummelige Wachhund heißt!«

»Alfonse!«, entgegnete Sophie wie aus der Pistole geschossen.

Rasch setzte Max den Namen darunter, schrieb einen zweiten Brief an Alfonse und faltete die Zettel zusammen. »Dann nichts wie los. Wir zwei spielen jetzt Amor.«

Wenn es nach Sophie ging, konnte das ruhig auch mal jemand für sie tun.

SEPTEMBER 1884

Die kalte Nachtluft schlug ihr ins Gesicht. Es hatte das erste Mal geschneit, alles lag unter einem weißen Mantel. Von hier oben sah alles ganz friedlich aus. Die umliegenden Bergketten, schwarze Scherenschnitte in grauer Nacht, die spitze Sichel des Mondes, die Lichter weit unter ihr.

Heute Nacht würde es enden. Nein. Es würde beginnen. Ihr altes Leben war längst vorbei, war verlebt und unnütz geworden, nicht mehr als eine leere Hülle. Ihr neues Leben lag vor ihr. Es war kein besonders glanzvolles, kein Leben in Luxus und Überfluss, kein Leben, das von Freude, Liebe und Gelächter bestimmt wurde.

Diese Dinge gab es nicht mehr in ihr. Sie waren tot, ausgedörrt und abgestorben wie alles andere. Alles außer dem Hass.

Dem alles versengenden, alles verschluckenden, alles beherrschenden Hass. Woher war er nur gekommen? Wieso war er nur so stark geworden? Sicher, sie hatte ihre Gründe. Die Intensität ihrer Verachtung überraschte sie dennoch selbst.

Rache. Sie wollte nur noch ihre Rache. Was danach kam, war egal. Alles, was sie dafür tun musste, war, von diesem Turm zu springen.

Das hatten die drei ihr gesagt.

Was danach passierte, wusste sie nicht. Die drei hatten es nicht erwähnt. Und sie hatte ihnen vertraut.

Viel hatte sie dafür gegeben, zu viel, dachte sie sich manchmal. Doch längst war es zu spät, war der Pakt geschlossen.

Ihr Blick streifte die Täler, die Tausende Meter unter ihr lagen. Die kleinen nutzlosen Leben, die dort wie überall sonst ihrem Ende entgegengingen. Mal schneller, mal langsamer, immer aber mit demselben Ziel.

Was gab es schon, wofür es sich zu leben lohnte?

Ihre Gedanken eilten zu ihrem Sohn. Ihrem Sohn. Sie hatte ihn aufgegeben. Hatte ihn zurückgelassen … bei ihnen.

Es würde besser für ihn sein.

Was konnte sie schon tun? Eine Frau mit einem Herz aus Asche?

Ein Sprung, und all das wäre vergessen. All der Schmerz. All das Leid.

Ihr Kleid flatterte im Wind. Es war kalt, doch solche Dinge spürte sie schon lange nicht mehr. Um lapidare Dinge wie Wärme oder Kälte zu spüren, musste man in der Lage sein, überhaupt irgendetwas zu empfinden.

Sie tat einen Schritt. Ihre nackten Zehen ragten über den Rand. Weit unter sich, das wusste sie schmerzhaft genau, wurde jetzt gerade zu viel gegessen und noch mehr getrunken, wurde musiziert, getanzt, Geld ausgegeben. Es wurden Versprechungen gemacht, die nie gehalten wurden, Lügen als Wahrheit verkauft, Wahrheiten als Lüge. Verborgen hinter Türen spielten sich Affären ab, es wurde geturtelt und bezirzt, verführt und gespielt.

Das Grandhotel – ein neues Babylon, ein falscher Ort, an dem nichts wahr war. Nichts wirklich. Auch hier gab es nur Verfall, Missgunst und Hinterlist. Sie wusste es besser als die anderen.

Es war nicht ihre Sache. Alles, was zählte, lag vor ihr. Sie schloss die Augen. Holte tief Luft.

Und sprang.

Kapitel 23

Der Lastenaufzug

Der Rest war eigentlich ganz einfach. Dem Maître und der Hausdame den Brief zugesteckt, sich einhellig über seine sanfte und nahezu warmherzige Reaktion gewundert, in sicherer Entfernung ausgeharrt und ihn schließlich aufgebracht von dannen ziehen sehen.

»Wir haben es geschafft«, kommentierte Max den Blick in die verwaiste Küche. Er nickte anerkennend. »Wir haben es tatsächlich geschafft.«

»Na komm schon, der Liebe kann niemand widerstehen.« Sophie hatte sich wieder gefasst und grinste ihn frech an. »Meinst du nicht auch?«

Es erfreute sie, dass er ein wenig errötete. Sie blickten sich herausfordernd an und Sophie fragte sich, ob sie ihn jetzt nicht einfach küssen sollte. Sie hatte mittlerweile festgestellt, dass sie bei Max wohl lange auf eine solche Reaktion warten musste. Es gehörte sich vor 100 Jahren anscheinend nicht, einfach so ein Mädchen zu küssen.

»Wahrscheinlich hast du recht«, brachte er stammelnd hervor

und der Moment war verflogen. Schon wieder. Aber gab es ihn überhaupt, den richtigen Moment? »Äh, wollen wir?«

»Unbedingt!«

Max versuchte, die Tür des Lastenaufzugs zu öffnen. »Verschlossen«, stellte er entnervt fest. »Das darf doch jetzt wohl nicht wahr sein.«

Sophie fiel der Schlüssel ein. Sie holte ihn aus der Tasche und betrachtete ihn nachdenklich. Die Worte des Generals fielen ihr ein.

Betrachte ihn als Waffe im Kampf gegen geschlossene Türen in diesem Hotel.

»Woher hast du den denn?«

»Der General hat ihn mir anvertraut.«

Er passte. Mit einiger Mühe ließ er sich auch in dem rostigen Schloss herumdrehen. Geöffnet war die Tür damit noch lange nicht.

»Sie ist verzogen«, stellte Max fest und sah sich um. »Das Problem kenne ich. Wir hatten früher einen Bootsschuppen, bei dem bevorzugt die Schränke klemmten, weil die Feuchtigkeit sie verzogen hat. Ah.« Er hatte eine Eisenstange in einer Schublade gefunden und setzte sie fachmännisch an der Aufzugstür an. »Damit sollte es gehen.«

»Ihr hattet einen Bootsschuppen?«, fragte Sophie. »Und auch ein Boot?«

»Drei sogar«, gab Max zurück, als er sich an die Arbeit machte.

Drei Boote! Sophies Eltern hatten ein Auto, sie ein Fahrrad. Und eine kleine Stadtwohnung. Gegen ein Boot hätte sie absolut nichts einzuwenden gehabt. Sie hatte einige Mühe, das Bild zu verdrängen, in dem sie mit Max auf einem idyllischen kleinen See in einem Boot saß. Ganz allein, weit und breit niemand zu sehen …

Knirschen, Schaben, Dröhnen. Die Schiebetür des Lastenaufzugs war geöffnet, doch es war schwieriger als gedacht, sie zur Seite zu bewegen.

»Den hat ja 100 Jahre keiner mehr benutzt«, gab Max zwischen angestrengtem Stöhnen von sich.

Irgendwann gelang es ihm. Stolz blickte er in die dunkle Öffnung, aus der ihnen ein abgestandener, regelrecht modriger Geruch entgegenschlug.

»Und ich dachte, in den Kellern riecht es mies«, sagte Sophie mit gerümpfter Nase, als sie das Innere des kleinen Aufzugs in Augenschein nahm.

»He, wie wäre es denn mit ›Gut gemacht, Max!‹?«

»Oh, klar, bitte entschuldige.« Sophie machte einen ironischen Knicks. »Gut gemacht, Bootsmann.«

»Na also.« Er steckte den Kopf in die dunkle Öffnung. »Scheint über zwei Schalter zu funktionieren«, stellte er sachkundig fest.

»Passen wir beide da überhaupt rein?«

Max' Stimme drang blechern aus dem Inneren hervor. »Es wird wohl etwas eng, aber ich denke, es geht. Komm, wir probieren es mal aus.«

Er sollte recht behalten. Am Ende brauchten sie drei Anläufe, um beide in einer zumindest erträglichen Position zu sitzen. Im Grunde war der Lastenaufzug nicht mehr als eine dunkle quadratische Box voller Staub, Rost, Kabel und jeder Menge alter Essensflecken. Kein besonders einladender Ort – und doch verspürte Sophie ein wohliges Kribbeln, als sie sich neben Max in den engen Aufzug quetschte.

»Wohin soll die Reise gehen?«, fragte Max feierlich und nahm das klobige Steuerungselement in die Hand.

Darüber hatte sich Sophie keine Gedanken gemacht. »Wenn

ich das wüsste«, sagte sie nachdenklich. Sie war überzeugt gewesen, dass es irgendwie klar wäre, sobald sie den Aufzug gefunden hatten. »Irgendwo in diesem Hotel gibt es etwas, das uns weiterbringt.«

»Wie wäre denn dieser Plan: Wir fahren ganz nach oben und arbeiten uns dann Stockwerk für Stockwerk nach unten vor. Ich habe zwar keine Ahnung, was wir suchen, aber wenn wir uns systematisch vorarbeiten, wird es uns kaum entgehen, oder?«

»Nicht übel«, entgegnete Sophie anerkennend. »Bei dir klingt es selbst dann nach einem Plan, wenn du gar keinen hast.«

Rumpelnd und rumorend setzten sie sich in Bewegung.

Der Aufzug kroch durch das dunkle Nichts zwischen den Etagen. Langsam, langsam, quälend langsam. Er ächzte und stöhnte alarmierend. Sophie und Max wogen beide nicht allzu viel, dennoch war es diese alte Gerätschaft wohl eher gewöhnt, lediglich Mahlzeiten durch das riesige Hotel zu transportieren.

Träge zog die unverputzte Wand vorbei, nur sehr vage war überhaupt irgendetwas zu erkennen. Das, was sie sahen, ließ sie frösteln: Mehr als einmal hatte es den Anschein, als wäre da der Abdruck einer Hand an der Wand. Oder schlimmer noch: Furchen und Vertiefungen, die beunruhigend große Ähnlichkeit mit Kratzspuren hatten. Sophie spürte unweigerlich, dass Max dieselben Beobachtungen machte wie sie. Dennoch zogen es beide vor zu schweigen. Man musste es ja nicht auch noch aussprechen.

»Ganz schön eng hier, was?«, erwähnte Max nach ein paar Metern beiläufig. Wohl, um die Stimmung zu lockern.

»Hm«, machte Sophie. Sie fand es gar nicht schlimm, dass keiner von ihnen die Möglichkeit hatte, auszuweichen. Mit einem wohligen Gefühl stellte sie fest, dass es auch Max nichts ausmachte. Im Gegenteil. Es schien ihm zu gefallen: Mehr als einmal berührte seine Hand scheinbar zufällig ihr Knie, verweilte einige Augenblicke dort und zog sich dann alles andere als übereilt zurück.

Zwischen der zweiten und dritten Etage passierte es: Es gab einen heftigen Ruck, bei dem Sophies Herz in der Brust einen Satz machte, ein morsches Dröhnen ertönte. Der Lastenaufzug stand still.

»Was war das?«, traute sich Sophie nur zu flüstern.

Max drückte wild auf dem kleinen Steuerungsmodul herum. Hoch, runter, Notstopp, Start. Nichts. Der Aufzug hing tot im Schacht.

Von allen Seiten schoben sich die Wände auf Sophie zu. Bis zu diesem Augenblick hatte sie nicht gewusst, wie sich Platzangst anfühlte. Jetzt schnürte sie ihr die Kehle zu.

Sie fühlte Max' Atem auf ihrer Wange. Hier oben war es noch dunkler als weiter unten, doch es war nicht zu übersehen, dass er ihr ganz nah gekommen war. Sie hielt den Atem an.

Dann war er auf einmal da, dieser eine Moment. Er küsste sie. Sie küssten sich. Die Welt um sie herum verschmolz auf diesen Augenblick.

Sie küssten sich. Sie küssten sich lange. Es war nicht Sophies erster Kuss. Doch es war ihr intensivster.

»Ich muss dir etwas sagen«, flüsterte sie nach einer Zeitspanne, die unmöglich zu bestimmen war. Waren es Sekunden gewesen? Minuten, Stunden?

Max legte ihr einen Finger auf die Lippen. »Shhh«, machte er, »es ist mir egal.«

»Es ist dir egal?«

Wieder fanden sich ihre Lippen. Max küsste bedacht und dennoch fordernd. »Ja, es ist mir egal, wie lange ich hier bin. Es war lange genug, um dich zu treffen.«

Sophie wollte schreien vor Glück. Stattdessen stellte sie eine Frage, für die sie sich am liebsten in den finsteren Aufzugschacht unter ihnen geworfen hätte. »Und wer ist Karla?«

Max schwieg einen Moment. »Karla ist auch nur eine Erinnerung, nichts weiter«, sagte er ernst. »Wahrscheinlich war sie nie mehr als das, selbst bevor ich dieses verdammte Hotel betreten habe.«

»Dann seid ihr zwei nicht …«

»Zusammen?« Max lachte kurz auf. »Nein. Ich gebe zu, dass ich das eine Zeit lang wollte. Ich war verliebt in sie, wenn du so willst, habe aber nie gemerkt, dass sie eigentlich gar kein guter Mensch ist.«

Wie bekannt ihr das vorkam! »Neulich nachts, da hast du …«

Max seufzte. »Ich weiß. Ich träume von ihr.« Sophie verspürte einen Stich in der Herzgegend, und als hätte Max es gemerkt, beeilte er sich, fortzufahren. »Nicht *so* geträumt. Es sind eher Gedanken. Gedanken an mein früheres Leben. Aber das liegt hinter mir, und je eher ich das begreife, desto besser.«

»Aber das hier …« Sophie ließ den Satz einige Momente lang in der Luft hängen. »Das ist doch auch kein Leben.«

»Das war es nicht. Bis du aufgetaucht bist. Das erste Mal seit … seit …« Er stockte. »Was soll's, seit viel zu vielen Jahren fühle ich wieder etwas. Ich will leben, ich will hier raus. Was auch immer das bedeutet. Und was auch immer mit uns passiert, wenn wir es schaffen. Das verdanke ich dir. Dir ganz allein.«

Diesmal küssten sie sich so lange, dass sie gar nicht merkten, wie sich der altersschwache Aufzug doch wieder stöhnend in Bewegung setzte.

Sie stand in der vierten Etage. Einfach so.

Noch immer berauscht von seinen Küssen und Berührungen hatte Sophie gar nicht mitbekommen, dass sie der Aufzug mühevoll in eine weitere Etage bugsiert hatte. Dann stand sie plötzlich da. Einfach so. Mit dem Rücken zu ihnen.

Ruckartig kam das Gefährt zum Stillstand.

Sophie hätte vor Schreck um ein Haar laut aufgeschrien, Max blickte sie nur fragend an.

Vor ihnen stand eine Frau, gekleidet in ein altes Nachthemd, die Haare hingen ihren Rücken herab. Schlaff baumelten die Arme an ihren Seiten, mechanisch öffneten und schlossen sich die Fäuste. Sophie war wie erstarrt. Sie saß so mucksmäuschenstill in dieser Falle, dass sie sogar den unregelmäßigen, unangenehm rasselnden Atem der Frau hören konnte.

Langsam drehte sie sich um.

»Machen wir, dass wir hier wegkommen«, zischte Sophie. Sie hatte keine Ahnung, was hier gespielt wurde. Die brauchte man aber auch nicht, um zu wissen, dass in dieser Etage keine neuen Freundschaften entstehen würden.

Max starrte Sophie an. »Was hast du denn?«

»Da!« Sie erbleichte und deutete an der Fremden vorbei an die Wand. Ein großer Spiegel. Er zeigte dieselbe Frau. Und doch war es kein Spiegelbild. Sie tauchte zweimal darin auf. Und das Schlimme war: Im Spiegel bewegte sie sich, doch die Frau vor ihnen stand noch immer ganz still.

Dann kam sie auf den Aufzug zu. Die Haare verdeckten ihr Gesicht, doch Sophie war sich ziemlich sicher, dass das in diesem Fall sogar besser war.

»Max«, flehte sie und nestelte panisch ihre Nagelschere aus der Jackentasche hervor. »Lass uns abhauen!«

»Sophie, was ist los?«

»Siehst du sie nicht, um Gottes willen?« Ein Blick in sein Gesicht beantwortete die Frage: Nein. Er tat es nicht. Dennoch leistete er ihrem Wunsch Folge und drückte auf der Steuerung herum.

»Los, lass uns abhauen!«, schrie Sophie.

»Das würde ich ja gern!«, gab er zurück und schlug die Bedienung gegen die Wand. »Aber dieses Mistding hängt mal wieder.«

Schritt für Schritt kam die Frau auf den Aufzug zu. Ihr Spiegelbild, das keines war, vollführte groteske Pirouetten und weigerte sich standhaft, die Bewegungen nachzuahmen, wie es sich für ein Spiegelbild gehört.

Fast hatte sie den Aufzug erreicht.

»Max!«, schrie Sophie starr vor Angst, als der Lastenaufzug rumorend und keuchend seinen Weg fortsetzte. In quälendem Zeitlupentempo bewegten sie sich nach oben. Bis zum letzten Moment war Sophie davon überzeugt, dass diese Frau einen von ihnen zu fassen bekommen würde. Dann hatten sie wieder die schützende Leere zwischen den Stockwerken erreicht. Erleichtert suchte Sophie Schutz in Max' Armen.

»Was hast du denn gesehen?«, fragte er leise, doch Sophie konnte nicht antworten. Wieso nur? Wieso sah sie all diese Dinge?

Die fünfte Etage kam schneller, als ihnen lieb war. Wie zur Begrüßung stand die Frau da, mit dem Rücken zu ihnen, die Hände unablässig in Bewegung, die Beine zitternd. Diesmal stand sie näher am Aufzugsschacht.

Sophie klammerte sich an Max, schicke ein tonloses Stoßgebet nach dem anderen in alle Himmelsrichtungen.

Bitte bleib nicht stehen! Bitte bleib nicht stehen!

»Siehst du sie nicht?«, wisperte sie mit brüchiger Stimme.

»Wen denn nur?«

Der Aufzug trug sie auch an der fünften Etage vorbei, ehe die Frau sie erreichen konnte. Sophie atmete auf.

»Was wird hier gespielt?«, rief sie verzweifelt, als sie auf die sechste Etage zusteuerten. »Viel länger halte ich das nicht aus.«

Max zuckte hilflos mit den Schultern. »Ich weiß nicht, was du siehst, Sophie. Ich weiß es einfach nicht.«

»Da ist eine Frau«, begann Sophie leise. »Eine Frau in jeder Etage. Sie … sie kommt auf uns zu.« Sophie biss sich auf die Lippen. »Sie will uns etwas antun.«

»Wie sieht sie aus?«

»Ich … ich kann sie nicht richtig sehen«, brachte Sophie mühsam hervor. »Lange dunkle Haare, das Gesicht ist verdeckt. Ein altes Nachthemd.« Sophie überlief ein Schauer. »Sie bewegt sich nicht so, wie das ein Mensch tun sollte!«

Max schluckte. »Ich … ich glaube, es ist diese Frau. Die Frau, die in den Wänden wohnt. Die wir nur in den Spiegeln sehen.«

»Aber wie ist das denn möglich?« Sie schämte sich dafür, doch sie war den Tränen nahe. Schon wieder. Dieses verdammte Hotel!

»Irgendwie ist es das eben. Ich werde alles tun, um dich zu beschützen, Sophie. Das verspreche ich. Ich kann sie vielleicht nicht sehen, aber ich glaube dir. Sieh mich an.« Er nahm ihr Kinn in seine Hand und drehte es zu sich. »Ich glaube dir.«

Nach diesen Worten fühlte sie sich tatsächlich ein wenig besser. Diese Zuversicht schmolz jedoch dahin wie ein Eiswürfel in der Sommersonne.

Sechste Etage, gleiches Spiel. Wieder stand sie da, diese Frau, stumm als hätte sie ihre Zunge verschluckt. Diesmal war allerdings etwas anders: Sie zitterte am ganzen Körper, zuckte, bewegte sich ganz und gar unnatürlich – und kam unerfreulich schnell auf sie zu. Sie erreichte den Aufzug, ehe sich der in das schützende Nichts schieben konnte. Sophie schrie auf, als die Frau ihren Fuß packte. Sie trat um sich, bekam ihren Fuß jedoch nicht frei. Der Griff dieser Frau war wie ein Schraubstock und brannte wie Feuer.

Wild hackte sie mit der Schere auf die Hände der Gestalt ein, doch ihr Griff war unerbittlich. Sie ließ nicht von ihr ab.

Max versuchte, sie zu sich heranzuziehen, und nach einiger Anstrengung bekam sie ihren Fuß frei. Schnell verkroch sie sich so weit wie möglich an die Hinterwand dieses Gefängnisses. Ihr Fuß brannte, als hätte sie ihn in Brennnesseln gehalten.

Max stürmte mit einem wütenden Aufschrei vor, um die Frau wegzustoßen. Er wusste ja nicht einmal, worauf er sich einließ, blind schlug er um sich. Seine Heldentat mündete um ein Haar in eine Katastrophe. Wenn Sophie nicht rechtzeitig zur Stelle gewesen wäre, hätte ihn die Frau aus dem Aufzug gezogen. So blieben beide erschöpft sitzen, die bange Erwartung auf das siebte Stockwerk gerichtet.

»Danke«, brachte Max keuchend hervor. »Ich … ich habe sie gespürt, aber nicht gesehen.«

»Du hast sie gespürt?«

Er blickte sie mit großen Augen an. »Das kann man wohl sagen.« Sie schmiegte sich an ihn, suchte Geborgenheit in seiner Nähe. Und fand sie auch.

Etwas Merkwürdiges geschah. Die Ziffern der vorigen Etagen waren mit einem scharfen Gegenstand tief in die Wand des Aufzugschachts eingeritzt worden. Das war für einen Lastenaufzug, der normalerweise keine Personen zu transportieren hatte, merkwürdig genug. Die nächste Ziffer, die folgte, war mit roter Farbe aufgemalt worden. Es war keine 7, die auf die sechste Etage folgte. Stattdessen war eine 6 ½ an die Wand gemalt.

»Etage 6 ½?«, fragte Sophie laut. »Wir sind hier doch nicht bei Harry Potter!«

Wieder blickte Max sie neugierig an. »Bei was?«, fragte er, bevor Sophie klar wurde, was sie da schon wieder von sich gegeben hatte. Wer würde das denn sonst so locker aufnehmen?

»Halt mal an«, sagte Sophie schnell, als sie das Zwischenstockwerk erreicht hatten, alles andere als böse über diese Ablenkung. Dieses Stockwerk war anders.

»Was ist denn? Siehst du sie?«

Sophie spähte aus dem Aufzugschacht hinaus. »Nein … das ist es ja. Hier ist alles ruhig und verlassen. Sieh mal!« Ihr Blick wanderte über den Boden. Er war von einer geschlossenen Staubschicht bedeckt. Wie eine unberührte Wiese nach frischem Schneefall.

»Meine Güte.« Max pfiff durch die Zähne. »Hier sieht es ja aus wie bei Dornröschen. Alle liegen in einem tiefen Schlaf …«

»Bei allem, was ich in diesem Hotel schon erlebt habe, würde mich das nicht wirklich wundern«, meinte Sophie und machte Anstalten, aus dem Lastenaufzug zu kriechen.

»He, was machst du denn da?«

»Ich will mich mal ein wenig umsehen. Und …« Sie blickte sich um. »Und ich hätte nichts dagegen, dieses Gefängnis mal für eine Minute zu verlassen.«

»Aber nur wenn du mich vorgehen lässt und die Augen aufhältst, versprochen?«

Sie schloss die Augen und genoss den Kuss. »Versprochen«, sagte sie kaum hörbar. In diesem Moment hätte sie wahrscheinlich in alles eingewilligt.

Kapitel 24

Etage 6 ½

Das Stockwerk war wie jedes andere. Auf den ersten Blick. Sah man genauer hin, bemerkte man die Unterschiede. Alles wirkte wie eine Kulisse, wie etwas, das für ein großes Fest aufgebaut wurde, das dann wegen einer Tragödie kurzfristig abgesagt werden musste. Mehr noch als über dem Rest des Hotels lag ein dichter Schleier der Melancholie über dieser Etage 6 ½.

»Meinst du, irgendjemand weiß von diesem Stockwerk?« Sophies Schritte hinterließen Fußabdrücke in der Staubschicht. Ein zerbrochener Spiegel ruhte an einer Wand, von einem anderen war nur noch der Rahmen übrig.

»Keine Ahnung.« Max folgte ihr und blickte sich um. »Sieht irgendwie nicht danach aus.«

Sophie fiel etwas ein. »Vielleicht ist das eine dieser geheimen Etagen«, begann sie, doch Max unterbrach sie mit einem wissenden Lächeln. »Lass mich raten: Davon hat dir dein Vater schon eine Menge erzählt.«

»Blödmann«, meinte Sophie bloß dazu und musste trotzdem grinsen. »Aber ja, stimmt. Er meinte, dass alte Hotels wie dieses voller Geheimnisse sind. Voller … verborgener Zimmer, Gänge und Stockwerke.«

»Und wir stehen wohl mitten in einem solchen Geheimnis.«

»Ja«, sagte Sophie und ergriff Max' Hand. »Ist das nicht …«

Ein Geräusch ertönte, das ihr das Blut in den Adern gefrieren ließ. Das einzige Geräusch, das in diesem Augenblick nicht hätte ertönen dürfen: Das Geräusch des Lastenaufzugs, der sich wieder in Bewegung gesetzt hatte.

Die beiden tauschten einen wissenden Blick. »Sie kommt«, hauchte Sophie tonlos. Dann rannten sie los.

Hinter der zweiten Biegung hatte sie Max verloren, war blind weitergerannt und prallte hinter der vierten Biegung schmerzhaft mit ihm zusammen.

»Wohin?« In Sophies Stimme lag Panik. Soweit sie das beurteilen konnte, gab es keinen Personenlift in diesem Stockwerk, kein Treppenhaus. Nur diesen verfluchten Lastenaufzug. Und mit dem krabbelte gerade der Schrecken selbst zu ihnen herauf.

»Los, komm!« Max nahm sie bei der Hand und stürmte los. Sophie hörte, wie der Aufzug anhielt, und blieb ruckartig stehen. Es war, als würde irgendetwas ihre vollkommene Aufmerksamkeit beanspruchen, sie wegzerren aus dem Hier und Jetzt. Wie durch dichten Rauch nahm sie undeutlich wahr, dass Max weiterrannte. Es war, als bewegte er sich in Zeitlupe. Eine Luke öffnete sich und verschluckte ihn. Oder war er nur um eine Ecke gerannt? Sophie konnte nichts machen außer zusehen. Passierte das gerade wirklich? Um sie herum ertönte ein regelmäßiges Rauschen. Bilder kamen und gingen, sofort erkannte sie die Galerie, die sie in ihren Träumen weiter und weiter abgeschritten hatte.

»Sophie.« Ihr Name wehte durch den dichten Nebel zu ihr

heran. Sie versuchte zu rennen, kam aber nicht vom Fleck. Es war wie in einem Albtraum.

Als sie wieder zu sich kam, war Max verschwunden. Allein war sie dennoch nicht. Hinter ihr ertönte das Geräusch unregelmäßiger Schritte. Sie war hier!

Eine Tür öffnete sich.

»Schnell, rein mit dir!«

Sophie wusste nicht mehr, wie ihr geschah. Sie wurde von einem starken Arm in ein dämmriges Zimmer gezogen, ehe sie protestieren konnte. Jemand murmelte wirr. Die Tür schlug hinter ihr zu, dann das Geräusch eines Schlüssels, der sich im Schloss umdreht. Sie war in Sicherheit vor der Frau da draußen. Die Frage war nur: Was stand ihr hier drinnen bevor? *Max, wo bist du?*

»Lassen Sie mich gehen«, rief Sophie verzweifelt. Sie versuchte, sich aus dem Griff des Fremden zu befreien. »Ich muss nach meinem Freund sehen!«

»Nichts da«, raunte er. »Zu gefährlich. Zu gefährlich.«

»Wo bin ich?«, fragte Sophie wie benommen, als sie der Unbekannte durch den Flur zog. Er wurde von zahlreichen Kerzenleuchtern zu flackerndem Leben erweckt. Auch hier waren offensichtlich alle Spiegel entfernt worden. So zumindest erklärte sich Sophie die zahlreichen helleren Flecken an der Wand. Mit einer Scharfsinnigkeit, die ein krasser Widerspruch zu ihrem vernebelten Zustand war, registrierte sie gewisse Dinge kristallklar, andere entzogen sich ihrer Aufmerksamkeit. War es denn zu viel verlangt, in diesem Hotel einen klaren Kopf zu behalten?

»Wer sind Sie?«, fragte Sophie keuchend.

Im Widerschein des Kerzenlichts drehte sich der Fremde zu ihr um und nahm seine Kapuze ab. Er war alt, wie alt, war gar nicht genau zu sagen. Sehr alt. Fest stand: Er war keine Erinnerung, dafür war er zu wenig … durchscheinend, um es mal so zu sagen. Er legte den Kopf schief und sah sie aus seinen kleinen Augen an.

Lange graue Haare fielen auf seine Schultern. Mit der fahlen Haut hatte er etwas von einem langhaarigen Maulwurf. Von etwas eben, das sehr lang in der Dunkelheit gelebt hatte. »Das weißt du nicht?«, fragte er in einem merkwürdigen Singsang.

Sophie blickte ihn ratlos an. Was meinte er bloß? »Ich denke nicht, dass wir uns kennen«, begann sie unsicher und schüttelte den Kopf in dem vergeblichen Versuch, den Nebel zu lichten. »Bitte lassen Sie mich gehen. Mein Freund, er ist noch da draußen!«

Er lächelte ein kleines, trauriges Lächeln. »Komm«, forderte er sie auf, griff sich einen der großen Kerzenständer und ging einen Raum weiter. Wie in Trance folgte ihm Sophie.

Er hantierte an einem alten Schrank, nahm eine Flasche und zwei kleine Gläser heraus und goss in beide ein wenig bernsteinfarbene Flüssigkeit. Die Wände waren über und über mit Bildern behängt, als ginge es darum, jeden Quadratzentimeter Tapete verschwinden zu lassen. Fotografien, Gemälde, Zeitungsausschnitte, Urkunden, Listen. Das hier war wie ein kleines Museum.

»Hier.« Er hielt ihr das Glas hin. »Ein Brandy von 1896. Ach, ein gutes Jahr …«

»Sie sind kein Geist.« Es war keine Frage, vielmehr eine erstaunte Feststellung.

»Ich wünschte, ich wäre es. Ja, ich wünschte es wirklich. Obwohl ich glaube, dass sie die Bezeichnung ›Erinnerung‹ bevorzugen.«

Sophie musste ihn ziemlich entgeistert angeschaut haben, denn der alte Mann lachte kurz auf. »Aber nein, nicht falsch verstehen. Schlecht lebendig ist besser als gut tot, pflege ich zu sagen. Es bringt in diesen Mauern lediglich gewisse Vorteile mit sich, wenn man nichts ist als eine Erinnerung an ein menschliches Wesen. Wenn man nicht … an manche Gesetze gebunden ist.«

Sophie merkte, dass er ihr immer noch das Glas hinhielt und sie erwartungsvoll anblickte. Sie lehnte dankend ab. Ihr Blick streifte jede Menge Zeitungsausschnitte, gründlich konservierte Einblicke in die Vergangenheit des Grandhotels. Empfänge. Auszeichnungen.

»Vorteile?«, murmelte sie abwesend. Irgendetwas sagten ihr all diese Berichte, aber es war, als fischte sie im Trüben nach einem Gegenstand, der ihr immer wieder aufs Neue entglitt.

»Nun, zum Beispiel könnte ich mich mehr oder weniger frei in diesem Gebäude bewegen und müsste mich nicht wie ein Dieb hinein- oder hinausschleichen, oder?«, fuhr er plaudernd fort. »Natürlich kenne ich mich nach all den Jahren hervorragend aus und weiß, welche Schächte breit genug sind, um sich mit einiger Mühe hindurchzuquetschen.« Er blickte an seiner ramponierten Kleidung herab. »Das heißt, wenn man denn unbedingt will. Den Kleidern tut es nicht besonders gut, wie du siehst.«

Sophie starrte ihn an. Sie nahm dem alten Mann doch das Glas aus den Händen und leerte es in einem Zug. »Sie sind das Phantom des Grandhotels!«

Ein triumphierendes Lächeln tanzte über seine Lippen und seine kleinen Augen leuchteten auf. »So hat man mich genannt, das ist richtig. Da«, er deutete auf einige Zeitungsartikel, die ihn zum Thema hatten, »meine fünf Minuten Ruhm. Jeder kannte mich, jeder hatte von mir gehört.« Er schmatzte genussvoll. »Aber niemand wusste, wer ich wirklich war.«

»Aber was machen Sie hier nur? Wenn es stimmt, was mein

Vater sagt, erzählte man sich schon vor über 100 Jahren Geschichten über Sie.«

Er winkte ab. »Das geschah ganz bestimmt nicht freiwillig. Aber wem erzähle ich das. Lass mich raten: Kein Hungergefühl, kein Durst, keine Ahnung, wie viel Zeit wirklich vergeht?«

»Sie … Sie wissen von mir? Von uns?«

Das Phantom nickte eifrig. »Ich sehe nicht alles, aber vieles, was hier vor sich geht. Du kennst doch die Geschichten: Ich bin der Schatten hinterm Vorhang, das merkwürdige Geräusch im Heizungsschacht, das Ohr an der Wand und das Auge im Türspion. Nun …« Er wirkte beinahe ein wenig stolz. »In diesem Punkt haben die Geschichten nicht übertrieben.«

Ihr Vater hatte Sophie so viel über dieses Phantom erzählt, dass sie das Gefühl hatte, den alten Mann schon ewig zu kennen. Aber eben so, wie man eine Figur aus einem Märchen oder die Heldin aus einem Lieblingsbuch kennt. Von allen Geschichten, die ihr Vater über Hotels erzählt hatte, hatte sie die des Phantoms immer für am unglaubwürdigsten gehalten. Jetzt stand sie ihm leibhaftig gegenüber!

Eines war dennoch anders: Sie hatte sich diese Gestalt immer deutlich dramatischer vorgestellt, eher wie das Phantom der Oper. Dass es ein alter Mann mit einem gewissen Hang zur Seltsamkeit war, enttäuschte sie erstaunlicherweise sogar ein wenig.

»Wieso das alles?«

Er warf die Hände in einer übertriebenen Geste in die Luft. »Anfangs fand ich die Idee charmant, in einem Hotel zu wohnen. Ein wenig exzentrisch eben. Irgendwann merkte ich, dass ich das Hotel nicht mehr verlassen konnte. Mehr war es nicht. Reichlich unspektakulär, was?«

Dieses Gefühl war Sophie nicht fremd. »Und warum haben Sie mir geholfen?«

Das Phantom warf die Arme noch theatralischer in die Luft. »Warum, um Himmels willen, sollte ich das nicht tun? Es ist nicht richtig, was sie tut.«

»Sie? Meinen Sie die Frau, die uns das angetan hat?«

Er leerte sein Glas, schloss kurz die Augen und nickte dann ernst. »Ich bin ihr nie begegnet, habe sie immer nur kurz gesehen. Nun, so lange, bis ich alle Spiegel entfernt hatte. Ich weiß nicht viel über sie, aber ich weiß, dass sie nur in den Spiegeln dieses verfluchten Hauses sichtbar werden kann. Dass sie nur die Teile des Hotels überwachen kann, in denen es Spiegel gibt.« Er kam ganz nah an Sophie heran. Sie konnte den Brandy in seinem Atem riechen, spürte auch die Wärme, die der Drink in ihr auslöste. »Hüte dich vor den Spiegeln. Wenn du unvorsichtig bist und dich zu lange vor einem aufhältst, kommt sie und holt dich.«

Er grinste vergnügt, was Sophie reichlich unpassend vorkam. Vielleicht ein wenig verrückt? In den Wahnsinn getrieben von all der Einsamkeit, von diesem Hotel? »Ich habe es selbst gesehen«, schickte er leise hinterher und schritt seine kleine Galerie ab. »Ich zeige es dir. Komm, sieh dir das mal an.«

Sophie blickte auf alte Schwarz-Weiß-Fotografien von Bällen, Empfängen, Galadinners, von Persönlichkeiten, Stars und Sternchen, die alle schon mal unter diesem Dach genächtigt und wer weiß was noch getan hatten. »Ich sehe nichts Besonderes«, sagte sie, nachdem sie eine Weile hoch konzentriert nach irgendetwas gesucht hatte.

»Sieh dir das Mobiliar mal genauer an.«

Mittlerweile leicht genervt, flogen ihre Augen erneut zwischen den Bildern hin und her. Sie konnte es nicht leiden, wenn man sie nach etwas suchen ließ, das andere offensichtlich längst entdeckt hatten. Wieso sagte man es nicht einfach?

Gerade wollte sie zu einer spitzen Bemerkung ansetzen, als sie es sah. Sie wusste nicht, weshalb sie es vorher noch nicht gesehen hatte, jetzt konnte sie es jedenfalls gar nicht mehr übersehen.

Da war eine Figur in den Spiegeln. Eine Frau, die ihr nur zu gut bekannt war. Sie hatte ihnen gerade erst aufgelauert.

»Sie ist überall und nirgendwo. Sie kann die Spiegel nicht verlassen. Ungünstig nur, dass das Hotel voll von ihnen ist. Ich …«

»Moment mal«, unterbrach Sophie mit einiger Mühe. Endlich war sie wieder ganz im Hier und Jetzt, wieder Herr ihrer Sinne. »Was war dann das da draußen gerade?« Allein bei den Gedanken an diese Frau und ihre ruckartigen Bewegungen wurde ihr ganz anders. Wo war Max nur?

»Etwas anderes. Das Spiegelbild eines Spiegelbilds vielleicht, ich bin mir nicht sicher. Ein Teil von ihr?« Der alte Mann zuckte hilflos mit den Achseln und wirkte wie ein kleiner Junge, dem man eine schwierige Rechenaufgabe gestellt hatte. »Es ist nicht das erste Mal, dass so etwas passiert. Auch mich hätte eines dieser Spiegelbilder um ein Haar zu fassen gekriegt. Ich weiß nur, dass es nicht die Frau selbst ist. Sie hat nicht die nötige Macht dazu, die Spiegel zu verlassen. Aber sie ist mächtig genug, diese Chimären zu entfesseln.« Er seufzte tief. »Aber was weiß denn ich, ich bin nur das Phantom hier.«

»Sind Sie ihr Gefangener?«

»Sie duldet mich. Ich war wohl einfach zu lange hier, bin von selbst ein Teil der Geschichte geworden. Solange sie keinen Hunger hat, habe ich nichts zu befürchten. Und solange ich diesen Raum nicht verlasse, um es mal so zu sagen …«

»Hunger?«, fragte Sophie angespannt.

»Nun, sie hat zweifellos etwas vor. Etwas, von dem ich bisher verschont blieb, das aber schon zahlreiche Menschen in großes Unglück gestürzt hat. Du bist die Neue, richtig?«

Sophie nickte. *Die Neue, die gerade eben ihren Freund im*

Stich gelassen hat. Sie hatte ihn ganz allein da draußen gelassen und in aller Ruhe mit diesem alten Kauz geplaudert, als wäre sie zum Tee verabredet gewesen! »Ich muss wieder raus und nach meinem Freund suchen! Ist … ist sie noch da draußen?«, fragte sie mit zitternder Stimme. Es fiel ihr immer schwerer, stark zu bleiben.

»Ich weiß nur, dass du es nicht mehr wärst, wenn ich dich nicht gerettet hätte. Was genau ist da draußen passiert?«

»Ich weiß nicht«, begann Sophie zögerlich. Die turbulenten Ereignisse waren immer noch von dichtem Nebel umwuchert. »Da war diese Frau, mir wurde plötzlich ganz anders und ich hörte eine Stimme. Als ich zu mir kam, war Max verschwunden und Ihre Tür ging auf.«

»Verflixt!«, stieß der alte Mann aus. »Los, komm, schnell.«

Er eilte wieder in das andere Zimmer, riss einen riesigen Schrank auf und wühlte darin herum. »Ha!«, stieß er nach kurzer Zeit siegessicher aus und kehrte mit einem verhüllten Gegenstand zurück.

Sophie beachtete ihn gar nicht. Das Bild. Dieses Bild an der Wand. Wie vom Donner gerührt stand sie da und starrte es an. Starrte tief hinein in dieses mit finsterem Strich gezeichnete Gemälde.

Es war nicht das erste Mal, das sie es sah. Sie kannte es. Sie hatte es in ihren Träumen gesehen. In fiebrigen Albträumen, aus denen es kein Erwachen gab. In denen sie durch endlose Korridore gejagt wurde. Am Ende des Korridors stand dieses Bild. Immer stand da dieses Bild. Nie hatte sie es ganz zu Gesicht bekommen, war bisher stets kurz davor aufgewacht, in der Dunkelheit nach Atem ringend. Jetzt stand sie vor dem Bild. Es zeigte das Hotel. Und nicht nur das …

»Hier!« Der alte Mann riss sie wie aus tiefer Trance. Der Moment war dahin. »Ich wünschte, ich könnte mehr tun«, sagte er und überreichte ihr etwas. Es war in dicken Stoff gehüllt. »Aber ich darf diesen Raum nicht mit dir verlassen.« Diesmal war sein Lächeln hilflos. »Der Löwe und der Hunger, du verstehst?«

»Was ist das?« Sophie starrte perplex auf das flache Ding, das jetzt in ihrer Hand ruhte. Das Bild war für den Moment vergessen. Abwesend fuhr sie über die Oberfläche. Unter dem Stoff fühlte es sich glatt an.

»Eine Waffe. Nein, packe sie nicht aus«, rief er alarmiert, als Sophie den Stoff lösen wollte. Er legte seine Hand mit einer beschwörenden Geste auf den rechteckigen Gegenstand. »Nicht hier! Diese Waffe ist das Einzige, das gegen diese … diese Dinger hilft.«

»Wie funktioniert sie?«

Ein einsames Lächeln. »Hochhalten.«

Stockwerk 6 ½ war verlassen. Doch das wirklich Merkwürdige war: Die Staubschicht auf dem Fußboden war wieder so glatt und unberührt wie zuvor. Oder fast. Die Fußabdrücke einer einzelnen Person führten den Korridor hinunter und verloren sich hinter einer Biegung in der Dunkelheit.

Das mussten Max' Spuren sein! Gezwungen ruhig folgte Sophie ihnen. Panik würde jetzt nicht helfen. Ihr Herz klopfte laut und angestrengt. Das Phantom hatte sie wieder allein gelassen. Nicht schlimm. Eine allzu große Hilfe wäre der alte Mann wahrscheinlich sowieso nicht gewesen. Und ein wenig irre schien er auch zu sein. Das traf aber auf so gut wie jeden im Grandhotel zu – lebendig oder nicht. Es war schwer zu sagen, was genau hier passierte, doch das Hotel stellte etwas mit den Menschen in seinem Inneren an. Veränderte sie.

Die Spuren führten einen unbeleuchteten Gang hinunter. Bewaffnet nur mit einem Kerzenleuchter tastete sich Sophie Schritt für Schritt vor, schreckte bei jedem noch so kleinen Geräusch zusammen. Und Geräusche gab es hier jede Menge. Es raschelte und knisterte, knarrte und rumorte, ächzte und zischelte. Nicht zum ersten Mal musste Sophie an einen schlafenden Riesen denken, in dem sie gefangen war.

Sie lief weiter, sah alle paar Meter über ihre Schulter zurück. Nichts. Da war niemand. Dennoch war sie seit ihrer nervenzehrenden Reise mit dem Lastenaufzug mehr als auf der Hut. Sie verspürte nicht die geringste Lust, hinter der nächsten Biegung dieser Frau in die Arme zu laufen.

Die Fußspuren endeten abrupt vor einem Schrank, der nahezu unsichtbar in die Wand eingelassen war. Sophie sah ihn nur, weil er einen Spaltbreit geöffnet war.

»Max?«, flüsterte sie. Vielleicht versteckte er sich ja. »Bist du da drin?«

Keine Reaktion.

»Hey Max, bist du da drin? Du kannst jetzt rauskommen, die Luft ist rein.«

Nichts.

Vorsichtig öffnete Sophie die Schranktür, darauf gefasst, gleich den Schrecken ihres Lebens zu erfahren. Was war das nur für ein Ort, an dem man jeden Augenblick mit dem Schlimmsten rechnen musste, an dem ruhelose Geister umherschwebten und Phantome viele Jahrzehnte durch die Flure huschten? Im Schrank befand sich lediglich ein großer Wandspiegel.

Von Max fehlte jede Spur.

SEPTEMBER 1884

Ungehört hallten ihre gellenden Schreie durch die Gänge. Sie hatte keine Stimme außer die der rumorenden Rohre, der knarzenden Dielen, der summenden Glühbirnen. Sie war überall und nirgendwo, war voller Leben und so allein wie nie zuvor.

Wann war sie zu dem geworden, was sie jetzt war? Sie konnte sich nicht erinnern. Sie konnte sich auch nicht erinnern, wann sie etwas anderes gewesen war. Welche Stunde, welcher Tag, welches Jahr war es denn überhaupt? Die Zeit war aus den Fugen geraten, spielte verrückt. Sie jagte durch die Hallen und Flure, kroch in jeden Winkel. Und fand doch nicht, was sie suchte. Fand den nicht, der dafür verantwortlich war.

Wo versteckte er sich? Wieso versagten die drei ihr ihre Rache? Alles hatte sie aufgegeben dafür. Alles. Und noch mehr.

Dann fand sie ihn. Und zuckte zurück wie vor einer heißen Flamme. Nein! Nein, nicht dieser Ort! Sie umkreiste ihn wie ein Raubtier seine Beute, wollte zuschnappen und spürte jedes Mal einen Stich im Herzen, der ihr fast den Verstand raubte.

Was konnte sie tun und was nicht? Sie konnte Bilder zum Leben erwecken, sie konnte an der Zeit drehen, sie konnte in die Köpfe der Menschen sehen und die Schrecken darin Wirklichkeit werden lassen, sie konnte durch die Spiegel in jede Ecke blicken. Doch das, was sie am meisten wollte, konnte sie nicht tun.

Regen wechselte mit Sonne, Schnee mit Nebel, als würden nur Augenblicke vergehen. Doch er zeigte sich nicht. Sie weinte, sie fluchte, sie schrie, sie verzweifelte. Niemand hörte sie.

Kapitel 25

DIE KELLER

Sophie wusste nicht mehr, wie sie wieder in die Küche des Hotels gekommen war. Hinter einer Tür hatte sie ein staubiges altes Treppenhaus gefunden. Sie hatte das Gefühl, einsame Gänge heruntergeeilt zu sein, die sie noch nie zuvor betreten hatte. Vorbei an großen Fenstern, wehenden Vorhängen, verfolgt von Ächzen, Gemurmel und tiefen Schatten. Es war ihr egal. Tränen, Angst, Hoffnungslosigkeit und Schuldgefühle erfüllten ihre Welt. Und es würde noch schlimmer werden. Sie musste es Margarete erzählen!

Max war verschwunden. Verschleppt, hinter die Spiegel geholt, von einer grausamen Kreatur. Und es war ihre Schuld! Sie hatte ihn allein gelassen. Nur Minuten nachdem sie sich geküsst hatten. Nachdem sich alles so leicht, so hoffnungsvoll angefühlt hatte.

Jetzt war da nur Schwärze. Leere, das Ende aller Hoffnung. Sie hatte Max in ihren lächerlichen Feldzug mit hineingezogen. Und ihn geopfert.

Geblendet von Enttäuschung und Tränen stolperte sie voran,

wollte nur noch in die Keller, um Margarete und Ludwig alles zu gestehen. Was danach geschah, war ihr mittlerweile egal.

Zum zweiten Mal, seit sie dieses unglückselige Gebäude betreten hatte, prallte sie mit dem hageren Concierge zusammen. »Ich muss doch sehr bitten«, entfuhr ihm. »Sollte ich doch besser Schutzkleidung tragen, solange Sie hier sind, junges Fräulein?«

Dieser Typ schien immer dann aufzutauchen, wenn es ihr richtig mies ging. Sophie blickte ihn tränenverschleiert an. Darauf hatte sie jetzt überhaupt keinen Bock! »Wenn Sie Lust haben, das bis ans Ende der Zeit zu tun, dann nur zu.«

Sie wollte sich an ihm vorbeidrücken, doch der Concierge hielt sie mit überraschend kräftigen Armen zurück. »Aber, aber«, murmelte er sanft. »Was ist denn passiert?«

»Dieses verdammte Hotel ist passiert«, brach es aus ihr heraus und sie begann zu schluchzen. »Es hat Max erwischt.«

»Ihr habt die Keller verlassen.« Er war keine Frage, sondern eine Feststellung.

Wut kochte in Sophie hoch. »Natürlich haben wir das!«, schrie sie und ballte kampfbereit die Fäuste. »Denken Sie, ich sitze in diesem schimmelnden Loch, bis ich schwarz werde?«

Sie wusste, dass es ungerecht war, den Concierge so anzugehen. Aber so war es eben manchmal: Irgendeiner musste es abbekommen.

Der Concierge machte ein betroffenes Gesicht. Erst jetzt sah Sophie, in welchem Zustand er war. Falten zogen sich wie Furchen durch sein Gesicht, dunkle Schatten waren unter seinen Augen. Er sah fahl aus, entkräftet, stand noch krummer vor ihr als sonst. »Ich weiß, was ihr denkt. Ihr denkt, dass ich euch im Stich lasse. Das ist nicht wahr. Nur in den Kellern kann ich für eure Sicherheit garantieren. Und nur weil ihr in den Kellern wart, konnte ich schon mehr als einmal Unglück von euch abwenden.«

»Aber warum denn nur? Was soll das alles?« Sophies Zorn war verraucht. Stattdessen hatte eine tiefe Müdigkeit, eine taube Trauer von ihr Besitz ergriffen. Max … sie hatte Max auf dem Gewissen. »Wir haben doch nichts getan …«

»Nein, fürwahr.« Die Augen des Concierge nahmen für einen Moment einen merkwürdigen Glanz an. Dann schüttelte er traurig den Kopf. »Aber ihr müsst mir vertrauen. Los, geh zu den anderen und ruhe dich ein wenig aus. Ich werde sehen, was ich tun kann.«

»Heißt das, Sie suchen nach Max?«

Er nickte, wenn auch ein wenig gequält. »Ich kann nichts versprechen.« Seine Augen schossen nach links und rechts. »Dieses Hotel hat einen eigenen Willen«, raunte er ihr zu. Dann war er verschwunden.

Was blieb, war eine Feststellung, die sie unter anderen Umständen optimistisch gestimmte hätte: Das Hotel schien sie mit aller Gewalt aufhalten zu wollen. Was auch immer sie also tat: Sie musste auf der richtigen Spur sein.

Zu sagen, Margarete war außer sich vor Wut, wäre die Untertreibung des Jahrhunderts. Sie schrie, tobte, warf Sophie die wildesten Anschuldigungen an den Kopf. Eine schallende Ohrfeige schleuderte ihren Kopf zur Seite. Sophie schrie nicht mal auf. Margarete blickte sie angewidert an, lief weiter ihre rastlosen Runden, fluchte, schimpfte, tobte.

Ludwig stand stumm in der Ecke, die Arme vor der Brust verschränkt. Seine Miene war schwer zu deuten, allzu viel Gutes las Sophie für sich allerdings nicht heraus. Wie auch?

Sophie ließ die Standpauke schuldbewusst über sich ergehen. Sie wusste, dass sie sie verdient hatte. Sie wusste auch, dass es ab sofort noch schwieriger zwischen ihnen werden würde. Doch es war ihr egal. Sie konnte nur an Max denken, an ihren Max, der von irgendetwas verschleppt worden war. Sonst wohin gebracht, während sie mit einem irren Mann alte Bilder angesehen und getrunken hatte.

»Hast du jetzt wenigstens genug?«, herrschte Margarete sie an. »Bist du jetzt zufrieden? Oder müssen wir auch noch dran glauben, ehe du merkst, dass es keinen Zweck hat?«

»Ich wollte doch nicht …«, setzte Sophie zu einer Verteidigung an, bei der sie gar nicht wusste, welche Punkte sie in ihrem Sinne vorzubringen hatte.

Ich wusste, dass das passiert, habe es aber trotzdem getan? Eher nicht. *Ich hatte da so ein Gefühl?* Äh, nein. *Ich dachte eben mal wieder, ich wüsste es besser?* Ja, das kam schon eher hin.

Margarete ließ sie nicht zu Wort kommen und ersparte ihr derlei Peinlichkeiten. »Seit du hier bist, machst du nur Ärger. Und besitzt auch noch die Arroganz, dich unseren Regeln zu widersetzen.«

Blackout. Anders konnte man nicht beschreiben, was mit Sophie passierte. Vielleicht war es das Wörtchen Arroganz, vielleicht Regel, vielleicht der Teil mit dem Widersetzen. Was es auch war: Irgendwas hatte Sophies innerste Wut mal wieder entfesselt.

Mit einem kehligen Schrei stürzte sie sich auf die deutlich größere Margarete, riss sie mit der Wucht der Überraschung zu Boden und wollte gerade zuschlagen, als sie merkte, was sie da tat. Die rote Welle hatte sich vor ihr aufgebaut, würde sie jeden Moment unter sich begraben und dann weit hinausziehen auf das Meer der Wut.

Was würde es ändern? Was würde Max davon halten? Der besonnene Max, der immer einen kühlen Kopf bewahrte.

Ludwig eilte herbei, doch Sophie hatte schon von Margarete

abgelassen. Die rote Welle ebbte ab. Sophie sank in sich zusammen, zurück blieb ein taubes Gefühl in den Fingern. Wieso hatte sie Margarete überhaupt angegriffen?

Nur langsam wurde ihre Umgebung wieder klar. Margarete krabbelte verunsichert von ihr weg.

Sophie fühlte sich hundeelend. Wäre Max bei ihr gewesen, wäre das nicht passiert. Daran gab es keinen Zweifel.

Margarete stand auf und ging in eine Ecke des Kellerraumes, in dem sie und Ludwig seit all diesen Jahren warteten. Abgestumpft und lethargisch auf etwas warteten, das niemals eintreten würde.

Sie schnappte sich ihren Mantel und warf Ludwig ein reichlich mitgenommenes Jackett zu. »Komm, Ludwig, wir hauen ab. Mit dieser Irren bleibe ich keine Sekunde länger hier. Du hast gesehen, was sie mir antun wollte.«

Jetzt kam Leben in Ludwig. Mit großen Augen blickte er von Margarete zu Sophie und wieder zurück zu seiner Angebeteten. Mit dieser Wendung hatte er offensichtlich nicht gerechnet. »Abhauen?«, fragte er ungläubig. »Aber wohin denn?«

»Mir völlig egal.« Sie bemaß Sophie mit einem giftigen Blick. »Wenn wir länger hierbleiben, bringt sie uns noch um!«

»Aber das … das wollte ich nicht!« Verzweiflung und Fassungslosigkeit rangen in Sophie um die Herrschaft.

»Nein, klar.« Margarete wandte sich langsam zu ihr um. »Ein Blick in deine Augen hat mir genügt.«

Ohne ein weiteres Wort stürmte Margarete aus der Tür. Ludwig blieb einen Moment länger stehen, seine Augen fest auf die Stelle gerichtet, an der seine große Liebe bis gerade eben noch gestanden hatte. Dann warf er Sophie einen leeren Blick zu und eilte hinterher.

Sophie atmete schwer, Tränen brannten in ihren Augen.

Sicher, sie hatte Mist gebaut, ja. Mit Max wie mit ihrem Aussetzer gerade eben. Als sie darüber nachdachte, was sie jetzt tun sollte, streckte ein vertrautes Gesicht den Kopf zur Tür herein.

General Preysing.

Sophie war so froh, ihn zu sehen, dass sie ihm am liebsten um den Hals gefallen wäre. Natürlich wäre es bei einem Versuch geblieben, doch urplötzlich sehnte sie sich nach einer richtigen Umarmung. In solchen Situationen war ihr Vater immer der Richtige gewesen. Er nahm sie auf eine Art und Weise in den Arm, wie es niemand anderes tat. Doch er war nicht hier. Und sie konnte nur hoffen, dass er überhaupt noch lebte.

»Du musst sie aufhalten!«, sagte er ungewöhnlich aufgebracht für seine Verhältnisse. »Sie dürfen das Hotel nicht verlassen.«

»Ich?« Gerade wollte Sophie zu einer trotzigen Entgegnung ansetzen, als sie merkte, wie albern sie sich gerade verhielt. Augenblicklich wurde sie ernst. »Wieso?«, fragte sie alarmiert. »Was passiert, wenn sie es tun?«

»Ich weiß es nicht.« Der General schüttelte bedenklich den Kopf. »Aber es ist noch nie etwas Gutes passiert, wenn sich jemand in die Schützengräben dort draußen gewagt hat.« Er blickte sie ernst an. »Selbst wir wissen nicht, was dort draußen lauert.«

Das war genug. Sie hatte schon genug Ärger am Hals. Wenn jetzt auch noch Margarete und Ludwig etwas passierte …

Schon war Sophie an dem General vorbeigerannt, nahm auf der Kellertreppe zwei Stufen auf einmal, stieß die Tür von den Personalquartieren in den Salon auf und sah Margarete und Ludwig gerade noch durch die Drehtür nach draußen in die Dunkelheit verschwinden.

Kapitel 26

DER SEE

Nasse Kälte schlug ihr entgegen. Sophie bemerkte es nicht einmal und spähte in die Dunkelheit. Dichter Nebel schlich um das Hotel wie eine Katze. Es herrschte absolute Stille. Da, am Uferweg! Zwei Schemen, die sich schnell fortbewegten.

»Kommt zurück!«, schrie Sophie. Ihre Worte wurden von der nebligen Wand verschluckt. Fluchend nahm sie die Verfolgung auf. Nur zu gut erinnerte sie sich noch an die Schemen, die ihr das letzte Mal aufgelauert hatten. Unheilvoll schoben sich die letzten Worte des Generals wieder in ihren Sinn.

Selbst wir wissen nicht, was dort draußen lauert.

»Ludwig! Margarete!« Nichts. Sophie wusste nicht mal, ob ihre Rufe überhaupt bis zu den beiden vordrangen oder ob sie sie absichtlich überhörten. Der nächste zwischen zusammengepressten Zähnen ausgestoßene Fluch. Sophie rannte schneller. Am Ufer rutschte sie auf dem glitschigen Boden aus, taumelte, fiel. Jeden Moment rechnete sie damit, im kalten Wasser zu versinken – und prallte schmerzhaft auf einer harten, glatten und sehr kalten Oberfläche auf. Es knirschte.

Der See war gefroren.

Sophie war für den Moment so verdutzt, dass sie ihre schmerzende Hüfte und die aufgescheuerten Hände gar nicht bemerkte. Als sie das letzte Mal hier draußen gewesen war, war der See definitiv nicht zugefroren gewesen. Wann war das gewesen? Sophie versuchte vergeblich, sich zu erinnern.

In ihrem Kopf herrschte ein ähnlich dichter Nebel wie hier draußen. Verflucht noch mal, wurde sie jetzt schon wie die anderen? Ohne Zeitgefühl, ohne die geringste Ahnung vom Verstreichen der Minuten, Stunden, Tage.

Oder Wochen …

Dort! Ein Stück weiter die Promenade herunter nahm Sophie eine Bewegung wahr. Sie rappelte sich auf, kommentierte das Stechen in ihrer Seite mit einem ordentlichen Kraftausdruck und rannte los, so schnell es die trübe Suppe zuließ. »He! Seid ihr das?«, rief sie durch den Nebel, wieder antwortete ihr nur das verzerrt zurückgeworfene Echo ihrer Worte. »Es tut mir leid!«

Ein Baum. Es war ein knorriger und kahler Baum, den Sophie aus der Ferne für Ludwig gehalten hatte. Großartig. Sophie blickte in der trostlosen Landschaft umher. Das bange Gefühl machte sich in ihr breit, der letzte Mensch auf der Welt zu sein, eine Ausgestoßene, die für immer in dieser leeren Geisterwelt umherirren muss.

Dann hörte sie das Rufen. Zunächst war sie sich nicht sicher, ob ihr Verstand ihr nicht einen Streich spielte. Ob sie nicht einfach das hörte, was sie hören wollte. Ob sie es wirklich hörte. Ob es nicht lediglich eine weitere Phantasmagorie war, ein Trugbild, erschaffen von diesem Hotel. Dann hörte sie es wieder und war überzeugt davon, Ludwigs Stimme erkannt zu haben.

Sie stolperte in die Richtung, aus der sie das Geräusch vermutete, rief dabei wieder und wieder seinen Namen.

Irgendwann antwortete er.

»Margarete? Bist du das?«

»Nein«, antwortete Sophie. Das Rufen machte es leichter, sich zu orientieren. »Ich bin's, Sophie.«

Wenn Ludwig enttäuscht darüber war, sie hier draußen zu finden, ließ er es sich nicht anmerken, als sie sich endlich gegenüberstanden. Selbst Sophie war unendlich erleichtert, ihn gefunden zu haben.

»Wo ist Margarete?«, fragte er mit belegter Stimme und fuhr sich mit der Hand über sein Gesicht. Er sah reichlich mitgenommen aus. »Hast du sie gesehen?«

»Nein, ich …« Sophie musste einen Augenblick nachdenken, um die Ereignisse in die richtige Reihenfolge zu bringen. Es war, als zerrte etwas an ihren Erinnerungen, als vermischten sie sich und rieselten dann aus ihrem Kopf wie Sand aus einem zerbrochenen Stundenglas. »Ich bin euch gefolgt, als ihr das Hotel verlassen habt, konnte euch im Nebel aber nicht finden.«

»Da draußen ist irgendwas.« Ludwig blickte sich mit großen Augen um. »Ich … ich weiß nicht, was es ist. Aber da ist etwas. Es hält sich versteckt, aber es weiß, dass wir hier sind. Es … es hat Margarete!«

Sophies Magen zog sich zusammen. Sie hatte das Gefühl, dass sie sich gleich übergeben musste. »Wie meinst du das?«, fragte sie und blickte sich ebenfalls argwöhnisch um.

Wo war nur das verfluchte Hotel?

»So wie ich es sage.« Ludwig war offensichtlich drauf und dran, vor Angst in Ohnmacht zu fallen. »In einem Moment liefen wir noch Hand im Hand am See entlang. Margarete … sie wollte weg, einfach runter von diesem Berg. Plötzlich lässt sie meine Hand los und ich sehe, wie sie etwas in den Nebel hineinzieht. Ich habe versucht, sie festzuhalten, aber ich hatte keine Chance.« Er schluchzte unkontrolliert und zeigte Sophie den Schal, den er in der Hand hielt. »Das ist alles, was ich retten konnte.«

»Hast du gesehen, was sie in den Nebel gezogen hat?«

Ludwig schüttelte bedrückt den Kopf. »Hier draußen sieht man ja kaum die Hand vor Augen.«

Sophie war gut darin, die Kontrolle zu übernehmen. Nicht nur, weil sie es mochte, Entscheidungen zu treffen, sondern auch, weil sie wusste, in welchen Momenten man Stärke von ihr benötigte. Erst bei Max hatte sie sich selbst zum ersten Mal fallen lassen und ihm die Entscheidungsgewalt übertragen können.

»Wir werden sie finden«, stimmte Sophie einen optimistischen Tonfall an, schluckte ihre Angst herunter und schritt voran. »Komm, wir dürfen uns nur nicht aus den Augen verlieren.«

Woher sie in dieser eisigen Wüstenei hier draußen diesen Optimismus nahm, konnte sie sich selbst nicht beantworten.

Es war unmöglich zu sagen, wie lange sie suchend und rufend durch den Nebel geirrt waren. Minuten oder Stunden, immer im Kreis oder kreuz und quer. Es half nichts: Irgendwann mussten sie vollkommen entkräftet aufgeben.

»Vielleicht ist sie ja längst wieder im Hotel und wärmt sich auf«, versuchte sich Sophie an tröstenden Worten. Selbst in ihren Ohren klangen sie hohl.

Ludwig schüttelte unmerklich den Kopf. Er war sehr still geworden, blickte aus leeren und geröteten Augen ins Nichts. »Sie ist weg.« Er flüsterte heiser. »Und wir sind es auch. Wir wissen es nur noch nicht.«

Ohne es zu wissen, hatte er ein Thema angesprochen, das schon seit einiger Zeit an Sophie nagte. Sie hatte keine Ahnung, wo sich das Hotel befand. Es grenzte fast an Ironie, dass sie sich jetzt regelrecht nach einem Ort sehnte, den sie bis gerade eben so sehnlichst gern verlassen hätte.

»Wir müssen zurück ins Hotel, Ludwig.« Es fiel ihr immer schwerer, Sorge und Angst aus ihrer Stimme herauszuhalten. Sie hatte es Ludwig gegenüber nicht erwähnt, aber sie war sich mehr als einmal sicher gewesen, etwas vor ihnen durch den Nebel huschen zu sehen. »Hast du eine Ahnung, in welche Richtung wir müssen?«

Sophie erwartete nicht ernsthaft eine Antwort von ihm. Sie hatte lediglich das Gefühl, dass sie einfach weiterreden musste, um ihn zu beruhigen. Oder tat sie es, um sich selbst zu beruhigen? Was es auch war: Es half nur bedingt. Außerdem wurde sie das schreckliche Gefühl nicht los, dass sie im Kreis liefen. Vielleicht lag das Hotel nur ein paar Schritte in diese Richtung, vielleicht waren sie bereits dreimal an der breiten Eingangstreppe vorbeigelaufen, ohne sie im dichten Nebel zu bemerken.

Ein Geräusch ließ sie herumfahren. Es konnte vieles gewesen sein, der Nebel verzerrte und verfremdete alles, schuf Monster und Chimären aus Bäumen und Sträuchern. Diesmal jedoch war es nicht der Nebel. Diesmal hörte sie ein heiseres, kratziges Geräusch irgendwo hinter ihnen.

Das genügte. Sie schnappte sich den reichlich konsternierten Ludwig und rannte blind los. Sie hatte keine Orientierung, nicht die geringste Ahnung, in welche Richtung sie davoneilten. Im Moment war das auch nicht wichtig.

Es knackte unter ihnen. Die beiden gefroren zu Salzsäulen und blickten sich aus großen Augen an.

»Nicht bewegen«, flüsterte Sophie. Es half nichts. Wieder knackte es unter ihnen, diesmal gefolgt von einem dumpfen Grollen.

Sie waren auf dem See. Das Eis. Es brach.

Obwohl Sophie wusste, dass es geschehen würde, sah sie fassungslos zu, wie Ludwig genau neben ihr einbrach. In einem Moment stand er noch zitternd an ihrer Seite, im nächsten war er einfach verschwunden. Verschluckt vom schwarzen Wasser unter ihnen.

Sophie schoss die Vision durch den Kopf, die sie auf dem Hotelflur gesehen hatte. Sie hatte gesehen, wie sie eingebrochen war. Wie gelähmt stand sie da, als sie von einer aus dem Nichts auftauchenden Figur zur Seite gestoßen wurde. Sie sah nur noch, wie sich ein schwarzer Schemen auf das Loch stürzte und Ludwig gerade noch zu fassen bekam, bevor er unter das Eis trieb und dort todsicher ertrunken wäre.

Der Concierge zog Ludwig aus dem Wasser auf das Eis, wo er hustend und würgend liegen blieb. Sophie blieb gar keine Zeit, sich zu wundern, was da gerade geschehen war.

»Schnell, verschwindet!«, zischte der Concierge.

Sophie half Ludwig auf die Beine. Er war eiskalt. »Kannst du laufen?«

Ludwig nickte. Ihm war deutlich anzusehen, dass ihn nichts auf der Welt hier draußen hielt.

Der Concierge zeigte ins Trübe. »Dort entlang geht es zum Hotel. Schnell, der Junge holt sich hier draußen sonst den Tod.«

Wie auf einen stummen Befehl lichtete sich der Nebel. Kurz darauf stolperte Sophie über die erste Stufe der großen Freitreppe, die zum Hotel führte.

Es erhob sich über ihnen, düster, ahnungsvoll, die pechschwarzen Fenster riesige Augen, die missbilligend auf sie herabstarrten.

Dennoch war Sophie unendlich erleichtert.

»Nichts wie rein!« Sophie zerrte Ludwig hinter sich die Treppe hinauf.

»Aber wollen wir das wirklich?« Jetzt blickte Ludwig sie durchdringend an, gestikulierte rudernd mit den Armen. Tropfen stoben in alle Richtungen davon. Fast könnte man meinen, in seinen Augen flackerte Wahnsinn auf. »Ich meine, wir wissen doch genau, dass es etwas mit uns anstellt. Dass es sich in unsere Köpfe schleicht. Herrgott, Sophie, ich weiß sonst fast gar nichts mehr. Aber das, das weiß ich!«

»Ja doch, sicher.« Sophie blickte mit zusammengepressten Lippen in den Nebel hinter ihnen. Vom Concierge fehlte jede Spur. »Ich bin mir allerdings sicher, dass wir es hier draußen nicht besser haben werden. Du hast doch selbst gesagt, dort lauert etwas. Wenn der Concierge nicht gewesen wäre …«

»Ich weiß.« Ludwigs Tonfall hatte einen verzweifelten Klang angenommen. Er tropfte und zitterte am ganzen Körper, seine Zähne schlugen schmerzhaft laut aufeinander. »Aber vielleicht will das Hotel nur, dass wir uns wieder von ihm schlucken lassen.«

Das saß. Sophie wurde von der Gewissheit durchzuckt, dass er recht haben könnte. Oder vielmehr recht haben *musste*. Aber hier draußen bleiben? Nein, danke.

»Vielleicht, vielleicht aber auch nicht.« So langsam verlor auch Sophie ihre mühsam aufrechterhaltene Beherrschung. Ihr Ton wurde leicht panisch, was sie auf den Tod nicht leiden konnte. »Hier draußen bleibe ich auf keinen Fall. Wir wissen beide, dass wir nicht allein sind. Außerdem hat der Concierge recht: Du musst sofort ins Warme!«

»Und Margarete?«

»Kann genauso gut längst wieder im Hotel sein!«

Manchmal redete man sich eben wirklich alles schön.

Kapitel 27

DIE KELLER

Natürlich war Margarete nicht in den Kellern. Natürlich fehlte jedes Anzeichen, dass sie nach ihrer überstürzten Flucht noch einmal hier gewesen war.

»Was hat sie sich nur dabei gedacht!«, entwischte Sophie, ehe sie darüber nachdenken konnte.

»Das solltest du wohl lieber dich fragen!« Ludwig hatte sich umgezogen und seine typische Haltung erstaunlich schnell wieder angenommen: unterkühlt, parteiisch, überfordert. Gut, überfordert war er immer gewesen. Im Übrigen galt das für die meisten Jungs, die Sophie bisher kennengelernt hatte. Die meisten spuckten große Töne, waren dann aber doch zu nichts zu gebrauchen. Außer Max. Max war wirklich anders.

Aber er kommt ja auch aus einer anderen Zeit.

»Schon gut, schon gut«, ruderte Sophie sofort zurück. Sie hatte keine Lust auf Streit. »War nicht so gemeint.«

»Du kapierst es einfach nicht, oder? Sie ist weg, Sophie! Sie ist weg, verschwunden, fort. Das bringt doch jetzt alles nichts mehr.«

»Wie meinst du das?«

»Ich, ich …« Ludwig sah aus, als würde er jeden Moment explodieren. Oder zusammenbrechen. Es war schwer zu sagen. »Ach«, stieß er dann mit einem tiefen Seufzer aus und ließ sich in einen abgewetzten Sessel fallen. »Solange sie hier war, war alles gut. Ich hatte sie. Wir hatten uns. Und jetzt ist sie weg. Ich bin allein.« Er stützte sein Gesicht in beide Hände und blickte auf den schmutzigen Boden. »Das hat doch alles keinen Sinn mehr.«

Sophie setzte sich im Schneidersitz auf den Boden. »Aber natürlich hat es das«, begann sie sanft, obwohl sie eigentlich wusste, dass es zwecklos war.

Ludwig schüttelte den Kopf. »Ich habe das nur durchgestanden, weil sie an meiner Seite war. Ich sagte mir, dass ich so immerhin mit ihr zusammen sein konnte. So schrecklich die Umstände auch waren. Sie war alles, was ich hatte.«

»Und sie? Hat sie ähnlich gedacht?«

Sein Kopf zuckte hoch und er funkelte sie böse an. »Natürlich hat sie das!« Sein Kopf sank wieder herab. »Aber was weißt du schon.«

Sophie verkniff sich eine weitere Bemerkung. Ludwig war verletzt und verzweifelt, was erwartete sie da eigentlich? Als sie sich von ihm abwandte, hörte sie ein vertrautes Geräusch. Das Klirren von Weinflaschen. Dann ein herzhaft ausgestoßener Fluch. Das war genau das, was sie jetzt brauchte!

Sie stand kommentarlos auf und ließ Ludwig allein zurück. Das war er sowieso immer gewesen. Er wusste es nur noch nicht.

Der Empfang von Lady Esmeralda und Barnaby war nicht unbedingt überschwänglich. Nun, immerhin lösten sie sich nicht in Luft auf, als Sophie den Raum betrat, den sie mittlerweile als eine Art Clubzimmer bezeichnete.

»Wo ist der General?«, fragte sie. Trotz allem musste sie ein wenig über sich schmunzeln. Dass sie schon nach so kurzer Zeit die Gesellschaft dieser Erscheinungen anderen echten Menschen vorzog, war einfach zu abgefahren.

»Müsste jeden Moment hier sein«, gab die füllige Schauspielerin zurück. »Er wollte nur nach irgendetwas sehen. Immerfort muss er nach irgendetwas sehen, der General, als befände er sich noch in irgendeinem sinnlosen Krieg an irgendeinem furchtbaren Ort. Was soll es hier schon zu sehen geben?«

»Eine Menge lesenswerte Bücher, meine Teure«, gab Barnaby von sich. Er lümmelte auf einer Couch, die dürren langen Beine ragten bogenförmig über die Lehne heraus. In einer Hand balancierte er ein großes Weinglas, in der anderen ein Buch. »Zumindest die, in denen ich vorkomme.«

Lady Esmeralda schmatzte abfällig mit den Lippen. »Wenn ich einmal anfinge, die Bibliothek nach Werken über mich zu durchforsten, wäre ich bis in alle Ewigkeit beschäftigt«, teilte sie im Tonfall der wichtigen, aber hoffnungslos überbeschäftigten Dame mit.

»Schon klar, du plünderst lieber den Weinkeller. Würde ich dir an deiner Stelle auch raten.«

»Du blasierter Fatzke!«, stieß die füllige Dame aus. Sophie musste trotz allem schmunzeln. *Blasierter Fatzke.* So redete ja nicht mal ihr Vater.

»Finden wir etwas besonders komisch, ja, junge Dame?« Lady Esmeralda musterte sie durch zusammengekniffene Augen. Nie ein besonders gutes Zeichen.

»Nein, natürlich nicht. Ich, also, ich habe mich nur gefragt, …«

»Jaaaaa?«, zog die Schauspielerin das kurze Wort in die Länge.

»Verstehen Sie mich nicht falsch, ich bin einfach neugierig.«

Sophie deutete auf die vielen leeren Flaschen im Raum. »Aber ich habe mich gefragt, ob Sie denn überhaupt betrunken werden können. Wenn Sie verstehen, was ich meine.«

Barnaby schien von der Frage überrumpelt. Unsicher drehte er sein Weinglas hin und her und beäugte es kritisch.

»Nun«, übernahm die Schauspielerin das Kommando. »Es ist keine Frage des Könnens, sondern eine Frage des Wollens. Hörst du das, Barnaby? Das Generälchen wäre stolz auf mich. Ist doch einer seiner Lieblingssätze, oder?«

»Gewiss.« Barnaby hatte sich anscheinend mit dem Glas in seiner Hand abgefunden und gönnte sich einen großzügigen Schluck. »Auch wenn ich bezweifle, dass er es auf den maßlosen Genuss von Wein und Champagner bezogen hat.«

»Wein oder Militär ist mir einerlei. Nur weil wir tragisch verschieden sind, lassen wir uns jedenfalls nicht vorschreiben, ob wir betrunken werden dürfen oder nicht.«

»Aber klappt es denn?«

Die beiden warfen sich einen kläglichen Blick zu. »Nein«, erwiderten sie aus einem Munde. »Aber wir versuchen es weiter.«

»Das sehe ich«, meinte sie nach einem Rundumblick durch das Clubzimmer der Erinnerungen. »Ist der Weinkeller nicht bald leer?«

»Oh, ich fürchte, der wird nicht so schnell leer werden!« Der General blickte sich missbilligend um. »Was muss ich sehen? Unser Gast muss stehen, während ihr entweder auf dem Sofa lümmelt oder Weinflaschen kaputtwerft? Ihr seid ein erbärmlicher Haufen.«

»Generälchen, wir haben Sie gar nicht kommen hören«, flötete Lady Esmeralda und versuchte, einige besonders große Scherben mit dem Fuß aus dem Weg zu fegen. Er glitt widerstandslos durch die Scherben hindurch.

»Wie funktioniert das eigentlich?« Sophie hatte sich diese Frage schon oft gestellt. Dass sie sie ausgerechnet jetzt stellte, hatte vor allem etwas mit Ablenkung zu tun. »Einige Sachen könnt ihr anfassen, andere nicht.«

»Alles eine Frage der Konzentration«, sagte der General. »Wenn wir uns wirklich anstrengen, materialisieren wir uns genug, um Dinge zu greifen. Wahlweise«, er warf den anderen beiden einen vielsagenden Seitenblick zu, »um Weinflaschen zu öffnen oder fallen zu lassen.«

»Könnt ihr auch durch Wände gehen?«, wollte Sophie wissen, als die empörten Zwischenrufe der anderen Geister verklungen waren.

»Was für ein Unfug.« Barnaby schüttelte irritiert den Kopf. »Wozu gibt es denn Türen?«

Der General verdrehte die Augen und fuhr sich über seinen buschigen Schnauzer. »Hör nicht auf diese beiden. Für sie gibt es nur Alkohol und die eigene Großartigkeit. Aber was ist bei dir passiert? Was man so hört, war einiges los hier im Grandhotel. Und nicht unbedingt Angenehmes«

Sophies gute Laune verflog so augenblicklich wie ein aufgeschreckter Vogel. »Ich hab großen Mist gebaut.« Nur mit Mühe hielt sie ihre Tränen zurück. Tränen der Verzweiflung, aber auch Tränen der Wut. Vor allem war sie wütend auf sich selbst.

Der General blickte sie ermutigend an.

»Ich … ich bin mit Max, einem der anderen, losgezogen, um das Hotel zu erkunden. Ich konnte einfach nicht herumsitzen und auf etwas warten, das eh nie eintreten wird.« Gegen ihren Willen hatte ihre Stimme einen verteidigenden Unterton angenommen. »Ich wollte doch nur herausfinden, wer hinter all dem steckt. Was uns gefangen hält.«

»Und dann?«

»Und dann wurde Max verschleppt. Von ihr.«

»Von ihr?« Sophie merkte, dass auch Barnaby und Lady Esmeralda aufmerksam zuhörten.

»Von dieser Frau eben. Die Frau aus dem Spiegel.«

»Was weißt du über sie?«, mischte sich Lady Esmeralda ein.

»Offensichtlich weniger als Sie, deswegen ja das Ganze!«, gab Sophie schroff zurück.

»Aber, aber, kein Grund gleich ausfallend zu werden.« Beleidigt rauschte der füllige Bühnenstar davon. »Das wird ja immer bunter hier.«

»Beachte sie nicht«, sagte der General beruhigend. »Wir Erinnerungen müssen uns nun mal an gewisse Regeln halten. Bedauerlicherweise.« Er rümpfte die Nase und hob die Stimme. »Ein Befehl, sozusagen. Und Befehle sind dazu da, dass man sie befolgt.«

Regeln! War denn jeder in diesem schrecklichen Hotel nur damit beschäftigt, sich an dämliche Regeln zu halten?

»Was natürlich nicht bedeutet«, fuhr er merklich leiser fort und blickte sie verschwörerisch an, »dass der General nicht den einen oder anderen Trick im Ärmel hat.«

Sophie lauschte erstaunt. Er würde doch nicht schon wieder gegen seine heilige Moral verstoßen …

»Komm, ich möchte dir etwas zeigen«, meinte er beiläufig und schob sie zu einem hölzernen Sekretär in einer Ecke dieses merkwürdigen Clubzimmers. Sophie entging nicht, dass er sich zu Barnaby umwandte, doch der war viel zu sehr in irgendeine Anekdote über sich selbst vertieft, dass er wahrscheinlich gar nicht mitbekam, was um ihn herum geschah.

Vorsichtig zog der General eine der unzähligen kleinen Schubladen auf und nahm einen Gegenstand heraus, der in schwarzes Leder gehüllt war. Wieder konnte sich Sophie nur wundern: Sie schien es magisch anzuziehen, dass ihr merkwürdige Gestalten noch merkwürdigere Dinge zusteckten.

»Nimm das, schnell«, flüsterte er ihr zu und vergewisserte sich, dass Barnaby immer noch in sein Buch vertieft war. Auf das Ego des Sängers war wie gewöhnlich Verlass. »Vielleicht kannst du deine Freunde damit retten.«

»Warum tun Sie das?« Sophie biss sich auf die Zunge. Verdammt, wieso fragte sie das überhaupt? Was, wenn er es sich anders überlegte, wenn sein militärisches Gewissen anklopfte? Der Schlüssel war ihnen bereits behilflich gewesen. Selbst wenn die Sache tragisch ausgegangen war, hatten sie mehr über das Hotel herausgefunden.

»Weil es auch meine Schuld ist.«

Sophie blickte ihn fragend an.

»Der Schlüssel und Max … nun, ich fürchte, ich hätte dich besser vorbereiten müssen.« Er ließ die Mundwinkel hängen. Wäre die Situation nicht so ernst, hätte man ihn glatt für ein Walross halten können. »Einen tollen General gebe ich ab, der seine Truppen unvorbereitet in die Schlacht ziehen lässt. Es ist lange her, dass ein Teil von ihr aus den Spiegeln getreten ist. Das hat nichts Gutes zu bedeuten. Ich hätte es ahnen müssen.«

»Es ist nicht Ihre Schuld«, sagte Sophie sofort. »Wenn überhaupt, dann ist es die Schuld dieses Hotels. Dieser … Frau.«

Der General war augenblicklich wieder bei der Sache. »Und genau darum geht es. Sie darf nicht wissen, dass wir uns einmischen. Nicht, dass wir im Angesicht der Ewigkeit wirklich etwas zu fürchten hätten, aber ich traue ihr alles zu.«

Sophie schlug das Leder zurück und starrte auf einen kleinen silbernen Hammer. Er war schwer, offensichtlich massiv gegossen und blitzblank poliert.

»Er ist das letzte mir bekannte Exemplar«, fuhr der General

fort. »Sie hat dafür gesorgt, dass die anderen verschwunden sind. Verwahre ihn gut und sag niemandem etwas davon.«

»Aber …«, setzte Sophie an, doch der General hob den Finger an die Lippen, als er merkte, dass Barnaby sich ihnen zuwandte. »Kein Wort mehr davon. Wenn sie etwas darüber erfährt, ist es um uns alle geschehen.«

Kapitel 28

DIE KELLER

Zurück in Max' Versteck blickte Sophie ratlos auf den Hammer. Ihr fiel der Gegenstand ein, den ihr das Phantom zugesteckt hatte. Sie befreite ihn aus seiner Stoffhülle – und blickte auf eine Spiegelscheibe. Schlüssel, Hammer, Spiegel …

Der Schlüssel, das hatte sie schnell gemerkt, passte in so gut wie jede Tür. Sie hatte keinen Zweifel, dass ihr auch die übrigen Dinge dabei helfen würden, dem Geheimnis dieses Hotels auf die Schliche zu kommen. Sie hatte allerdings nicht die geringste Ahnung, wie sie diesen Krempel einsetzen sollte.

Sie machte es sich in Max' Bett so gemütlich wie möglich, kuschelte sich in seine Decke und dachte nach. Allzu viel Erbauliches fand sie nicht, dennoch machte ihr eine Sache Mut: So ausweglos ihre Situation gerade auch schien – sie war nicht allein. Sie hatte Verbündete in diesem Hotel, die ihr helfen wollten. Die auf ihrer Seite waren. Viel war das nicht. Aber es war ein Anfang. Sie würde nicht aufgeben.

Sie träumte.

Dieser Flur nahm kein Ende. Blind eilte Sophie durch die Düsternis, beachtete keins der Bilder an den Wänden. Sie hatte ein Ziel. Sie war bereits dort gewesen. Sie würde es wiederfinden.

Das Hotel lebte. Das Hotel atmete. Sie hatte es längst gewusst, immer geahnt. Und nahm es jetzt hin wie die unumstößliche Tatsache, dass Regen nass machte. Es war eben so.

Sie wusste, dass sie sich näherte. Etwas rumorte über ihr, unter ihr, in ihr. Mit wütendem Klirren schlug ein Fenster auf, der Wind hatte das Gebäude erobert. Regen schlug ihr ins Gesicht, Dielen gaben unter ihr nach, ein Vorhang legte sich um sie, wollte sie aufhalten, einhüllen wie ein Leichentuch.

Sie ging unbeirrt weiter.

Kerzen loderten hell flackernd auf und erstarben dann in einem nassen Zischen, Dunkelheit wollte sich über die Welt legen. Etwas kroch aus den Schatten heran.

Sie ging weiter, erreichte das Bild. Sie sah es an. Sie erkannte es wieder. Es war das Bild aus dem Zimmer des Phantoms.

Schweißnass saß sie in Max' Bett. Sie atmete schwer, versuchte, den Traum abzuschütteln. Er blieb hartnäckig haften.

Traum? Das war kein Traum gewesen. Irgendwie war Sophie durch diesen Korridor gelaufen. Vielleicht nicht unbedingt körperlich, aber eben … auf andere Weise. Sie hatte immer daran geglaubt, dass Träume mehr waren als die bloße Verarbeitung der Tagesgeschehnisse. Jetzt wusste sie, dass sie eine andere Realität waren, die helfend zu einem sprach. Sie setzte sich an die Bettkante und ging den Traum noch mal durch.

Etwas wollte, dass sie dieses Bild sah. Gleichzeitig wollte sie etwas davon abhalten – und Sophie musste nicht allzu lang darüber nachdenken, wer dafür verantwortlich war. Die Frau aus dem Spiegel wollte verhindern, dass Sophie das Bild betrachtete. Deshalb war sie bislang immer davor aufgewacht. Aber wieso? Und wer wollte, dass sie es sah? Im Traum hatte sie es nur kurz zu Gesicht bekommen, in der Suite des Phantoms nicht schnell genug geschaltet.

Es gab nur eine Möglichkeit, es herauszufinden.

Sie stürmte aus dem Versteck und hämmerte an Ludwigs Tür. »Ludwig, bitte mach auf«, rief sie aufgeregt. »Ich muss dir was erzählen.«

Keine Reaktion. Natürlich. Sie klopfte erneut. »Komm schon, es ist wichtig!«

Als er irgendwann die Tür öffnete, sah Sophie sofort, dass er geweint hatte. Er blickte sie aus geröteten Augen an.

»Was willst du?«

»Das hört sich jetzt sicherlich verrückt an, aber ich habe eine Idee, wie wir …«

»Keine weiteren Ideen!« Ludwig wollte ihr die Tür vor der Nase zuknallen.

Sophie klemmte ihren Fuß gerade noch dazwischen und stemmte sich dagegen. »Hör mir wenigstens zu!«, rief sie und hatte das starke Bedürfnis, ihn zu schütteln. Ihn wachzurütteln, ihm klarzumachen, dass sie etwas tun mussten. Das war schon bei Max kein Kinderspiel gewesen, aber Margaretes Verschwinden machte es bei Ludwig eigentlich unmöglich.

Ludwig seufzte und blickte an ihr vorbei in den Gang. »Ich höre.«

»Ich habe einen Traum, seit wir in diesen Kellern sind.« Sophie sprach schnell und ruhig, um ihm keine Gelegenheit zu geben, dazwischenzufunken. »Immer denselben Traum. Ich gehe einen Gang voller Bilder entlang, auf der Suche nach etwas. Ich weiß, dass ich ein Bild suche, erreiche es aber nicht. Kurz davor wache ich immer auf. Dieses Bild habe ich gesehen, Ludwig! Hier im Hotel, auf einem verborgenen Stockwerk. Heute habe ich wieder davon geträumt. Ich weiß nicht, weshalb, aber ich bin mir sicher, dass darauf etwas zu sehen ist, das uns weiterhilft. Etwas in diesem Hotel will, dass wir seinem Geheimnis auf die Schliche kommen. Gut, ich bin mittlerweile auch sicher, dass es etwas gibt, dass genau das verhindern will, aber ich kann einfach nicht nur rumsitzen, wenn ich das Gefühl habe, das Richtige zu tun. Wir sind etwas auf der Spur, deshalb passieren diese ganzen Dinge. Und ich glaube, wir können es schaffen.«

Sie pausierte und blickte Ludwig erwartungsvoll an.

»Bei was sollte uns ein Bild helfen?«

»Das weiß ich auch nicht! Es ist nicht nur das Bild. Es ist … alles in diesem Hotel. Diese Frau, einfach alles. Ach, ich weiß es doch auch nicht, aber wir müssen es versuchen. Ich … ich muss es versuchen. Und du doch eigentlich auch. Willst du Margarete denn nicht finden?«

Erstmals blickte Ludwig sie mit etwas anderem als Angst, Ärger oder Enttäuschung an. »Sie … finden?«, fragte er leise und schien sich schon beim Klang dieser Worte zu verändern. Aufzurichten.

»Na klar, was denn sonst? Ich will sie alle finden. Margarete, Max, unsere Eltern. Sie sind hier! In diesem Hotel! Diese Frau hält sie gefangen. Ich weiß nicht, warum sie das tut, aber ich werde es herausfinden. Hilfst du mir?«

Sofort veränderte sich sein Gesichtsausdruck wieder. »Ich soll was?«

»Ich weiß, dass es meine Schuld ist, dass Max und Margarete verschwunden sind. Aber merkst du denn nicht, was hier los ist? Die Frau aus dem Spiegel wird unsicher. Sie sieht eine echte Gefahr in uns. Das heißt, wir sind auf dem richtigen Weg!«

»Meinst du das wirklich?«

»Und ob!«

Erneut kroch der Zweifel aus seinem Versteck und schlich über seine Züge. »Aber der Concierge … er …«

»Er meint es gut mit uns, das hat er bewiesen. Und er hat ja auch recht: Solange wir in den Kellern sind, sind wir in Sicherheit.« Das schien tatsächlich zu stimmen: Hier unten fühlte sie sich nie beobachtet, fühlte sie nie die Präsenz von etwas Bedrohlichem. »Aber …« Jetzt wurde es heikel. »Aber ihr seid schon eine ganze Weile hier unten, weißt du? Ihr merkt es vielleicht nicht, aber …«

Das würde schwierig werden. Wie sagte man jemandem, dass man nicht so werden will wie er? Dass diese Keller einen in lebende Tote verwandelten? In Sicherheit zwar, das vielleicht schon. Aber bis ans Ende aller Tage eingesperrt in einem feuchten und dunklen Raum? Da war selbst der Sprung ins offene Messer zu empfehlen.

»Aber was?«, fragte Ludwig unsicher.

»Ach, nicht so wichtig. Ich will nur sagen, dass wir hier natürlich rumsitzen und warten können. Es wird aber nichts passieren, Ludwig. Margarete und Max werden davon nicht wiederkommen. Und langweilig«, fügte sie mit dem Versuch eines kleinen Scherzes an, »ist es auch.«

»Und du denkst, wir haben wirklich eine Chance?«

Sophie beschloss, ehrlich zu sein. »Keine Ahnung. Aber ich muss es versuchen. Ich will raus aus diesem Hotel. Außerdem«, ergänzte sie wie beiläufig, »bin ich mir sicher, dass es Margarete ziemlich stark finden würde, von dir gerettet zu werden.«

Seine Augen leuchteten auf.

Volltreffer.

Kapitel 29

ETAGE 6 1/2

Es mochte erstaunlich sein, doch offensichtlich gab es selbst in diesem Hotel Dinge, die komplett ereignislos vonstatten gingen. Der Maître war weit und breit nicht zu sehen, was Sophie zu der Annahme veranlasste, dass sich die beiden tatsächlich gefunden hatten. Sie konnte nicht verhindern, einen Stich zu spüren. War es nicht schön, wenn einfach jemand Amor spielte und man sich ins gemachte Nest setzen konnte? Wenn man nicht um sein Glück bangen musste?

Die Fahrt mit dem Lastenaufzug verlief schleppend und war begleitet von bedenklichem Ächzen, doch es kam zu keinerlei merkwürdigen Vorkommnissen. Keine Frauen, die Jagd auf sie machten, keine Schatten, keine Zwischenfälle. Ein- oder zweimal dachte Sophie, etwas in einem Spiegel oder in einer glatt polierten Oberfläche zu erhaschen, doch immer wenn sie ein zweites Mal hinschaute, war nichts zu sehen.

So weit, so gut. Max … hier hatte sie Max zum letzten Mal gesehen. Sie drehte fast durch vor Sorge um ihn, machte sich immer noch schwere Vorwürfe. Was, wenn ihm wirklich etwas zugestoßen war? Und dann war auch noch Margarete verschwunden, was indirekt ja auch ihre Schuld war.

Keine Zeit für Schuldgefühle! Sophie wollte es gar nicht erst so weit kommen lassen, die beiden als verloren aufzugeben.

Die Tür zur Suite des Phantoms stand weit offen. Mit einem verunsicherten Ludwig betrat sie das Zimmer. »Hallo?«, rief Sophie leise, erhielt aber keine Antwort.

»Wer, sagst du, wohnt hier noch gleich?« Ludwig blickte sich um. Es war mehr als offensichtlich, dass er sich außerhalb der Keller unfassbar unwohl fühlte. Sophie konnte es verstehen. Was würde wohl in ihr vorgehen, wenn sie Jahrzehnte unter der Erde verbracht hätte und nun plötzlich wieder an die Oberfläche kommen würde?

»Lange Geschichte«, meinte Sophie nur und winkte ab. Sie nahm eine entzündete Kerze aus einem Kerzenhalter an der Wand. »Ein Verbündeter, das ist das Wichtigste. Komm, er scheint nicht da zu sein.«

»Aber meinst du, wir sollten einfach so in seinem Zimmer rumschnüffeln?«

Nein, das meinte sie nicht. Aber sie musste Gewissheit haben.

»Nur ein kleiner Blick«, sagte sie – und stockte. Im schummrigen Licht der Kerze starrte sie auf einen großen hellen Fleck. Ein Fleck, an dem vorher ein Bild gehangen hatte.

Das Bild aus ihrem Traum. Es war verschwunden.

»Aber wie ist das möglich?«, murmelte sie leise.

»Wie ist *was* möglich?«

»Das Bild … es hing hier an der Wand.«

Ludwig starrte den leeren Fleck an. »Jetzt nicht mehr«, stellte er reichlich überflüssig fest.

Ein Knarren ließ sie herumfahren. »Was war das?«

Die Sache kam Sophie zunehmend merkwürdig vor. Das

Phantom sollte ausgerechnet kurz nach ihrem Aufeinandertreffen nicht in seiner Suite sein? Es hatte ihr doch ziemlich überzeugend dargelegt, weshalb es eben nicht mehr im Hotel rumschnüffelte.

Erst jetzt bemerkte sie den Zustand der Suite. Stühle waren umgeworfen, Bilder hingen schief an der Wand oder waren heruntergefallen, Schränke standen offen, Bücher lagen auf dem Boden verstreut.

»Jemand ist hier gewesen«, flüsterte sie leise. »Er hat es auf das Bild abgesehen.«

Da war es wieder – das Knarzen!

»Diesmal hab ich es auch gehört«, gab Ludwig zu und sah sich nun auch mit Sophie in der verwüsteten Suite um. »Ich glaube, es kam von da hinten.«

Sophie nickte leise, schnappte sich einen Brieföffner in Dolchform und näherte sich einem imposanten Holzschrank. Die Tür wackelte leicht. Vorsichtig rüttelte sie am Griff. Verschlossen.

Vielleicht war das auch besser so …

Sie zog den merkwürdigen Schlüssel aus der Tasche. Er passte, natürlich passte er. Mit angehaltenem Atem öffnete sie die Tür, die quietschend aufschwang und den Blick auf das Bild aus Sophies Träumen freigab. Nicht nur das: Es wurde von den blassen Händen des Phantoms umklammert. Die Augen unnatürlich weit aufgerissen, der Mund zu einem stummen Schrei geöffnet, das ganze Gesicht eine Maske des Schreckens.

Sophie taumelte zurück.

Ludwig wandte sich nach einem kurzen Blick in den Schrank ab und hielt sich den Mund zu.

Das Phantom des Grandhotels. Es war tot. Und doch hatte Sophie keine Augen für die bemitleidenswerte Gestalt. Da war es. Das Bild, das sie bis tief in ihre Albträume hinein verfolgt hatte.

Sophie starrte es an, als hinge ihr Leben davon ab. Es zeigte das Grandhotel, eingefangen in einer jener kitschigen Totalen, die die Bergwelt dahinter dramatisch betonten. Auf den ersten Blick sah es vollkommen normal aus.

Vollkommen normal.

Was soll ich nicht sehen?, fragte sie sich wieder und wieder und suchte jeden Quadratzentimeter der Leinwand mit ihren Augen ab. Die Tatsache zu ignorieren, dass sie von einem Toten umklammert wurde, war alles andere als einfach.

Nichts. Das Hotel, die verschiedenen Flügel, die Fassaden, die Fenster, die Türme …

Die Türme! Es gab drei von ihnen. Zwei reckten sich an der Eingangsfassade in die Höhe, der dritte und größte erhob sich im hinteren Teil. Ihr Vater hatte ihr erzählt, dass der Turm auch nach der Neueröffnung nicht begehbar war. Für sie klang es nach einer billigen Ausrede, um etwas Gruselstimmung in diesen riesigen alten Kasten zu bringen.

Und doch sah Sophie eine Figur am Fenster stehen. Sie beugte sich vor, um das Turmfenster näher in Augenschein zu nehmen. Kein Zweifel: Der Schemen eines Mannes stand am Fenster. Er war klein, doch eindeutig zu erkennen.

Er bewegte sich.

Sophie zuckte zurück.

Jetzt erst sah sie die Frau. Die Frau auf dem Turm. Sophie wusste sofort, dass es die Gestalt war, die sie bei ihrer Ankunft entdeckt hatte. Die Frau, die vor den Augen aller in die Tiefe gestürzt war und die außer ihr dennoch niemand gesehen haben wollte.

»Aber dieser Turm, er ist verschlossen«, sagte Sophie zu sich selbst.

»Ich nehme jetzt einfach mal an, dass du gerade eben das Gleiche gesehen hast wie ich«, sagte Ludwig langsam und leise, als müsse er sich selbst von seinen Worten überzeugen. »Das Bild da … hat sich bewegt.«

Sophie nickte.

In ihr ratterte und rumorte es. »Wer ist das?«, sprach sie mehr zu sich selbst. »Wer hält sich dort versteckt?«

Ludwig war ungewöhnlich aufmerksam. »Oder ist die Frage eher, wen sie dort gefangen hält?«

»Also, was haben wir?« Irgendetwas war mit Ludwig passiert, seit er die Keller verlassen hatte. Er schien wacher, vernünftiger, entschlossener. Man konnte regelrecht etwas mit ihm anfangen. »Ein totes Phantom und ein lebendes Bild. Passt wirklich prima zu diesem Hotel, wenn du mich fragst.«

»Wir müssen in diesen Turm«, stellte Sophie fest. Sie standen wieder im Flur der verborgenen Etage. »Das hätte mir schon klar sein müssen, als ich diese Frau bei meiner Ankunft dort oben gesehen habe.«

»Moment mal, du hast was?«

Sophie erzählte Ludwig von der beunruhigenden Szene bei ihrer Ankunft. Oft hatte sie darüber nachgedacht, hatte sich gefragt, weshalb sie diese Dinge sah. Diese Träume hatte. Ganz offensichtlich gab es eine Macht in diesen Mauern, die ihr helfen oder sie warnen wollte. Und leider auch eine Macht, die ihr offensichtlich an die Gurgel wollte. Wie passte das alles nur zusammen? Eines war sicher: Diese Frau, die nur in den Spiegeln sichtbar wurde, spielte eine entscheidende Rolle. Die Frage war nur, ob sie auf ihrer Seite war.

»Etwas in diesem Hotel will, dass wir seinem Geheimnis auf die Schliche kommen.«

»Und etwas anderes tut alles, um das zu verhindern.«

Sophie nickte. »Gut gegen Böse, das ist ja fast wie bei ›Der Herr der Ringe‹.«

»Bei was?«

»Ach, weißt du …«, begann Sophie gerade verlegen, dann merkte sie, dass sie damit aufhören musste. Es war doch nicht ihre Schuld! »Nur so ein Film, nicht wichtig.«

Ludwigs Miene hellte sich auf. »Ich mag Filme! Vor allem, wenn ein Pianist dazu spielt. Sonst ist es manchmal ein wenig langweilig, so ganz ohne Ton.«

Stummfilme! Natürlich, Ludwig kannte nur Stummfilme! »Soll ich dir was verraten?«, fragte sie. »Da, wo ich herkomme, gibt es Filme mit Ton. Und tolle Effekte, bei denen dir Hören und Sehen vergehen würde.«

»Du willst mich an der Nase herumführen!«

»Nein!«, sagte Sophie und musste lachen. »Wirklich.«

»So lange sind wir also schon hier?«

Sophie schwieg.

»Und die Zeit … Meinst du, sie läuft einfach normal weiter, wenn wir hier wieder herauskommen?«

Sophie hatte sich diese Frage schon sehr oft gestellt. Besonders seit dem Kuss im Aufzug. »Keine Ahnung.« Sie zuckte mit den Schultern. Und wusste gar nicht, ob sie es wissen wollte. Würde sie Max an die Vergangenheit verlieren, sobald sie sich befreit hatten?

»Warum, meinst du, passiert das alles?«, fragte Ludwig nach einer Weile. »Ich meine, warum ausgerechnet wir vier?«

»Ich weiß es nicht. Vielleicht Zufall, vielleicht nicht. Vielleicht gab es viele andere, die fliehen konnten.«

»Vielleicht lag es aber auch doch daran, dass wir uns gewünscht haben, unsere Eltern loszuwerden. Nach allem, was ich hier gesehen habe, wäre das nicht mal das Verrückteste.«

Das vielleicht nicht. Für Sophie war dieses Szenario aber noch immer das Unangenehmste. Sie glaubte nicht, dass reine Gedankenkraft dafür verantwortlich war. Aber was, wenn ihnen jemand zugehört hatte? Oder etwas? Sie wollte gerade etwas entgegnen, als ein Geräusch ihre volle Aufmerksamkeit beanspruchte. Sie hielt inne, doch es war vorbei, bevor sie es richtig einordnen konnte, und hallte dennoch nach.

»Hast du das auch gehört?«

»Was denn?«

»Da war was.«

Ludwig horchte angestrengt.

Da! Es klang, als würde jemand gegen Glas schlagen. Sein Gesichtsausdruck verriet ihr, dass er es offensichtlich auch gehört hatte.

Blitzmerker, dachte sich Sophie nicht zum ersten Mal. »Ich glaube, es kommt von da«, sagte sie stattdessen und lief los.

Wieder kam sie vor der Wand zum Stehen, vor der Max' Fußspuren so abrupt geendet hatten. Ihr Herzschlag beschleunigte sich. War das ein dumpfes Rufen, das an ihr Ohr drang? Mit leichtem Zittern öffnete sie die Tür – und stand wieder nur ihrem Spiegelbild gegenüber. »Mist«, zischte sie leise. Dann sah sie es. Der Spiegel – er war nur eine weitere Tür. Wieso war ihr das beim letzten Mal nicht aufgefallen?

Wieder ertönte das Klopfen, mittlerweile war sich Sophie sicher, dass irgendwo irgendjemand rief. Hastig zerrte sie am Spiegel, doch er gab keinen Zentimeter nach. »Los, hilf mir mal!« Mit vereinten Kräften zerrten sie an der Spiegeltür, doch sie rührte sich kein Stück.

»Blödes Ding«, keuchte Sophie und versetzte dem Spiegel einen wütenden Tritt.

Ludwig ließ sich neben ihr zu Boden sinken. »He, was ist denn das?«, fragte er dann und deutete auf den Spiegel.

»Was denn?«

Ludwig rappelte sich auf. »Na hier.« Er drückte auf eine kleine

Vertiefung am linken Rahmen – und die Spiegeltür schwang geräuschlos auf.

Gemeinsam blickten sie in die Öffnung. Dahinter kamen weitere Spiegel zum Vorschein. Eine ganze Menge weiterer Spiegel.

»Ooookay«, machte Sophie ratlos. Vor ihnen erstreckte sich ein enger Korridor, an beiden Seiten über und über mit Spiegeln behängt. Irgendwo von dort kam das Klopfen und Rufen. »Komm, wir schauen uns das mal an.«

»Äh, sicher?« Ludwig sah nicht unbedingt begeistert aus. »Das könnte eine Falle sein!«

»Könnte es, ja.« Mit Mut und Überzeugung, die sie nicht wirklich verspürte, betrat sie den Gang. »Wir werden es herausfinden müssen.«

Leise fluchend kam Ludwig hinterher. Sophie musste grinsen. Allein zurück in die Keller zu gehen, schien ihm sogar noch weniger zu behagen, als ihr zu folgen. Schritt für Schritt tasteten sie sich vor. Das Rufen und Pochen wurde immer lauter.

»Dass es hier überall immer so dunkel sein muss«, beschwerte sich Ludwig. »Und Spinnen gibt's hier bestimmt auch.«

»Sei bloß still!«, zischte Sophie. Beim letzten Mal hatte sie Max vor den Spinnen gerettet. Ein Lächeln umspielte ihre Lippen, als sie daran dachte, dass er sie nach der Rettungsaktion zum ersten Mal in die Arme genommen hatte. Ludwig traute sie bezüglich seiner Qualitäten als Retter deutlich weniger zu.

Der Schein ihrer Kerze wurde vielfach von den umliegenden Spiegeln aufgegriffen und wie magisch verstärkt. Da, etwas im Spiegel links von ihr! Jetzt war es über ihr. Neben ihr, hinter ihr, überall.

Ein Schaben ertönte. Sophie wusste nicht, woher die Spinne kam. Ihr fetter haariger Körper wurde von den Spiegeln reflektiert, grotesk verzerrt, aufgebläht und zusammengepresst.

Neben ihr stand Ludwig starr vor Schreck. »Wo ist sie?«, fragte er mit rauer Stimme. »Ich sehe sie nicht.«

Auch Sophie wagte nicht, sich zu rühren. Sie hatte alle Mühe, ihren Atem unter Kontrolle zu halten und nicht einfach panisch loszurennen.

Aus den Augenwinkeln nahm Sophie wahr, wie sich Ludwig vorsichtig von ihr entfernte, die Augen starr auf eine Stelle über ihrer linken Schulter gerichtet. »Ludwig?«, flüsterte Sophie. »Wo ist sie?«

Ludwig stammelte etwas Unverständliches und hielt Sicherheitsabstand. Sophie zwang sich dazu, ihren Kopf zu drehen. Und erblickte die größte Spinne, die sie jemals gesehen hatte. Ihre haarigen Beine waren bereits auf Ohrhöhe, dann hatte sich auch schon ihr dicker Körper auf ihrer Schulter abgesetzt. Allein vom Gewicht der Spinne, das sie deutlich spürte, wurde ihr übel.

Die ist nicht echt!

Es half nichts. Sie sah echt aus, fühlte sich echt an und machte ein Geräusch, das Sophie die Haare zu Berge stehen ließ. Mit einer schier unmenschlichen Kraft überwand sie ihren Ekel, griff mit fester Hand nach der Spinne, ignorierte das ekelerregende Zucken und warf sie so weit von sich, wie sie konnte. Rasch verhallten ihre schabenden Geräusche in der Dunkelheit dieser Spiegelwelt.

Plötzlich stand Ludwig neben ihr. Sie hätte ihm am liebsten eine geschmiert. Sie einfach so alleinezulassen mit diesem Monster.

Wieder ertönte das Klopfen, diesmal deutlich lauter. Sie hörten ein leises Rufen.

»Wer, denkst du, ist das?«, fragte Ludwig nach einer Weile. Er war wohl einer dieser Menschen, die ihre Besorgnis am liebsten mit jeder Menge Geplapper aus der Welt schaffen wollten.

»Keine Ahnung.«

Max. Bitte lass es Max sein, du verdammtes Hotel.

Ein paar Meter weiter gab es keinen Zweifel mehr. »Das ist Max!«, rief Ludwig aus. »Max? Max? Wo bist du?«

Sophie stimmte in sein Rufen ein. Als das Klopfen ganz nah war und sie die dumpfen Rufe wie durch Wasser hörten, kamen sie zum Stehen. Max war nirgendwo zu sehen. Doch er musste hier sein. Irgendwo.

Ludwig drehte sich im Kreis, als erwartete er, Max würde plötzlich auftauchen.

Auch Sophie hatte erwartet, Max einfach gegenüberzustehen. Was sie dann sagen würde, wusste sie noch nicht. Sie hatte ihre Schuldgefühle erfolgreich verdrängt. Was, wenn er wütend war? Wenn er ihr Vorwürfe machte? Ein besonders lautes Pochen ließ sie herumfahren. »Max!« Da stand er, keinen Meter von ihr entfernt. Und doch unerreichbar. Hinter einem Spiegel.

Es war absurd. Sophie sah sich und Max gleichzeitig im Spiegel. In der Reflexion verschmolzen sie und waren dennoch voneinander getrennt.

Sophie war an den Spiegel herangetreten. »Max, kannst du mich hören?«, rief sie laut.

Er schaute ihr tief in die Augen und legte seine Handflächen auf das Glas. Sophie tat es ihm gleich und einen kostbaren Moment standen sie einfach da und blickten sich an. Dann schreckte er zusammen, sah sich hastig nach allen Seiten um und trommelte mit den Fäusten gegen das Glas. In seinem Blick lag mehr Angst, als Sophie jemals bei einem Menschen gesehen hatte.

Als sie merkte, warum, bekam sie weiche Knie. Im endlos von den Spiegeln zurückgeworfenen Schein der Kerze sah sie, wie eine undurchdringliche Schwärze von allen Seiten auf den Spiegel zukroch. Auf Max.

Und sie wurde schneller.

Die Spiegel, die sie bereits durchquert hatte, lagen geschwärzt und blind da wie die verkohlten Überreste nach einem wütenden Brand.

»Was ist das?«, schrie Sophie und war kurz davor, in Panik zu verfallen. »Ludwig, was geschieht hier?«

»Ich … ich …«, machte Ludwig nur und raufte sich die Haare.

»Max!« Sophies Schreie waren spitz und voller verzweifelter Angst. Sie hämmerte wie eine Wahnsinnige auf den Spiegel ein, doch das Glas war dick und machte keine Anstalten, zu Bruch zu gehen. Da würde sie sich vorher ihre Hand brechen.

Näher und näher kam der schwarze Schatten, schon sah Sophie, dass er an den Rändern zerfaserte, gierige Tentakeln ausstreckte und alles verschlang, was sich ihm in den Weg stellte. Gleich würde er Max erreicht haben.

»Verdammt, wir müssen ihm helfen!«, schrie sie, ohne den Blick von Max' Gesicht abzuwenden.

Ludwig war ebenso ratlos. Er trat gegen den Spiegel, warf sich mit aller Macht dagegen. Nichts. Nicht mal ein Kratzer im Spiegelglas.

Und unerbittlich kroch die Schwärze auf Max zu. Was es auch war: Sophie war sich sicher, es würde Max umbringen, wenn sie ihn nicht retteten.

Aber wie?

Verzweifelt fuhr Sophie sich durch die Haare. Ihr blieben nur noch wenige Augenblicke, ein paar Sekunden. Dann würde es zu spät sein.

Sie blickte sich im Gang um. Nichts, absolut gar nichts, das ihr nützlich sein könnte. Wo war eine Hacke oder ein Hammer, wenn man sie brauchte?

Ein Hammer …

Aber natürlich! Wie konnte sie nur so dumm sein? Schnell holte sie den kleinen silbernen Hammer aus ihrer Tasche und schlug ihn, so fest sie konnte, auf das Glas. Nichts passierte und die Schwärze kroch weiter an Max heran.

»Nein, nein, nein«, wimmerte Sophie und stand einfach so da, den Hammer in der schlaffen Hand.

Da erzitterte das Glas, ein Geräusch wie das einer brechenden Eisschicht auf einem See ertönte. Der Spiegel zersprang in tausend kleine Splitter, mit ihm brach auch der Hammer entzwei. Die schwarze Flut kam zitternd zum Stehen.

Einige der scharfkantigen Biester erwischten Sophie an der Wange und an den Armen, doch sie merkte es gar nicht. Max stürzte ihr entgegen und für die Dauer einer innigen Umarmung war alles andere vergessen. Die Angst, der Schrecken, die Zweifel, die Schuldgefühle – wie weggefegt in Max' Armen.

Sie lachten, sie weinten, sie küssten sich. Sie hatten sich endlich wieder. Erst jetzt merkte Sophie, wie sehr sie ihn vermisst hatte. Wie sehr sie ihn an ihrer Seite brauchte.

»Es tut mir so leid«, sprudelte es aus Sophie heraus. »Ich wollte dich nicht im Stich lassen.«

Max legte einen Finger auf ihre Lippen. »Ich dachte, ich schaffe es nicht«, flüsterte er ihr dann ins Ohr. »Ich dachte, das war's mit mir. Und weißt du was?« Er strich ihr die Haare aus dem Gesicht. Sie liebte diese Geste schon jetzt. »Das Schlimmste war, dass ich dachte, dich nie wieder in den Armen halten zu können.«

Sophie schloss die Augen und schmiegte sich an ihn. Erst ein schüchternes Räuspern erinnerte sie dezent daran, dass sie nicht allein waren.

»Äh, ja. Was tun wir jetzt?«, fragte sie. »Ich kann verstehen, wenn dir nicht nach weiteren Nachforschungen ist.«

»Machst du Witze?« Max blickte sie fassungslos an. »Jetzt, wo es interessant wird?«

Sophie schenkte ihm ein dankbares Lächeln. Wie hatte sie auch nur eine Sekunde an ihm zweifeln können? Jetzt, da er neben ihr stand, fühlte sie sich wieder sicher, fühlte Zuversicht. Als wäre eine dunkle Wolke endlich weitergezogen, die ihre Angst geschürt und ihr Nervenkostüm strapaziert hatte.

»Hallo, Ludwig«, sagte Max dann. »Wirklich schön, dich zu sehen.«

Er streckte die Hand aus, doch nach einem kurzen irritierten Blick darauf umarmte Ludwig ihn einfach. »Du hast uns ganz schön Angst eingejagt.«

»Mir war auch nicht unbedingt wohl dabei, das kannst du mir glauben.« Er blickte sich im Spiegelkorridor um. »Wo ist Margarete? Du weichst ihr doch sonst nicht von der Seite.«

Als sie Max auf den neuesten Stand gebracht hatten, zögerte er keine Sekunde, Sophie in Schutz zu nehmen. »Sie hat nichts falsch gemacht und das weißt du auch, Ludwig. Es war dumm von Margarete, einfach so abzuhauen. Aber das bringt uns jetzt nicht weiter.« Max war verändert, wirkte entschlossener, älter.

Er drehte sich um und blickte in sein gesprengtes Gefängnis. »Ich muss euch etwas zeigen.«

KAPITEL 30

DER SALON DER ERINNERUNG

Ich habe diese Treppe zufällig gefunden«, begann Max mit seinem Bericht. »Als ich wieder zu mir kam, wusste ich nicht, wo ich bin, habe aber ziemlich schnell gemerkt, dass ich irgendwie … hinter den Dingen bin. Immer noch im Grandhotel, aber eben in einem Teil, den man von außen nicht sieht. Keine Ahnung, wie das funktioniert, aber das ist ja nichts Neues hier. Wahrscheinlich um nicht den Verstand zu verlieren, habe ich die Gänge hinter den Spiegeln erforscht – und fand irgendwann diese Treppe.«

Die Wendeltreppe war so eng, dass sie nur hintereinander laufen konnten. »Wohin führt sie?«, fragte Sophie.

»Werdet ihr gleich sehen«, gab Max geheimnisvoll zurück und schritt weiter voran, immer tiefer hinab.

Es schien, als würde die Treppe kein Ende nehmen. Eine Reise ins Innere des Grandhotels, in die Tiefen seines gewaltigen Körpers.

Unten angelangt, führte Max sie durch einen Gang, der zu einem Antiquitätenhändler mit einer Vorliebe für kaputte Dinge gehören musste. Alte Kinderwiegen, verstümmelte Puppen ohne Gliedmaßen oder Augen, Gemälde, die zerfetzt in zersplitterten Rahmen hingen, riesige Vogelkäfige, in denen bequem ein Mensch Platz gehabt hätte, und viele weitere Dinge säumten den Weg, die Wände waren vollgeschrieben, der Holzboden war über und über mit Löchern und Brandspuren übersät.

»Was ist das für ein Ort?«, fragte Sophie mit belegter Stimme. Wieder war das Gefühl, beobachtet zu werden, beinahe übermenschlich stark.

Eine weitere kurze Treppe hinunter, über kaputte Möbel und zerbrochene Kronleuchter hinweg, durch eine einst prächtige Glastür, die schief in den Angeln hing. Dann waren sie am Ziel.

»Willkommen im Salon der Erinnerung«, verkündete Max bedeutungsvoll.

»Im was?«, fragte Sophie verwirrt. »Salon der Erinnerung? Hast du dir das ausgedacht?«

Max nickte. »Ihr werdet gleich verstehen, weshalb. Macht euch auf etwas gefasst!«

Wie sich herausstellte, hatte Max nicht übertrieben. Sie standen in einem großen runden Saal mit hohen Decken und einem gewaltigen Kronleuchter, der schief an seiner Kette baumelte. Ein umgestürztes Piano verfaulte an einer Wand, ein altertümliches Grammofon stand auf einer Anrichte, auf einem Servierwagen befand sich eine leere Flasche Brandy mit einigen verstaubten Gläsern. Ein Salon, ohne jeden Zweifel. Und einer der traurigsten Orte, an denen Sophie jemals gewesen war.

Das wirklich Bemerkenswerte jedoch waren die Wände und der Boden. Mit Ausnahme einiger Wandspiegel war jeder Quadratzentimeter gepflastert mit Porträts, Fotos, Briefen, Zeitungsartikeln und Tagebucheinträgen. Alle befassten sich mit der Geschichte des Grandhotels: Seine glanzvolle Eröffnung, der hohe Besuch, die Stars und Sternchen, die in den ersten Jahren bevorzugt hier oben logierten, der Hoteldirektor. Immer wieder der Hoteldirektor. Artikel über ihn, Fotos von ihm, Briefe an ihn, Briefe von ihm, Bilder des Personals, vom Bau des Hotels.

Ein Museum des Grandhotels, in der Tat ein Salon der Erinnerung. Dennoch fühlte sich Sophie nicht so, wie man sich in einem Museum fühlen sollte. Für sie fühlte es sich eher wie ein Mausoleum an, ein Ort des stillen Gedenkens an eine längst vergangene Zeit.

»Wer hat das alles hier runtergeschafft?«, fragte Ludwig. Wie Sophie lief er staunend umher, blieb mal hier und mal da stehen.

»Und vor allem: warum?«, ergänzte Sophie.

»Die Frau aus dem Spiegel, kein Zweifel.« Sophie und Ludwig drehten sich ruckartig zu Max um. »Die Frau aus dem Spiegel?«, fragten sie wie aus einem Mund. Sophie dachte an die Fotos in der Suite des Phantoms. Die Spiegel … in den Spiegeln war immer diese eine Gestalt zu sehen gewesen.

»Seht mal, hier.« Max hatte den Salon offensichtlich sehr genau studiert. Zielstrebig führte er sie zu einigen Zeitungsartikeln. »Es gibt ein Muster. Die meisten dieser Artikel befassen sich mit der Eröffnung und mit den ersten zwölf Monaten danach. Hier ist das Personal zu sehen. Und sie dort ganz links in der unteren Reihe«, deutete er auf ein altes Foto, »muss sie sein.«

»Wer?«

»Die Frau aus dem Spiegel. Sie heißt Colette.«

Stück für Stück erzählte Max, wie er der Frau auf die Schliche gekommen war. Wie ein Museumswärter führte er sie durch den Raum und erzählte ihnen mit Bildern und Texten, was er herausgefunden hatte. »Sie muss als junges Zimmermädchen ins Hotel gekommen sein, als es eröffnet hat. Sie verliebte sich in den Direktor, wie dieser Brief an ihn zeigt. Er muss ihn zurückgeschickt haben – mit diesem nicht gerade freundlichen Schreiben.« Max deutete auf einige Bilder des Hoteldirektors. Seine Augen waren wie mit Nadeln durchstochen oder von einem scharfen Gegenstand zerfetzt. Es war durchaus offensichtlich, dass es hier um ihn ging. »Sie hat es nicht gerade gut aufgenommen, wie man sieht.«

»Aber er hat doch eigentlich genau so reagiert, wie man es von einem Direktor erwartet, oder? Immerhin gehört es ja nicht gerade zu seinen Aufgaben, eine Affäre mit einem Zimmermädchen zu haben.«

»Stimmt natürlich, aber seht hier.« Sie gingen einen Schritt weiter. »Sie war schwanger – von ihm.«

Da stand es, schwarz auf weiß in einem weiteren flehenden Brief an ihn. »So ein Mistkerl!«, platzte es aus Sophie heraus.

»Das ist noch nicht alles. Offensichtlich kündigte der Direktor ihr, weil ein schwangeres Zimmermädchen nicht den ›Ansprüchen eines solchen Hauses genügen würde‹, heißt es da. Von dem drohenden Skandal ganz zu schweigen. Er hat sie verstoßen!«

»Das ist ja alles schön und gut und sicherlich eine tragische Geschichte«, begann Ludwig. »Aber woher wissen wir, dass es sich bei diesem Zimmermädchen um die Frau handelt, die hinter allem steckt?«

»Ich denke, wir alle haben sie schon mal gesehen. Auf die eine oder andere Weise. Da.« Max deutete auf ein Foto des Personals. »Die da in der Mitte mit dem Haarband, kommt sie dir nicht irgendwie bekannt vor?«

Sophie schon. Ein Kribbeln überlief sie. »Ich glaube auch, dass sie das ist. Aber was soll das hier alles? Es kommt mir vor wie ein Friedhof. Mit Erinnerungen statt Särgen.«

Ein Ort, an dem viele Träume begraben werden mussten … da war der Gedanke an einen Friedhof gar nicht so abwegig.

Sophie fröstelte und Max legte seinen Arm um sie. »Ich denke, hier kommt sie hin, wenn sie trauern will.«

»Was ich mich die ganze Zeit frage«, fuhr Max fort und sprach die Gedanken der anderen laut aus, »ist, was wir mit dieser ganzen Sache zu tun haben. Nehmen wir mal an, sie ist für alles verantwortlich: Warum hat sie unsere Eltern entführt? Warum hält sie uns fest? Und die vielleicht wichtigste Frage: Was ist nur mit ihr passiert? Mit rechten Dingen geht das ja alles nicht unbedingt zu.«

»Wenn sie hinter all dem steckt, muss sie einen Plan haben. In dem wir offensichtlich eine Rolle spielen.«

Diese Idee geisterte schon länger in Sophies Kopf herum. Sie waren nicht zufällig in ihre Fänge geraten, dessen war sie sich längst sicher. Andererseits waren Margarete und Ludwig seit so vielen Jahren hier, dass es ein ziemlich langfristiger Plan sein musste. Oder ein Plan, der auch nach weit über einem Jahrhundert noch nicht funktioniert hatte. Wie alt das Zimmermädchen sein musste, wollte sich Sophie gar nicht vorstellen. Aber das machte ihr ja schon bei Max und den anderen große Schwierigkeiten. Max könnte ihren Urgroßvater gekannt haben, herrje!

»Ihr wisst das wahrscheinlich nicht, aber das Hotel war lang geschlossen gewesen. Erst neulich wurde es wiedereröffnet. Vielleicht ist sie erst jetzt wieder erwacht.«

»Möglich ist natürlich alles«, gab Max zu. »Für mich sieht das nach Rachegelüsten aus.«

»Was haben wir noch?«, überlegte Sophie laut, als sie den Salon abschritt. Max hatte seine Zeit in diesem Spiegelgefängnis gut genutzt, doch das wichtigste Puzzleteil fehlte noch. Das, was erklärte, was sie mit der ganzen Sache zu tun hatten. Was ihnen weiterhelfen würde.

Vor einem handgemalten Bild blieb sie stehen. »Und was soll das hier überhaupt?« Das Bild zeigte drei verhüllte Figuren, mehr schlecht als recht gezeichnet vor einem diffusen Hintergrund. Trotzdem entströmte ihm etwas Beunruhigendes.

»Gute Frage.« Max trat neben sie. Sophie merkte, wie ihr Herz klopfte, als er seinen Arm um ihre Hüfte legte. Wie sie seine Berührungen vermisst hatte! »Aber auf diesem Foto hier sieht es so aus, als würden drei ganz ähnliche Figuren vor dem Hotel kauern.«

Sophie schüttelte es. Ein Traumgespinst stieg in ihr hoch, ein Bild, das sie seit dem Morgen, an dem ihre Eltern verschwunden waren, verfolgt hatte: Das brennende Hotel. Drei Schemen, die wild davor tanzten. »Ich weiß nicht, warum, aber das gefällt mir nicht.«

»Irgendwie unheimlich, wie bei einem Hexenritual«, pflichtete Ludwig ihr bei, den Blick starr auf das Bild gerichtet. »Aber was ist überhaupt mit ihr passiert?«

Max schüttelte anscheinend überfragt den Kopf. »Keine Ahnung. Davon steht hier nichts.«

Ludwig machte einige Schritte rückwärts, als wolle er das Bild wie ein Kunstfachmann aus der Ferne betrachten und ihm die Antworten auf ihre Fragen abringen. Dabei berührte er versehentlich das alte Grammofon.

Kratzend setzte es sich in Bewegung. Doch anstatt leiernd Musik abzuspielen, veränderten sich die Spiegel im Saal.

Bilder tauchten in ihnen auf. Bilder, die sich bewegten. Bilder, die eine tragische Geschichte erzählten.

Der Direktor schritt in dem kleinen Zimmer auf und ab. Warum sagte er nichts? Warum lief er einfach nur hin und her?

Sie ertrug es nicht, sich umzusehen – hier, an diesem Ort, der so viele Träume geboren hatte. Jetzt fürchtete sie, dass er alle diese Träume zerstören würde.

»So sag doch was«, flehte sie ihn an. Wieso? Wieso flehte sie? Was hatte sie denn falsch gemacht?

Der Direktor schritt weiter auf und ab. Die Arme militärisch hinter dem Rücken verschränkt, der Schnurrbart akkurat getrimmt, der Blick eisern. So kannte man ihn, so hatte auch sie ihn kennengelernt, als sie ins Grandhotel gekommen war. Sehr schnell hatte er sie mit anderen Augen angesehen.

»Es gibt nichts zu sagen«, erhob er die Stimme. Sie klang kalt, aber auch danach, dass es ihm Mühe bereitete, diese Kälte aufzubringen. Ein wirklich schwacher Trost!

»Aber …« Tränen stiegen in ihre Augen, obwohl sie sich geschworen hatte, nicht zu weinen. Sie würde nicht betteln, würde nicht vor seinen Augen zerbrechen!

»Kein Aber«, schnitt er ihr das Wort ab, ohne sie anzusehen. »Es hätte nie so weit kommen dürfen.«

Ihr Blick suchte den seinen, doch er wich ihr aus. Um sie herum die Ruinen ihrer Liebe. Wenn es denn jemals Liebe gewesen war.

»Was soll ich tun?«, hauchte sie kraftlos. Sie war einer Ohnmacht nah.

Er stand am Fenster und sah in die Nacht hinaus. »Du musst das Hotel verlassen. Noch heute Nacht.« Erstmals wandte er sich zu ihr um und blickte ihr direkt in die Augen. »Wirst du es wegmachen lassen?«

Sie wich zurück und hielt schützend die Hände vor ihren Bauch.

»Dachte ich's mir doch.« Wieder sah er zum Fenster hinaus. »Du wirst niemandem sagen, dass es von mir ist. Wenn doch, so werde ich es abstreiten.« Sein Ton wurde kälter. »Ich denke, du weißt selbst, dass es nicht dazu kommen sollte. Pack deine Sa-

chen und geh. Teile mir deine Adresse mit und ich sorge dafür, dass …«

Ein Wirbel wie in einem Schneesturm. Das Bild im Spiegel verschwand abrupt. Dann die nächste Szene.

Eisiger Wind fuhr durch die geöffnete Tür in die Personalquartiere herein. Der Direktor stand an der Tür, hielt sie mit einer Hand geöffnet.

Draußen lag alles in tiefer Nacht, die dichte Schneedecke hatte alles unter sich begraben. Schneeflocken tanzten wild umher und hauchten auf dem Dielenboden ihr Leben aus.

»Du hättest mein Angebot annehmen sollen«, sagte er, seine Stimme eisig, seine Miene unnachgiebig. »Und jetzt geh, ehe man uns hier sieht.«

Das Zimmermädchen zitterte, umklammerte eine zerlumpte kleine Tasche. Angstvoll blickte sie in die Dunkelheit. »Bitte schick mich nicht weg.« Sie streckte den Arm nach ihm aus, doch der Direktor schlug ihn barsch zur Seite.

»Dafür ist es jetzt zu spät. Du hattest deine Chance. Du hättest es so einfach haben können. Sogar mit unse… sogar mit deinem Kind. Aber du musstest ja reden.«

»Ich war verzweifelt. Ich hatte Angst.« Sie sprach schneller, gehetzter, ihre Augen flackerten zwischen dem Direktor und der eisigen Dunkelheit hin und her. »Ich werde es nicht mehr tun, das verspreche ich. Bitte. Alles, nur das nicht. Ich sterbe da draußen! Unser … unser Kind stirbt da draußen!«

»Du hast mich …«

Das Bild wurde erneut unterbrochen. Wieder durch ein anderes ersetzt.

Beschwingte Walzerklänge, Paare, die sich im Takt wiegen, das Geräusch von klirrenden Champagnergläsern und noblem Gelächter. Niemand sieht die Frau, die am Fenster steht. Rock und Bluse hängen in Fetzen, das Haar ist strähnig, die Lippen blau. Auf ihrem Kopf ruhen die Überreste ihrer Haube. In ihrem Blick liegen die Scherben eines Traumes. Dann verzerren sich ihre Züge zu einer Fratze aus Wut und Hass.

Wieder verwirbelte das Bild wie ein Puzzle, das in der Hand eines Riesen in seine Einzelteile zerfällt. Sophie spürte den Zorn des Zimmermädchens, als wäre es ihr eigener. Hass wucherte in ihr, der Hass der Verzweifelten, der sich gegen alles und jeden richtete, dem es besser erging als ihr. Wieso war ihr dieses Gefühl nicht fremd? Wieso konnte sie so gut nachvollziehen, was in diesem Zimmermädchen vorging? Das Gefühl, im Stich gelassen zu werden. Aufs Abstellgleis geschoben zu werden.

Das Bild setzte sich neu zusammen.

Drei verhüllte Gestalten schweben vor ihr. Sie fühlt keine Liebe mehr, keine Trauer, keine Enttäuschung. Dafür hat etwas anderes von ihr Besitz ergriffen. Etwas viel Älteres. Etwas viel Dunkleres. Das Zimmermädchen lässt sich dankbar davon verzehren. Jetzt gibt es keinen Weg mehr zurück.

Der Spuk war so plötzlich vorbei, wie er begonnen hatte.

Dumpf pulsierte es in Sophies Kopf. Hatten die anderen auch gefühlt, was sie gefühlt hatte? Sie war der Frau aus dem Spiegel so nah gewesen, wusste genau, was sie empfunden hatte. Schlagartig wurde es ihr bewusst. Sophie wusste, was diese Frau gefühlt hatte, weil sie dieselben Gefühle in sich trug. Dieselbe Frustration, dieselbe Wut.

So etwas geschah also, wenn man sie nicht unter Kontrolle brachte? Wenn man ihnen nachgab?

»Donnerwetter«, platzte es aus Max heraus. »Ist das gerade wirklich passiert?«

»Ich glaube ja«, entgegnete Ludwig leise. »Ist das … war das … die Frau aus dem Spiegel?« Sein bleiches Gesicht hätte einem Geist Konkurrenz gemacht. Sophie korrigierte sich: Sein bleiches Gesicht übertraf jeden Geist, den sie bislang kennengelernt hatte.

Ein Ruck ging durch den Salon der Erinnerungen. Der Kronleuchter klirrte. Staub rieselte aus ihm herab wie aus einem zerschlagenen Stundenglas. Dann begann der Boden zu beben. Die drei warfen sich unsichere Blicke zu.

»Was passiert hier?«, fragte Sophie besorgt und blickte sich um. Fotos und Artikel fielen von der Wand, erst nur vereinzelt, dann immer mehr. Dahinter kamen weitere Spiegel zum Vorschein. Riesige Spiegel, die ein grotesk verzerrtes Spiegelbild zurückwarfen.

»Ich glaube, wir sollten verschwinden.« Max fasste Sophie am Arm und zog sie davon. »Ludwig! Los, lass uns abhauen!«

Der Entschluss kam keinen Moment zu früh. Der Kronleuchter brach aus seiner Halterung und ging krachend keinen Meter neben ihnen zu Boden, Risse zogen sich durch den Raum, Löcher öffneten sich, wo sie zuvor noch gestanden waren.

»Weg hier!« Max' Brüllen war in dem Getöse kaum zu hören. Das war auch gar nicht nötig. Sophie wollte nur noch raus, auch Ludwig schien keinen anderen Gedanken zu verfolgen.

Das war leichter gesagt als getan. Die Decke prasselte auf sie nieder, die Spiegel zerschellten und feuerten messerscharfe Scherben in alle Richtungen, wie hungrige Mäuler öffneten sich immer mehr Löcher im Boden.

Etwas sauste auf Sophie zu und erwischte sie an der Wange. Ein flammender Schmerz, doch sie rannte einfach weiter. Neben sich sah sie, wie Ludwig stürzte, gerade noch Max' Hand zu fassen bekam, sich aufrappelte und beschleunigte.

Ein beherzter Sprung, dann waren tatsächlich alle in Sicherheit und überwiegend unversehrt. Ohne ein weiteres Wort, ohne einen Blick zurück stürmten sie die Wendeltreppe hinauf. Raus, nur noch raus aus dieser schrecklichen Erinnerung.

Sie hielten erst an, als sie wieder den festen Boden von Etage 6 ½ unter ihren Füßen hatten. Dann rangen sie nach Atem. Und nach Worten.

JULI 1909

Sie hasste und sie liebte ihn. Doch um ihn bedingungslos zu lieben, hasste sie ihn zu sehr. Für seine Ähnlichkeit mit ihm. Ihr Sohn konnte nichts dafür. Doch der Hass verschlang nach und nach das bisschen Liebe, das noch geblieben war.

Ihr Sohn war zu ihr ins Hotel gekommen. Und doch war da nur Schwärze. Schwärze … und wachsende Verzweiflung. Wie groß er schon war. Wie erwachsen. Wie gebrochen. Wann waren all diese Jahre verstrichen? Leere Jahre, nutzlose Jahre …

Ein Teil von ihr schrie nach Erlösung, danach, dass jemand diese Tortur beendete. Der andere Teil wollte endlich Rache nehmen. Noch war er stärker.

Die drei Frauen erschienen wieder. Sie hatten ihre Abmachung erfüllt. Das wiederholten sie stetig. Ungeduldiger und ungeduldiger. Drohender und drohender. »Wir werden nicht verhungern, weil du deine Aufgabe nicht erfüllst.«

»Er wird mir dabei helfen«, beteuerte sie unterwürfig wie immer. Nichts hasste sie mehr. Wieso verhielt sie sich so?

»Wie? Du hasst ihn doch viel zu sehr.«

»Es gibt Dinge, die wichtiger sind. Er wird mein Körper sein.«

Die drei Alten verschwanden.

Sie atmete nicht auf. Sie wusste, dass sie wiederkommen würden. Sie wusste, dass sie sie nur verschont hatten, weil sie sie brauchten. Wie lange sie dieses Spiel mitmachen würden, wusste sie jedoch nicht. Sie wollte es nicht herausfinden.

Es war an der Zeit, sich ihrem Sohn zu offenbaren.

Kapitel 31

Der Lastenaufzug

Es war eine stumme Fahrt mit dem Lastenaufzug. Beengt, stickig, voller unausgesprochener Fragen. Niemand wollte es ansprechen, doch insgeheim konnte Sophie an der Miene von Max ablesen, dass sie dasselbe dachten: Wer tat einer jungen Frau nur so etwas an?

Niemand hatte noch Zweifel, dass es sich bei der Frau aus dem Spiegel um das Zimmermädchen handelte. Dass sie es war, die hinter all dem steckte. Warum, wusste natürlich niemand, doch es war augenscheinlich, dass sie noch einige Rechnungen offen hatte.

Sophies Gedanken kreisten um die Bilder, um das Schicksal der Frau, um die Gefühle, die sie so gut kannte. Da fiel ihr etwas ein. Etwas, das sie derart zusammenzucken ließ, dass es den morschen kleinen Aufzug gehörig zum Wanken und Max zum überaus ruckartigen Atemholen brachte.

»Alles in Ordnung bei euch?«, dröhnte Ludwigs Stimme verzerrt und blechern zu ihnen hinunter. Dass er sich bereit erklärt hatte, alleine auf Etage 6 ½ zu warten, bis der leere Aufzug wieder zu ihm gefahren war, hatte Sophie und Max nicht wenig erstaunt.

»Ja«, rief Max und sah Sophie an. »Oder?«, fragte er leise.

»Das Bild!«, brach es aus Sophie hervor.

»Wovon sprichst du?«, fragte Max. Er sah sie verständnislos an.

»Das Bild aus meinen Träumen.« Wie konnte sie nur so blind gewesen sein. »Das im Zimmer des Phantoms!«

»Traum? Phantom? Sophie, ich habe keine Ahnung, was du meinst!«

Sie ergriff Max' Hand, zu aufgeregt, um klar zu denken. »Du warst nicht dabei. Da … da war dieses Bild vom Hotel. Im obersten Zimmer des Turms brannte Licht. Ein Mensch stand am Fenster. Stand einfach da und schaute hinaus.«

»Und …?«

»Mein Vater hat mir erzählt, dass das Hotel nach dem großen Brand geschlossen wurde. Auch nach der Wiedereröffnung blieb der Turm weiterhin gesperrt. Ich habe mich die ganze Zeit gefragt, was das soll. Warum läuft mir dieses Bild die ganze Zeit über den Weg?«

»Ja, warum denn nun?«

»Der Direktor!«, kam Sophie endlich auf den Punkt. »Ich glaube, er ist noch im Hotel!«

Max ließ das Gesagte sacken. Dann nickte er. »Das würde bedeuten …«

»Dass es um ihn geht«, sprach Sophie für ihn weiter. Es war beinahe ein wenig gespenstisch, wie sie die Gedanken des jeweils anderen fortführten. Als würden sie sich ewig kennen.

»Irgendwie ergibt das alles sogar einen Sinn. Sie will sich an dem rächen, der ihr das alles angetan hat.«

Ihr wurde klamm ums Herz. Die Frau auf dem Turm. Die

Frau, die in die Tiefe gestürzt war. Sophie war sich sicher, dass sie den Selbstmord des Zimmermädchens mit angesehen hatte.

Nur dass es gar nicht tot war.

Als Ludwig wieder neben ihnen stand und sie ihn aufgeklärt hatten, sprach er das aus, was auch Sophie nicht daran passte.

»Aber wieso besucht sie ihn dann nicht einfach in seinem Turm und stürzt sich auf ihn?«, fragte er und blinzelte nervös.

»Was weiß ich«, gab Sophie kühler zurück, als sie eigentlich wollte. Insgeheim wusste sie, dass Ludwigs Frage berechtigt war. Und eigentlich war sie sogar froh darüber, dass er sich beteiligte, dass er alles hinterfragte. Allemal besser als diese Marionette von Margarete, die er die ganze Zeit gewesen war.

»Sollten wir dann aber nicht lieber erst Margarete suchen? Sie ist vielleicht immer noch da draußen. Wir haben es doch auch irgendwie bewerkstelligt, Max wiederzufinden! Sophie, bitte!«

»Ich glaube, der Direktor ist der Schlüssel zu allem.« Woher Sophie diese Sicherheit nahm, war ihr ein Rätsel. »Er ist noch im Hotel, ich weiß es einfach.«

»Aber mal ganz abgesehen davon, dass es wohl ziemlich dumm von ihm wäre, wenn er nicht abgehauen wäre: Wieso solltest du diesmal recht haben? Was war denn mit den Zimmerschlüsseln? Oder damit, dass unsere Eltern verschwunden sind, weil wir es uns gewünscht haben? Das sind auch nur Theorien!«

»Das weiß ich auch, Mann!«

Ludwig war wirklich kaum wiederzuerkennen. Und das war diesmal nicht nur positiv gemeint. »Hast du eine bessere Idee? Noch mal nach da draußen an den See? Zu diesem … was auch immer da draußen gewesen ist?«

Ludwig holte Luft, dann überlegte er es sich anders. »Nein,

ich …«, begann er und atmete schwer. »Ich mache mir eben einfach Sorgen um sie.«

»Umso wichtiger, dass wir hinter das Geheimnis kommen. Wir sind ihr auf der Spur. Die Frau aus dem Spiegel merkt das. Fragen wir uns also lieber, welche Rolle wir in ihrem Plan spielen.« Sie wandte sich an Max. »Wenn es stimmt, was wir vermuten, dann hat sie etwas vor. Dann braucht sie uns, weil sie es nicht allein schafft.«

»Aber nach allem, was wir wissen, ist sie doch überall im Hotel, oder?« Wieder traf Ludwig ins Schwarze. »Ich meine, wieso sollten wir ihn finden, wenn sie es nicht bewerkstelligt hat?«

»Vielleicht ist sie ja gar nicht so allmächtig.«

Max setzte eine grimmige Miene auf und nickte. »Im Gott Spielen ist sie zwar ziemlich überzeugend, aber mir jagt sie damit keine Angst ein.«

Da war sie wieder, die Abenteuerlust, die Aufregung, neue Zuversicht. »Lasst uns den Direktor finden und endlich hier abhauen!«, sagte Sophie.

Dass das auch bedeutete, dass sie sich an die Fersen des nächsten Menschen heften mussten, der seit über hundert Jahren in diesem Hotel festsaß, konnte ihr mittlerweile nur noch ein mildes Erstaunen abringen.

Kapitel 32

DIE HOTELHALLE

Das Hotel hatte sich verändert. Etwas war anders, seit sie aus dem Salon der Erinnerung geflohen waren. Nein, nicht etwas. Alles. Alles war anders. Was zuvor schon wie eine verlassene Ruine gewirkt hatte, wie ein sinkender Kahn, den die Besatzung längst verlassen hatte, war nun vollkommen verstummt. War nach den letzten mühsamen Schritten endgültig zum Stillstand gekommen.

Das Grandhotel war tot. Allen Lebens beraubt. Die Empfangshalle lag still und leer im diffusen Licht einer Dämmerung, von der niemand sagen konnte, ob es einen alten Tag zu Bett geleitete oder einen neuen aus den Federn holte.

»Es ist so leise.« Sophie fröstelte, als hätte urplötzlich jemand alle Wärme aus dem Raum gesaugt.

Auch Max schien irritiert. »Es fühlt sich alles verlassen an.«

»Kein Wunder.« Ludwig zeigte auf die großen Fenster in der Empfangshalle. Sie waren fast alle mit Brettern vernagelt. Nur durch vereinzelte Lücken und Löcher fiel fahles Licht herein. »Das Hotel ist geschlossen.«

»Aber wie …« Sophie beendete den Satz nicht. Ludwig hatte recht. Das spürte sie. Und wenn man genau hinsah, merkte man es auch: Alle Schlüssel hingen am Brett hinter der Rezeption, die Stühle in der Bar waren aufgestuhlt, die Möbel teilweise verhängt.

Das Grandhotel war im Winterschlaf. Die letzte Bahn ins Tal herabgefahren. Und doch waren sie hier. Eingesperrt. Abgeschnitten von der Außenwelt. Wäre da nicht ein klein wenig Panik angebracht?

Nein. Sophie fasste sich ein Herz. Atem holen, überlegen, beruhigen. »Okay, wir machen Folgendes …«

»Ihr macht gar nichts mehr.« Die schrille Stimme des Concierge durchschnitt die abgestandene Luft der Empfangshalle. Sie klang schärfer als sonst, aufgebrachter. Und duldete keine Widerrede. Er kam aus einem der Gänge auf sie zu, die Haare noch wirrer als sonst von seinem Kopf abstehend, dunkle Ringe unter den Augen. Sein Gang hingegen war staksig wie immer.

Niemand rührte sich, niemand traute sich, etwas zu sagen. Als der Concierge vor ihnen stand, blickte er sie aus den blutunterlaufenen Augen an. Er sah alles andere als gesund aus. Dann schüttelte er traurig den Kopf. »Ich muss schon sagen, ich bin überaus enttäuscht. Merkt ihr denn nicht, was ihr angerichtet habt? Nach allem, was ich für euch getan habe?«

Sophie war nicht begeistert davon, doch sie verspürte einen Hauch von Schuldgefühlen. »Wir haben aber etwas herausgefunden«, sagte sie. Es klang wie eine Verteidigung, was sie ziemlich ärgerte. »Der Direktor, er …«

»Ich will nichts hören!«, schnitt der Concierge ihr das Wort ab. Seine Augen flackerten wirr in der Halle umher, schienen etwas zu suchen, aber nicht zu finden. Es wirkte so, als würde sein Blick einer betrunkenen Fliege folgen. »Ich darf gar nichts hören.« Er legte den Kopf schief wie ein Vogel. Als würde er nach etwas lauschen. »Es beobachtet euch.«

»Meinen Sie etwa das Hotel?«

Der Concierge hörte nicht auf Sophie. »Ihr habt seine Aufmerksamkeit auf euch gezogen. Bei allen guten Geistern, ihr habt es getan.« Unvermittelt war er wieder bei der Sache, sein Blick starr wie der einer Statue.

»Wie denn das?«, fragten Sophie und Max als Echo.

Der hagere Mann sah sich gehetzt um. »Nicht hier. Die Wände haben Ohren. Und Augen. Und mehr. Kommt mit, schnell.«

Wie auf Kommando folgten sie ihm. Niemand wusste, was hier gespielt wurde, aber für den Moment erschien es am sinnvollsten, das zu tun, was der Concierge sagte. Ganz gleich, was er vorhatte.

Bei allen guten Geistern, ihr habt es getan.

Mit bangem Herzen eilte Sophie dem Concierge hinterher.

Er führte die schweigsame Gruppe in ein versteckt liegendes Zimmer, das wohl sein Büro sein musste. Ein heilloses Durcheinander herrschte darin. Überall lagen Zettel, Bücher und Bilder verstreut, ganze Stapel voller Briefumschläge reckten sich schief in die Höhe. Sophie bemerkte das Chaos gar nicht.

Ein äußerst merkwürdiger Geruch lag in der Luft. Säuerlich, metallisch, irgendwie verdorben. Sie nahm auch ihn gar nicht wahr. Wie Max und Ludwig, starrte sie ungläubig in den Ledersessel, der in einer Ecke des Raumes über den Papierstapeln thronte wie ein Schiff auf rauer See.

Margaretes Blick war leicht angewidert wie immer. »Habt ihr jetzt vollkommen den Verstand verloren?«, fragte sie. Und alles war, als wäre sie nie weggewesen.

Kapitel 33

Das Büro des Concierge

»Margarete!« Ludwig stürmte erleichtert vor, blieb dann abrupt stehen, als wäre er gegen ein Hindernis geprallt. »Wir haben dich überall gesucht!«

»Das habe ich gemerkt«, giftete sie zurück. »Mich allein im Nebel zurückgelassen habt ihr, um dann auf eigene Faust eine gewaltige Dummheit anzustellen. Einsperren sollte man euch!«

Sophie war zu baff, um etwas Angemessenes zu entgegnen. Das kam nicht oft vor. Auch Max zog es vor, sich zunächst mal darauf zu beschränken, ungläubig den Kopf zu schütteln. Dann wandte er sich unauffällig ab.

»Wir wollten doch nur …«, begann Ludwig hilflos und blickte sich Rat suchend zu Sophie um. Sie ließ ihn hängen. Das war nun wirklich nicht ihre Angelegenheit! Außerdem war sie noch immer überzeugt davon, das Richtige getan zu haben. Sie hatten Max gerettet und zudem einiges über das Hotel herausgefunden. »Ich meine, Sophie wollte unbedingt in dieses Stockwerk, und da haben wir auch Max gefunden.«

Margarete sprang auf. »Er war dir also wichtiger, als ich es bin, ja?« Sophie rechnete fest damit, dass sie ihm eine Ohrfeige verpasste. Ludwig offensichtlich auch, er zuckte merklich zusammen und wich ein Stück zurück. Von einer auf die andere Sekunde war er wieder ganz der Alte. »Ach, was rege ich mich überhaupt auf«, sagte sie dann. »Eigentlich habe ich nichts anderes erwartet. Als ich zurück ins Hotel kam, fand ich die Keller leer vor.«

Sophie wurde hellhörig. »Was heißt, als du zurück ins Hotel kamst?« Sie verschränkte die Arme vor der Brust und trat näher an Margarete heran. »Ludwig hat mir erzählt, dass er gesehen hat, wie du von etwas in den Nebel hineingezogen wurdest.«

Margaretes Kopf schoss herum. Sie fixierte Ludwig wie einen Raubvogel. Ihr Mund öffnete und schloss sich. »Was der wieder gesehen hat«, meinte sie dann süffisant. »Ich habe mich im Nebel verlaufen, das Hotel aber mithilfe des Concierge wiedergefunden. Da draußen war nichts.«

Sophie suchte Ludwigs Blick, doch der hatte nur Augen für Margarete.

»Ganz richtig«, schaltete sich der Concierge mit seiner kratzenden Stimme ein. Abwesend fuhr er sich mit der Hand über die beiden gekreuzten Schlüssel an seiner Jacke. Obwohl er mit Margarete sprach, hing sein Blick irgendwo im Raum fest. »Was ihr getan habt, war sehr töricht.«

»Ach ja?« Sophie hielt es nicht mehr aus. »Und einfach aus dem Hotel in den Nebel zu stürmen, war also besonders schlau, ja? Ich habe Max zumindest wiedergefunden, oder nicht? Außerdem haben wir eine ganze Menge herausgefunden. Der Direktor, er …«

»Ich will diese Märchen gar nicht hören!«, unterbrach sie Margarete schneidend. »Wir haben hier oben nichts verloren. Merkt ihr denn nicht, was hier geschieht? Je länger wir uns hier oben aufhalten, desto gefährlicher wird es. Ja, ich gebe zu, es war dumm von mir, das Hotel einfach so zu verlassen. Das weiß ich jetzt. Wir können froh sein, dass wir alle mit dem Schrecken davongekommen sind.«

Der Concierge nickte. »In Anbetracht der Umstände kann ich dem nur beipflichten.«

Max hatte sich wieder zu ihnen gesellt. »Aber von welchen Umständen reden wir denn?« Er machte eine hilflose Geste. »Finden Sie nicht, es ist langsam an der Zeit, uns zu sagen, was hier gespielt wird?«

Sophie nickte eifrig und ergriff Max' Hand. Das gequälte Gesicht des Concierge wurde für einen Moment weich, seine Augen blitzten sanft auf. Beinahe liebevoll. Dann presste er die Lippen wieder so fest zusammen, dass sie blass wurden wie seine Knöchel. »Ich kann nicht«, sagte er leise. »Ich wünschte, ich könnte es. Doch sie würde mich holen, wenn ich es tue. Und euch auch. Ihr wisst eh schon zu viel.«

»Was wissen wir denn schon?«, fragte Sophie verzweifelt. »Wir sind Gefangene einer verrückten Frau, die unsere Eltern entführt hat, weil sie sich am Direktor rächen will.«

»Was redest du da bloß?« Margaretes Stimme war schrill geworden. »Bist du übergeschnappt?«

Sophie ignorierte sie. »Sehen Sie? Was sollen wir denn mit diesem Wissen anfangen? Es klingt doch eh völlig bescheuert!«

»Das, so fürchte ich«, sagte der Concierge traurig, »trifft auf die meisten Dinge in diesem Hotel zu.«

Kapitel 34

DIE KELLER

Da saßen sie wieder in der feuchten Einsamkeit. Status quo. Die Keller hatten sie erneut geschluckt – und mit ihnen die Euphorie, die sie nach den Erkenntnissen im Salon der Erinnerung verspürt hatten. Ludwig war wieder in sich und seiner Unsicherheit zusammengesunken, Margarete war wieder die Herrscherin über dieses trostlose Königreich.

Und Sophie … Sophie wollte sich einfach nicht damit abfinden. Konnte sich nicht damit abfinden. Sie wurde das Gefühl nicht los, dass sie einer großen Sache auf der Spur waren, dass sie jetzt nicht aufhören durften, ihre Nase in diese Angelegenheiten zu stecken. Max sah das ganz ähnlich.

So nah … sie waren so nah dran, alles zu verstehen.

»Vertraust du ihm?«, fragte Sophie, als sie sich in Max' Versteck zurückgezogen hatten. Es war seltsam, wieder mit ihm in den Kellern zu sein. Einerseits war es ein vertrautes Gefühl, durchströmt von Erleichterung über seine Rückkehr. Andererseits fühlte es sich beklemmend an, wie ein herber Rückschlag. »Dem Concierge, meine ich.«

»Das habe ich mich schon oft gefragt.« Max legte die Stirn in Falten. »Bisher hat er uns keinen Anlass gegeben, es nicht zu tun.«

»Und er hat Ludwig gerettet.« Sophie seufzte. »Also meinst du, wir sollten diesmal auf ihn hören?«

»Ich denke ja gar nicht dran!« Max schaute sie so bestürzt an, dass Sophie lachen musste. Dann küsste sie ihn stürmisch.

»Wofür war das denn?«, fragte er danach. »Nur damit ich beim nächsten Mal weiß, was ich zu tun habe.«

Sophie lächelte. »Wirst du dann schon merken.« Einen endlosen Moment blickten sie sich tief in die Augen. Wieder flutete sie dieses heftige Gefühl, als wäre ihr Herz zu groß für ihre Brust. So fühlte es sich also an, wenn man jemanden traf, auf den man insgeheim die ganze Zeit gewartet hatte. Aber wer hätte auch in der Vergangenheit nach dieser Person gesucht? Nach jemandem, den es im Hier und Jetzt gar nicht geben dürfte. »Weißt du, für einen so alten Typen küsst du eigentlich noch ziemlich gut.«

»Kein Wunder, bei all der Erfahrung«, entgegnete Max und Sophie musste lachen. Sie konnte sich nicht daran erinnern, dass sie ein Kerl jemals so oft zum Lachen gebracht hatte wie Max.

»Wie das wohl funktioniert mit der Zeit?«, grübelte sie.

»Wie meinst du das?«

Sie wurde ernster. »Na ja, wir stammen offensichtlich nicht aus derselben Zeit. Was passiert, wenn wir dieses Hotel verlassen? Wie kommt jeder wieder in seine Zeit? Wie können wir zusammenbleiben?«

Max legte ihr einen Finger auf die Lippen. »Das«, sagte er leise und küsste sie, »werden wir schon herausfinden.«

Sophie seufzte und schloss die Augen. Nur zu gern ließ sie sich von diesen Fragen ablenken.

»Also? Wie gehen wir vor?«, fragte Max einige Zeit später.

»Margarete wird bestimmt dafür sorgen, dass wir die Kellertreppe nicht mehr betreten.«

Max nickte grimmig. »Darauf können wir Gift nehmen, fürchte ich. Gibt es einen anderen Weg aus den Kellern?«

»Gute Frage.« Sophie kramte in ihren wenigen Sachen. »Schauen wir doch mal.«

Wieder beugten sie sich über den ramponierten Grundriss. »Was ist hiermit?« Sophie zeigte auf einen Gang am anderen Ende der Keller. Max schüttelte den Kopf. »Eingestürzt und völlig unpassierbar. Ich vermute, das ist bei dem Brand geschehen. Das würde zumindest die geschwärzten Wände erklären.«

»Okay, sehen wir weiter … Hier, was ist das?«

»Das habe ich mich auch schon gefragt. Sieht aus wie ein Lagerraum.«

»Ja, aber schau mal hier.« Sophie tippte auf die entsprechende Stelle in einem anderen Stockwerk. »Das könnte eine Verbindung zu den oberen Etagen sein, oder?«

»Wir sollten es uns mal aus der Nähe anschauen«, befand Max.

Sophie nickte und faltete den Plan wieder zusammen. Niemals hätte sie für möglich gehalten, dass ein derart langweiliges Stück Altpapier mal so wertvoll werden würde. Inständig hoffte sie, sich bald bei ihrem Vater bedanken zu können. Wie auf Kommando fiel ihr etwas ein. »Ein Jammer, dass wir das Cardex nicht haben«, sagte sie.

»Und was für ein absonderlicher Zukunftsgegenstand ist das wieder?«, fragte Max amüsiert.

»Diesmal nicht«, gab Sophie mit einem Lächeln zurück. »Das Cardex ist ein Buch, das alle Geheimnisse des Grandhotels kennt.«

»Alle Geheimnisse?«

»Ja, du weißt schon: Die Vorlieben, Angewohnheiten und komischen Sonderwünsche aller Gäste, Infos zu den verschiedenen Zimmern und Angestellten, Pläne, Bestellungen, Neuigkeiten. Mein Vater war sich sicher, dass in diesem Buch alles Wichtige über das Hotel steht.«

»Wie sollte uns ein solches Buch dabei helfen, einen Weg aus den Kellern zu finden?«, fragte Max beiläufig.

»Äh.« Sophie merkte, wie ihr das Blut in die Wangen stieg. Wie sollte sie das einem wohlerzogenen Kerl wie Max nur erklären? »Sagen wir, eine berühmte Dame findet einen der Pagen ganz süß und möchte ihn auf ihr Zimmer einladen. Na ja, er kann ja schlecht die Treppe hochgehen, durch die Bar laufen und bei dieser Dame klopfen, oder?«

Verstehen breitete sich auf seinem Gesicht aus. »Ah«, machte er vielsagend. »Und wer könnte ein solches Buch haben?«

»Das kann eigentlich nur der Concierge sein«, gab Sophie zu. »Und der rückt es bestimmt nicht raus.«

»Das denke ich auch.« Max stand auf und wühlte durch seine Sachen. »Aber ist es zufällig so etwas in der Art?«

Sophie nahm das alte Buch entgegen. Es war in abgewetztes Leder gebunden. »Das muss es sein!«, rief sie aus, nachdem sie kurz hineingeblättert hatte. »Wo hast du das nur her?«

»Aus dem Zimmer des Concierge.« Er hob beschwichtigend die Hände. »Klar, nicht unbedingt die feine Art. Aber es sah einfach zu interessant aus. Ich …«

Weiter kam er nicht. Sophie war ihm um den Hals gefallen und küsste ihn stürmisch. Wenn sie doch nur mal einige Zeit ungestört wären und sich nicht ständig mit diesen Problemen herumschlagen müssten … »Halt die Klappe! Ich finde es fantastisch! Wie hast du das nur angestellt?«

»Weißt du noch, als wir gerade eben in seinem Zimmer waren? Oder war das gestern? Jedenfalls habe ich mich mal ein wenig umgesehen, während Margarete sich über euch ausgelassen hat. Dieses Buch sah irgendwie spannend aus, weil es so alt und abgegriffen war. Ich konnte einfach nicht widerstehen.«

»Potzblitz, das Cardex!«, ertönte eine tiefe Stimme hinter ihnen, die Sophie heftig zusammenzucken ließ.

Der General hatte sich im Türrahmen aufgebaut und musterte das Buch neugierig.

»Haben Sie mich aber erschreckt!« Sie wandte sich an den irritierten Max. »Es ist nur der General.«

»Bitte entschuldige, junge Dame, manchmal vergesse ich, dass ich mich geräuschloser fortbewege, als ihr lebendigen Exemplare es zu tun pflegt.« Er kam näher, offensichtlich begierig darauf, einen Blick auf die Seiten zu werfen. »Was habt ihr damit vor?«

»Einen geheimen Weg aus diesen Kellern finden, damit wir mit unserer Suche weitermachen können.«

Echte Anerkennung war in den Augen des Generals zu sehen. »Meinen Respekt habt ihr, das muss ich sagen. Ich sehe schon, ihr braucht mich in dieser Sache nicht.« Er wandte sich zum Gehen um, blieb dann noch mal stehen und sah sie ernst an. »Viel Glück, junge Dame.«

Doch Sophie wusste längst, dass Glück in dieser Sache bei Weitem nicht ausreichte.

Nachdenklich schlich der General durch die leeren Gänge, ziellos, zeitlos.

Vergeblich hatte er sich gegen dieses Gefühl gewehrt, das er nun immer deutlicher in sich spürte, das ihn mittlerweile von den Stiefelspitzen bis in die äußersten Enden seines Schnurrbartes durchdrang. Hoffnung.

Dieses Mädchen war anders. Es wusste selbst gar nicht, wie anders, doch gerade darin lag großes Potenzial. Zugleich leider auch eine gewaltige Gefahr. Wer so viel Liebe in sich trug wie dieses junge Ding, war regelrecht verdammt dazu, ebenso stark zu hassen.

Die Liebe war es, die sie retten konnte, doch das Gegenteil dieser starken Gefühle barg eine Zerstörungskraft, die der General schon einmal erlebt hatte. Damals hatte sich ein junges, fröhliches Zimmermädchen mit einem ähnlich großen Herz tragischerweise in den Direktor verliebt.

Kapitel 35

DER KOHLEKELLER

Die erste Seite des ledergebundenen Buches war in bedeutsamen, geschwungenen Zügen verfasst.

Dies ist der Cardex von Emanuel Flaubert,
erster Concierge im Grandhotel Rabenfels
1909

Nachdem sie nur ein paar Minuten darin geblättert hatten, machten sie die entscheidende Entdeckung.

»Die Kohlenrutsche!«, rief Max aus.

»Was? Wo steht das denn?«

»Hier. Es gibt einen alten Kohlekeller irgendwo hier unten. Eine Luke, über die die Kohlen angeliefert werden, führt in einen Heizungsraum hinter der Küche. Von dort sollten wir unbemerkt zurück ins Hotel gelangen.«

Sie fanden den Kohlekeller auf Anhieb, auch die in die Jahre gekommene Rutsche sollte ihr Gewicht mühelos halten. Der Beginn einer Glückssträhne?

»Warte«, sagte Max, als Sophie schon drauf und dran war, die rußverschmierte Steige emporzuklettern.

»Was ist denn?«

»Wir sagen den anderen also wieder nicht Bescheid?«

Sophie rutschte zu ihm herunter. »Ich wüsste nicht, was das bringen soll. Im besten Fall würde Margarete uns einsperren und den Schlüssel wegwerfen.«

»Wahrscheinlich hast du recht. Also nur wir zwei?«

»Nur wir zwei.« Sophie schaute ihm tief in die Augen. »Das ist mir eh am liebsten«, sagte sie leise und küsste ihn sanft.

»Ich …«, begann Max und brach wieder ab. »Sophie, ich …« Er schloss die Augen, atmete kurz durch, während Sophie den Atem anhielt. »Dieses Hotel, die Zeit, die ich hier verbracht habe, die vielen Jahrzehnte, die zwischen uns beiden liegen – das alles ist völlig verrückt! Ich weiß überhaupt nicht, wie das sein kann. Aber eines weiß ich ganz bestimmt: Du bist das Beste, was mir je passiert ist. Ich habe noch nie so für ein Mädchen gefühlt.« Er machte eine kurze Pause. »Ich liebe dich, Sophie.«

Sophie hatte sich oft gefragt, wie sich diese Worte anfühlen würden. Wie sie klingen würden, wie sie schmecken würden.

Damit hatte sie trotz allem nicht gerechnet. Max' kleine Rede traf sie wie ein Schlag. Wie der schönste Schlag der Welt, wohlgemerkt, der ihr beinahe Tränen des Glücks in die Augen schießen ließ.

Alles in ihr summte und brummte, in ihren Ohren rauschte es und sie zitterte. »Ich dich auch«, hauchte sie leise. Dann verschmolzen sie in einem langen, innigen und ziemlich aufregenden Kuss.

»Es ist nur«, begann Max bedrückt, als sie endlich voneinander abgelassen hatten.

»Was denn?«

»Ich weiß nicht, wie das hier ausgeht. Ich weiß nicht, ob wir diesem grässlichen Hotel jemals entkommen oder wie wir diese Frau besiegen sollen. Ich weiß nicht, ob wir unsere Eltern überhaupt noch einmal zu Gesicht bekommen oder ob wir nicht bis in alle Ewigkeit durch diese feuchten Keller und leeren Gänge irren und selbst Geister werden.«

Sophie überlief eine Gänsehaut bei diesen Worten, doch sie hörte weiter stumm zu.

»Ich weiß aber, dass wir aus verschiedenen Zeiten stammen. Ich weiß, dass es schiefgehen wird, sobald wir dieses Hotel – wie auch immer – verlassen. Ich kann dir nicht sagen, warum ich es weiß, aber es ist nun mal so. Ich habe zwar gesagt, dass wir uns darum kümmern, wenn es so weit ist, doch ich kann an kaum etwas anderes denken. Du gehörst nicht in meine Zeit. Und ich gehöre nicht in deine.«

Max hatte sich offensichtlich mehr als genug Gedanken gemacht. Das fand Sophie einerseits schmeichelhaft, weil er in ihr mehr sah als nur irgendein Mädchen, das ihm gefiel. Andererseits wusste sie nicht so recht, was sie mit seinen Worten anfangen sollte. »Heißt das, du willst nicht mit mir zusammen sein?«, fragte sie zögerlich.

»Nein!« Max machte ein entsetztes Gesicht. »Das will ich. Mehr als alles andere auf dieser Welt. Es ist nur ...« Er schüttelte traurig den Kopf. »Ich weiß einfach nicht, wie das funktionieren soll. Ich bin in deiner Welt längst tot, Sophie. So verrückt das auch klingt, wahrscheinlich könnte ich dein Ururgroßvater sein. Das kann einfach nicht funktionieren.«

Sophie wusste, dass es wahr war. Zumindest ein Teil von ihr. Der nervige Teil, der immer dann anklopfte, wenn sie einfach nur das Gefühl genießen wollte, verliebt zu sein. Es sollte also nicht für immer sein? Wer hatte das eigentlich zu bestimmen, verdammt?

Sie ergriff seine Hand und drückte sie. Sah ihm stumm in die Augen. »Ich weiß«, sagte sie dann leise, gefasst. »Aber ich weiß einfach nicht, was wir dagegen tun sollen. Ich meine …« Sie fuhr sich durch die Haare. Sie mussten mittlerweile grässlich aussehen. »Dass ich dich gefunden habe, ist das einzig Schöne, das mir in diesem Hotel passiert ist. So schlimm der Gedanke auch ist, dass ich dich verlieren könnte: Ich will ihn einfach nicht zulassen.«

»Das will ich auch nicht. Ich wollte es nur ansprechen, weil es mir schon eine ganze Zeit im Kopf herumspukt.«

Sophie musste lächeln. »Hier spukt eh so einiges, meinst du nicht?«

»Wenn du das sagst. Mir ist nichts Merkwürdiges aufgefallen.«

Sie rückte näher an ihn heran, legte ihren Kopf auf seine Schulter. Wie gut das tat! »Ich möchte jetzt bei dir sein. Ich möchte dich jetzt spüren.«

Als sie die Worte aussprach, wusste sie, dass sie wahr waren. Sie hatte bisher noch nicht über sie nachgedacht, doch sie fühlten sich so richtig an, so dermaßen wahr, dass sie nicht für einen Augenblick an ihnen zweifelte. Es wäre töricht, nicht zu lieben, wenn sich die Gelegenheit dazu bietet. Ganz gleich, welche Umstände diese Liebe hervorbrachten.

»Wir wissen nicht, was passiert. Also …«

Weiter kam sie nicht. Sie küssten sich schon wieder. Fordernder, intensiver. Länger. Endlich waren sie mal ungestört, endlich hatten sie sich nur für sich. Da störten sie sich nicht einmal daran, dass die Kohleluke alles andere als bequem war. Doch auf den ausgezogenen Klamotten konnte man sogar einigermaßen bequem liegen …

Kapitel 36

DIE GALERIE

Sophie wusste nicht, wie lange sie nebeneinander in der Dunkelheit lagen. Nichts hätte ihr in diesem Augenblick egaler sein können. Max streichelte sie am Bauch, sie hatte die Hand in seinen Haaren vergraben.

Eine Insel des Glücks in diesem Ozean der Probleme. Und ganz nebenbei ein ziemlich unvergessliches Erlebnis. Ob sie demnächst noch mal in diesen aufregenden Genuss kommen würde? Nur bei dem Gedanken an seine Berührungen bekam sie eine wohlige Gänsehaut.

Ein Geräusch riss sie aus ihrer wunderbaren Trance. Danach blieb alles ruhig, doch es teilte ihnen auf äußerst ernüchternde Weise mit, dass sie jederzeit Gesellschaft bekommen konnten. Dennoch merkte Sophie, wie gut ihr das gerade getan hatte. Diese süße Flucht aus einem Albtraum, der nicht zu Ende gehen wollte.

Langsam richteten sie sich auf. Ein Ziel. Mehr hatten sie nicht. Eine Idee, einen Anlaufpunkt, ein verzweifeltes Hoffen auf eine Lösung. Auf einen Ausweg aus diesem lebenden Gefängnis.

Der Direktor.

Sie mussten den Direktor finden.

Soweit es ihre Habseligkeiten zuließen, war Sophie ausgerüstet und so gut vorbereitet, wie man nur sein konnte. Der langsam aber sicher hoffnungslos zerfledderte Grundriss, der Schlüssel für jede Tür, die Nagelschere und die merkwürdige Spiegelscheibe, die ihr das Phantom gegeben hatte, waren in den zahlreichen Taschen ihres Parkas verstaut. Eine professionelle Ausrüstung sah allerdings anders aus.

»Das war das Wundervollste, das ich je erlebt habe«, flüsterte Max ihr ins Ohr und küsste ihren Hals. Sophie drehte ihren Kopf und fing seine Küsse mit ihren Lippen ab.

»Lass mich nicht los«, sagte sie leise und umarmte ihn. Ohne Max, das wusste sie schon jetzt, wäre sie nie wieder vollständig.

Entweder war das Grandhotel seit Sophies Ankunft auf unerklärliche Weise gewachsen – oder sie hatte die Ausmaße des maroden Baus vollkommen unterschätzt.

Als sie die Kohlerutsche hochgeklettert waren und sich gegenseitig vom gröbsten Ruß befreit hatten, fanden sie sich einmal mehr in einem vollkommen veränderten Hotel wieder. Verfallene Säle, in denen die Vorhänge im Wind der geöffneten Fenster wehten wie Erinnerungen, leer stehende und scheinbar seit Jahren unbewohnte Zimmer mit Wasserhähnen, aus denen rostfarbenes Wasser tropfte, Rumpelkammern voller unerklärlicher Gegenstände, begehbare Kleiderschränke gefüllt mit muffig riechenden Bettlaken und Flure, immer wieder leere, endlose, gottverlassene Flure.

»Ob die Zeit hier komisch vergeht oder nicht …«, meinte Sophie nach einer Weile. Schweißperlen standen ihr auf der Stirn und sie hatte schon jetzt das Gefühl, sich die Füße wund gelaufen zu haben. »Ich habe das Gefühl, wir werden uns hier dumm und dämlich suchen.«

Nach einem prüfenden Blick auf den Grundriss sagte Max: »Lass uns doch mal hier abbiegen. Da scheint es in den alten Flügel zu gehen.«

Der alte Flügel. Der, in dem damals auf rätselhafte Weise das Feuer ausgebrochen war. Der, der in den alten Heizungskeller führte, der ebenso lang nicht mehr benutzt wurde wie die Kohlerutsche.

Die Kohlerutsche … Ein verträumtes Lächeln huschte über Sophies Gesicht. Nach allem, was ihre Freundinnen erzählt hatten, hätte sie nie gedacht, dass es sich gut anfühlen würde. Und dann gleich *so* gut? Sie konnte gar nicht sagen, wie froh sie war, auf diesen Augenblick gewartet zu haben.

»Einverstanden«, antwortete Sophie mit einiger Verzögerung und schloss diese süße Erinnerung wieder sorgsam ein. Oh, wie sie hoffte, dass es nicht die einzige bleiben würde. Nach Alex war sie davon überzeugt gewesen, dass es ihr nicht leichtfallen würde, von jemandem berührt zu werden. Dann kam Max. Und sie hatte keinen einzigen Gedanken mehr daran verschwendet.

Jetzt mussten sie aber diesen Direktor finden. Sophie hatte Bilder von ihm gesehen und konnte damit ausschließen, dass er besonders attraktiv war. Besonders reich war er allerdings in der Tat. Und das entschädigte ja oft in diesen Fällen.

»Erinnerst du dich daran, was Ludwig sagte? Wieso sollte sich der Direktor eigentlich noch in diesem Hotel aufhalten?«

»Gute Frage«, meinte Max dazu. »Vielleicht, weil er nicht weg will? Wie der Kapitän und das sinkende Schiff vielleicht?«

»Vielleicht. Oder weil er nicht weg kann, genau wie wir. Vielleicht versteckt er sich. Irgendwo, wo ihn niemand finden kann. Wo *sie* ihn nicht finden kann.«

»Aber …« Max blieb stehen. »Wenn wir wirklich mal davon ausgehen, dass dieses Zimmermädchen irgendwie, wie auch immer, durch die Spiegel dieses Hotels geistert …«

»… dann wird es ganz schön schwierig, sich vor ihr zu verstecken, richtig.«

Schweigend liefen sie weiter, der Blick stets wachsam, die Ohren stets gespitzt. Bei jedem noch so kleinen Spiegel liefen sie instinktiv schneller, doch alles blieb ruhig.

Der Grundriss stimmte schon längst nicht mehr. Anstatt in einem Speisesaal landeten sie in einem langen und hohen Raum. Er war leer, regelrecht entvölkert wie alle anderen – und unterschied sich doch von ihnen: Er hing voller gewaltiger Porträts. Lebensgroße Öl-Bilder, meterhoch über ihnen aufragend. Bildnisse, bei denen sich weder der Maler noch das Modell einen Gefallen getan hatte, wahrhaftige Schrecken mit deformierten Zügen, grotesk langen Hälsen, geröteten Augen und Mäulern.

»Mal ehrlich, wenn wir davon ausgehen, dass ein Maler seine Modelle immer sehr vorteilhaft abbildet, dann haben wir es hier mit einigen ziemlich abstoßenden Menschen zu tun.«

Sophie nickte nur. Unter anderen Umständen wäre sie ein weiteres Mal erstaunt darüber gewesen, wie ähnlich sie und Max dachten. Jetzt bekam sie es kaum mit. Dieser Salon. Sie kannte ihn. In ihren Träumen war sie Nacht für Nacht hierher zurückgekehrt, war durch die Gänge gejagt worden – und hatte das Bild mit dem Turmzimmer entdeckt. Wo in ihrem Traum das Bild aus der Suite des Phantoms an der Wand angebracht gewesen war, hingen vier Porträts in kleinen schwarzen Rahmen. Schaudernd fühlte sich Sophie an eine Beerdigung erinnert, bei der ein Bild des Verstorbenen in einem schwarzen Bilderrahmen von den Hinterbliebenen geehrt und betrauert wird.

Dann erst sah sie, wer da an der Wand hing. Die Augen geschlossen, die Haut bleich wie bei einer Totenmaske. Sophie, Max, Ludwig und Margarete – ohne jeden Zweifel gemalt vom selben Schöpfer, der auch die anderen Porträts auf dem Gewissen hatte. Max war ganz bleich geworden. Fast so bleich wie auf dem Bild. »Schau mal«, sagte er mit belegter Stimme. »Wir passen hier ziemlich gut hin, findest du nicht?«

Sophie starrte ihr Bild an. Was sollte das nur? Um sie herum hingen Bilder alter Direktoren, auf einigen war auch wieder das Personal zu sehen. Die Frau aus dem Spiegel durfte natürlich nicht fehlen, weiter oben an der Wand erkannte Sophie auch den General.

Ein schrecklicher Gedanke durchströmte sie. »Wir sind ein Teil dieses Hotels geworden«, sagte sie tonlos.

»Wir sind … was?« Max starrte sie an. »Du scherzt doch.«

Sophie schüttelte den Kopf. Auf eine grausige Art ergab es sogar eine ganze Menge Sinn. Niemand nahm sie mehr wahr. Sie konnten nicht entkommen. »Wir gehören zum Inventar, Max.«

»Nein, nein«, sagte Max erst leise und wurde dann immer lauter. »Nein, nein, nein!«

Mit einem gequälten Gesichtsausdruck riss er die Rahmen von der Wand und warf sie mit voller Wucht auf den Boden.

»Hey.« Sophie berührte ihn sanft am Arm. »Was machst du denn da?«

Er blieb ihr seine Antwort schuldig. Ein Zischeln, Rumoren und Getrappel ertönte von allen Seiten, kam langsam näher. Es klang wie viele kleine Schritte, wie der Marschbefehl einer Zwergenarmee.

»Was ist denn jetzt schon wieder«, stöhnte Max entnervt, doch Sophie hatte es schon entdeckt.

»Da hinten! Die Bilder!«

Was dann geschah, war so schwer zu begreifen, dass Sophie

selbst nach allem, was sie in diesem Hotel erlebt hatte, für einen kurzen Moment überzeugt davon war, wieder zu träumen. Gar nicht wirklich hier zu sein.

Die Menschen aus den Bildern … sie kamen auf sie zu. So verrückt sich das anhörte und so ungeheuerlich das eigentlich war: Sie verließen tatsächlich ihre Bilder, verschwanden kurz und tauchten dann in einem anderen Rahmen wieder auf. Und nicht nur das: Sie sahen alles andere als freundlich aus.

Mit wutverzerrten Gesichtern krochen sie näher und näher an sie heran, in jedem Bild wurden es mehr.

»Los, nichts wie weg hier.« Sophie und Max eilten den Gang entlang, doch die gemalten Figuren waren schnell. Unnatürlich schnell. Den Blick fest auf die Tür am Ende des langen Korridors gerichtet, sah Sophie dennoch aus den Augenwinkeln, wie sie von diesen Albtraummalereien überholt wurden.

»Sie schneiden uns den Weg ab«, schrie jetzt auch Max. »Sie sind schneller als wir!«

Ein Schmerz schoss ihr in die Seite. Sie fiel zurück, hob sich den Bauch. Seitenstechen.

Max kam schlitternd zum Stehen, ignorierte die Armee der Bildermenschen, die sie überholte, rannte zu Sophie zurück, nahm sie an der Hand und zog sie vorwärts. »Komm, wir schaffen das!«

Max hatte unrecht. Sie schafften es nicht.

Der Korridor hatte sich endlos in die Länge gezogen, es kam ihr vor wie in einem dieser Träume, in denen man rennen wollte, aber kaum vom Fleck kam.

Von allen Seiten ertönte gieriges Schmatzen, giftiges Zischeln und ein verstörendes Hecheln. Konnte es wirklich sein, dass sie von lebendig gewordenen Bildern verfolgt wurden?

Dann sah sie es. Leider. Die Menschen krochen aus den Bildern heraus. Und wurden größer dabei. Bald waren Sophie und Max umringt von Gestalten, die ihre Existenz bis gerade eben noch starr und leblos in den Porträts zugebracht hatten. Jetzt waren sie erwacht. Und zogen den Kreis enger.

»Scher dich fort!«, schrie Max und stieß einen buckligen Mann mit großen Warzen von sich. Ungelenk stolperte er zurück und prallte gegen die Wand. Mit einem Grollen stieß er sich ab und wankte wieder auf sie zu.

Die Gestalten bewegten sich unkoordiniert. Dafür waren es verdammt viele. Wie Zombies taumelten sie von allen Seiten auf sie zu. Für jeden, den sie wegstießen, füllten zwei neue die Lücke. Eine Frau ohne Gesicht und ein Zwerg mit einem verschlagenen Grinsen bekamen Max zu fassen und zogen ihn zu einem der leeren Bilder an der Wand.

Sophie bekam weiche Knie, als sie merkte, was diese Gestalten vorhatten. Sie wollten Max in das Bild hineinziehen! Sein Arm war bereits ein Teil des Bildes geworden, gleich war er verloren.

»Nein!«, schrie sie, versetzte einem hageren Mann mit Zylinder einen kräftigen Stoß und schüttelte ein dickes Kind mit spitzen Zähnen ab. Dann war sie frei. Keine Sekunde zu früh: Die Wesen hielten den machtlosen Max im Würgegriff und hatten ihn fast komplett in das Bild gezerrt.

Sophie wurde von einer vermummten Kreatur zu Boden gerissen, riss sich die Hüfte an der Spiegelscherbe in ihrer Tasche auf. Sie schüttelte die faulig riechende Gestalt ab, zog die Scherbe aus der Tasche.

Hochhalten, hatte das Phantom gesagt.

Ohne zu wissen, was sie da eigentlich genau tat, hielt sie die Scherbe vor sich in die Luft.

Es ging ganz schnell. Die Figuren lösten sich auf. Sie verschwanden einfach. Bis Sophie kapierte, was geschah, waren die meisten bereits wieder verschwunden, eingefangen in dem kleinen Stück Spiegel. Viele der anderen ergriffen die Flucht, retteten sich zurück in die leeren Bilder. Max blieb schwer atmend vor dem Bilderrahmen liegen. Angewidert ließ Sophie die Spiegelscherbe fallen, half ihm auf die Beine und sie eilten gemeinsam weiter.

Endlich, die Tür. Drei Sekunden später hatten sie sie hinter sich verriegelt und sanken schnaufend an ihr herab. Auf der anderen Seite war es mucksmäuschenstill.

Sophie klammerte sich zitternd an Max. »Danke«, sagte sie irgendwann zwischen mühsamen Atemzügen.

»Wofür denn?«

»Dass du mich nicht zurückgelassen hast.«

Er schüttelte den Kopf, während ein müdes Lächeln auf seinen Lippen aufflackerte. »Sei nicht albern«, sagte er sanft und streichelte ihre Wange. »Wie könnte ich denn? Außerdem wäre ich längst ein Bild an dieser Schreckensgalerie, wenn du nicht gewesen wärst.«

Sophie erhob sich. »Wir müssen weiter.«

Max klopfte sich den Staub von den Kleidern und nickte. Die alte Entschlossenheit war in seinen Blick zurückgekehrt. Sophie konnte gar nicht sagen, wie dankbar sie darüber war. »Denkst du, das war die einzige Falle?«

»Ich fürchte«, erwiderte sie mit einem Seufzen, »das war erst der Anfang.«

Hand in Hand liefen sie weiter.

Kapitel 37

Das Jagdzimmer

»Wo sind wir hier nur?«, fragte Sophie ratlos, als sie ein weiteres altes und offensichtlich seit langer Zeit nicht benutztes Treppenhaus in ein anderes Stockwerk erklommen hatten. »Im Grundriss steht nichts davon.«

Auch Max war deutlich ins Gesicht geschrieben, dass ihm die Suche nach dem Direktor ordentlich an die Substanz ging. Natürlich sagte er ihr zuliebe nichts, doch Sophie merkte es trotzdem. Es war wirklich seltsam, wie gut sie sich schon kannten. Sie hatte immer darüber geschmunzelt, wenn in Romanen davon die Rede war, dass es sich so anfühlte, als würde man eine Person schon aus einem anderen Leben kennen. Jetzt war sie wohl selbst in einer solchen Geschichte gelandet.

»Egal, wir suchen einfach alles ab. Es kann doch nicht so schwer sein, einen ganzen Turm zu finden.«

»Was denkst du, wie es ihm geht?«, fragte Sophie, nachdem sie einige weitere Gänge glücklos durchsucht hatten.

Max hielt auf der Treppe inne und blickte sie an. »Wem?«

»Na, dem Direktor.«

»Nicht allzu gut, nehme ich an. Wenn es stimmt, was wir vermuten, ist er länger in diesem Hotel gefangen als irgendjemand von uns. Und wenn Margarete schon so … schwierig geworden ist, will ich eigentlich gar nicht wissen, was es mit ihm gemacht hat.«

»Meinst du, er hat es verdient?«

»Schwer zu sagen. Ich finde es nur ungeheuerlich, dass wir diese Sache ausbaden müssen.«

Sophie nickte. »Das sehe ich genauso. Ich meine, wir müssen uns nur mal Ludwig anschauen, um zu sehen, was man alles tut, wenn man verliebt ist. Wenn man aber so verraten wird wie die Frau aus dem Spiegel …«

»… kann man schon mal übertreiben«, vollendete Max ihren Satz.

»Die Frage ist also immer noch die«, überlegte Sophie laut weiter. »Wieso ist es ihr in all den Jahren nicht gelungen, ihn zu fassen zu kriegen? Wie hat er das nur angestellt?«

»Ich könnte mir gut vorstellen, dass sie es eben einfach nicht kann. Dass sie etwas daran hindert. Es scheint mir nämlich nicht so, als würde sie sich sonst von etwas zügeln lassen.«

Diesen Gedanken hatte Sophie auch schon gehabt. »Nach allem, was wir wissen, ist diese Frau irgendwie mit dem Hotel verbunden. Und der Turm, der ist doch auch ein Teil des Hotels. Es sei denn …«

»Es sei denn *was*?« Max blickte sie erwartungsvoll an.

»Als wir in diesem Salon in ihre Erinnerungen geblickt haben«, begann Sophie, während sich der Gedanke gerade noch formte, »haben wir sie und den Direktor da nicht in einem runden Zimmer gesehen?«

»Möglicherweise, ja. Ich wusste gar nicht, wohin ich meine Blicke lenken sollte.«

»Was, wenn dieses Zimmer das Turmzimmer war, in dem sich der Direktor jetzt versteckt?«

Max blickte sie erwartungsvoll an. »Was dann?«

»Vielleicht fürchtet sie sich vor dem Turm. Vor den Erinnerungen, die sie dort erwarten.«

»Das heißt, dass sie wirklich nicht allmächtig ist.«

Sophie nickte. »Zumindest wäre das mal irgendeine Form von Erklärung.«

Fest stand außerdem: Sie waren etwas auf der Spur. Die zum Leben erwachten Porträts hatten das ein weiteres Mal bewiesen.

Sie kamen an einer großen Tür mit zwei Flügeln vorbei. »Jagdzimmer« stand in verblassten Lettern darüber. »Das klingt doch mal interessant«, meinte Sophie dazu. Nach unzähligen Gästezimmern und Rumpelkammern versprach dieser Raum eine willkommene Abwechslung.

Der Schlüssel passte auch hier. Ein warmes Licht strahlte ihnen entgegen, gefolgt von einem Knistern und Knacken. »Wieso brennt in diesem Raum ein Kaminfeuer?«, fragte Sophie leise, als sie in der Tür standen und den dämmrigen Raum mit unsicheren Blicken durchleuchteten.

Sophie nahm eine Bewegung in den Augenwinkeln wahr und schnellte herum. Der Concierge kam die Treppe herauf!

»Der Concierge kommt«, zischte sie Max ins Ohr und schob ihn ins Jagdzimmer. Leise schloss sie die Tür hinter sich und legte ihr Ohr an das dicke Holz. Es war übersät von kleinen Furchen.

»Und?«, fragte Max.

Sie wagte es kaum zu atmen. »Ich höre nichts«, gab sie leise zurück. »Komischer Zufall, dass er genau jetzt hier auftaucht, findest du nicht?«

Nach einigen bangen Momenten des Wartens wandten sie

sich von der Tür ab und merkten erst jetzt, wo sie gelandet waren. Es war schon wieder eines dieser Gruselkabinette, ein Raum, der viel besser in eine Geisterbahn passen würde als in ein derart teures Hotel.

Seinem Namen wurde das Jagdzimmer auf eine Weise gerecht, die durch und durch beunruhigend wirkte. Die Wand war übersät mit den Köpfen erlegter Wildtiere, vom kleinen Bock über einen prachtvollen Hirsch mit gewaltigem Geweih war alles dabei, zwischen den vielen Geweihen und Hörnern konnte Sophie auch Zebras, Löwen und gar einen kolossalen Elefantenkopf erkennen.

Das war noch nicht alles.

Zwischen unpassend großen Pflanzen standen ausgestopfte Tiere im Raum verteilt, als habe jemand versucht, ein Naturkundemuseum im kleinen Maßstab zu inszenieren. Ein aufrecht stehender Braunbär, die Pranken angriffslustig in der Luft, ein paar Hasen, zwei Füchse, ein Wolf und weitere vierbeinige Vertreter aus dem Tierreich blickten sie aus leeren Glasaugen an.

»Wem bitte schön gefällt denn so was?«, fragte Sophie, als sie eine Weile durch den Raum geschlichen waren.

»Wenn du mich fragst, gibt es in diesem Hotel nicht *einen* Menschen mit gutem Geschmack. Oder«, fügte Max nach kurzer Überlegung an, »mit einem Fünkchen Verstand.«

»Mein Vater hat mir erzählt, dass der Direktor begeisterter Jäger war.«

Max lachte auf.

»Was hast du?«, fragte Sophie irritiert.

»Na, das ist doch schon alles ein bisschen komisch. Vom Jäger zum Gejagten, heißt es nicht so?«

»Stimmt, irgendwie ziemlich treffend. Die Tiere hier hätten bestimmt nichts dagegen, dass er eine Abreibung bekommt.«

»Gespenstisch, das alles hier, oder?« Max berührte einen Adler, blickte dann einem borstigen Wildschwein in die toten Augen. »Ganz schön groß, so ein Wildschwein. Mein Onkel hat mich mal mit auf die Jagd genommen, aber ich bin nach dem ersten Schuss abgehauen. Ich fand es nicht besonders fair, eine Meute Hunde auf unschuldiges Wild zu hetzen.«

Es raschelte.

Sophie und Max fuhren herum, darauf gefasst, dem Concierge gegenüberzustehen. Doch da war nichts. Auf den ersten Blick.

»Die Pflanze.« Sophie zeigte auf eine der großen Topfpflanzen. »Ihre Blätter bewegen sich.«

»Ein Lufthauch vielleicht?« Schon Max' Stimme verriet, dass er selbst nicht so recht daran glaubte. Es war so stickig in diesem Raum, dass man jedweden Lufthauch sofort gespürt hätte. »Vielleicht aber auch nicht«, fügte er nach kurzer Überlegung an.

Sophie schaute sich aufmerksam im Raum um. Als sie es bemerkte, hätte sie um ein Haar laut aufgeschrien. Das Podest, auf dem der ausgestopfte Wolf gestanden hatte. Es war leer.

»Äh, Max«, wisperte sie und schob sich ganz nah an ihn heran.

»Was ist denn?«

»Ich glaube, wir sollten sofort verschwinden.«

Ein kehliges Knurren ertönte. Sie drehten sich langsam um.

Der Wolf erschien zwischen den Pflanzen. Er war kaum mehr als ein Schemen in einem noch dunkleren Schatten. Ein Schemen mit zwei beunruhigend leuchtenden Augen und viel zu wenig Entfernung zu ihnen.

»Ich glaube, dafür ist es jetzt zu spät«, stellte Max trocken fest.

Vergeblich versuchte Sophie, die Furcht zu unterdrücken. Stattdessen unternahm sie den Versuch, sich all die Tier-Dokumentationen wieder ins Gedächtnis zu rufen, die sie als

Kind verschlungen hatte. Tyrannosaurus Rex? Nicht bewegen und Ruhe bewahren. Braunbär? Auf einen Baum klettern. Halt, oder war das beim Grizzlybär? Einer von beiden konnte nämlich besser klettern als jeder Mensch.

Es war zwecklos. Sophie hatte keine Ahnung, wie man sich in Gegenwart eines hungrigen und durchaus nicht freundlich wirkenden Wolfes verhielt. Ausflippen wäre vielleicht angemessen, aber nicht sonderlich hilfreich.

»Ruhig bleiben«, flüsterte Max ihr zu. Er schob sie langsam in Richtung Kamin.

Offensichtlich hatte er mal wieder genau dann einen Plan, wenn Sophie kurz vor nackter Panik stand.

Schritt für Schritt schoben sie sich an das Feuer heran. Der Wolf ließ sie nicht aus den Augen und knurrte besorgniserregend, machte aber keine Anstalten, anzugreifen.

Noch.

»Sobald wir am Feuer sind, wartest du auf mein Kommando.« Max' Mund war so nah an ihrem Ohr, dass sie seinen Atem spürte. »Wenn ich rufe, rennst du los, verstanden?«

Sophie nickte nur. Der Kloß in ihrem Hals verhinderte erfolgreich, dass sie sich zu Wort melden konnte. Bevor sie in dieses Hotel kam, hätte sie nie einfach so ein Kommando entgegengenommen und es dann auch ausgeführt, ohne nicht zumindest kurz dagegenargumentiert zu haben. Seit sie hier war … Seit sie auf Max getroffen war, hatte sich das geändert. Es bedeutete nicht, unterlegen zu sein, wenn man auf andere hörte. Es bedeutete viel eher die Gewissheit, dass es andere Menschen manchmal besser wussten als man selbst. Und man zusammen stärker war.

Ihre Eltern wären sehr dankbar über diese Entwicklung gewesen. Zu oft hatte Sophie ihnen das Leben unnötig schwer gemacht, weil ihr diese oder jene Entscheidung nicht gepasst hatte.

Dabei hätte sie manche Entscheidung selbst getroffen, wenn ihre Eltern ihr nicht zuvorgekommen wären. Aber nein, ihr Dickkopf hatte das naturgemäß anders gesehen.

Sie hatten den Kamin fast erreicht, als der Wolf urplötzlich in Angriffsstellung ging und die Zähne fletschte.

Das war gar nicht gut.

Sophie wollte schon die Arme vors Gesicht schlagen, doch Max handelte schneller. Blitzschnell griff er ins Feuer, bekam einen lodernden Ast zu fassen und schleuderte ihn mit aller Kraft auf das Tier.

Treffer. Funken stoben davon. Ein schmerzerfülltes Winseln.

»Jetzt!«, schrie Max und stieß Sophie in Richtung Tür.

Diesmal genügte es ihnen nicht, die Tür zwischen sich und den Angreifer zu bringen. Ohne einen Blick zurück stürmten sie davon, blindlings den Korridor herab.

Keiner von ihnen wollte herausfinden, ob als Nächstes nicht der Bär zum Leben erwachen würde.

Kapitel 38

DER BALLSAAL

Wie wäre es mit einer Pause?«

Sophie nickte dankbar. Für ihren Geschmack waren sie längst viel zu viel in diesem alten Kasten herumgelaufen und waren doch kein Stückchen weitergekommen. Mal abgesehen davon vielleicht, dass sie erst von lebendigen Porträts und dann von einem Wolf gejagt worden waren. Kein übler Start – wenn man es darauf anlegte, den miesesten Tag aller Zeiten zu erleben.

»Meinst du, unsere Eltern sind hier auch irgendwo?«

Sie hatten sich in einem der vielen leeren Salons niedergelassen. Das Hotel schien nur aus ihnen zu bestehen – mit mottenzerfressenen Vorhängen, zerbrochenen Fenstern, totem Laub auf dem Boden und diesem überall nachklingenden Gefühl der Traurigkeit.

»Das habe ich mich schon oft gefragt. Ich denke, dass sie irgendwo sind, wo wir sie niemals finden würden.«

Seine Worte beruhigten sie. Seit sie auf der Suche nach dem Direktor waren, hatte sie sich unzählig Male gefragt, ob sie nicht lieber ihre Eltern suchen sollten. Sie fehlten ihr so sehr, dass sie schon jetzt nicht mehr wusste, weshalb sie überhaupt so wütend auf sie gewesen war. Sie war so kindisch gewesen …

Eine Stimme hatte ihr gesagt, dass der Direktor der Schlüssel war. Aber wer konnte schon wissen, ob das nicht wieder nur das Hotel war, das ihr einen Streich spielte?

»Mmmh«, machte sie und verfiel wieder in tiefes Grübeln. Sie suchten die Nadel im Heuhaufen, zumindest kam es ihr so vor. »Fest steht, dass die Frau aus dem Spiegel ihre Augen und Ohren nicht überall gleichzeitig haben kann.«

»Wie kommst du darauf?«

»Sie würde uns all das sonst wohl kaum durchgehen lassen, meinst du nicht auch?«

»Dafür hat sie ja Wölfe und Bilder, die ihr zur Verfügung stehen.«

Sophie musste lachen. Es klang fremdartig und hohl in diesem Raum, tat aber unglaublich gut. »Wahrscheinlich kann sie uns tatsächlich nur durch die Spiegel beobachten. Oh, und mit Margarete hat sie natürlich auch eine tolle Aufpasserin«, fügte sie an.

»Ja, irgendwie schon. Seit sie wieder da ist, benimmt sie sich noch unmöglicher als zuvor. Wie habe ich es nur so lange mit ihr ausgehalten?«

»Das frage ich mich auch, ehrlich gesagt. Was erwartet sie denn? Dass sich alles von selbst klärt, wenn sie in diesem Keller sitzt und Leute herumkommandiert?«

Max blickte sie plötzlich ernst und beschwörend an. Er legte sich einen Finger auf die Lippen und bedeutete ihr, sich langsam zu erheben. So leise wie möglich standen sie auf und versteckten sich hinter einer breiten Säule. Das war immerhin mal etwas Gutes am Grandhotel: Verstecke gab es hier zahllose.

Zunächst hörte Sophie nichts. Dann gab es keinen Zweifel mehr. Schritte näherten sich.

Sie warfen sich einen kurzen Blick zu und horchten dann wieder angestrengt in die Stille hinaus, die nur von zaghaften Schritten durchbrochen wurde. Vorsichtig beugte sich Sophie vor, ein Zentimeter nach dem anderem, um einen Blick aus dem Salon heraus erhaschen zu können. Hastig zog sie ihren Kopf zurück, als hätte sie sich verbrannt.

»Was siehst du?«, flüsterte Max kaum hörbar.

»Das ist jetzt echt gruselig«, gab Sophie zurück, »aber es ist Margarete.«

Max formte ein tonloses »Was?« und dachte sich wahrscheinlich dasselbe wie Sophie: Hatten sie sie etwa heraufbeschworen? Und wieso fühlte sich der Gedanke nicht einmal sonderlich abwegig an?

Atemlos harrten sie in ihrem Versteck aus, während die Schritte zunächst näher und dann zum Stillstand kamen.

»Max? Sophie?« Es war eindeutig Margaretes Stimme. »Seid ihr hier irgendwo?«

Sophie hielt den Atem an. Was wollte sie hier nur? Und die deutlich drängendere Frage: Wie hatte sie sie überhaupt gefunden?

»Ich weiß, dass ihr euch irgendwo herumtreibt. Habt wenigstens den Mumm, auch dazu zu stehen.«

Die beiden sahen sich an und tauschten gleichzeitig ein knappes Kopfschütteln. Von wegen!

Margaretes Ton war bemüht höflich und gelassen. Eine gewisse Schärfe konnte sie dennoch nicht heraushalten. »Ihr wisst schon, dass ihr nicht nur euch in große Gefahr begebt, sondern auch Ludwig und mich. Und«, fügte sie nach einer dramaturgisch platzierten Pause an, »unsere Eltern natürlich.«

Sophie und Max rührten sich nicht. Auch ohne Worte verstanden sie sich, wussten genau, was der andere dachte. »Ich fühle mich ja alles andere als gut dabei«, sagte Max, als sie endlich verschwunden war und sie sich aus ihrem Versteck herausgewagt hatten. »Aber die geht mir so auf die Nerven, dass ich allein deswegen das Hotel auf den Kopf stellen würde, um sie zu ärgern.«

Sie liefen aus dem verfallenen Salon und lugten um die Ecke, um ihr nicht hinter der nächsten Biegung erneut in die Arme zu laufen. »Dass ihr euch nicht schon vor langer Zeit die Köpfe eingeschlagen habt, ist echt ein Wunder.«

Max blieb stehen, die Hände locker in den Taschen. Sein Blick streifte in die Ferne, direkt zurück in die Vergangenheit, wie es schien. »Ja, nicht wahr? Ich habe nicht die leiseste Ahnung, wie ich das erduldet habe.« Er klang regelrecht verdutzt. »Ich kann mich an kaum etwas erinnern. Da sind nur … einzelne Bilder, Fetzen, wie aus einem Traum, an den man sich schon kurz nach dem Aufwachen nicht mehr erinnern kann.«

»Siehst du«, verkündete Sophie mit einem Ziehen im Magen, »noch ein Grund, weshalb wir hier schnell rausmüssen! Am Ende vergisst du noch, wer ich bin.«

Sobald diese Worte ihren Mund verlassen hatten, merkte sie, wie viel Angst sie ihr einjagten.

Ihr Weg führte sie weiter, immer weiter hinein in die Eingeweide des Hotels. Akribisch arbeiteten sie den Grundriss ab, Entdecker in einer kartografierten und doch fremden Welt. Einer bösen Welt, die ihnen Fallen stellte, die sie zu Gejagten machte.

Spinnweben, so weit das Auge reichte, Schimmelflecken an den Wänden, tote Insekten auf staubigen Fensterbänken. Ratten huschten an ihnen vorbei, für die betuchten Gäste ganz gewiss kein schöner Anblick, einmal sahen sie auch eine enorm große Ratte durch eine offene Tür schlüpfen. Zumindest hofften sie, dass es nur eine Ratte war.

Ansonsten war alles still. Zu still, wenn sie es an den vorhergegangenen Erlebnissen festmachten.

»Wo sind wir?«, fragte Max, seine Stimme unbewusst auf ein Flüstern herabgesenkt. Diese Stille setzte ihnen fast mehr zu als Porträts, die plötzlich zum Leben erwachten.

Sophie warf einen prüfenden Blick auf den Grundriss. »Wir müssten jetzt gleich in den Teil kommen, in dem früher einmal der Ballsaal gewesen war. Falls der Plan hier überhaupt zu etwas taugt.«

Diesmal taugte er tatsächlich etwas. Doch vom Ballsaal war nicht mehr allzu viel übrig. Das war zwar nichts Besonderes in diesem Hotel; an Orten wie diesen, die ja für rauschende Feste standen, für Übermut und glanzvolle Partys, machte sich das jedoch auf besonders traurige Weise bemerkbar.

Eine Tür am anderen Ende des großen Saals hing schief in den Angeln, durch die Öffnung wehte kühle Nachtluft herein. »Wissen die Gäste eigentlich, in welcher Ruine sie leben?«

»Ich glaube nicht, dass das jemand mitbekommt.« Je länger Sophie darüber nachdachte, desto mehr hatte sie das Gefühl, dass dieses Hotel wahllos Tages- und Jahreszeiten, ja wahrscheinlich sogar Jahreszahlen veränderte. Und ergab das nicht irgendwie einen furchtbaren Sinn? »Wenn das Hotel lebt«, überlegte sie laut, »hat es dann nicht auch Erinnerungen? Gedanken? Vielleicht leben wir immer in der Zeit, an die sich die Frau aus dem Spiegel gerade erinnert. Das würde auch erklären, wieso der Grundriss mal stimmt und mal nicht.«

»Jetzt male den Teufel bitte nicht an die Wand, ja? Ich finde es so schon schlimm genug, dass wir uns in einem lebenden Wesen befinden.«

»Ja, aber überleg doch mal«, fuhr Sophie hartnäckig fort, als sie den Ballsaal nach geheimen Türen absuchten, wie sie es überall taten. Bisher ohne Erfolg. »Mal schneit es draußen, mal scheint die Sonne, mal sind die Säle voller Menschen, mal so leer, als hätte sie nie ein Mensch betreten. Wir …« Sie suchte nach dem passenden Vergleich. Darin war ihr Vater einfach unschlagbar. »Ja, wir sind nicht mehr als … Insekten. Insekten, die irgendwie lebendig geschluckt wurden und jetzt in den Erinnerungen des Hotels leben.«

»Insekten?«

»Im übertragenen Sinne natürlich.«

»Insekt oder nicht: Mir ist jetzt erst mal nach ein wenig frischer Luft«, verkündete Max. »Wohin führt diese Tür eigentlich?«

»In den Irrgarten. Was immer das auch bedeutet.«

Max stand an der Tür und atmete durch. »Es tut zumindest mal gut, draußen zu sein. Ist lange her …«

Einige Augenblicke standen die beiden in der Tür und genossen einfach nur die frische Luft.

»Denkst du, hier lauert wieder irgendeine Falle?«

Sophie nickte. »Nach allem, was wir erlebt haben, würde es mich wundern, wenn nicht.«

»Also dann.« Max lief die breiten und niedrigen Steinstufen hinunter in den Garten. Eine große Hecke verschwand zu beiden Seiten in der Dunkelheit. »Worauf warten wir noch?«

Kapitel 39

Der Irrgarten

Dichter Bodennebel kroch durch den Irrgarten. Wie ein planloses Wesen aus einer anderen Welt tastete er sich mit seinen fahlen Fingern vor.

»Vielleicht kann man den Turm von hier draußen sehen«, meinte Max hoffnungsvoll und schaute nach oben. Sophie tat es ihm gleich, doch ihr Blick reichte nicht über die hohe Fassade hinaus.

»Wäre ja auch *zu* einfach gewesen.«

So langsam, das musste sie zugeben, gingen ihnen die Ideen aus. Sie hatten jedes Stockwerk durchkämmt, jedes Zimmer untersucht, jede Wand abgeklopft und jedes Treppenhaus genau unter die Lupe genommen. Und waren immer noch so schlau wie zuvor. Es war, als verhinderte das Hotel erfolgreich, dass sie den Turm entdeckten.

»Sehen wir uns trotzdem mal hier draußen um«, sagte sie und ging voran. Sie rechnete Max hoch an, dass er sie bei dieser Sache nicht allein ließ. Wer würde das sonst noch tun? Er liebte sie, das hatte er ihr zumindest gesagt und sie glaubte ihm, weil sie genauso fühlte. Dennoch würde kaum jemand einfach so planlos in ein mögliches Verderben laufen – Schmetterlinge hin oder her.

Der Irrgarten war ein gewaltiges Labyrinth aus Hecken, versteckten kleinen Lichtungen, Geheimgängen, wohl gedacht als Zerstreuung für die reichen Gäste.

Stück für Stück tasteten sie sich vor, erkundeten dieses Chaos aus wild wuchernden Büschen, dornigem Gestrüpp und Hecken. Einst mochte hier alles akkurat getrimmt gewesen sein, jetzt sah es aus wie eine Szene aus Dornröschen.

Max riss bei jeder Biegung einige Ästchen aus den Hecken und legte sie als Haufen auf den Boden. »Damit wir wissen, wie wir wieder rauskommen«, hatte er erklärt.

Bis auf das gelegentliche Knacken eines Zweiges war es totenstill. Der Schrei einer Eule ließ beide zusammenzucken.

»Schön zu merken, dass wir nicht die einzigen Lebewesen hier draußen sind«, kommentierte Max brummend.

Sophie, die einen Schritt vorauslief, wollte gerade etwas erwidern, als sie merkte, dass Max fort war. Weg, einfach so.

»Max?«, rief sie testweise. Nichts rührte sich.

Sie wurde lauter. »Max? Max, was soll das?«

Keine Reaktion. Nur Stille.

»Wenn das ein Spaß sein soll, ist er nicht sehr lustig.« Jetzt war ihre Stimme zittrig, schrill. »Max!«

Sie rannte zurück bis zur letzten Biegung. Da, auf dem Boden lagen die Äste. Sie spähte den Weg entlang, den sie gekommen waren. Von Max keine Spur. Hatte er sie überholt und sie hatte es nicht gemerkt? Sie eilte erneut nach vorn, weiter bis zur nächsten Biegung. Nichts zu sehen. Rein gar nichts zu sehen.

Nicht schon wieder! Sophie kämpfte gegen die Panik. Lebende Porträts, hungrige Wölfe, all das hatte sie gut weggesteckt. Weil sie nicht allein gewesen war. Jetzt, ohne Max und verloren in diesem riesigen Irrgarten, merkte sie plötzlich, wie töricht ihre Idee gewesen war, es mit dem Hotel aufzunehmen.

Was konnte sie allein schon ausrichten?

Halt! Was sollte das? Das waren nicht ihre Gedanken. Sie rieb sich die Schläfen. Wollte das Hotel jetzt schon in ihren Kopf eindringen?

Innehalten. Die Panik bekämpfen. Nachdenken. Vor allem nachdenken.

Hinter ihr knackte es. Sie fuhr herum, zerrissen zwischen verzweifelter Hoffnung und wild wuchernder Angst. War es Max? Oder … war es etwas anderes?

Nichts. Es war gar nichts. Moment, diese Hecke dort drüben. Hatte sie sich gerade bewegt? War sie näher gekommen?

Mit einem Mal wirkte der Irrgarten nicht wie ein vernachlässigtes Freizeitangebot, sondern wie eine böse Kreatur. Eine Kreatur, die ihre knorrigen Klauen nach ihr ausstreckte. Die ihr den Weg abschnitt.

»Nein!«, keuchte Sophie, als sie merkte, was da gerade geschah. Der Weg hinter ihr war verschwunden. Wo sie eben noch gelaufen war, stand jetzt eine massive Wand aus verknöcherten Ästen. Und nicht nur das. Die Wand kam auf sie zu.

Sophie rannte. Eine Stimme in ihr warnte sie, dass es dumm war, kopflos durch einen Irrgarten zu rennen, ohne sich den Weg zu merken. Eine andere Stimme sagte: *Renn um dein Leben und hör endlich auf nachzudenken!*

Sophie fand es ratsamer, auf die zweite Stimme zu hören und rannte, so schnell ihre Beine es zuließen. Um eine Biegung, wieder um eine, nur nicht nach hinten blicken. Die Geräusche, die sie hörte, reichten aus: ein Krachen, Rascheln und Knacken.

Längst wusste sie nicht mehr, wo sie war. Es spielte keine Rolle. Überall war es besser als hier.

»Max!«, rief sie immer wieder. »Max, wo bist du?« Antwort erhielt sie nie. Sophie hoffte inständig, dass ihm nichts zugestoßen war. Dass er nicht schon wieder ihretwegen verschleppt worden war.

Weiter, immer weiter, ohne Plan, ohne Ziel. Dafür mit dem schrecklichen Verdacht, dass dieser Irrgarten niemals ein Ende fand. Als sie hinter einer Biegung mit etwas zusammenprallte, schrie sie so laut, dass ihre Ohren klingelten. Todsicher, dass es jetzt auch ihr an den Kragen gehen würde, brauchte sie eine ganze Weile, um zu kapieren, mit was sie da zusammengeprallt war.

Oder, besser gesagt: Mit wem.

Max.

Als hätte man einen Staudamm geöffnet, wurde Sophie von Erleichterung geflutet. Sie fiel ihm um den Hals und drückte ihn fest an sich.

»Ich dachte, ich hätte dich verloren.«

Max stieß sie von sich und blickte sie aus kalten, mitleidslosen Augen an. Eine Härte hatte Besitz von seinem Gesicht ergriffen, die sie bei ihm niemals für möglich gehalten hätte.

»Max … was …«

»Lass mich in Ruhe.« Seine Worte klangen schneidend, jedes einzelne von ihnen hinterließ einen tiefen Stich. »Seit ich dich getroffen habe, hast du mich nur in Schwierigkeiten gebracht. Ich habe genug von dir und deiner kindischen Mission!«

Seine Worte waren schlimmer als alle Schrecken des Grandhotels zusammen.

»Aber was sagst du denn da.« Sophie streckte die Hand nach ihm aus, doch er schlug sie weg. Tränen schossen ihr in die Augen. »Max …«

»Hör auf mit deinem ›Max‹«, äffte er sie nach und verzog das Gesicht. »Ich kann es nicht mehr hören! Verschwinde und lass mich einfach in Ruhe, oder du bekommst es mit mir zu tun, du Hexe.«

Sophie wusste nicht, wie ihr geschah. Jedes seiner Worte war ein Schlag ins Gesicht. Wie vom Donner gerührt stand sie da, unfähig, einen klaren Gedanken zu fassen, unfähig, das Gesagte zu akzeptieren. »Aber du hast doch gesagt … du hast gesagt, dass …« Sie brachte es nicht über die Lippen.

»Ach das.« Er verzog den Mund zu einem höhnischen, einem hässlichen Lächeln. »Du glaubst aber auch alles. Wie könnte ich *dich* lieben? Wie könnte irgendjemand *dich* lieben? Wenn es selbst deine Eltern nicht fertigbringen.«

»Sei still«, sagte Sophie wimmernd. Jetzt war sie es, die von Max zurückwich. »Sei einfach still.«

»Klar, das hättest du wohl gern.« Er kam auf sie zu, drohend, im Blick nichts als blanke Verachtung. Sophie fühlte sich, als würde ihr jemand den Boden unter den Füßen wegziehen. Und darunter war Schwärze. Nichts als Schwärze. »Du hast mir aber gar nichts zu sagen, du junges dummes Ding. Dachtest du, auf der Kohlentreppe hätte es mir gefallen?« Er lachte laut auf, es klang wie ein Heulen. »Was sollte ich mit einem kleinen Kind wie dir. Ich bin seit 100 Jahren hier. Da haben sogar deine Urgroßeltern noch in ihre Windeln gemacht!«

Sophie wich weiter zurück, bis sie die stachelige Hecke im Rücken spürte. Ihr war, als würden sich Äste um ihre Arme schließen wie unerbittlich harte Griffe. Es war ihr egal. Alles war egal. Sie war egal, ihre Eltern waren egal, ihr Schicksal war egal. Alles, was zählte, schlug Max gerade mit einem Hammer kaputt.

Sie versuchte, das hemmungslose Schluchzen zu unterdrücken. Keine Chance. Sie hasste sich dafür, doch es brach unkontrolliert aus ihr heraus, spülte alle Hoffnung mit sich aus ihrem Körper. Sie sank an der Hecke herab. »Was habe ich dir getan?«, sagte sie so leise, dass er es wahrscheinlich gar nicht hörte. Was machte es schon für einen Unterschied? Schlafen. Sie wollte nur noch schlafen und nichts mehr fühlen. Gar nichts mehr. Nie mehr. »Was …«

Ihr blieben die Worte sprichwörtlich im Halse stecken. Irgendjemand hielt ihr von hinten gewaltsam den Mund zu, der Rest des Satzes brach als unverständliches Gegurgel heraus. Panisch riss sie die Augen auf und versuchte, sich umzudrehen, um zu sehen, wer sie angriff. Da merkte sie mit einem frostigen Schaudern, dass sie sich nicht bewegen konnte. Ohne dass sie es gemerkt hatte, hatten sich die Äste der Hecke um ihre Arme und Beine, um ihre Taille und ihren Hals geschlungen.

Und sie zogen immer fester zu.

Schon konnte Sophie nur noch ein Gurgeln von sich geben, sie spürte, wie ein Ast gewaltsam in ihren Mund drang, schmeckte feuchtes Holz und Moder, würgte.

Benommen sah sie Max vor sich, seine Gestalt wurde zunehmend verschwommen, schon konnte sie ihn nicht mehr klar erkennen. Der Ast um ihren Hals drückte immer fester zu. Sie röchelte, bekam keine Luft mehr. Ihre Lungen brannten, ihr Herz raste wie verrückt.

Das war's. Das war's. Das war's.

Sie konnte an nichts mehr denken. Sie musste an nichts mehr denken. Als die Schwärze über ihr hereinbrach wie eine Woge, hatte sie sich längst damit abgefunden.

Kapitel 40

DER IRRGARTEN

Nichts. Sie spürte gar nichts. Keinen Schmerz, keine Trauer, keine Angst.

So fühlt sich also der Tod an?, dachte sie. *Nicht gerade unangenehm.*

Dann kamen die Erinnerungen zurück. Und mit ihr der Schmerz, die Trauer, die Angst. Sie schlug die Augen auf. Nicht weil sie es wollte; wäre es nach ihr gegangen, hätte sie sie nie wieder geöffnet. Sondern weil sie etwas hörte. Eine Stimme. Sie sagte ihren Namen.

»Sophie?« Dann wieder, etwas lauter. Sie wurde sanft geschüttelt. »Sophie? Hörst du mich?«

Sie blickte direkt in Max' Gesicht. Zahlreiche Reaktionen rangen in ihr. Sie wollte von ihm wegrutschen, wollte ihm um den Hals fallen, wollte brüllen, weinen, lachen, aufstehen, liegen bleiben.

Am Ende machte sie gar nichts. Starrte ihn einfach an. Jeder Atemzug brannte wie flüssiges Feuer in ihren Lungen, ihr ganzer Körper tat weh, als wäre sie einen Marathon gelaufen. Oder drei.

»Gott sei Dank, ich dachte schon, ich hätte dich verloren.«

Sophie hatte Schwierigkeiten, all das zu verarbeiten. Sie lag immer noch auf dem Boden dieses verfluchten Irrgartens – mit dem Unterschied, dass die Hecke hinter ihr sie nicht länger umbringen wollte. Und dann war da natürlich noch Max … Max, wie sie ihn kannte: gütiger, besorgter Blick aus grünbraunen Augen, weiche Gesichtszüge, eine Sorgenfalte auf der Stirn.

Sie hustete. »Was ist passiert?«, fragte sie. Nicht, weil sie es nicht mehr wusste, sie wollte Zeit gewinnen. Wollte seine Version der Geschichte hören.

»Ich … ich weiß es nicht.«

Sie versuchte, die Schmerzen und die Zweifel auszublenden und beobachtete ihn ganz genau. Seine Worte halten noch immer in ihr nach. Worte, die eine ganze Welt eingerissen hatten.

»Stimmen … da waren überall Stimmen. Böse Stimmen. In meinem Kopf.« Er schüttelte ihn, als würde er sie noch immer hören. »Es war wie ein Schwarm riesiger Insekten. Sie flüsterten mir Dinge zu.« Er zitterte. »Schreckliche Dinge. Ich weiß nicht, was dann passiert ist.« Er stockte, den Tränen nahe. »Doch als ich zu mir kam, sah ich gerade noch, wie du in diese Hecke gezogen wurdest.«

Erst jetzt sah Sophie die Wunden. Max' Gesicht war überall aufgeschürft, sein Hemd war zerfetzt, darunter kamen blutige Kratzer zum Vorschein.

»Du kannst dich also an nichts erinnern?«

Er schüttelte den Kopf. »Nein«, sagte er dann voller Verzweiflung. »Was war denn nur?«

Sophie überlegte. Dann entschied sie sich dagegen, ihm davon zu erzählen. »Es war dieses Hotel«, sagte sie nur.

»Es wollte dich töten!«

Sophies Gedanken wurden wieder klarer. »Das glaube ich nicht. So verrückt es klingt, ich glaube, es will uns einfach nur aufhalten. Und versucht jetzt auch, uns gegeneinander auszuspielen.«

»Können wir da so sicher sein?«

Sophie fuhr sich über ihren schmerzenden Hals. »Nein.« Sie ergriff seine Hand, fühlte die Wunden und blutigen Kratzer. »Du hast mich schon wieder gerettet.«

Er schüttelte vehement den Kopf. »Ich …«, begann er und kam ins Stocken. »Ich wollte dir etwas antun. Diese Stimmen, sie haben … sie haben mir gesagt, dass du das Problem bist. Anfangs habe ich nicht auf sie gehört, aber dann wurden sie lauter. Sie haben mich gezwungen.«

Sophie legte ihren Finger auf seine Lippen. »Kein Wort mehr davon. Das warst nicht du, hörst du? Das war dieses Hotel … diese Frau.«

Max nickte, doch Sophie sah ihm an, dass es für ihn damit nicht aus der Welt geschafft war. Er war so aufgewühlt, wie sie ihn noch nie gesehen hatte, nur mühsam behielt er die Kontrolle, wie ihr schien. »Ich könnte dir nie etwas antun«, sagte er nach einigen Augenblicken der Stille. »Das weißt du doch, oder, Sophie?«

Sie nickte, doch es fiel ihr nicht leicht. Noch vor wenigen Minuten hätte sie ihm solch eine Frage übel genommen; jetzt ging ihr sein eiserner, eiskalter Blick einfach nicht mehr aus dem Kopf. Sie wusste, dass es nicht er gewesen war. Dass die Frau aus dem Spiegel Besitz von ihm ergriffen hatte. Vergessen konnte sie es trotzdem nicht. Sie versuchte sich an einem Lächeln und erhob sich. »Bring mich bitte zurück ins Hotel«, sagte sie und stützte sich auf ihn. »Fürs Erste habe ich genug von dieser Expedition.«

Arm in Arm machten sie sich auf den Weg. Doch die Geschehnisse blieben nicht im Irrgarten zurück. Sie folgten ihnen wie ein Schatten.

Kapitel 41

DIE KELLER

Weit kamen sie nicht. Was auch immer sie getan haben mussten, um einen Gott, das Universum oder wen auch immer dermaßen zu verärgern: Es war offensichtlich ein gravierend schweres Vergehen.

»Nicht die schon wieder«, murmelte Max, als sie den Irrgarten verlassen hatten und Margarete auf der breiten Treppe vor dem Ballsaal stehen sahen. Ihre Haare wehten im Wind, und das erste Mal sah Sophie etwas anderes als Gereiztheit, Überdruss oder Konsorten auf ihren Zügen. Sie war regelrecht baff, wie hübsch Margarete aussehen konnte.

»Kommt schnell«, rief sie besorgt aus und eilte ihnen entgegen. »Ich denke, das solltet ihr euch ansehen.«

»Ist was mit Ludwig?«, fragte Sophie, als sie zurück durch die endlosen Flure, Säle und Treppenhäuser eilten. Wie lange waren sie eigentlich weg gewesen? Sophie hatte wieder mal keinen blassen Schimmer.

Margarete antwortete nicht, doch ihre Frage beantwortete sich von selbst, als sie in die Keller zurückkehrten. Da stand

Ludwig, an eine Wand gelehnt, die Hände in den Hosentaschen, der Blick unsicher und eingeschüchtert wie immer. »So viel also dazu«, sagte Sophie zu sich selbst und wandte sich an Ludwig. »Alles in Ordnung?«

Er nickte, wollte etwas sagen, überlegte es sich dann aber anders. Er war ein wenig blass um die Nase. Nun, noch blasser als üblich eben.

»Kommt, hier entlang.« Margarete führte sie weiter. »Ich habe euch überall gesucht, aber ihr wart nirgendwo zu finden. Du bleibst hier, Ludwig.«

Sophie strengte sich an, doch sie konnte keinen Vorwurf aus ihrer Stimme heraushören. Nicht mal ein Quäntchen. Das letzte Mal, dass sie sich gesehen hatten, schien Jahre her. Immerhin konnte sich Sophie noch daran erinnern, dass ihre letzte Unterhaltung überaus hitzig verlaufen war. Jetzt war nichts davon zu spüren.

»Wir haben das Hotel abgesucht«, sagte Sophie testweise, doch Margarete reagierte nicht. Ein Seitenblick auf Max verriet ihr, dass sie nicht die Einzige war, die das merkwürdig fand. »Nach dem Direktor …«

»Das dachte ich mir schon«, meinte sie abwesend und ging einfach weiter. »Was ich davon halte, wisst ihr ja«, fuhr sie in verdächtig ruhigem Tonfall fort, »aber jetzt ist nicht die Zeit, über diese Dinge zu streiten. Hier, sieh dir das an …«

Sophie konnte nicht begreifen, was sie im Weinkeller sah. Und was gab es da auch schon groß zu begreifen? Es war eine Unmöglichkeit, eine Illusion, nichts weiter.

Der General war tot.

Dieser Satz allein wand sich in Sophies Verstand wie zappelnder Fisch hin und her, weigerte sich, Sinn zu ergeben. Und doch entsprach es der Wahrheit. Der General war tot. Ganz gleich, ob er ein Geist und somit genau genommen längst tot gewesen war.

Er lehnte an der Wand des Weinkellers, durchscheinend wie immer, die Augen weit aufgerissen, der Kopf unnatürlich weit zur Seite gedreht. Sophie erschauerte. Er sah so aus, als hätte er etwas Furchtbares erblickt, bevor er starb.

»Nein«, hauchte sie kaum wahrnehmbar und schüttelte den Kopf wie in Trance. Sein linker Arm lag abgespreizt in einem der vielen Fächer. Als wollte er eine neue Flasche aus den schier unergründlichen Tiefen des Kellers herausholen. »Nein.«

Sie spürte Max' Hand auf ihrer Schulter. »Was ist denn?«, fragte er, doch sie hörte es gar nicht. Sie machte einen wackeligen Schritt in den Raum hinein, dann noch einen. Und noch einen.

Sie ging vor ihm in die Hocke. Tränen verschleierten ihren Blick. Es zerriss ihr das Herz, dass sie ihn nicht ein letztes Mal zum Abschied berühren konnte. Ihre Finger glitten durch seinen leblosen Körper hindurch. Was auch sonst? Er war ein Geist, verdammt.

Unter anderen Umständen hätte sie über diese Situation gelacht, so absurd war sie. Immerhin beweinte sie einen ermordeten Geist. Jetzt war ihr nur nach Tränen und Trauer zumute.

»Dafür wird sie bezahlen.« Die Worte krochen aus tiefstem Inneren aus ihr heraus, und sie wurde mit jedem weiteren wütender. »Dafür wird sie bezahlen.«

»Es tut mir wirklich leid, Sophie, aber es musste doch so kommen.«

Sophie fuhr herum, drauf und dran, ihren Zorn am nächstbesten Ziel abzuladen: Margarete. Plötzlich war sie wieder da, die rote Welle, brach über ihrem Kopf zusammen, zog sie in die Tiefe, in der es nur Wut und schlechte Gedanken gab. Sie konnte nichts dagegen tun. Nein, falsch: Sie wollte gar nichts dagegen tun, genoss es regelrecht, wie alle Angst, alle Trauer von dieser roten Wut fortgespült wurden.

Sophie bekam gar nicht wirklich mit, wie sie auf Margarete zustürmte. Bis zehn zählen? Von wegen!

Sie stockte. Max … Auf einmal hatte sich Max in ihre Gedanken geschlichen. Wie er sie liebevoll ansah, mit seiner Hand sanft ihr Kinn anhob, sie küsste.

Die rote Welle ebbte wie von selbst ab. Und wurde durch einen anderen Gedanken ersetzt. Wie war das gerade?

Als wollte er eine neue Flasche aus den schier unergründlichen Tiefen des Kellers herausholen.

Moment mal. Der General trank doch eigentlich nie. Ihr Zorn war verraucht, als sie sich von Margarete abwandte, als wäre nichts geschehen, und sich wieder dem General näherte.

Konzentrier dich, Sophie. Was hast du da gesehen?

Der General hatte nie selbst den Wein geholt, ja, er hatte ihn nicht mal getrunken. Sie machte einige weitere Schritte auf seine leblose Gestalt zu. So schwer der Anblick auch zu ertragen war: Sie nahm ihn genau unter die Lupe.

Ihr Atem stockte.

Der General hatte etwas in den Staub geschrieben, bevor er erneut sterben musste.

Ein einziges Wort, hastig hingekritzelt und doch so lesbar wie in bester Schönschrift. Ein einziges Wort, das ihnen weiterhalf. Sophie liefen die Tränen ungehindert über die Wangen. Selbst im Augenblick seines Todes hatte der General daran gedacht, ihr zu helfen. Selbst wenn Sophie es war, die ihn erst in diese Lage gebracht hatte.

Stumm blickte sie auf dieses Wort, auf sein letztes Geschenk an sie. Auf sein Vermächtnis.

Cardex.

Kapitel 42

DIE KELLER

Für den Moment war Sophie regelrecht froh über die Stille und Einsamkeit der feuchten Keller. Sie wollte, nein, sie musste allein sein. Sie musste erst mal verdauen, was hinter ihr lag, hatte aber derzeit eher das Gefühl, dass viel zu viel auf sie hereinprasselte und sie stetig ein Stückchen weiter in dieser Lawine vergraben wurde. Max respektierte ihren Wunsch und überließ ihr sogar sein Versteck.

Sie musste allein sein. Natürlich wusste sie, wie sehr ihm die Geschehnisse im Irrgarten zusetzten, wie sehr es ihm zu schaffen machte, dass er nicht wusste, was passiert war. Doch sie konnte sich jetzt nicht darum kümmern und hoffte einfach, dass er es verstand. Hoffte, dass er ihren halben Wutanfall gerade richtig einzuordnen wusste. Ob er eigentlich wusste, dass er sie dazu brachte, ihre plötzlichen Ausbrüche unter Kontrolle zu bringen? Dass sie in seiner Gegenwart so ruhig war wie nie zuvor?

Instinktiv schwor sie sich, vielleicht noch mal zu diesem Therapeuten zu gehen, falls sie und ihre Eltern hier jemals wieder herauskamen.

Falls?

Stopp! So ein Quatsch. Sie würden hier herauskommen. Und dann würde sie versuchen, endlich nicht mehr so anstrengend zu sein. So unberechenbar. Sie wusste nicht, weshalb diese Gedanken gerade jetzt kamen, doch es war ihr, als kämen Schuldgefühle aus allen Ecken des Raumes auf kleinen Beinen angekrabbelt, um Besitz von ihr zu ergreifen. Vielleicht weil sie instinktiv spürten, dass ihr Opfer ihnen gerade nicht entkommen konnte.

Sophie weinte. Erstmals weinte sie nicht um sich, um ihre Situation, um Max oder um eine tote Erinnerung. Sie weinte um ihre Eltern. Und so schmerzhaft es war, so heilsam war es auch.

Cardex. Das Wort, das der General mit letzter Kraft in den Staub gekritzelt hatte, spukte ihr wieder und wieder im Kopf herum. Was auch immer er damit gemeint hatte: Es würde ihnen weiterhelfen.

»Verstehst du es immer noch nicht, du Dickkopf?«, sagte Max auf ihre vorsichtig formulierte Frage, ob er ihre Suche immer noch fortsetzen wollte. »Wir beide gegen den Rest der Welt.«

Wir beide gegen den Rest der Welt.

Sophies Herz schlug allein bei diesen Worten schneller. Sehr ungewöhnlich für jemand, der noch vor Kurzem jedwede Form von Romantik verspottet und belächelt hatte.

»Und was die Sache im Irrgarten angeht«, begann Max zögerlich, doch Sophie schüttelte nur den Kopf.

»Längst vergessen. Die Frau aus dem Spiegel will uns gegeneinander ausspielen. Das dürfen wir nicht zulassen.«

Er nickte dankbar. »Und wenn es wieder passiert?«

»Dann merken wir es schneller. Jetzt sind wir vorbereitet!«

Zum ersten Mal seit ihrer Rückkehr aus dem Irrgarten lächelte Max. »Also gut. Und der General …?«

»Sie hat ihn umgebracht, weil er uns helfen wollte. Oder erneut sterben lassen, was weiß ich.«

Ein Schatten wanderte über sein Gesicht. »Das ist ja furchtbar.«

»Ich denke, er wusste, was er tut.« Zu diesem Schluss war Sophie mittlerweile gekommen. »Wir haben es nicht von ihm verlangt und er wollte uns dennoch helfen. Ich kenne mich nicht mit diesem ganzen Militärzeugs aus, aber ich denke, es war eben das, was ein General tut. Ehre und so.«

»Ich frage jetzt gar nicht, wie er es geschafft hat, das Wort in den Staub zu schreiben. Aber was ich mich eben doch frage, ist, was er damit meinte.«

»Das«, sagte Sophie mit einem scheuen Lächeln, »müssen wir herausfinden.«

Natürlich fragte sie sich insgeheim, wieso sie das Buch nicht schon früher auseinandergenommen hatten. Dieses Hotel machte es so verdammt schwierig, auch nur einen logischen Gedanken zu fassen! Es war so, als pfuschte ständig jemand in ihren Gedanken herum. Ja, als wäre jemand in ihrem Kopf, um sie zu täuschen, zu manipulieren und zu verwirren. Mit Erfolg, wie man sah.

Erstmals durchblätterten sie den kostbarsten Schatz des Concierge ausführlich, schauten sich Seite für Seite genau an, bewegten sich Jahr für Jahr vorwärts in der Chronologie des Hotels.

Manche Seiten waren mit winziger Schrift vollgekritzelt, auf anderen standen nur einzelne Wörter wie Papagei, Knochen oder Regenschirm. Vollkommener Unsinn auf den ersten Blick.

»Sieht aus wie das Tagebuch eines Verrückten«, gab Max nach einiger Zeit zu bedenken.

Wenn das das wichtigste Überlebenswerkzeug eines Concierge sein sollte, war es eigentlich nicht viel wert: chaotisch, unsortiert und total vollgeschmiert. Einkaufslisten, Arbeitspläne, Telefonnummern und kurze Kommentare zu Gästen wechselten sich ab, es fehlte der Sinn, die Ordnung.

»Da!« Max zeigte aufgeregt auf eine eingeklappte Seite. »Hier steht irgendwas mit Direktor.«

»Ja, aber nur, wie der neue Direktor sein Frühstücksei mag. Ich bin mir sicher, dass wir den ersten Direktor dieses Hotels suchen. Der, der all das hier verschuldet hat. Eier werden uns da kaum weiterhelfen.«

Es war ein mühsames Unterfangen. Wer auch immer auf die Idee gekommen war, jemals eine Nadel in einem Heuhaufen zu verstecken: Bestimmt war es dieselbe Person, die diesen einen so dringend benötigten Hinweis auch in diesen Seiten versteckt hatte und sich diebisch über seine Leistung freute. Bevorzugte Weckzeiten, Namen unzähliger Hunde, Katzen, Vögel und sonstiger Haustiere, Personalberichte, immer wieder kryptische Satzfetzen. Vieles war durchgestrichen.

»Was heißt das?«, fragte Sophie bei einer Stelle. »Schau mal, kann es sein, dass hier ›Die Kinder, die armen Kinder‹ steht?«

Max spähte auf die Seite. »Schwer zu sagen. Möglich wär's. Aber wen meint er damit?« Max blickte Sophie an. »Etwa uns? Aber wir sind doch keine Kinder mehr! Ich meine … selbst wenn wir mal die Sache mit der Zeit hier außer Acht lassen.«

»Für ihn vielleicht schon. Aber warum hat er es durchgestrichen?«

Max blätterte gelangweilt ein paar Seiten weiter. »Keine Ahnung. Vielleicht, damit niemand merkt, was er wirklich denkt. He, was ist das?« Er deutete mit dem Zeigefinger auf eine weitere rätselhafte Collage aus Skizzen, Worten und durchgestrichenen Sätzen.

»Soll das der Turm sein? Vielleicht ist das eine Art Wegweiser …«

Klar und deutlich zu erkennen war hier nichts, viel mehr als Mutmaßungen konnten die beiden nicht anstellen. Vieles deutete allerdings darauf hin, dass eines der Turmzimmer einen geheimen Durchgang barg. Einen Durchgang, der höchstwahrscheinlich zu einem Zimmer führte. Zu einem Zimmer, das vielleicht das Versteck des Direktors war.

»Hier, das kann ich entziffern, glaube ich«, sagte Sophie, ungeschlagene Meisterin im Dechiffrieren der unsäglichen Schrift ihres Vaters. »Da steht so was wie ›Niemals, niemals, niemals den Turm betreten. Sie kann nicht, ich darf nicht, nicht, niemals in den Turm!‹«

Das klang doch mal vielversprechend!

Viele der folgenden Seiten setzten sich mit etwas Fantasie mit dem Turm auseinander. Auch wenn es den Anschein hatte, als wären die Notizen von einem Geisteskranken niedergeschrieben worden. Längst nicht alles war zu entziffern, doch das, was sie sich mit einiger Mühe zusammenreimten, passte in ihr bisheriges Bild: Aus irgendeinem Grund war der Turm der einzige Ort in diesem Hotel, über den die Frau aus dem Spiegel keine Macht hatte.

»Okay, dann sollten wir uns wieder auf den Weg machen. Dieser Turm muss doch zu finden sein!«

Max erhob sich. »Wie immer? Heimlich rausschleichen und dann die Kohletreppe hoch?«

Sophie nickte, dann fiel ihr siedend heiß etwas ein. »Warte einen Moment. Ich muss noch was erledigen.«

Kühl war es hier, deutlich kühler, als sie das in Erinnerung hatte. Zögerlich betrat sie den Raum, der ihr bei ihren letzten Besuchen immer vertrauter erschienen war. Beinahe hatte er sich ein wenig nach Heimat angefühlt.

Jetzt war da lediglich Kälte. Eine Kälte, die nur entstehen kann, wenn etwas Wichtiges fehlte.

»Hallo?« Ihre Stimme klang seltsam hohl in ihren Ohren.

Alles war so, wie sie sich erinnern konnte. Das Piano, die Bücher, die leeren Flaschen … nur von den anderen Erinnerungen fehlte jede Spur. Wenn sie ehrlich war, wusste sie nicht, was sie hier erwartet hatte. Sie fand es einfach richtig, sie aufzusuchen. Um … ja, um was eigentlich? Um sich zu entschuldigen? Um zu sehen, wie es ihnen ging? Es waren Geister, herrje, wer wusste schon, wie es ihnen ging?

Nein. Sophie war hier, um sich zu verabschieden. Niemand wusste, wie diese Geschichte ausging, doch für sie war klar, dass sie wahrscheinlich nie wieder in diese Keller zurückkehren würde.

»Seid … seid ihr da?« Sie fühlte sich schlecht, wurde geplagt von Schuldgefühlen. Nicht unbedingt gegenüber dem General, aber doch ganz gewiss gegenüber seinen beiden langjährigen Weggefährten. »Ich wollte nur fragen, ob ich irgendwas tun kann. Es … es tut mir sehr leid.«

Jetzt rührte sich etwas. Ein Wind erhob sich. Zunächst nicht mehr als eine Brise, die an den Notenblättern rüttelte wie ein nervöser Komponist. Dann wurde sie stärker. Als ihr die ersten Flaschen entgegenflogen, trat Sophie den Rückzug an. Nur mit einem gewagten Sprung konnte sie sich aus dem Raum befreien, bevor die Tür hinter ihr ins Schloss geschmettert wurde, begleitet von einem wütenden Aufschrei.

Sophie versuchte, ihren Puls wieder unter Kontrolle zu bekommen. Die Tür hätte sie um ein Haar zerquetscht.

Kapitel 43

DER TEESALON

Etwas war anders. Sophie wusste nicht, weshalb sie das so deutlich spürte, doch sie hatte den Eindruck, dass sie diesmal alles auf eine Karte setzten. Das Puzzle, es war noch nicht vollständig gelöst, noch fehlten ihnen einige Teile zum Verständnis. Im Turm würden sie finden, wonach sie suchten. Das Hotel versuchte mit aller Macht, sie abzuhalten – ein eindeutiges Zeichen dafür, dass sie auf dem richtigen Weg waren.

Ein scharfer Geruch stieg ihr in die Nase, als sie durch die gottverlassenen Flure streiften. »Riechst du das auch?«

Max nickte. »Riecht verbrannt.«

»Vielleicht …«, setzte Sophie gerade zu einer Überlegung an, als sie den obersten Absatz einer breiten Treppe erreicht hatten und um die Ecke bogen. »Ach du …«

Das Feuer musste schrecklich gewesen sein. Es hatte gewütet wie ein aus der Unterwelt entkommener Dämon, hatte alles schwarz versengt, Glas geschmolzen und sich tief in das Holz hineingefressen. Noch immer spürten sie die Hitze, hier und da rauchte es noch.

»Ist das einer der Speisesäle?« Auch Max stand wie versteinert in der verkohlten Tür. Sie blickten auf die Überreste eines Infernos, das nichts unversehrt gelassen hatte.

»Könnte sein. Schwer zu sagen. Der Teesalon vielleicht.«

Beide waren unfähig, sich zu bewegen. So eine Katastrophe hatte Sophie noch nie mit eigenen Augen gesehen. Es war eine tiefe, schwarze Wunde, die dem Hotel geschlagen worden war, eine irreparable Narbe.

Ihr fiel ihr Traum ein, den sie in der Nacht geträumt hatte, in der ihre Eltern verschwunden waren. »Ich … ich glaube, das war der Brand, nach dem das Hotel geschlossen wurde.«

Max reagierte nicht. Er zeigte mit einem leicht zitternden Finger nach vorn.

Da waren sie. Drei gebückte Gestalten, die mit gesenktem Haupt durch die verkohlten Gänge hinkten. Anders konnte man es nicht beschreiben. Sie vollführten dieselben Bewegungen, blieben gleichzeitig stehen und bewegten sich gleichzeitig vorwärts. Wie ein abartiges Ballett.

»Was ist das jetzt wieder?«, hauchte Sophie und kroch näher an Max heran. Der schüttelte nur unmerklich den Kopf.

Es schien, als würden die drei Wesen etwas suchen. Sie stocherten in der Asche, hoben Balken an, blickten unter verbrannte Tische. Sophie und Max wohnten dem unwirklichen Schauspiel gebannt bei.

»Oh Gott«, machte Sophie und bedeckte ihre Augen mit beiden Händen, als sie bemerkte, was diese Figuren tatsächlich durchsuchten. Es waren Körper. Bis zur Unkenntlichkeit verbrannte Körper.

»Die suchen irgendetwas«, hörte sie Max' tonlose Stimme.

Sie konnte nicht mehr hinsehen.

»Das ist nicht real«, sagte Sophie immer wieder mit einem

leisen Wimmern auf wie ein auswendig gelerntes Gedicht. »Das ist nicht real.«

Eine Stimme erklang. Es war mehr das wütende Fauchen des Windes als eine menschliche Stimme, eher das drohende Brodeln des Feuers. »Er ist nicht hier.«

Sophie wurde es kalt ums Herz. Sie zwang sich, wieder hinzusehen, und erblickte drei alte Frauen. Drei Gestalten, die einst Frauen gewesen sein mochten. Jetzt waren ihre Hände verkrüppelt, ihre Gesichter zerfurcht, ihre Augen pechschwarz. Ihre Körper waren zusammengewachsen, doch ihre Köpfe zuckten unablässig hin und her.

Nicht zum ersten Mal sah Sophie diese drei Gestalten.

Was sie hier wollten, wusste sie mal wieder nicht.

»Ich habe alles versucht«, kam eine weitere Stimme dazu. Sie schien von weit weg zu kommen und doch ganz nah an Sophies Ohr zu sein.

»Der Spiegel!«, rief Max und zeigte auf einen der schwarz angelaufenen Wandspiegel.

In ihm materialisierte sich das Zimmermädchen.

»Das ist nicht genug«, spien die drei alten Frauen aus und humpelten ungelenk auf den Spiegel zu. »Lass dir etwas einfallen und denke an unsere Abmachung. Wir warten nicht mehr lang, Zimmermädchen.«

»Ich weiß nicht, was ich tun soll. Ich kann ihn nicht betreten.«

Sophie und Max blickten sich erstaunt an. Meinte sie etwa den Turm?

»Das ist dein Problem.«

Als habe jemand den Fernseher ausgeknipst, war das unwirkliche Schauspiel mit einem Schlag vorbei.

»Ich halt das nicht mehr aus«, sagte Sophie mit belegter

Stimme und vergrub ihr Gesicht in Max' Schulter. Sie schluchzte. »Ich halt das einfach nicht mehr aus.«

Max drückte Sophie fest an sich.

»Kopf hoch, das bestätigt doch immerhin unsere Vermutung«, sagte er nach einer Weile und küsste sie sanft. Sophie genoss es, sich in seinen Küssen zu verlieren und einen Moment lang alles andere zu vergessen. Auch wenn sie mittlerweile ganz schön viel vergessen musste.

»Aber eines musst du mir versprechen.« Max hielt sie an den Armen und blickte sie ernst an.

»Alles.«

Er grinste. »Sobald das hier durch ist, verlangen wir an der Rezeption unser Geld zurück. Einverstanden?«

Ihr wurde leichter ums Herz. Und mit einem gewaltigen Schlag merkte Sophie, wie sehr sie Max liebte.

Niemand sollte diesen Turm betreten. Das war mehr als offensichtlich. Der Gang dorthin war mit Holzlatten verriegelt, Absperrbänder und Warnhinweise säumten den Weg zur Tür. Die war ebenfalls zugesperrt und mit jeder Menge Mobiliar verrammelt.

Wirklich niemand sollte diesen Turm betreten. Zumindest theoretisch.

Die Holzlatten waren so morsch, dass sie Max mit gezielten Fußtritten durchbrach, die Warnschilder waren bis zur Unlesbarkeit verrostet und hingen schief in den Angeln, die Tür zum Turm ein Kinderspiel, nachdem sie Bänke, Tische und sonstige Utensilien aus dem Weg geräumt hatten. Wieder einmal fragte sich Sophie, ob dieser Teil des Hotels bei der Renovierung einfach vergessen wurde oder ob sie nur durch eine weitere ihrer Erinnerungen spazierten.

»Das war einfach«, kommentierte Max verwundert, als sie durch den Türrahmen auf eine steinerne Wendeltreppe blickten. Irgendwann war der Eingang zum Turm hinter einer Biegung aufgetaucht. Als habe er sich gerade eben erst dazu bequemt, sich dort niederzulassen.

»Ja, fast schon zu einfach«, ergänzte Sophie zweifelnd.

Sollte sich der Direktor tatsächlich in diesem Turm befinden, konnte das doch wohl kaum alles gewesen sein. Andererseits … woher sollten sie wissen, welche unsichtbaren Barrieren sich hier befanden. Hindernisse, die es der Frau aus dem Spiegel unmöglich machten, den Turm zu betreten?

»Wollen wir?«, fragte Max ermutigend und hielt ihr seine Hand hin.

Sophie nickte dankbar und ergriff sie. Sein fester Händedruck gab ihr Zuversicht. Eine Stärke, die sie immer noch verwunderte. »Kann's kaum erwarten.«

Sie küssten sich. Noch immer wurden Sophies Knie weich, wenn ihre Lippen sich berührten.

»Wie das auch ausgehen mag«, sagte Max ernst, »ich würde alles genau so wieder machen.«

Gemeinsam betraten sie den Turm.

KAPITEL 44

DER TURM

Abgestandene Luft schlug ihnen entgegen. Der Staub der Jahrzehnte, der Muff der stummen Ewigkeit, die tragische Abwesenheit allen Lebens. Zaghaft und achtsam tasteten sie sich vor.

Das Feuer hatte diesen Teil des Hotels vor 100 Jahren verwüstet. Seither hatte diesen Turm wahrscheinlich niemand mehr betreten.

Niemand außer dem Direktor, sofern sie richtiglagen.

Sophie war seltsam überzeugt davon, dass er hier sein Versteck hatte, sein Liebesnest, in dem er sich auch mit dem Zimmermädchen getroffen hatte.

»Also, wenn du recht hast und ich sie wäre, hätte ich diesen Turm zumindest mal einstürzen lassen. Wegen all der schlechten Erinnerungen, meine ich.«

Sophie hatte gründlich darüber nachgedacht. Sie wusste, wie es sich anfühlte, wenn ein Herz brach. Natürlich waren da jede Menge Wut, Enttäuschung und Hilflosigkeit. Vor allem aber war da eine Leere. Eine sorgsam gemiedene Leere in ihren Erinnerungen. Wie ein schmerzender Zahn, den man nicht mit der Zunge berührte, weil man wusste, dass er sonst wehtat.

»Sie kann es nicht.« Sophie hielt inne und sah zu Boden. »Sie kann es nicht oder sie will es nicht. Ich denke, darin verstehe ich sie sogar. Sie kontrolliert das gesamte Hotel, doch wahrscheinlich ist es zu schmerzhaft für sie, sich diesem Turm zu nähern. Du hast es doch auch erlebt, im Salon der Erinnerungen. Du hast gesehen, wie sie zerbrach, als er ihr im Turm sagte, es sei vorbei.«

Langsam gingen sie die Stufen hinauf, den Blick abwechselnd nach vorn und zurück gerichtet. »Und der Direktor wusste davon?«

»Keine Ahnung. Vielleicht. Vielleicht hat er auch nur gehofft, dass sie dem Turm nicht mehr nahe kommen will, was weiß ich. Vielleicht gibt es ihn auch gar nicht. In diesem Hotel ist alles möglich.«

»Das kannst du laut sagen. Nur mit guten Nachrichten tut es sich etwas schwer.«

»Psst!« Sophie horchte die Treppe hinunter. Sie hatte etwas gehört. »Ich glaube, da kommt jemand hoch«, sagte sie leise.

Max nickte und stellte sich ungefragt vor sie. Eine ritterliche Geste, für die Sophie dankbar war.

Schritte. Jemand eilte die Treppe hinauf.

»Und?«, fragte Max kaum hörbar.

»Hörst du sie denn nicht?«

»Was denn?«

»Na die Schritte!«

Max schüttelte stumm den Kopf und in Sophie schrillten alle Alarmglocken. Das hatte bislang selten etwas Gutes bedeutet.

Ein kleiner Junge mit hochgezogenen Strümpfen und kurzen Hosen rannte an ihnen vorbei, als würden sie gar nicht existieren.

»He, warte!«, rief Sophie und versuchte, ihn zu packen, doch er war schneller. »Hinterher!«

Sie nahm die Verfolgung auf.

Max zögerte keine Sekunde und eilte ihr nach. »Wem rennen wir denn hinterher?«, rief Max, hielt aber Schritt.

Sophie antwortete nicht. Sie wusste nicht, was das zu bedeuten hatte; ein kleiner Junge, der allein durch diesen Turm sprang, war allerdings besorgniserregend genug, um der Sache auf den Grund zu gehen.

Vor allem, wenn er auf einen fensterlosen Sims kletterte und Anstalten machte, darauf zu balancieren. Viel zu viele Meter über dem Boden.

»Vorsicht!«, schrie Sophie. Sie kletterte auf den Fenstersims, rutschte ab, fing sich, spürte, wie loses Geröll unter ihren Füßen wegbrach, wollte den Jungen packen, wollte ihn vom Abgrund wegziehen.

Doch da war kein Junge mehr.

Er war verschwunden. Hatte sich in Luft aufgelöst. Mit einem ekelhaften Knirschen brach noch mehr Gestein unter ihr weg. Sie verlor das Gleichgewicht, taumelte nach vorn. Schon sah sie den nachtschwarzen Abgrund unter sich. Gleich würde sie fallen.

Eine Hand packte sie, zog sie schmerzhaft von der Öffnung zurück. Sie fiel. Fiel auf etwas Weiches. Etwas Weiches, das stöhnte. Max. Wer sonst? Ungelenk rappelte sie sich auf und lehnte sich an der steinernen Wand an.

»Verdammt noch mal, Sophie, hast du den Verstand verloren?«, brüllte er. Seine Hose war zerrissen und er war voller Staub. In seinem Blick stand blankes Entsetzen. »Du wärst fast aus dem Fenster gesprungen!«

»Aber«, stammelte sie, »aber der Junge. Ich dachte, er stürzt.«

»Was für ein Junge? Da war niemand! Nur du. Du wärst um ein Haar gefallen.«

Sophie schüttelte ungläubig den Kopf. »Ich … ich weiß nicht.« Dann fiel ihr ein, dass Max sie mal wieder gerettet hatte. »Danke«, sagte sie beschämt. »So langsam bin ich dir ganz schön was schuldig.«

»Hör einfach auf, solche Dummheiten zu machen, ja? Du hast mich zu Tode erschreckt. Was war das überhaupt für ein Junge?«

»Keine Ahnung.« Sie zuckte hilflos mit den Schultern. »Hey«, machte sie dann. Ihr Mund wurde trocken, als sie das Erlebte erneut durchspielte. Wenn Max nicht gewesen wäre … »Meinst du, das war eine Falle?«

»Ich habe keine Ahnung, was das war, ich habe es ja nicht mal gesehen!« Er machte eine Pause. »Aber natürlich, möglich ist es schon.«

Sophie war betrogen worden. Ihr ganzes Leben war sie von Geschichten in die Irre geführt worden, in denen strahlende Helden epische Siege davontrugen. Oh, vielleicht gab es diese Siege tatsächlich. Dennoch war in Geschichten nie von den Tausenden Niederlagen die Rede, die auf einen Sieg kamen. Von Leuten wie ihr, die kurz vor dem vermeintlichen Ziel sang- und klanglos aus dem Fenster purzelten. Von Rittern, die falsch abbogen und nie die Prinzessin retteten. Von Abenteurern, die allergisch auf Dschungelpflanzen reagierten und nie den sagenumwobenen Tempel fanden. Natürlich wollte niemand diese Geschichten lesen. Sie suggerierten aber, dass es vor allem eine wahnsinnig aufregende und heroische Sache war, ein Abenteuer zu bestehen. Die Angst, der Schmutz, die Ungewissheit und die Hoffnungslosigkeit kamen ihrer Meinung nach entschieden zu kurz. Sophie atmete tief durch und setzte sich in Bewegung. »Also los. Bringen wir's hinter uns. So hoch kann dieser Turm wohl kaum sein.«

Weit kamen sie nicht. Es wäre ja aber auch zu einfach gewesen. Schon nach wenigen Stufen hörte Sophie erneut hektische Schritte hinter sich. Ein Seitenblick auf Max verriet ihr, dass er sie diesmal auch gehört hatte.

Ob das besser war?

»Mir reicht's!«, brach es grollend aus Max heraus. Er machte auf dem Absatz kehrt und stellte sich wem auch immer entgegen. Er schien zu allem bereit, musste es aber glücklicherweise nicht sein.

»Wartet!«, rief eine vertraute Stimme. Wenig später kam Margarete um die Ecke, gefolgt von Ludwig, der die Schultern noch mehr hängen ließ als sonst und aussah wie ein Hemd, das man unordentlich auf einen viel zu kleinen Bügel gehängt hatte.

Sophie postierte sich neben Max und ergriff seine Hand.

»Ihr dürft nicht weitergehen!«

»Du hast uns nichts zu sagen«, gab Max kalt zurück.

»Nein, ihr versteht das nicht. Diesmal geht es nicht um mich ...« Sophie und Max sahen sich erstaunt an. »Diesmal geht es um euch! Bitte glaubt mir das! Wenn ihr weitergeht, begebt ihr euch in Lebensgefahr.«

»Bitte hört ihr zu.« Ludwig trat hinter ihr hervor. »Sie will euch helfen!«

Max trat eine Stufe hinab, machte einen Schritt auf Margarete und Ludwig zu. »Seit wann denn das?«

Nicht wenig erstaunt stellte Sophie fest, dass Margarete ein gequältes Gesicht machte. Beinahe so, als wäre ihr wirklich an ihnen gelegen.

»Nur weil ich gegen eure Pläne bin, heißt das doch noch lange nicht, dass ich euch einfach ins Verderben rennen lasse!«

»Und wieso meinst du, dass wir *ins Verderben rennen*?«

Margarete blickte unsicher zwischen den beiden hin und her. Ludwig war wie immer nur die Randfigur, ein Nebendarsteller mit wenig Text und noch weniger Mitspracherecht. Jetzt beugte er sich allerdings vor und die beiden begannen zu tuscheln.

»Kommt nicht infrage«, verkündete Margarete kurz darauf giftig und funkelte ihn an.

»Ich dachte ja nur …«

»Das kommt also dabei heraus, wenn du denkst? Na wunderbar.«

Ludwig wirkte, als habe man ihm einen Schlag ins Gesicht verpasst. Er wandte den Kopf ab und schwieg.

»Also«, fuhr Margarete fort, als wäre nichts gewesen. »Könnt ihr mir nicht einfach vertrauen? Ich sage es euch, dieser Turm ist lebensgefährlich. Es wäre nicht das erste Mal, dass hier etwas Schreckliches passiert.«

Jetzt wurde Sophie hellhörig. Wusste Margarete etwas über den Direktor? Über das Zimmermädchen? »Was meinst du damit?«

Verschiedene Emotionen fochten einen erbitterten Kampf auf Margaretes Zügen.

»So sag es ihnen doch einfach«, schaltete sich Ludwig, wohl wie er hoffte, beschwörend ein, doch Margarete brachte ihn mit einer wütenden Geste sofort wieder zum verschüchterten Schweigen.

»Du kannst nicht erwarten, dass wir dir einfach so glauben, nach allem, was passiert ist.«

»Nach allem, was passiert ist?« Sie bemaß Max mit einem fassungslosen Blick. »Ihr wisst doch gar nicht, was ich durchgemacht habe. Gar nichts wisst ihr!« Die letzten Worte schrie sie.

»Dann erzähl es uns doch einfach«, sagte Sophie bemüht sanft. »Wie sollen wir es denn auch wissen, wenn du es uns nicht sagst?«

Wieder rang das hochgewachsene Mädchen mit den streng nach hinten gekämmten Haaren mit sich selbst. Es war ihr anzusehen, dass irgendetwas in ihr alles erzählen wollte. Ein anderer Teil sträubte sich dagegen. Ausgang ungewiss.

»Mir hast du es doch auch erzählt«, versuchte es Ludwig noch mal. Der arme Tropf war aber auch wirklich hartnäckig.

Diesmal blieb Margarete sogar ruhig. »Es tut so weh.« Sophie war schockiert: Echte Tränen rannen ihre Wangen herab. »Es tut so weh, verdammt.«

»Hey.« Sophie berührte sie sanft am Arm. »Wir haben alle viel durchgemacht und wir alle wollen unsere Eltern finden und dann von hier verschwinden. Aber wenn du uns nicht sagst, was du weißt, kannst du auch nicht erwarten, dass wir einfach den Rückzug antreten. Wir haben uns zu lange von diesem Hotel rumkommandieren lassen.«

»Du verstehst das nicht.« Sie blickte Sophie erstmals direkt in die Augen. Nichts als Schmerz, Verbitterung und Angst lag in ihrem Blick. »Ich rede nicht darüber. Ich habe mir geschworen, es nie wieder zu erwähnen.« Sie kniff die Augen zusammen, zuckte, fuhr sich mit der Zunge nervös über die Lippen. »Aber … ich … muss … ich muss es sagen … bitte, bitte, zwing mich nicht!«

Ratlos drehte sich Sophie zu Max um. »Mit wem spricht sie?«, formte sie lautlose Worte.

»Schon gut, schon gut!« Margarete war mit einem Mal ganz ruhig. Sie blickte auf den Boden, nestelte nervös mit ihren Händen herum, atmete tief durch und begann mit leiser Stimme zu reden. »Mein Bruder, er …«

»Dein Bruder?«, unterbrach Max sie mit großen Augen. »Du hast …«

»Unterbrich mich nicht«, schnitt ihm Margarete das Wort ab. »Mein kleiner Bruder war mit mir hier. Er war so wie ihr, wollte nicht still sitzen und auf den Concierge warten. Er wollte selbst einen Weg hinaus finden. Eines Tages fand er diesen Turm. Ich war ihm gefolgt, weil ich nicht wollte, dass er allein durch dieses riesige Hotel streift. Damals waren wir beiden die einzigen, Ludwig kam erst …«

Sie stockte. »Irgendwann danach. Mein Bruder entdeckte also diesen Turm. Und ehe ich ihn zurückhalten konnte, war er auch schon die Stufen hochgerannt.« Sie ließ ihre Schultern hängen. »Ich habe ihn nie wieder gesehen. Ich habe überall gesucht, natürlich habe ich das. Auch der Concierge konnte ihn nirgendwo finden. Irgendwann gab ich auf, ich gab auf und hasste mich dafür, doch ich schwor mir, die Keller fortan nicht mehr zu verlassen und zu warten.« Erstmals blickte sie auf. »Deshalb wollte ich nicht, dass ihr auf eigene Faust loszieht. Ich habe erlebt, wozu es führt.« Kaum hörbar fügte sie an: »Bist du jetzt zufrieden?«

Sophie ließ das Gesagte wirken, als ihr ihre Begegnung auf der Treppe einfiel. Ein kleiner Junge mit hochgezogenen Socken und kurzen Hosen.

Gänsehaut krabbelte ihren Nacken hinauf. Das war Margaretes Bruder gewesen! »Warum hast du uns nichts gesagt?«, sagte sie ehrlich berührt.

»Niemand sollte es erfahren. Niemand sollte wissen, dass ich meinen kleinen Bruder im Stich gelassen habe.« Sie schniefte. Soll … soll ich euch zeigen, wo ich ihn zuletzt gesehen habe?«

»Äh, ja. Ja, natürlich.« Sophie und Max folgten ihr perplex die Treppe hinauf. Ludwig lief hinter ihnen, die Hände tief in den Taschen vergraben.

»Hier.« Margarete kam vor einer kleinen Tür zum Stehen. »Hier drin war es.«

Langsam öffnete sie die Tür.

MAI 1915

Als sie das Mädchen das erste Mal sah, wusste sie, was sie zu tun hatte. Es reiste mit seinen Eltern an, wirkte abwesend, unsicher. An seiner Hand baumelte ein kleiner Junge, wohl der Bruder.

Genau das, was sie brauchte.

Dieser Plan hatte nach und nach in ihr Gestalt angenommen. Mittlerweile hatte sie sich an ihre … Situation gewöhnt, wusste, wie sie damit umzugehen hatte. Wusste, was sie war. Mehr noch: Sie wusste, wie sie ihr zum Vorteil gereichen konnte. Dafür musste sie sich einfach nur die Spiegel zunutze machen. Eigentlich ganz einfach, wenn man die Tatsachen einmal akzeptiert hatte. Die Spiegel waren ihre Augen. Durch sie entging ihr so gut wie nichts. Die Zeit, sie verging noch immer unkontrollierbar, aber immerhin konnte sie sie verlangsamen, wenn sie sich Mühe gab. Sie konnte ihre Umgebung verändern, wenn sie sich an etwas erinnerte. Konnte Kontakt aufnehmen, wenn sie es nur lange genug versuchte.

Sie hatte eine Idee. Eine vage Hoffnung, wie sie ihn aus seinem Versteck locken konnte.

Nacht für Nacht manifestierte sie sich im Spiegel, der im Zimmer des Mädchens stand, belauschte es, horchte es ab, saugte ihre Gedanken und Gefühle aus ihr heraus. Und säuselte Versprechungen in die Dunkelheit.

Margarete war todunglücklich. Mochte ihren Stiefvater nicht, liebte ihre Mutter dafür über alles. Sie wollte weg mit ihr und ihrem Bruder, weit weg, am liebsten nach Amerika.

Trotz allem, was er ihr angetan hatte, wusste sie, dass er immer eine Schwäche für derlei Geschichten gehabt hatte. Dass er ein großes Herz hatte, wenn es um Kinder ging. Bis auf sein eigenes natürlich. Sei's drum: Es würde jedes Herz erweichen, wenn sie die beiden von ihrer Mutter trennte. Selbst seines.

Mit neuer Zuversicht flüsterte sie ihrem Sohn Befehle ein.

Kapitel 45

Das Turmzimmer

Irgendetwas war seltsam. Passte nicht recht. Verknotete Sophies Gedanken. Bislang ohne Ergebnis. Das machte es ja so schlimm: Irgendwo in Sophie schrie etwas, doch sie verstand kein Wort.

Sophie betrat den Raum nach Margarete, gefolgt von einem ähnlich ahnungslos dreinblickenden Max und dem Schlusslicht Ludwig.

»Dort«, sagte Margarete und zeigte in eine Ecke. »Dort hinten war es.«

»Wo denn?« Max kniff die Augen zusammen und spähte in den dunklen Raum.

Bis auf das prasselnde Kaminfeuer und einige Wappen an den Wänden war kaum etwas zu erkennen. Was sollte es hier schon zu sehen geben?

Sophie konnte sich nicht konzentrieren. Da war etwas, das nicht stimmte. Nicht zusammenpasste. Und ihr immer wieder entglitt wie ein Fisch im Wasser. Eine Stimme versuchte, sie auf etwas aufmerksam zu machen. Ohne Erfolg.

»Was ist das für ein Raum?«, fragte sie. Vielleicht, um ein wenig Klarheit in ihre Gedanken zu bekommen. Vielleicht, um Zeit zu gewinnen.

Auch Ludwig schien nicht zu wissen, was Margarete genau vorhatte. »Du … du wolltest uns doch noch etwas zeigen«, begann er unsicher. »Oder?«

Ein merkwürdig vertrauter Duft lag in der Luft. Auch der erinnerte Sophie an etwas ganz Bestimmtes, doch sie kam einfach nicht darauf. Es war zum Verrücktwerden.

»Das hier ist irgendein altes Zimmer, das schon ewig leer steht«, sagte Margarete und machte eine abwinkende Handbewegung. »Stumm und reglos wie alles hier in diesem Hotel – wenn man mal von diesen nervigen Geistern absieht, oder?« Sie lachte und klang dabei ein wenig überreizt. Vielleicht war es aber auch nur ungewohnt, sie lachen zu hören.

»Und warum sind wir dann hier?« Ludwig schob seine Brille nervös die Nase hinauf. Wie immer, wenn er Margarete etwas fragte, wirkte er wie ein Lamm auf dem Weg zur Schlachtbank. Jetzt schien aber auch er aus irgendeinem Grund an ihr zu zweifeln.

»Schließ die Tür, Ludwig.«

Für seine Verhältnisse kam er dieser Aufforderung ungewohnt zögerlich nach.

In Sophie ratterte und ratterte es. Endlich rasteten die geistigen Zahnräder an der richtigen Stelle ein.

Die Geister!

Als die Tür ins Schloss fiel, traf die Erkenntnis Sophie wie ein Schwall Eiswasser. Plötzlich war alles ganz klar.

Margarete hatte die Geister erwähnt! Sie hatte den toten General gefunden, obwohl außer Sophie niemand von ihrer Existenz wusste! Obwohl sie niemand sehen konnte!

Sophie fühlte sich wie in einem Traum, in dem man in den Abgrund fiel.

»Schnell, raus hier!«, schrie sie und wollte schon zur Tür hechten, als eine eisige Stimme die Luft zerschnitt wie ein heißes Messer Butter.

»Niemand verlässt den Raum!«

Langsam drehte sie sich wieder um. Ein Vorhang am anderen Ende des Raumes raschelte, schob sich zur Seite.

Dahinter kam der Concierge zum Vorschein.

Er war nicht wiederzuerkennen. Und das bedeutete in diesem Fall nichts Gutes. Was schon zuvor wirr und reichlich ramponiert gewirkt hatte, war jetzt derart heruntergewirtschaftet, dass es eigentlich albern aussehen würde. Wären da nicht diese Augen. Frei von jeglicher Vernunft zuckten sie tief in ihren dunklen Höhlen hin und her.

Es waren die Augen eines Verrückten.

Sophie machte einen Satz zur Tür und rüttelte an der messingfarbenen Klinke. Verschlossen.

»Margarete? Was soll das?«, fragte Ludwig besorgt, als sie sich hinter dem Concierge postiert hatte und sie triumphierend betrachtete. Wie eine Wölfin, die ihre Beute in die Enge getrieben hat. Auch er schien langsam aufzuwachen. »Das ist nicht mehr lustig.«

»Es war an der Zeit, dass ich die Dinge selbst in die Hand nehme. Auf dich ist ja kein Verlass, wie es scheint.«

Sophie konnte es nicht fassen. Sie hätte Margarete viel zugetraut. Sehr viel sogar, und das meiste davon waren keine netten Dinge. Aber das hier … das nicht.

Sie hat uns verraten.

»Ihr musstet ja um jeden Preis ungehorsam sein.« Schrill und unbeherrscht drang die Stimme des Concierge durch den kleinen Raum. Aus seinen Augen sprach der Irrsinn, seine Zunge zuckte aus dem Mund heraus wie bei einem Reptil. »Ihr wolltet ja auf eigene Faust erfahren, was es heißt, sich mit diesem Hotel anzulegen. In den Kellern wärt ihr noch zu etwas nutze gewesen. Zumindest so lange, bis sie ihren Plan in die Tat umgesetzt hätte. Aber so … nein, so nicht. Ihr seid zu gefährlich geworden. Dem Direktor zu nah gekommen.« Er schnalzte mit der Zunge. »Das darf niemand, hat sie gesagt. Niemand, niemand, niemand.« Seine Stimme überschlug sich. »Wieso wolltet ihr nicht hören? Wieso wolltet ihr verdammten Rotznasen einfach nicht hören? Sie mag es nicht, wenn man hinter ihr Geheimnis kommt.«

Jede zerstreute Liebenswürdigkeit war aus dieser Gestalt gerieselt wie Sand aus einem leeren Stundenglas. Zurück blieb ein Wahnsinniger, der sie mithilfe dieser falschen Schlange in einem Zimmer eingesperrt hatte.

Der Concierge war nie auf ihrer Seite gewesen.

»Warum haben Sie Ludwig gerettet?«, wollte Sophie ungläubig wissen. Es ergab einfach keinen Sinn!

»Warum?« Urplötzlich klang seine Stimme kalt. »Ihr solltet mir vertrauen. Das Leben dieses Bengels ist mir doch vollkommen egal.«

»Was wollen Sie?« Sophie wusste nicht, ob sie es wirklich wissen wollte, doch sie konnte sich die Frage nicht verkneifen.

»Ooooh.« Er lief auf und ab und wedelte mit dem Zeigefinger in der Luft. »Die Frage ist nicht, was ich will. Oh nein, ist sie nicht. Die Frage … die Frage ist, was *sie* will.« Er blickte nach rechts und legte den Kopf schief. »Was? Wie war das? Ich habe dich nicht verstanden.«

»Wieso …«, begann Max, doch der Concierge schnitt ihm mit einer scharfen Geste das Wort ab.

»Ssssch! Halt deine dreckige Klappe, während sie redet.« Wieder legte er den Kopf schief wie ein absonderlicher Vogel. Und lauschte in die Stille.

Sophies Gedanken überschlugen sich. Ihr Blick eilte durch das Zimmer. Gab es eine andere Tür? Nein. Konnten sie ihn überwältigen? Vielleicht. Aber wie sollte sie Max ihren Plan signalisieren? Und welchen Widerstand würde der Concierge leisten?

Margarete räusperte sich. »Ich … ich habe doch getan, was sie wollte, oder?«

»Ja, das hast du«, erwiderte der Concierge, ohne sich umzudrehen und verstellte seine Stimme zu einem piepsigen Ton, der Sophie die Haare zu Berge stehen ließ. »Das hast du wirklich fein gemacht, ihr einfach so deinen Körper zu überlassen, um diese Tunichtgute endlich aufzuhalten.«

»Dann kann ich jetzt gehen?« Sie war plötzlich ganz kleinlaut geworden. »Ich meine … zu ihnen?«

»Aber ja, aber ja! Deine Eltern warten«, verkündete der Concierge und schritt zum Vorhang am Ende des Raumes. »Sie steht immer zu ihrem Wort.«

Er riss den alten Stoff beiseite. Ein großer Spiegel kam dahinter zum Vorschein. Ein Spiegel, der nicht das Spiegelbild des Raumes zeigte. Zumindest nicht nur. Ein Korridor kam dahinter zum Vorschein. Er war nicht leer. Ein Schemen bewegte sich aus der Ferne auf sie zu.

Margarete stürmte an den Spiegel heran und spähte in seine Tiefen. »Mama?«

Natürlich. Sie waren ans Messer geliefert worden. Ob sie sie selbst gewesen war oder nicht: Margarete hatte sie in eine Falle gelockt, um wieder mit ihren Eltern vereint zu werden. Sophie schäumte vor Wut. Und das Schlimme war: Sie konnte sie doch irgendwie verstehen. Nicht, dass sie dasselbe getan hatte. Aber wer konnte schon sagen, wozu sie fähig wäre, wenn sie so viele Jahre in diesem Hotel zugebracht hätte, wie es Margarete getan hatte?

»Sind sie das?«

Sieh nur ganz genau hin, mein Kind.«

»Ich … ich sehe nichts.«

»Geh näher heran …«

»Nein!«, schrie Sophie, als sie erkannte, was der Concierge vorhatte.

Es war zu spät. Er gab Margarete einen kräftigen Stoß, der sie direkt in den Spiegel hineinbeförderte.

»Du Mistkerl!«, brach es aus Max heraus.

Langsam drehte sich der Concierge zu ihnen um und schenkte Max einen vernichtenden Blick. Hinter ihm hämmerte Margarete von innen gegen das Spiegelglas. Etwas kam aus der Dunkelheit und verschluckte sie. Einfach so. Der Spiegel war leer.

»Margarete!«, schrie Ludwig und stürzte zum Spiegel.

»Ups«, machte der Concierge und hielt sich in gespieltem Entsetzen die Hand vor den Mund. Dann senkte er seine Stimme auf ein gefährliches Grollen herab und wandte sich an Max. »Und jetzt zu dir. Wie hast du mich genannt? Wo sind denn deine Manieren, du Hund?« Er versetzte ihm einen Schlag mit der flachen Hand, der ihn durch den Raum taumeln ließ. »Haben deine Eltern dir nicht beigebracht, wie man mit Erwachsenen redet?«

»Sie hätten mir besser beigebracht, wie man mit vollkommen Wahnsinnigen redet«, feuerte Max unbeeindruckt zurück und Sophie konnte selbst in dieser Situation nicht anders, als seine Schlagfertigkeit zu bewundern.

»Dir werd ich es zeigen!« Der Concierge schnellte mit erhobener Hand vor.

Max duckte sich instinktiv zur Seite weg, konnte der Attacke jedoch nicht entgehen. Die Vogelscheuchengestalt riss ihn zu Boden und hämmerte mit einem animalischen Heulen auf Max' Gesicht ein. Max versuchte mit Händen und Füßen, sich einigermaßen zur Wehr zu setzen, hatte gegen diesen wutentbrannten Ansturm aber so gut wie keine Chance. Mindestens ein Schlag landete auf seiner Nase und ließ Blut daraus hervorschießen.

»Aufhören!«, rief Sophie panisch und versuchte verzweifelt, den Concierge von Max wegzuziehen.

Vergeblich. Er hatte Arme wie Schraubstöcke, die Max wie eine tödliche Maschine zu Boden pressten und ihm den Hals zudrückten.

»Du hältst dich wohl für besonders clever, was?«, zischte er Max ins Gesicht. Speichel lief an seinem Kinn herab. Max trat mit den Füßen um sich, würgte. Sein Kopf war hochrot. »Sie bekommt immer, was sie will, hast du das noch nicht begriffen? Immer!«

Das Nächste, was Sophie in ihrer Panik hörte, war ein grollender Aufschrei. Dann hatte sich Ludwig mit aller Macht auf den Concierge gestürzt und riss ihn von Max weg. Offensichtlich überrascht von dieser Attacke, brauchte der Concierge einige Augenblicke, um sich auf seinen neuen Gegner einzustellen. Ludwig nutzte die vorübergehende Oberhand für einige gezielte Schläge mit der geschlossenen Faust. Einer ließ die Oberlippe seines Gegners aufplatzen, einer erwischte ihn am Auge.

»Du Schwein!«, schrie er zwischen seinen Schlägen. »Du verdammtes Schwein!« Ludwig war entfesselt. Frustration, Wut, Enttäuschung, Schmerz … alles, was ihn zuvor mit hängenden Schultern durch das Hotel geschleift hatte, brach jetzt wohl aus ihm heraus.

Dann hatte sich der Concierge gefangen und ging zum Angriff über. Wieder entkam seiner Kehle ein unmenschlicher Schrei, wieder entwickelte er schier übermenschliche Fähigkeiten. Er stieß Ludwig von sich, packte ihn am Kragen und hob ihn einfach hoch. »Lästiges Ungeziefer wie euch«, spuckte er aus und presste Ludwig gegen die Wand, »muss man zerquetschen!«

»Das würde ich nicht tun.«

Er verharrte mitten in der Bewegung. Unbemerkt hatte sich Max zum Kamin geschlichen. Er hielt das Cardex über die Flammen.

»Einen Schritt weiter und ich lasse es fallen.«

Seine Stimme klang rau, doch in seinem Blick lag wilde Entschlossenheit. Er war zu allem bereit, das konnte Sophie deutlich sehen.

Der Concierge auch. Er ließ augenblicklich von Ludwig ab und bewegte sich langsam auf den Kamin zu, die Augen starr auf das lederne Büchlein geheftet.

»Keinen Schritt weiter oder es brennt!«

Unsicher blieb er stehen. Seine Augen zuckten vom Cardex zu Max und wieder zurück zu seinem Buch.

Sophie war zu einer atemlosen Betrachterin geworden, erstarrt wie ein Tropfstein in einer uralten Höhle.

Der Concierge leckte sich über die aufgesprungene Lippe. Sein Kinn war blutig, doch er merkte es gar nicht. »Und wenn ich dir sage, dass es gar nicht brennt?«

Ohne den Blick vom Concierge abzuwenden, senkte Max den Arm. Das Feuer musste höllisch heiß sein, doch Max verzog keine Miene. Gierig leckten die Flammen am Einband.

»Genug!«, heulte der Concierge auf und riss sich mit schmerzverzerrtem Gesicht büschelweise Haare aus. »Hör auf, hör auf!«

»Wieso solltet wir in den Kellern warten?«

»Das darf ich nicht sagen.«

Max tauchte das Cardex erneut in die prasselnden Flammen.

»Nicht!«, jaulte der Concierge mit erhobenen Händen. »Ich … sie hat mir gesagt, dass ich euch hinabbringen soll. Damit er sieht, wie eure Eltern leiden.«

»Der Direktor?«

»Natürlich, du dummer Junge!«, giftete der Concierge, wurde aber sofort wieder ruhig, als Max das Büchlein erneut sinken ließ. Wie konnte dem Concierge nur so viel daran liegen?

»Wieso der Turm?«

Das Gesicht des Concierge verzog sich zu einer Fratze. Er durfte nicht weitersprechen, hatte jedoch keine andere Wahl. »Sie … nein, bitte …« Wieder näherte sich das Buch den Flammen. »Sie erträgt es nicht! Hör auf damit!«

»Wie können wir sie vernichten?«

Sophie wusste nicht, ob der Concierge lachte oder schluchzte. »Wenn ich euch das sage, sterbe ich.«

Sie signalisierte Max mit Blicken, dass es an der Zeit war, zu gehen. Er würde ihnen nichts mehr sagen.

Max nickte unmerklich. »Öffne jetzt die Tür, lass den Schlüssel stecken und stell dich in die hinterste Ecke. Eine falsche Bewegung und ich werfe dein gottverdammtes Buch ins Feuer.«

Der Concierge dachte kurz nach, schien einen Moment unschlüssig. Dann setzte er sich langsam in Bewegung, machte seine staksenden Schritte zur Tür. Sophie wich ihm aus, positionierte sich neben Max und beobachtete ihn atemlos.

Würde er sie wirklich gehen lassen? Der Widerschein des Feuers verlieh seinen Augen einen übernatürlichen Glanz. Er hatte längst nichts Menschliches mehr.

»Mach keine Dummheiten, Junge«, sagte er leise. War da ein Hauch Besorgnis in seiner Stimme? Sophie hoffte es. »Du weißt ja nicht, was du da tust.«

Max blieb hart. »Oh doch. Besser denn je.«

Knarrend öffnete sich die Tür.

So weit, so gut.

»Und jetzt in die Ecke mit dir. Aber schön langsam.«

Für einen Moment sah es so aus, als wollte der Concierge zum Sprung ansetzen. Dann nagelte sich sein Blick wieder an dem Lederbuch über den knisternden Flammen fest und er hinkte langsam, aber gehorsam in die hinterste Ecke des Raumes.

»Wenn ich ›jetzt‹ sage, rennst du los.«

Sophie nickte unmerklich. »Und Ludwig?«, gab sie ebenso leise zurück.

Sie suchten seine Augen. Fanden sie. Auch in ihnen strahlte eine grimmige Entschlossenheit. Ludwig war endlich wieder zu Sinnen gekommen, wie es schien. Erhobenen Hauptes hatte er sich zwischen der Tür und dem Concierge postiert, sein Atem ruhig, in der Hand den Schürhaken. Ludwig war nicht wiederzuerkennen.

Er nickte kurz. »Ich werde versuchen, Margarete zu retten!«

»Er weiß, was er tut«, raunte Max ihr ins Ohr. Aber wusste das überhaupt irgendjemand von ihnen?

Sophies Herz begann zu rasen. Was würde jetzt passieren?

Es ging so schnell, dass sie vollkommen instinktiv handelte. Max ließ das Cardex in die Flammen fallen. Sein ›Jetzt‹ wurde fast vom tollwütigen Aufschrei des Concierge übertönt. Er stürzte sich auf den Kamin, wurde aber von Ludwig überrascht, der sich ihm in den Weg stellte.

Er holte mit dem Schürhaken aus …

All das sah Sophie, ohne es wirklich wahrzunehmen. Max zog sie hinter sich her, raus, nur raus aus diesem Raum. Sie hasteten unzählige Treppenstufen hinauf und blieben schwer atmend an einem Absatz stehen.

»Sind wir ihn los?« Sophie spähte die Treppe hinab. Sie hatte nicht die geringste Lust, erneut auf diesen Wahnsinnigen zu treffen.

»Das bezweifle ich.«

»Und Ludwig?«

Sie schwiegen, jeder in Gedanken damit beschäftigt, Ordnung in dieses Chaos zu bringen. Der Concierge, ein Verräter. Margarete, eine Verräterin. Ludwig, letztlich irgendwie doch ein Held. Und sie … nichts als der Köder dieser verrückten Frau?

»Das Buch!«, fiel Sophie plötzlich ein. »Wir haben es nicht mehr. Wie sollen wir jetzt den Weg zum Direktor finden?«

Max griff in seine Hosentasche und holte zwei zerknitterte Seiten daraus hervor. Er lächelte müde, aber zufrieden. »Ich habe Vorkehrungen getroffen. Hier steht was von einem geheimen Zimmer.«

»Wow.« Sophie fiel ein kleines Mittelgebirge vom Herzen. Wie man in dieser Situation noch solch einen klaren Gedanken fassen konnte, war ihr schleierhaft. »Dann los, sehen wir zu, dass wir endlich diesen Direktor finden. Ich hätte nichts dagegen, all das hier zu Ende zu bringen.«

Stufe um Stufe stiegen sie den Turm empor.

MÄRZ 1916

Sie wusste nicht mehr weiter. Die drei ließen ihr nicht mehr viel Zeit. Sie musste ihre Rache bekommen, ehe sie von ihnen geholt wurde. Sonst war all das hier umsonst. All das Leid, das sie über sich und ihren Sohn gebracht hatte. Ja, es sollte sich wenigstens lohnen.

Aber wie? Wie konnte sie ihn nur herauslocken? Alles hatte sie versucht. Drohungen, gesäuselte Versprechen, sie hatte sogar die Musik spielen lassen, die sie in langen Nächten gemeinsam gehört hatten. Vier Kinder hatte sie mittlerweile von ihren Eltern getrennt. Drei waren noch übrig. Doch auch das war zwecklos gewesen. Nichts. Es hatte nichts gebracht.

Sie raste, sie tobte, sie verlor sich in ihrem verzweifelten Hass. Und plötzlich war es da. Das Feuer. Sie wusste nicht, weshalb, doch es brannte im Grandhotel. Verzückt fühlte sie die versengende Hitze in den Räumen, Hallen und Gängen.

Sie würde das Feuer ein wenig schüren …

Kapitel 46

DAS GEHEIME ZIMMER

Eigentlich war es ganz einfach – wenn man wusste, wo man suchen musste. Im obersten Stockwerk des maroden Turms gab es nur eine einzige Tür. Dahinter verbarg sich eine kleine Kammer, von der Decke bis zum Boden mit stinkendem alten Holz ausgekleidet.

»Das ist aber nicht gerade die Etage mit den Suiten, was?« Max zog die krumpeligen Seiten wieder aus der Tasche. »Also«, machte er und klopfte die Wand ab. »Hier muss es irgendwo sein.« Sophie nahm seine Hand und er hielt inne. »Was? Was hast du?«

»Sind wir wirklich bereit dafür?«, fragte sie leise. »Wissen wir, was uns erwartet?«

Max atmete aus und schüttelte den Kopf. »Nein, ich denke, das sind wir nicht und das wissen wir nicht.«

»Das habe ich befürchtet.«

»He«, machte Max und strich ihr sanft über die Wange. »Wir sind zusammen hier, was soll da schon schiefgehen? Und überhaupt: Wir haben es immerhin bis hierher geschafft –

gemeinsam. Das ist doch auch schon eine ganze Menge wert, oder?«

Das stimmte. Sie waren weit gekommen. Dennoch wurde sie jetzt von einer gewaltigen Unsicherheit überwältigt. Und von Angst. Was, wenn sie ihre Eltern niemals finden würden? Was, wenn das Letzte, das sie jemals zu ihnen gesagt hatte, die Beleidigung war, die sie ihnen an jenem Abend an den Kopf geworfen hatte? Was, was, was …

Das alles war keine Option! Es war ihr so sternenklar wie nie. Sie wollte, nein, musste alles tun, um ihre Eltern zu finden. Nach allem, was sie sich in letzter Zeit geleistet hatte, war es das Mindeste, das sie tun konnte. Für sie, aber auch für sich selbst. Sie würde sich sonst nie wieder in die Augen sehen können. Auf eine merkwürdige Art und Weise hatte ihr das Zimmermädchen klargemacht, wohin ein solches Verhalten führen konnte.

Sie schämte sich. Für ihre Zickigkeit und für ihren kindischen Wunsch, alles unbedingt ohne ihre Eltern machen zu wollen. Was war schon dabei, gemeinsame Dinge mit ihnen zu unternehmen? War es nicht sogar eigentlich ganz schön? Manchmal?

»Stimmt, das ist eine ganze Menge wert«, sagte sie. Sie spürte sofort, dass ihre Worte ernst gemeint waren. Dass Max recht hatte.

Ihr Mut war wieder erwacht. Mehr noch: Er loderte heller als je zuvor.

»Also weiter?«

Sie nickte voller Tatendrang. »Weiter!«

Den Ort aufzuspüren, an dem sich ein geheimer Durchgang befand, war bedauerlicherweise leichter, als die geheime Tür tatsächlich zu finden. Max löste das Rätsel irgendwann aus purem Glück. Minutiös klopfte er die Wand ab, während Sophie immer mit einem Ohr in Richtung Treppe lauschte. Doch die hohle Stelle, der geheime Mechanismus oder was auch immer es war, das zwischen ihnen und der Gewissheit stand, weigerte sich standhaft, die Maskerade aufzugeben.

Irgendwann lehnte er sich entnervt gegen die Wand. Es klickte. Das Holz schwang nach innen. Und um ein Haar wäre Max so ungrazil wie nur vorstellbar in das geheime Zimmer gestolpert.

So war das eben mit fiktiven Abenteuern und ihrem realen Gegenstück. Meist war es viel lapidarer, als man sich das je vorstellen würde. Für heldenhafte Taten war meist nur in übertriebenen Erzählungen Platz.

Die Spannung war dennoch zum Zerreißen. Sie hatten das geheime Zimmer gefunden. Den, wie sie vermuteten, Unterschlupf des Direktors. Sophie und Max hielten den Atem an, nahmen sich an der Hand, zögerten nicht länger und traten entschlossen durch die niedrige Tür in den Raum dahinter.

Sie hatten viel erwartet. Hatten sich endlose Szenarien ausgemalt, seit sie überzeugt davon waren, dass sich der Direktor noch irgendwo in diesem verfluchten Hotel aufhalten musste. Prunkvolle Gemächer, über die er herrschte wie ein König im Exil. Sophie hatte in der Schule mal etwas über Napoleon im Exil auf Elba gelesen – ein Leben in der Verbannung, aber im Überfluss.

Von wegen.

Ein runder Raum, gerade mal so groß wie ein normales Hotelzimmer. Spärlich möbliert, schmucklos, zusammengestückelt wie eine Gefängniszelle. Hier ein zerwühltes altes Bett, da ein einfacher Holztisch. Eindeutig der Raum, den sie im Salon der Erinnerung gesehen hatten.

Viel wichtiger war jedoch: Sie waren nicht allein.

Mittendrin saß er. Der Direktor. Er blieb ähnlich weit hinter den Erwartungen zurück wie sein Versteck. In dieser Hinsicht zumindest ergab es durchaus einen Sinn.

Ein greiser Mann, in sich zusammengesunken wie ein Ballon, aus dem man zu viel Luft gelassen hat. Er saß in einem Rollstuhl, den Kopf auf die Brust geneigt, und kehrte ihnen den Rücken zu. Fasrige Haare fielen kraftlos auf die eingefallenen Schultern herab, knorrige und faltige Hände ruhten auf den Lehnen des Gefährts. So viele Altersflecken hatte Sophie noch nie gesehen.

Wenn er ihr Kommen bemerkt hatte, schien es ihn weder sonderlich zu überraschen noch zu stören. Sophie wusste nicht, was sie erwartet hatte, doch nach allem, was sie auf sich genommen hatten, um hier zu stehen, hätte sie sich eben einfach etwas … Spektakuläreres vorgestellt. Und nicht eine Szene wie aus einem traurigen Altersheim.

»Das ist er, oder?«, flüsterte Max, ohne den Blick von diesem steinalten Greis zu nehmen.

Sophie nickte langsam.

»Lebt er noch?«

Die Schultern des Direktors begannen zu beben. Sophie warf Max einen fragenden Blick zu, den er mit seinem berühmten Schulterzucken quittierte. Er saß einfach nur da, mit hängendem Kopf und zuckenden Schultern. Dann ertönte ein leises Geräusch, das langsam lauter wurde.

Zunächst war da ein kaum wahrnehmbares Zischen, dann ein Schnaufen, ein Pfeifen, ein heiseres Husten. Vielleicht ein Schluchzen?

Nein. Der Direktor lachte. Lauter und lauter lachte er, seine schlaffen Schultern bewegten sich auf und ab wie ein kleines Boot, das auf den Wellen tanzt.

»Ihr Narren!«, brach es irgendwann aus ihm heraus. Er drehte seinen Rollstuhl um und lachte ihnen lauthals ins Gesicht. Seine buschigen Brauen zuckten, seine milchigen Augen glänzten, sein Mund war schief und weit aufgerissen. Speichelfetzen flogen davon. »Ihr verdammten Narren habt es also wirklich getan!« Er erhob einen dürren Arm und zeigte mit einem Finger auf sie, der aussah wie eine Wurzel. »Jetzt könnt ihr euch auch gleich von diesem Turm stürzen! Bei euch sollte es wenigstens tödlich ausgehen, denke ich.«

Sophie wusste gar nicht, was sie sagen sollte. Sie wusste auch nicht, weshalb sie solch eine Enttäuschung fühlte. Was hatte sie denn nur erwartet?

Er rollte ein Stückchen auf sie zu. »Hat es euch die Sprache verschlagen?«

Max war der Erste, der sich wieder fing. »Sie sind der Direktor.« Es war keine Frage, es war eine verwunderte Feststellung.

»Und ihr seid die dümmsten Rotzlöffel der Welt! Denkt ihr ernsthaft, diese Hexe hat nun noch Verwendung für euch?«

Hatte der Concierge nicht etwas Ähnliches angedeutet? »Was reden Sie da?«

Der Direktor bemaß sie mit einem irren Blick. Er hatte offensichtlich schon vor langer Zeit seinen Verstand eingebüßt. »Ihr Kinder seid immer noch genau so dumm wie früher!« Er spuckte angewidert aus, grinste, zog gleich darauf die Mundwinkel nach unten. »Das war schon vor 100 Jahren so und das wird wohl noch in 1000 Jahren der Fall sein. Da staunt ihr, was?« Er richtete sich in seinem altertümlichen Gefährt auf und breitete die Arme in einer grotesken Geste aus. »Ja, ich lebe. 163 Jahre alt und immer noch hier.« Er kicherte hohl. »Immer noch hier. In diesem Turm.« Er schnellte mit dem Kopf herum und fletschte die Zähne. »Mit all diesen lebenden Leichen.«

Die großen Spiegel waren Sophie schon zuvor aufgefallen. Bislang waren sie blind gewesen. Jetzt setzte ihr Herz für einen Moment aus.

Ihre Eltern tauchten dahinter auf.

Kapitel 47

DAS GEHEIME ZIMMER

Nichts. Rein gar nichts konnte beschreiben, was in Sophie vorging. Freude, Tränen, Angst, Erleichterung, Zuversicht, Kraft, Zorn und so ziemlich jede andere von einem Menschen wahrnehmbare Emotion schossen durch ihren Körper wie Blitze. Sie wusste nicht, was sie tat, wusste nicht, was passierte.

Ihre Eltern. Hier. Endlich.

Sie vergaß alles andere um sich herum, stürmte zum Spiegel, hämmerte gegen das Glas, fühlte keinen Schmerz und ließ erst ab, als ihre Hände taub wurden. Ihre Eltern hörten sie nicht. Sie sahen sie nicht. Es zerriss Sophie das Herz, wie sie da standen, wenige Zentimeter neben ihr und doch so weit entfernt.

Dann kroch das schlechte Gewissen aus dem Dickicht der Verdrängung heran. Und schnellte vor.

Nie hatte Sophie so viel Leid in ihren Gesichtern gesehen, eng aneinandergeklammert standen sie da. Fassungslos, reglos.

»Max, da sind …«, begann Sophie. Dann sah sie, dass auch er vor einem Spiegel stand, Tränen in den Augen, eine Hand an die Scheibe gepresst.

Sie schämte sich. Schämte sich dafür, dass sie es sich so sehr gewünscht hatte, ihre Ruhe zu haben. Sie hatte sich benommen wie ein dummes verzogenes Kind, das nicht weiß, wie gut es ihm eigentlich geht – jemand also, den sie eigentlich immer gehasst hatte. Warum hatte sie nie gemerkt, wie sie sich verhalten hatte?

Wieder hämmerte sie gegen das dicke Spiegelglas, bis ihre Hände keinen Schmerz mehr spürten. »Tun Sie doch was!«, schrie Sophie. Der Direktor blickte sie nur verächtlich an. »Tun Sie verdammt noch mal was!«

»Schnauze!«, gab er fauchend zurück. »Denkst du ernsthaft, ich hätte nicht alles versucht, um aus diesem gottverlassenen Grandhotel zu entkommen? Um diese verhexten Spiegel zu vernichten, damit ich dieses Trauerspiel nicht länger ertragen muss? Aber es geht nun mal nicht, aus welchen Gründen auch immer. Wir sind ihr ausgeliefert. Auf Gedeih und Verderb. Und ihr seid dumm genug, euren einzigen Vorteil aufzugeben und mich aufzusuchen.«

»Wie meinen Sie das?« Sophie hatte das Gefühl, ihr Kopf würde zerspringen. Wieso passierte immer erst lange nichts und dann alles auf einmal? »Sind Sie hier, weil Sie ihr hier ihr Herz gebrochen haben?«

Der Direktor schnaubte, rollte herum und schob sich in eine Ecke des Raumes.

»Sophie …« Max hatte nur widerwillig vom Spiegel seiner Eltern abgelassen und berührte Sophie sanft am Arm. Sie zuckte zusammen. »Sieh mal da.«

Hinter zwei weiteren Spiegeln waren weitere Personen aufgetaucht. In einem befanden sich zwei ähnlich kummervolle Eltern, wohl die von Ludwig. Hinter dem anderen war eine ganze Familie eingeschlossen. Margarete war unter ihnen. »Dann hat sie doch nicht gelogen«, meinte Sophie leise, als sie den Jungen an ihrer Seite sah. »Ihr Bruder.«

»Verraten hat sie uns dennoch«, sagte Max mit bitterem Ton.

»Das spielt jetzt keine Rolle.« Sophie hasste dieses Gefühl der Machtlosigkeit. Da waren ihre Eltern, direkt vor ihnen und doch unerreichbar. Da war der Direktor, der doch eigentlich der Schlüssel zu allem sein sollte.

Dennoch standen sie hier, ratlos und heillos überfordert.

»Was meint der Direktor damit, dass wir unseren einzigen Vorteil aufgegeben hätten? Der Concierge hat das doch auch schon angedeutet.«

»Was weiß denn ich.« Max ging es also nicht anders als ihr. »Aber dieser Verrückte wird es uns schon noch sagen.«

Er eilte mit großen Schritten zu dem Mann, drehte den Rollstuhl um und packte ihn ungestüm am Kragen. »Was zum Teufel meinst du? Spuck es aus, verdammt!«

»Max!«, rief Sophie entsetzt, musste aber zugeben, dass sie auch keine bessere Idee hatte.

»Ohoh!«, höhnte der Direktor. »Endlich mal ein wenig Einsatz, was, Bursche?« Er lachte pfeifend und Max ließ angewidert von ihm ab. Stolz war er nicht darauf, das sah Sophie sofort. »Ihr habt Nerven. Erst verstecke ich mich hier, dann sorgt diese Hexe dafür, dass der Turm über ein Jahrhundert mein Gefängnis wird, als wäre ich eine Art Rapunzel. Sie stiehlt Kinder aus ihren Betten und bevölkert den Nebel da draußen mit Dingen, für die es keine Namen gibt. Und mich nennt ihr verrückt?« Plötzlich klang er ganz normal, nüchtern und vernünftig. »Ich muss schon sagen, das ist allerhand.«

»Sie haben sie verstoßen!«, gab Sophie kalt zurück.

Der Direktor hob die Hände und setzte ein schuldiges Gesicht auf. »Mea culpa, mea culpa. Ich nehme also an, ihr wisst, was sich zugetragen hat. Oder, besser gesagt: Ihr wisst so viel, wie sie möchte.«

»Wollen Sie es denn abstreiten?«

»Abstreiten?« Der Direktor überlegte. »Nein. Ich habe sie aus dem Hotel gejagt, ja. Ich hatte keine andere Wahl, wenn ich meinen Ruf nicht ruinieren wollte. Spar dir dieses anklagende Gesicht«, heischte er Sophie an, ehe er fortfuhr. »Ich habe eine Entscheidung getroffen und muss damit leben. Aber findet ihr es nicht ein … klein wenig übertrieben, deswegen gleich alles daran zu setzen, mich zu vernichten?«

»Es ist dennoch Ihre Schuld«, stellte Sophie fest.

»Danke, du neunmalkluger Moralapostel! Sie gab mir nie die Möglichkeit, die Dinge geradezurücken. Ihr zu helfen. Das habt ihr nicht herausgefunden, nicht wahr?« Er schüttelte den Kopf. »Das war zu erwarten. In einem Moment habe ich ihr Leben zerstört, ja, das gebe ich zu.« Der Direktor wirkte jetzt gar nicht mehr irre und senil, sprach bedacht und ruhig. »Kaum hatte ich die Sache vergessen, da spürte ich etwas. Etwas in den Wänden. Ein Direktor kennt sein Hotel, er weiß, wenn etwas nicht stimmt. Und plötzlich war sie da.« Er hatte seine Stimme herabgesenkt. »In den Spiegeln. In meinem Kopf. Zunächst dachte ich, ich halluziniere oder werde von Gott für meine Sünde bestraft. Dann merkte ich, dass das etwas anderes sein musste.« Er blickte sich nach allen Seiten um. »Hexerei.«

Sophie lauschte gebannt. »Was geschah dann?«

»Was wohl«, sagte er mit düsterer Miene. »Sie wollte mich überzeugen, zu ihr zu kommen. An diesem Tag habe ich mich in dieses Zimmer zurückgezogen, in das sie wegen dem, was geschehen ist, offensichtlich keinen Zutritt hat. Und ich? Ich darf einfach nicht sterben.«

»Wieso hat sie unsere Eltern entführt?«, fragte Max. Ihm ging es in dieser Geschichte derzeit offenbar zu viel um Selbstmitleid.

Der Direktor blickte eine Weile zwischen den beiden hin und her, während sich sein abstoßendes Lachen erneut aufbaute wie eine hohe Welle. Die Ruhe und Besonnenheit waren aus seinen Zügen gewichen. »Weil sie doch tatsächlich denkt, mein Herz damit zu erweichen, wenn sie Eltern von ihren Kindern trennt und ich dann auch noch meinen sicheren Hafen verlasse, um diesem Wahnsinn ein Ende zu bereiten!« Er prustete drauflos, als hätte er den ultimativen Witz gehört. »Ist das nicht köstlich?«, fuhr er fort, als er sich einigermaßen gefangen hatte. Es war ein Wunder, dass sein ausgemergelter Körper bei diesem Gelächter nicht einfach auseinanderbrach.

»Was soll daran komisch sein?«, fragte Sophie kalt und blickte zurück zu den Spiegeln. Ihre Eltern. Hier!

»Nach all den Jahren denkt sie tief in sich immer noch, dass ich ein gutes Herz habe. Verzeiht, wenn ich das erheiternd finde, doch ihr Verhalten spricht sonst ganz andere Töne.«

»Und?«, fragte Max. »Haben Sie es?« Der Direktor blickte ihn fragend an. »Ein gutes Herz, meine ich.«

»Wenn ich es hatte, dann ist es mir irgendwann in den letzten einhundert Jahren abhandengekommen«, meinte er. »Habt ihr es zufällig auf der Treppe gefunden?«

Sophies Züge verhärteten sich. Sie verstand nicht alles, doch das, was sie verstand, genügte. Vielleicht hatte der Direktor diese Bestrafung anfangs nicht verdient. Nachdem er ein Jahrhundert Zeit gehabt hatte, sich ihr zu stellen, sah die Sache allerdings anders aus. Wie konnte man so feige sein und andere auf seine Kosten leiden lassen? »Sie sind wirklich das Letzte, wissen Sie das?«, ließ sie in einem Tonfall hören, den sie sich für die wirklich ernsten Augenblicke aufbewahrte. »Schämen Sie sich denn nicht?«

»Ich?«, erwiderte er jaulend. »Verführt hat es mich, das Flittchen! Selbst schuld, wenn sie denkt, sich mit einem Direktor einlassen zu können. Wir hätten auch weiterhin Spaß haben können – hier oben in diesem kleinen feinen Versteck. Aber sie musste ja schwanger werden und kam dann auch noch auf die Idee, es mir zu erzählen. Pah! Diese niederen Menschen wissen einfach nicht, wo sie hingehören.«

»Und diese widerlichen Männer wissen einfach nicht, wann sie die Finger von Frauen lassen sollen«, gab Sophie bissig zurück.

»Kleine Mistratte!«, herrschte der Direktor sie an.

Das Schimpfwort hatte kaum seine Lippen verlassen, da hatte Max schon mit aller Kraft zugeschlagen. Der runzlige Kopf des Direktors wurde mit solcher Wucht nach hinten geschleudert, das seine Brille in hohem Bogen davonflog. Das erste Mal flackerte etwas anderes in den Augen des Direktors auf als Geringschätzung, Ekel oder Hohn.

»Was zum …«

»Das nächste Mal schlage ich richtig zu!«, schnitt ihm Max das Wort ab. Er meinte es offensichtlich ernst. »Und jetzt wirst du schön mit uns mitkommen. Das Zimmermädchen hat lange genug auf ein Wiedersehen gewartet, findest du nicht?«

Eine erstaunliche Wandlung ging durch den ergrauten Direktor. Erst wollte er sich aufbäumen, dann sank er noch weiter in sich zusammen, bis er in dem alten Rollstuhl beinahe lächerlich klein wirkte. Alles Leben war aus ihm gewichen.

»Also gut.« Er seufzte, seine Stimme war nicht mehr als ein heiseres Wispern. »Ich wollte das ja alles nicht, wisst ihr? Ich wollte mich stellen, unzählige Male wollte ich den Turm verlassen. Ich weiß, warum sie ihn nicht betreten kann, wisst ihr? Ich weiß, dass ihr Herz das nicht ertragen würde. Sie beobachtet mich durch die Spiegel, oh ja, ich spüre es. Doch sie kommt nicht näher. Ich ...« Er blickte zu ihnen auf und sah plötzlich nur noch alt aus. Alt und müde. »Ich ...«, tropfte es hohl von seinen Lippen. Er hob einen langen Zeigefinger und winkte Max zu sich heran.

»Wie war das?« Max kam näher an den Direktor heran. Sophie merkte zu spät, dass es eine Falle war. Blitzschnell hatte der Direktor eine Pistole unter der Decke hervorgezogen und presste sie Max an die Schläfe. »Stillhalten, Bürschchen.«

Wo war die Waffe so schnell hergekommen? Und wieso bewegte er sich auf einmal mit der Geschwindigkeit eines jungen Mannes? Sophie rührte sich nicht vom Fleck und ratterte im Kopf ihre Optionen durch.

Es gab mal wieder keine.

Mit erstaunlicher Klarheit nahm Sophie jedes winzige Detail wahr. Der rostige Lauf der alten Pistole, die Seriennummer an der Seite, die spindeldürren Finger, die gelben Fingernägel. Fingernägel, die sie an etwas erinnerten. Egal, nicht ablenken lassen!

Der Lauf der Pistole zitterte, die Hand des Direktors zitterte. Max zitterte auch, natürlich tat er das. Seine Augen waren weit aufgerissen, sein Atem ging stoßweise, er rührte sich nicht.

Der Direktor würde doch nicht ...

»Nicht mit mir«, presste der alte Mann zwischen zusammengebissenen Zähnen hindurch.

Wie in Zeitlupe sah Sophie, wie sich sein Finger um den Abzug krümmte. Ihn nach hinten zog. Er die Augen schloss und den Kopf wegdrehte.

Abdrückte.

Klick.

Kein Schuss. Einfach nur ein *Klick*.

Die Pistole hatte versagt.

Sophie hatte noch gar nicht begriffen, was hier gerade passierte, da war der Direktor schon aufgesprungen, holte aus … und zog Max den Griff der Waffe mit voller Wucht über den Schädel. Max fiel um wie ein gefällter Baum. Sophie schrie und merkte es gar nicht, sie schrie, als der Direktor die Pistole fallen ließ und die Flucht ergriff, sie schrie, als sie neben Max in die Knie ging und seinen Kopf in ihren Schoß legte. Er hatte einen heftigen Schlag abbekommen, dunkelrotes Blut lief über sein Gesicht herab.

»Max!« Krank vor Sorge strich sie ihm über die blutige Wange, schüttelte ihn sanft. »Max, bitte sag doch was.«

Er blinzelte schwach. Hob dann die Lider. Suchte Sophies Augen. Fand sie.

»Max, geht es dir gut?«

Er nickte. »Du musst weiter.«

Hastig schüttelte Sophie den Kopf. »Ich lass dich nicht allein.«

Er deutete mit einer Kopfbewegung zu den Spiegeln. »Ich bin doch gar nicht allein.« Dann rang er sich ein schwaches Lächeln ab. »Schnapp dir den Mistkerl!«

OKTOBER 2016

Wortlos kamen sie näher. Drohend, grimmig.

»Aber diesmal bin ich mir wirklich sicher!«

Ihre Stimme hatte einen flehenden Unterton angenommen. Unabsichtlich. Wie sie so etwas hasste! Jemand wie sie, eine Bittstellerin? Jemand wie sie, ein Schwächling? Nach allem, was sie getan hatte? Was sie geopfert hatte?

»Was macht dich so sicher?« Worte wie Eiszapfen, die in einer lichtlosen Höhle in die Ewigkeit wuchsen. Worte ohne Mitleid, ohne Sanftmut. Tote Worte. »Was sollte nach all den Jahren anders sein?«

»Ich … ich spüre es. Einmal will ich es noch versuchen. Mit ihr.« Sie zwang Ruhe in ihre Stimme. Vergeblich. In Gegenwart dieser drei fühlte sie sich stets wie gelähmt. »Sie ist anders. Das habe ich schon bei ihrer Ankunft gemerkt. Und wer«, sie versuchte, ihrer Stimme einen überlegenen Klang zu geben, »sollte das besser wissen als ich?«

Sie scheiterte kläglich, ihre Stimme kippte. Verzweiflung kochte darin hoch, Angst und Hilflosigkeit trieben an die Oberfläche. Sie verlor die Kontrolle. Drei Schemen schälten sich aus den Schatten, umringten den Spiegel. Beobachteten sie. Sie wussten es. Wussten, wie verzweifelt sie war. Spürten, dass sie sich nicht mehr zu helfen wusste. Wenn sie die Geduld verloren, würden sie sie einfach mitnehmen. Mitnehmen, bevor sie ihre Rache bekommen hatte.

»Wie lange willst du uns noch warten lassen? Wie viele Jahre sollen wir noch darben, bis wir bekommen, was uns zusteht? Das Feuer hat dir Zeit verschafft, doch was willst du jetzt tun?«

Was ihnen zusteht! Hätte sie doch nur den Mut, ihnen zu sagen, was sie wirklich fühlte. Was sie ihr angetan hatten. Sie hatte alles gegeben, was ihr geblieben war. Alles. Eingetauscht gegen ein Leben in den Mauern. Alles war weg. Ihr altes Leben, ihr Sohn, ihr Stolz. Im Gegenzug war ihr Rache versprochen worden. Süße, reinigende, alles verzehrende Rache.

Bis heute hatte sie sie nicht bekommen. Er, der für all das verantwortlich gemacht wurde, hatte sich in sein Loch verkrochen, hatte sich an diesem einen Ort versteckt, an dem sie ihn nicht erreichen konnte. Nicht erreichen wollte. Sie war betrogen worden. Von ihm und von ihnen. All die leeren Jahre … gefangen in hohen Sälen, eingekerkert in einsamen Korridoren, selbst nur eine schwindende Erinnerung.

Wie sie das verheerende Feuer gelegt hatte, wusste sie selbst nicht so genau. Das war wie bei so vielen anderen auch: Lange Jahre hatte sie damit zugebracht, auf äußerst peinigende Weise herauszufinden, was sie tun konnte und was nicht. Bis sie die Erkenntnis wie ein Schlag getroffen hatte. Wer sie war. Was sie war.

Ihre Welt trug das Aroma von Rost und Staub in sich, ihr Herzschlag war der langsame, dumpfe Takt eines sterbenden Riesen. Gelächter, Gläserklirren und der Klang ausgelassener Musik waren in die tiefsten Ecken ihres Verstandes verbannt worden. Ratten huschten darüber hinweg, verwischten diese vagen Erinnerungen. Tropfende Rohre aus den dunklen Tiefen übertönten die Heiterkeit.

»Wer hätte gedacht, dass sie … dass sie das Hotel nach dem Feuer so lange schließen würden. Ich wusste selbst nicht, was mit mir passiert.« Das stimmte. Es war, als wäre sie erst kürzlich aus dem tiefsten Schlaf erwacht, noch immer ganz benebelt und erfüllt von einer bleiernen Schwere. »Wie lange ist es her?«

»Einhundert Jahre!«, ertönten drei Stimmen gleichzeitig. »Wir sind an diesen Berg gebunden wie du an dieses Hotel. Auch wir sind nun erst wieder erwacht. Doch wir sind hungrig. Also, warum sollte sie anders sein?«

»Sie ist es. Ich weiß es. Vertraut mir, und ihr bekommt, was ihr wollt. Sie wiegt die anderen auf. Sie wiegt … die lange Wartezeit auf. Ein eigensinniges Ding, stark und …« Sie zögerte.

Die Schemen rückten ein Stück näher. Sie war froh, die Gesichter nicht erkennen zu können. »Und was?«, fragten sie wie aus einem Mund.

Und voller Liebe. Aber das behielt sie besser für sich. Allein der Gedanke daran löste Übelkeit in ihr aus. »Gebt mir Zeit und ihr werdet es erfahren.«

Eine schier endlose Pause.

»Du bekommst Zeit, wir noch eine weitere Seele.« Sie starrte die drei Gestalten an. »Dein Sohn. Wir wollen auch deinen Sohn.«

Sie wusste, dass sie keine andere Wahl hatte. Nickte zitternd. »Einverstanden. Ich werde euch nicht enttäuschen.«

Die Schemen entfernten sich langsam. Letzte Worte hingen in der Luft wie kalter Pfeifenrauch. »Das hast du bereits …«

Kapitel 48

DER FLUR

Die Scham, das schlechte Gewissen, sie waren wie weggespült. Weit hinfortgetragen von einer Woge der Wut. Es tat gut, alles andere einfach auszublenden und sich von der Wut tragen zu lassen. Sie verlieh ihr Kraft, schärfte ihre Sinne. Dennoch war es anders als bei der roten Welle. Diesmal wusste sie, was sie tat. Diesmal würde sie sich nicht dafür schämen müssen.

Sophie war es längst einerlei, wer an diesem ganzen Schlamassel schuld war. Der Direktor, das Zimmermädchen, beide hatten ihren Zorn verdient.

Sie eilte die Wendeltreppe hinunter, verfolgte den Direktor und ließ nicht zu, an etwas anderes zu denken. Erst sehr spät bemerkte sie deswegen die Risse und Löcher, die sich überall im Turm auftaten. Irgendwann ließ sie der Lärm mit einem flauen Gefühl innehalten.

Es knirschte, es rumorte, es krachte und donnerte. Putz rieselte von der Decke, kleinere Steine kullerten an ihr vorbei. Dann wurden sie größer. Risse krochen über die Wand wie Blitze, die den nächtlichen Himmel auseinanderrissen.

Sie beschleunigte ihre Schritte, erreichte den unteren Treppenabsatz gerade noch, um den Direktor in einem Gang verschwinden zu sehen. Und sie sah noch etwas: Der Gang, aus dem sie gekommen war, ehe sie den Turm betreten hatte – er war gar nicht mehr da. Eingestürzt und voller Balken und Geröll. Ein breiter Abgrund hatte sich davor gebildet.

Das Hotel stürzte ein!

Einen Moment lang zögerte sie. War drauf und dran, zurück zu Max zu eilen. Dann folgte sie ihrem Bauchgefühl. Er würde es schaffen! Sie rannte dem Direktor hinterher. Er durfte nicht entkommen!

Wände zerfielen zu Staub, Spiegel blockierten Durchgänge, klaffende Abgründe rissen den Boden entzwei, wo es zuvor Ausgänge gegeben hatte. Sophie kam sich vor wie in einem dieser Träume, aus denen man einfach nicht erwachen konnte.

Stets blieb nur ein Weg begehbar, stets gab es für den Direktor nur eine Möglichkeit, seine Flucht fortzusetzen. Das machte die Verfolgung leicht, fühlte sich für Sophie allerdings nicht nach Zufall an.

Die Frau aus dem Spiegel lockte ihn zu sich. Es musste so sein. Endlich hatte er sein Mauseloch verlassen, diesen Ort, an dem er ihr bisher auf äußerst feige Weise entgangen war. Jetzt würde sie ihn nicht entwischen lassen.

Sophie auch nicht. Ihr Herz hämmerte in ihrer Brust, in ihren Ohren rauschte das Blut, doch sie verlangsamte ihr Tempo nicht. Und wenn sie bis ans Ende der Welt rennen müsste, um den Direktor zur Rechenschaft zu ziehen.

»Lass mich in Ruhe!«, schrie er die Wände an. Und mit einem Mal brach das Inferno los.

Ohrenbetäubendes Getöse ließ Sophie fast zu Boden gehen. Donnernd gingen große Steine zu Boden, schrill splitterte Glas, aus den Eingeweiden des Hotels ertönte ein metallisches Rumoren, als würde ein kolossaler Maschinenmann auf die Wände einhämmern. Erinnerungen regneten auf sie herab, die Phantome der Vergangenheit waren von den Ketten gelassen. Tag, Nacht, Sommer, Winter, Liebe, Hass, Freude, Angst fluteten die Gänge.

»Niemals!« Die Stimme war überall. Kam aus den Tiefen des Hotels, aus den Wänden, aus den Spiegeln.

Der Direktor hielt inne und blickte sich angsterfüllt um. »Bitte ... bitte«, stammelte er und suchte mit den Blicken die Wände ab. Da war nichts. »Ich wollte das nicht. Bitte lass mich gehen!«

»Niemals!« Wieder diese grässliche Stimme.

Es knirschte und unter den Füßen des Direktors tat sich ein Spalt auf. Er geriet ins Schwanken, konnte sich gerade noch auf die andere Seite retten. Und rannte einen weiteren Gang hinunter.

Der Spalt wurde schnell größer. »Mist«, zischte Sophie. *Nicht nachdenken, einfach handeln.*

Sie nahm Anlauf. Und sprang.

Es reichte nicht. Sie kam zwar auf der anderen Seite auf, rutschte aber ab, kippte zur Seite weg und konnte sich gerade noch an der Kante festklammern.

Nur nicht nach unten schauen! Nur nicht nach unten schauen!

Sophie schaute natürlich nach unten. Ihr wurde übel. Verbogene Metallstangen, gesplitterte Balken, messerscharfe Scherben, Flammen.

Sie versuchte, sich hochzuziehen, rutschte wieder ab, verlor um Haaresbreite den Halt.

Kurz durchatmen. Konzentrieren.

Diesmal konnte Sophie sich hochziehen. Sie gönnte sich einige Momente zum Verschnaufen, dann rappelte sie sich auf, klopfte sich den Staub von der Hose und setzte sich in Bewegung. Sie hatte einen Direktor zu jagen.

Um sie herum stürzte das Hotel in sich zusammen.

KAPITEL 49

DER SALON DER ERINNERUNG

Sophie rannte durch ein sterbendes Hotel. Sie hatte die Frau aus dem Spiegel längst durchschaut. Es gab nur noch einen Weg durch diese zerstörerische Sinfonie. Und der Direktor jagte ihn entlang wie ein Fisch, der nicht weiß, dass er direkt in ein Netz schwimmt.

Der Salon der Erinnerung. Dort endete der Weg. Was dann passierte, wusste Sophie nicht. Und vielleicht war das auch besser so.

Eine Treppe hoch, die unter ihren Füßen zerbröselte, durch einen Gang, in dem Bilder von der Wand zu Boden stürzten, eine wohlbekannte Wendeltreppe hinunter …

Der Direktor stockte. Sah sich um. Erstmals schien er zu begreifen, wo er sich befand. Er erkannte die Tür wieder, das war nicht zu übersehen. Gehetzt sah er sich um, wie ein Tier, das in der Falle saß.

Instinktiv machte sie einen Schritt zurück und bereitete sich auf einen Angriff vor. Er fixierte Sophie mit einem Blick, der alles bedeuten konnte. Dann passierte etwas Bemerkenswertes.

Unbemerkt vom Direktor, der Sophie nicht aus den Augen ließ, öffnete sich die Flügeltür zum Saal der Erinnerung. Etwas brach von unten durch den Fußboden – und stieß den Direktor einfach durch die offene Tür.

Jetzt gab es kein Zurück mehr. Ohne zu zögern, machte Sophie einen Satz und konnte gerade noch durch die Tür huschen, bevor sie splitternd ins Schloss fiel.

Der Direktor war gefangen. Und was Sophie erst langsam bewusst wurde: Sie war es auch.

Die Zerstörung war gewaltig. Sophie erkannte den Saal der Erinnerung nicht wieder. Er wirkte wie das Epizentrum der Verwüstung, die von hier wie eine Schockwelle durch das gesamte Hotel lief. Kein Stein stand mehr auf dem anderen, ausgerechnet das Grammofon stand unversehrt auf seinem Tischchen, dahinter hing ein einzelner Spiegel an der Wand. In ihm spiegelten sich ein Scherbenmeer, die reglose Gestalt des Direktors – und Sophie.

Sie sah, dass seine Schultern zitterten und bebten und war kurz davor, Mitleid mit ihm zu empfinden.

Dazu kam es nicht. Wie ein Tropfen, der ins Wasser fällt, wallte das Spiegelglas kurz auf, wurde wieder still. Dann tauchte in weiter Ferne ein Schemen auf.

Jedes einzelne Nackenhaar von Sophie stand stramm wie ein Soldat, während eine flächendeckende Gänsehaut Besitz von ihr ergriff.

Sie kam.

Sophie starrte ebenso reglos in den Spiegel wie der greise Direktor.

Näher und näher kam die Gestalt. Sie bewegte sich, als wüsste sie nicht, wie man sich mit einem menschlichen Körper zu bewegen hat. Bis auf ihre äußere Form hatte sie nichts Menschliches, das sah Sophie selbst aus der Entfernung.

Dann stand sie plötzlich im Raum. Sophie schrie laut auf und zuckte zurück, doch der Direktor stand nur da, den Blick auf sie gerichtet, auf das Zimmermädchen, das er ins Verderben geschickt hatte. Er lächelte, wie Sophie staunend feststellte, als sie wieder hinsah. Dann wusste sie auch, weshalb.

Sie war wunderschön.

Sophie brauchte einige Momente, um zu akzeptieren, dass dieses ... dieses Ding, das da gerade aus dem Spiegel gekrochen war, dieses Ding, das sie hier gefangen hielt, in Wirklichkeit diese junge Frau war, die jetzt hier im zerstörten Saal der Erinnerungen vor dem Direktor stand. Eine Frau mit langen schwarzen, leicht gewellten Haaren, unergründlichen Augen, feinen Gesichtszügen, vollen Lippen und einer Figur, für die andere alles gegeben hätten.

»Du kommst recht spät«, sagte sie sanft und legte den Kopf schief. Sie lächelte. »Hast du mich nicht vermisst?«

Der Direktor schwieg.

»Hat es dir die Sprache verschlagen?« Sie machte ein schnalzendes Geräusch mit der Zunge und für einen Moment schien es Sophie, als beginne die Frau zu flackern. Sich zu verformen. Dann war alles wieder so wie immer. »Meinetwegen, zum Reden werden wir noch genügend Gelegenheit haben. Zunächst«, säuselte sie und trat an das Grammofon, »möchte ich dir etwas zeigen.«

»Nicht«, brachte der Direktor aus einer offensichtlich staubtrockenen Kehle hervor. »Nein, bitte.«

Erneut dieses Schnalzen, das kurze Flackern. Sophie erhaschte einen Blick auf etwas Verkrümmtes, Wuselndes. Dann stand wieder nur das bildschöne Zimmermädchen vor ihr.

Der Geruch von Staub und Rost stieg Sophie in die Nase, wie von weit her drang ein metallenes Ächzen an ihr Ohr.

Die Frau aus dem Spiegel schürzte die Lippen. »Oh doch«, sagte sie. Ein Hauch eiskalter Drohung lag darin. Sie schaltete das alte Grammofon an, legte die Nadel mit einer eleganten Bewegung auf die abgenutzte Schellackplatte. Und blickte den Direktor eindringlich an.

Was jetzt in den Spiegeln auftauchte, erlebte Sophie nicht zum ersten Mal. Und doch war sie nicht darauf vorbereitet.

Eine Kälte flutete den Raum, die anders war als jede Kälte, die Sophie gespürt hatte. Als wäre es eine seelische und eine körperliche Kälte in einem, eine gefrorene Welt, in der es keine Wärme, keine Hoffnung gab.

Sie blickte von außen auf das Grandhotel. Sie sah durch die Augen des Zimmermädchens, das war ihr sofort klar. Hier draußen herrschte eine unmenschliche Kälte, eine Kälte, gegen die selbst der wärmste Wintermantel nichts hätte ausrichten können. Das Zimmermädchen stand mit Schläppchen und Arbeitskleidung in der Dunkelheit, in der einen Hand ein kleiner Koffer, die andere wie wärmend an den Bauch gelegt.

Sie sah durch das große Fenster in den hell erleuchteten Ballsaal, hörte gedämpft die heitere Geräuschkulisse, hätte fast die wohlige Wärme des prasselnden Kaminfeuers an den Wangen gespürt.

Fast. Hier draußen gab es nur die Kälte, die lange Nacht und die Verzweiflung. Da war diese eisige Angst, die sie würgte und ihr die Luft zum Atmen nahm. Ihr Herz schlug bis zum Hals, ihre Füße schmerzten, in ihren Lungen brannte die eisige Luft. Schmerzhaft schlugen ihre Zähne aufeinander, ihre Haare und

Brauen fingen bereits an zu gefrieren. Ihre Lippen waren längst blassblau. Wo sollte sie nur hin?

Da, der Direktor! Er war am Fenster aufgetaucht, blickte suchend nach draußen. Vielleicht bereute er, sie weggeschickt zu haben. Vielleicht durfte sie wieder hinein. In die Wärme.

Aufgeregt lief sie auf das Fenster zu. Als er sie erblickte, begann er zu lächeln. Ja, ja. Es würde alles gut werden. Colette spürte schon, wie ihr leichter ums Herz wurde. Natürlich, es musste ja so kommen. Niemand war so grausam, eine Schwangere im tiefsten Winter einfach so zu verstoßen.

Er öffnete das Fenster, winkte sie heran. Eine Schnapswolke schlug ihr entgegen, als sie vor ihm stand. Was machte das schon? Er würde sie retten. Würde sie und ihr gemeinsames Kind vor dem Erfrieren bewahren.

Er rettete sie nicht. Er drückte ihr ein Cocktailglas in die Hand, in der eine klare Flüssigkeit schwamm. »Hier, der geht aufs Haus.« Er beugte sich nah zu ihr heran. »Eis hast du ja genug.«

Dann schloss er das Fenster. Und ihre Welt wurde schwarz.

Zurück blieben sie, der Direktor, die Frau aus dem Spiegel. Und eine tiefe, tiefe Leere. Ein bodenloses Nichts, das Sophie noch nie verspürt hatte. So musste sich das Ende aller Hoffnung anfühlen.

Der Direktor war in die Knie gegangen. Nach seinem überraschenden Fluchtversuch wirkte er jetzt wieder wie das gebrechliche alte Wrack, das sie und Max im Turmzimmer vorgefunden hatten.

»Das wollte ich nicht«, drang tonlos aus ihm hervor und Sophie wusste, dass er dasselbe gesehen hatte, dasselbe gefühlt hatte. Er schluchzte hemmungslos, ruckartig.

»Ach, Direktor«, höhnte das Zimmermädchen. Sie sah ihn

regelrecht hungrig an. »Wir wissen beide, dass das eine Lüge ist. Eine süße, wunderbare, köstliche Lüge. Du hättest uns verrecken lassen. Du *hast* uns verrecken lassen. Du weißt es.«

Der alte Mann hob beschwichtigend die Hände. »A…a…aber du bist ja nicht, ich meine, du bist ja hier … die Frauen, sie haben dich doch gerettet.«

Sie warf den Kopf zurück und stimmte ein heulendes Gelächter an. Wieder verformte sich ihre Gestalt, als würde sie schmelzen und sich dann wieder mühsam neu zusammensetzen. »Gerettet? Das nennst du überleben? Soll ich mich glücklich schätzen?« Sie warf die Arme in die Höhe und blickte sich mit wildem Blick um. »Sieh, zu was ich geworden bin«, schluchzte sie dann. »Sieh, was die drei mit mir gemacht haben!«

»Aber …!«

»Schweig still!«, donnerte sie los wie eine Furie. Ihr Gesicht war hochrot angelaufen, eine Ader pulsierte auf ihrer Stirn. Sophie konnte nur teilnahmslos zuschauen, konnte lediglich warten, bis die Frau aus dem Spiegel endgültig die mühsam bewahrte Fassung verlor. Was würde dann passieren?

»Wage es nicht zu sagen, dass es meine Entscheidung gewesen wäre. Ich hatte keine Wahl. Haben mir eine Rache versprochen, für die ich mich und meinen Sohn geopfert habe. Und wofür? Für ein Leben in diesen Wänden und für ein Herz, so verwundet, dass es diesem verfluchten Turm nicht mal nahe kommen konnte!«

Verbranntes Holz und das Geräusch prasselnder Flammen. Dunkelheit. Drei Schemen, drei Köpfe und doch eine Gestalt. Flüsternde Stimmen. Ein Pakt, ein Pfand, ein Preis. Und das Versprechen auf herrlich honigsüße Rache. Unsicherheit nagt plötzlich in ihr, Unsicherheit und Verlockung. Sie will ihre Rache um jeden Preis, will den Direktor bezahlen lassen.

Sie muss den drei alten Frauen ihren Sohn überlassen, muss sich vom Turm des Hotels stürzen. Dann bekommt sie ihre Rache. Wie das geht? Sie weiß es nicht. Was die Alten dafür wollen? Ein Preis, der eigentlich viel zu hoch ist.

Eigentlich …

Sie tut, wie ihr geheißen. Lässt ihren Sohn zurück. Springt.

Rache … an nichts anderes denkt sie. Doch was passiert hier?

Ihr ist, als würde ihr Körper in die Länge gezogen und gleichzeitig zusammengequetscht. Ihr Kopf, er droht zu zerspringen. Ihre Augen, urplötzlich überall. In Kerzen, Kaminfeuern, hinter den Spiegeln.

Der Geruch von Rost, Schimmel und feuchtem Holz kriecht tief in sie hinein und baut dort sein klebriges Nest, ihr Verstand rast Heizungsrohre entlang, versteckt sich unter dem Teppich, schwebt unter der hohen Decke. Das Mauerwerk ihr Skelett, die Tapeten und Wände ihre Haut.

Ihr Herzschlag, zunächst trabend schnell und rastlos, wird langsamer und langsamer. Statt Blut rinnt dickflüssiges Öl durch ihre Adern. Ihr neues, rot glühendes Herz pumpt das schwarze Lebenselixier in behäbigen schweren Schüben bis in die entlegensten Winkel ihres neuen Körpers.

Sie atmet Staub, sie bekommt keine Luft. Doch sie braucht keine zum Leben. Sie kann sich nicht bewegen, ihre Füße sind tief verwurzelt in der Erde wie die tiefsten Wurzeln. Sie ist in tausend winzige Teile zerrissen und doch größer als zuvor.

Die Sterne rasen über sie hinweg, der Wechsel von Tag und Nacht ein Wimpernschlag. Dann findet sie zu sich. Dann weiß sie, wer sie ist. Was sie ist.

Sie wurde betrogen. Diese drei Hexen hatten sie reingelegt. Auf ewig an diesen Ort gebunden, damit sie ihnen und ihrem schrecklichen Versprechen nicht entkommen konnte.

Sie schreit. Sie schreit, so laut sie kann. Doch niemand kann sie hören.

Sophie taumelte zurück. Die Frau im Spiegel. Sie war also wirklich das Grandhotel. Der Spiegel ihre Augen, überall ihr Verstand, der Concierge … aber natürlich, der Concierge ihr Körper, über den sie verfügte. Und diese drei Frauen? Hatten dafür gesorgt, dass das Zimmermädchen mit diesem Hotel verschmolz.

Um Gottes willen, was war hier geschehen?

»Was soll dieses melodramatische Getue?« Der Direktor rappelte sich auf und klopfte sich Staub von seinem ramponierten Frack. Er hatte seine Taktik geändert, wollte jetzt um jeden Preis unbekümmert tun, konnte jedoch ein leichtes Zittern nicht aus seiner Stimme heraushalten. »Findest du das nicht ein wenig … übertrieben?«

»Übertrieben?« Ihr schrilles Geschrei brachte weitere Spiegel zum Zerbersten. »Ich bin gefangen in diesen verfluchten Mauern, die nur so vor Erinnerung triefen, und du verkriechst dich am einzigen Ort, an dem du weißt, dass du vor mir sicher bist.« Sie knurrte, anders konnte man es nicht beschreiben. »Wie ein feiger Wurm, der sich im dreckigen Boden versteckt.«

»Ich wusste es nicht! Nicht sofort.«

»Das spielt keine Rolle. Du hast dich verkrochen, als ich in dieses Hotel eingedrungen bin, weil du wusstest, dass es dir sonst an den Kragen geht. Ich hätte das hier viel früher beendet, aber du musstest ja so feige sein. Du hast mich dazu gezwungen, Eltern von ihren Kindern zu trennen. Du hast mich zu einem Monster gemacht.« Die letzten Worte drangen wieder als bitteres Schluchzen aus ihr heraus. Sie kippte von einem Extrem ins andere, eine unberechenbare Zeitbombe kurz vor der Explosion.

Und wer sollte es ihr verübeln? Trotz allem empfand Sophie Mitleid mit dieser Frau. Ihre Gedanken rasten in jede Richtung. Sie wusste nicht, was sie tun sollte, geschweige denn konnte. Nur wie angewurzelt dazustehen und zuzusehen, erschien ihr reichlich wenig. Und ziemlich dumm.

»Meine Tür stand dir jederzeit offen«, erwähnte der Direktor wie beiläufig. Und hätte es besser gelassen. Mit einem kehligen Schrei stürzte sich die Frau aus dem Spiegel auf ihn, presste ihn zu Boden, drückte sein Gesicht in die messerscharfen Spiegelscherben, die den Boden übersäten.

»Scherben bringen Unglück, weißt du das nicht!«, schrie sie ihn mit einer von Wahnsinn und Hass beherrschten Stimme an, während sie sein blutiges Gesicht in die spitzen Glassplitter rieb.

Wie zuvor von der Erinnerung, wurde Sophie auch jetzt von diesem pechschwarzen und bodenlosen Hass durchzuckt, der von dem Zimmermädchen ausging. Wie konnte ein Mensch nur so viel Gift in sich tragen?

Da, wieder ein Wechsel. Jetzt, da sie ihm so nah war, wurden ihre Züge weich. Zärtlich strich sie ihm über die blutigen Wangen. »Ich wollte doch nur ein wenig Liebe«, sagte sie bedauernd.

»Du bist wahnsinnig!«, schrie der Direktor und versuchte, sich aus ihrem Griff zu winden.

Sofort bemächtige sich der Hass wieder ihrer Züge und sie drückte ihn erneut in die Scherben. »Sorgst du dich etwa um dein hübsches Gesicht? Lass dir gesagt sein, alter Mann: Du bist nicht mehr schön! Du bist überhaupt nicht mehr schön und wirst dich schon gleich nicht wiedererkennen!«

»Hör sofort auf damit!«, zerschnitt eine gellende Stimme den Raum.

Überrascht blickte die Frau aus dem Spiegel auf, den blutigen Kopf des stöhnenden Direktors noch immer in den Händen.

Der Concierge stand im Raum. Stand einfach da, als wäre er nie weggewesen. Seine Hand und Teile seines Gesichts waren verbrannt, er sah mehr tot als lebendig aus. Blut verklebte seine Haare und einen Teil seines Gesichts. Dennoch war da etwas, das Sophie sofort auffiel. Seine Augen. Seine Augen hatten einen anderen Glanz. Sie wirkten wach und klar, als habe er etwas Wichtiges begriffen.

»Es ist zu Ende«, sagte er leise und ging langsam auf die beiden zu. »Ich habe dein grausames Spiel viel zu lange mitgemacht, Mutter.«

Kapitel 50

DER SALON DER ERINNERUNG

Mutter? Sophies Kopf pochte, drohte, einfach in Rauch aufzugehen. Wenn der Concierge ihr Sohn war, dann …

Der Direktor hatte denselben Gedankengang. Er starrte den Concierge aus blutüberströmten Augen an, öffnete und schloss den Mund, ohne etwas zu sagen.

Sie hatte ihr eigenes Kind benutzt, um ihre Rache zu bekommen.

»Was hast du hier verloren?«, fragte die Frau aus dem Spiegel leise, ohne ihren Sohn anzusehen. »Hast du nicht etwas anderes zu tun?«

»Nein, Mutter.« Es fiel dem Concierge offensichtlich schwer, ihr zu widersprechen. Sein Gesicht war die Bühne eines ganz eigenen Dramas, auf dem sich Angst, Wut und Entschlossenheit abwechselnd die Schau stahlen. »Du hast genug angerichtet. Wir haben genug angerichtet. Es ist Zeit, dass wir damit aufhören. Ich halte es nicht mehr aus.«

Die Frau aus dem Spiegel ließ den sprachlosen Direktor fallen wie einen nassen Sack und baute sich vor dem Concierge auf. »Du widersprichst mir nicht!«, sagte sie immer noch leise, aber deutlich schärfer. Und versetzte ihm eine schallende Ohrfeige.

Der Kopf des Concierge flog zur Seite, doch er gab keinen Mucks von sich. Er spuckte Blut aus, sah seiner Mutter dann wieder fest in die Augen. »Ich habe lange genug deine Befehle ausgeführt. Deine Launen ertragen, deine Verbrechen mitgemacht. Ich wollte nur, dass du mich liebst, doch …«

»Wie könnte ich *dich* lieben!«, ging sie schrill dazwischen. »Ein Blick in dein Gesicht ist wie ein Schlag in meins. Du siehst aus wie er und ich hasse dich dafür. Ich hasse dich mehr, als ich es ausdrücken kann.«

Der Concierge erwiderte nichts. Er atmete schwer, sein Brustkorb hob und senkte sich rasch. Entweder, dachte Sophie, würde er seine Mutter zerfleischen – oder einfach nur umfallen.

Nichts dergleichen geschah. Dann fuhr der Concierge leise fort, als hätte er die nächsten Worte sorgsam auswendig gelernt. »Du hast mich diesen … Frauen überlassen. Du warst nicht da. Du holst mich in dieses Hotel. Und dann verachtest du mich.«

Ein Stöhnen erhob sich vom Boden und der Direktor kniete sich vor den Concierge. »Mein Sohn«, stammelte er schwach und griff nach seiner Hand. Der Concierge riss sie fort, ehe sein Vater sie erreichen konnte, verhinderte ihre erste Berührung und funkelte ihn an. »Ihr widert mich an! Ihr widert mich beide so sehr an!« Er schluchzte unkontrolliert auf. »Ihr habt mein Leben zerstört. Ihr habt all die anderen Leben zerstört.«

»Ich … ich wusste doch nicht, dass du hier bist«, begann der Direktor. »Ich habe es immer vermutet. Gespürt. Aber ich konnte nichts tun.«

»Weil du dich versteckt hast. Vor ihr, aber auch vor mir. Ihr habt immer nur an euch gedacht.« Er blickte sich um. »Seht, wohin es uns gebracht hat.« Mit kraftlos hängenden Schultern wandte er sich um, ein Schatten huschte über sein versehrtes Gesicht. »Macht nur weiter«, sagte er leise, »ihr habt euch verdient.«

»Du bleibst, wo du bist.« Mehr sagte sie nicht. Sie drehte ihm den Rücken zu und schloss die Augen. »Sie sind hier.«

Etwas betrat den Raum. Man fühlte es eher, als dass man es sah. Eine Präsenz, die ihre Ankunft verkündete wie die Stimmung vor einem vernichtenden Gewitter.

»Was …«, meinte der Concierge hilflos und blickte in der Halle umher.

Drei Frauen. Eine Gestalt. Bosheit entströmte ihnen in dichten Wogen.

»Du wirst nirgendwo hingehen«, sagte die Frau aus dem Spiegel leise. Noch immer blickte sie ihn nicht an. »Wir werden nirgendwo hingehen. Das ist das Ende.«

»Es reicht, Mutter!« Der Concierge nahm all seine Kraft, all seinen Mut zusammen. Das war offensichtlich. »Du hast lange genug über mich entschieden.«

»Oh, ich vielleicht schon«, meinte sie und warf einen prüfenden Blick auf ihre Fingernägel. »Aber die nicht.«

Die drei Gestalten, die eigentlich eine waren und dann doch wieder nicht, kamen näher, schlossen den Kreis. Verstehen breitete sich auf den Zügen des Concierge aus.

»Hier habt ihr sie«, wandte sich die Frau aus dem Spiegel an die konturlosen Wesen. »Zumindest ich halte mich an meinen Teil der Abmachung.«

Ein Knistern, ein Rascheln, ein Wispern. »Du hast deine Rache bekommen. Mehr haben wir nicht versprochen. Nie. Wir halten ebenso unser Wort.«

»Was soll das?«, fragte der Concierge und wich unsicher zurück.

»Stell dich nicht so an, Schätzchen, ich musste diesen greisen Weibern etwas versprechen, um zu kriegen, was ich wollte.« Ein dunkles Funkeln loderte in ihren Augen, als sie sich wieder dem Direktor zuwandte. »Eine Seele war ihnen zu wenig, also hatte ich keine andere Wahl.«

Etwas zerbrach endgültig im Concierge. »Du hast mich geopfert«, sagte er emotionslos. Kraftlos blickte er seinen Vater an. »Und du hast mich vor die Hunde gehen lassen. Obwohl du es in der Hand hattest.«

Hass. So viel Hass überforderte Sophie. Sie dachte an ihre Eltern, gefangen hinter den Spiegeln, sie dachte an den Ausdruck auf ihren Gesichtern. Da war nur Liebe gewesen, Liebe und Angst um sie, ihre Tochter. Und das hier … das hier überstieg alles Menschenmögliche. Wie konnte man seinem eigenen Kind nur so etwas antun?

»Was sollte ich denn tun?« Die Frau aus dem Spiegel zuckte mit den Achseln. »Diese Dinge entscheidet man aus dem Bauch heraus. Ich brauchte mehr Zeit, also musste ich mir etwas einfallen lassen.«

Leben geriet in den Direktor. »Bitte nicht.« Aller Mut, alle Selbstsicherheit war aus ihm gewichen. Er hatte versucht, Stärke zu demonstrieren, und hatte schlussendlich doch versagt. »Verschone wenigstens ihn, ich flehe dich an. Ich bitte dich nicht, mich zu verschonen. Ich weiß, was ich getan habe, doch ich hatte keine Wahl. Mein Ruf, das Hotel, du verstehst. Ich …« Er leckte sich über die blutigen Lippen. »Ich wollte doch nicht, dass dir etwas zustößt.«

»Oh, aber sicher.« Sie strich ihm über die Wange und stieß ihn dann neckisch von sich. »Endlich kriechst du vor mir.«

Es war vorüber, als es noch gar nicht wirklich begonnen hatte. Mit einem verzweifelten Aufschrei stürzte sich der Concierge auf seine Mutter, wurde wie beiläufig zur Seite gestoßen von ihr, stolperte gegen den Direktor. Sie sahen sich einen endlosen Augenblick an, berührten sich das erste Mal in ihrem Leben.

Dann waren sie da. Wie Spinnen wickelten die Gestalten den Direktor und den Concierge ein, verwoben sie emsig mit tiefen Schatten. Ihre Gesichter schmerzverzerrt, ihre Münder weit aufgerissen in einem lautlosen Schrei, wurden der Direktor und sein Sohn in die Schatten gezogen. Damit brach die Mauer des Schweigens. Schreie der Agonie, unerträgliche Schmerzen, endloses Leid fluteten den Raum, als wäre ein Damm gebrochen. Sophie ging in die Knie, presste sich die Hände auf die Ohren, krümmte sich, als würde sie die Schmerzen selbst fühlen.

»Wartet nicht mit dem Abendessen«, rief die Frau aus dem Spiegel grausam fröhlich, »ich brauche noch ein Weilchen.«

Die drei Frauen verharrten, für einen kurzen Moment sah Sophie wieder die Ruinen, die einst ihre Gesichter gewesen waren. »Du gehörst uns, Zimmermädchen«, konnte Sophie verstehen. Es lag eine Endgültigkeit in diesen Worten, die ihr die Haare zu Berge stehen ließ.

»Nicht bevor ich dieses kleine Flittchen auseinandergenommen habe. Es ist mir äußerst lästig geworden.«

Noch bevor die drei alten Frauen verschwanden, dämmerte Sophie, dass sie in großen Schwierigkeiten war. Die Aufmerksamkeit hatte so lange nicht auf ihr gelegen, dass sie es beinahe körperlich spürte, als sich die Frau aus dem Spiegel ihr zuwandte.

»Du denkst wahrscheinlich, ich sollte dir danken, weil du dieses feige Schwein endlich aus seinem Turm gelockt hast«, gab sie durch zusammengepresste Zähne von sich. »Aber ich muss dich enttäuschen, Dummchen. Heute gibt es hier für niemanden ein erfreuliches Ende.«

KAPITEL 51

DIE HOTELHALLE

Sophie hatte genug gehört. Hatte festgestellt, dass jetzt nicht der richtige Zeitpunkt für törichte Tapferkeit war. Sie floh. Hals über Kopf stürzte sie aus der Tür, kämpfte sich die schief in ihrer Verankerung hängende Wendeltreppe hinauf, schnitt sich den Arm an einem scharfkantigen Stück Metall auf, stolperte, hinkte weiter. Als sie nach einem schier endlosen Aufstieg oben angekommen war, stand die Frau aus dem Spiegel längst im Gang, lässig neben einem Spiegel an eine Wand gelehnt.

»Wie süß.« Sie schlenderte betont langsam auf Sophie zu, ihr Blick hungrig, ihre Hände unruhig. »Hast du es noch nicht begriffen? Ich *bin* dieses Hotel. Ich kontrolliere es, wie ich meinen Körper kontrolliere, bin überall und nirgendwo zugleich. Wie willst du mir denn entkommen? Du schaffst es ja nicht mal, deine Freunde zu retten. Wie verkraftest du es, dass du sie für deine lächerliche Suche geopfert hast?«

Sophie ließ sich gar nicht erst auf die Provokation ein. Wieso dachte sie dann dennoch an Max, den sie zurückgelassen hatte?

»Wieso kannst du die Spiegel plötzlich verlassen?«, fragte sie, um Zeit zu gewinnen. Fieberhaft ging sie den Grundriss im Kopf durch. Wohin sollte sie fliehen?

»Weil es vorbei ist«, sagte sie. »Weil ich habe, was ich wollte.«

»Fühlt sich bestimmt super an!«, rief sie und eilte den nächsten Gang hinunter.

»Noch nicht. Du hättest dich nicht einmischen dürfen. Ich dachte ja, deine lächerliche Angst vor Spinnen würde dich schon in den Kellern halten. Aber dann hat dein ekelhaft großes Herz plötzlich kräftiger geschlagen. Du musstest dich ja ausgerechnet in einen von ihnen verlieben wie ein dummes Schulmädchen. Jetzt wirst du sehen, wozu die Liebe führt.«

Da, hinter der nächsten Ecke. Ein Spiegel. Schon sah Sophie, wie sich das Zimmermädchen darin materialisierte. Diesmal war sie schneller. Sie schnappte sich einen herumliegenden Stein und schmetterte ihn mit voller Wucht in das Glas.

Ein wütender Aufschrei ertönte. Okay, das war ihre Chance! Rasch sammelte sie einige Steine vom Boden auf, verstaute sie in ihren Taschen und rannte weiter. Wohin, wusste sie nicht, sie hatte nur das Gefühl, nicht stehen bleiben zu dürfen.

Wieso hatten diese alten Frauen sie nicht mitgenommen?

Sophie stürmte eine Treppe hinunter und erreichte die Empfangshalle. Sie war nicht wiederzuerkennen. Als hätten sich Riesen in ihr ausgetobt, war nichts, aber auch gar nichts mehr an seinem Platz. Die Rezeption zertrümmert, der große Kronleuchter in tausend Splitter zersprungen auf dem Boden, die Drehtür aus der Wand gerissen, die Stühle und Tische in Stücke gehauen.

Wohin? Wohin jetzt? Sie spürte, wie Tränen ihre Wangen herabflossen. Ob sie Tränen der Angst, der Verzweiflung oder der Frustration waren, wusste sie nicht. Es machte keinen Unterschied. Sie wusste nicht, was sie tun sollte, war heillos überfordert. Wieso war sie so allein?

Da, eine Bewegung in ihren Augenwinkel. Sie schnellte herum, konnte gerade noch einen Stein in Richtung des Spiegels werfen. Und verfehlte ihn.

Kichernd stand das Zimmermädchen vor ihr. Sophie zwang sich, hinzusehen, brachte sich dazu, in diese hässliche Fratze zu blicken. Der Hass machte Menschen zu Monstern. Die Liebe indes machte aus Menschen Marionetten, wenn man sich zu sehr hineinsteigerte – ein Umstand, der oft automatisch zu Hass führte. All das stand versinnbildlicht vor ihr. In dieser zerstörten Frau, deren abgründiges Lachen sie beinahe um den Verstand brachte.

Blitzschnell hob die Frau aus dem Spiegel einen Stein vom Boden auf und schmetterte ihn Sophie an die Stirn. Ein grelles Stechen, tanzende Sterne. Die Welt kippte weg, als hätte man sie über einen Abgrund geschubst.

KAPITEL 52

DIE KELLER

Sie saßen da und schwiegen. Sie verhöhnten sich nicht, sie tranken nicht, sie lästerten nicht, sie beschwerten sich nicht.

»Trauerst du?«, fragte Barnaby irgendwann.

Sie spürten, dass das Hotel entfesselt war. Und taten doch nichts.

Lady Esmeralda seufzte. »Aber natürlich trauere ich, du Dummerchen.«

»Ja. Der arme General.«

»Doch nicht um ihn!«, sagte sie entrüstet. »Um mich. Ich trauere um mich. Zurückgelassen mit diesem hageren Barden, während sich der General fein aus dem Staub gemacht hat.«

»Aber Esme! Er wurde ermordert. Oder … oder so was Ähnliches.«

»Schön für ihn. Dann hat er es zumindest hinter sich.«

»Und wir?«

»Was soll mit uns sein?«

»Wir sitzen hier weiter herum, während sie dieses unschuldige arme Mädchen verschlingt.«

Stille trat ein. »Was siehst du mich jetzt so an, Barnaby? Du weißt, dass ich das nicht ausstehen kann.«

»Willst du nicht, dass es endet?«, fragte er leise.

»Das wird es eh. Die drei werden das Zimmermädchen nicht verschonen.«

»Wir könnten der Kleinen helfen. Du weißt, dass wir das könnten.«

Lady Esmeralda sagte nichts, doch eine einsame Träne lief ihre Wange hinab. »Ich habe Angst«, hauchte sie.

»Was meinst du, wie es *ihr* geht?«

Sie nickte. »Du hast recht.«

»Madame«, begann Barnaby, stand auf und deutete eine Verbeugung an. »Auf ins letzte Gefecht, wie unser lieber General gesagt hätte.«

Kapitel 53

DIE HOTELHALLE

Aus irgendeinem Grund blieb Sophie bei Bewusstsein. Mit Armen, die Schraubstöcken glichen, wurde sie auf den Boden der Halle gepresst. Staub sammelte sich in ihren Lungen, sie hustete, würgte, spuckte. Sie hatte das Gefühl zu ersticken, doch die Frau aus dem Spiegel ließ nicht von ihr ab. Ganz im Gegenteil. Je heftiger Sophie würgte, je mehr sie sich in ihrem eisernen Griff wand, desto fester drückte sie zu. Sophie fühlte, wie jegliches Leben regelrecht aus ihr herausgepresst wurde.

Sie würde sterben. Jetzt und hier. Auf dem dreckigen Boden einer verwüsteten Empfangshalle. Durch die Hände eines irren Zimmermädchens, deren Herz gebrochen worden war.

»Was willst du denn noch?«, brachte Sophie mühsam hervor. Sie kam längst nicht mehr mit, war beinahe ein unbeteiligter Zuschauer ihres eigenen Untergangs.

»Das weißt du doch ganz genau«, ereiferte sich das Zimmermädchen. Gelber Speichel tropfte von ihrem Kinn auf Sophies Wangen, ihr Gesicht war so hassverzerrt, dass es jegliche Menschlichkeit verloren hatte.

»Nein, ich …«

Ein dumpfer Schlag auf ihren Kopf. »Halt endlich deine elende Fresse! Erst spürte ich eine Verachtung in dir, die mir fast imponierte. Die mich an mich erinnerte. Doch du hast mich getäuscht, du Miststück! Kaum hast du das Hotel betreten, musste ich merken, dass dein Hass nichts war als diese ekelhaft starke Liebe. Eine Liebe, die dir wohl selbst nicht klar gewesen war, du erbärmlicher Schwachkopf. Anfangs wollte ich dich nur für meinen Plan einspannen, den Direktor aus seinem Versteck zu locken. Doch bald ging es mir einfach nur darum, dir Leid zuzufügen.« Sie spuckte aus, der Hass kehrte zurück in ihre Stimme. »Jedes Mal wenn du nur an deine Eltern gedacht hast, wurde mir schlecht. Niemand darf so lieben, niemand darf so geliebt werden. Du am allerwenigsten!« Sie lachte kurz und schrill. »Schade, dass ich nicht mit ansehen kann, wie dein kleines Herz zerbricht, wenn du diesen Jungen an die Zeit verlierst.«

Die Frau aus dem Spiegel verstärkte ihren Würgegriff und Sophie wusste, dass das Ende gekommen war. Sterne umringten ihr Blickfeld, sie konnte nicht mehr atmen.

Nur langsam sickerten die Worte des Zimmermädchens in ihren sterbenden Verstand. Sie hatte Mühe, ihnen einen Sinn abzuringen, ohne Sauerstoff versagte ihr Gehirn bedenklich schnell seinen Dienst.

Sie würde Max nie wieder sehen. So erschütternd dieser Gedanke auch war, so weckte er auch neue Kraft in ihr. So weit durfte es nicht kommen! Sie durfte nicht gehen, ohne ihm Lebewohl zu sagen! Sie erinnerte sich an etwas. Da war gerade etwas gewesen. Was hatte sie gesagt?

Jedes Mal wenn du nur an deine Eltern gedacht hast, wurde mir schlecht.

Das konnte sie haben! Mit einer letzten Anstrengung flog

Sophie in Gedanken zu ihren Eltern, umarmte sie, genoss ihre Wärme, ihre Sicherheit, ihre Liebe.

Ein Schrei wie aus den tiefsten Tiefen der Erde. Ein Jaulen, ein Geräusch, das so viel Schmerz in sich trug, als würde eine ganze Welt entzweigehen und ihr Leid kundtun.

Der Griff um Sophies Hals lockerte sich, sie spürte, wie etwas abließ von ihr, in Sicherheit krabbelte.

Dann war es ganz still.

Sophie lag reglos auf dem Boden, das Atemholen brannte wie Feuer und doch hörte sie nicht auf, gierig Luft in ihre Lungen zu saugen.

Sophie richtete sich mühsam auf und bahnte sich einen Weg durch die Verwüstung.

Nein, wirklich nicht. Es war noch nicht vorbei. Doch jetzt würde sie dafür sorgen, dass es zu Ende geführt wurde.

KAPITEL 54

DIE KELLER

Die Frau aus dem Spiegel hatte einen Fehler gemacht. In ihrem blinden Hass und in ihrer Überheblichkeit hatte sie auch Sophie einen Blick in ihr Innerstes gewährt.

Und dabei ihr Geheimnis preisgegeben.

Sophie würde das Gefühl nie vergessen, als sie die Verwandlung des Zimmermädchens am eigenen Leib gespürt hatte. Es war grässlich und grausam, voller Hoffnungslosigkeit und Todesangst. Es war aber auch sehr aufschlussreich gewesen.

Ihr Herzschlag, zunächst rasend schnell und rastlos, wird langsamer und langsamer. Statt Blut rinnt dickflüssiges Öl durch ihre Adern. Ihr neues, rot glühendes Herz pumpt das schwarze Lebenselixier in behäbigen schweren Schüben bis in die entlegensten Winkel ihres neuen Körpers.

Ihr Herz. Sophie musste ihr kaputtes Herz zum Stillstand bringen. Und diesen Wahnsinn endgültig beenden. Es war der einzige Weg.

Sie fühlte keinen Heldenmut, als sie in die Keller hinabstieg, keine noble Pflicht. Sie wusste, dass es ihre Aufgabe war, weil niemand anderes die Möglichkeit dazu hatte. Wenn sie es jetzt nicht tat, würde sie von diesem Hotel vernichtet werden.

So einfach war das.

Es fühlte sich seltsam vertraut an, wieder in den Kellern zu sein. Wenn es so etwas wie einen Rückzugsort in diesem Hotel gegeben hatte, dann waren es diese Keller gewesen. Beinahe unweigerlich atmete Sophie auf, als sie die schwere Tür hinter sich ins Schloss fallen ließ und in die Welt der unterirdischen Rohre, Spinnweben und Geheimgänge abtauchte.

Hier hatte alles angefangen. Hier würde alles enden. Sie wusste nicht, ob sie die Keller jemals wieder verlassen würde.

Instinkt lenkte ihre Schritte. Sie folgte Gängen, in denen es wärmer wurde, mied vertraute Wege, erreichte alsbald Räume, die sie noch nie betreten hatte. In einem fand sie eine alte Axt. Nach kurzer Überlegung griff sie danach. Man wusste ja nie.

Sie wuchtete eine Tür aus schwerem Eisen auf, lief eine enge Treppe hinunter. Wärmer, es wurde deutlich wärmer. Der Geruch von Öl und Metall lag in der Luft. Kein Zweifel, sie war auf dem richtigen Weg.

Die Axt kam ihr früher zugute, als sie jemals gedacht hätte. Eine weitere Tür, verriegelt mit einer Kette aus dicken Eisenringen. Drei, vier beherzte Schläge und sie brach entzwei – es fühlte sich beinahe ein wenig gut an, sich derart grob den Weg zu bahnen.

Zu weiteren Vorkommnissen kam es nicht. Bald, regelrecht zu bald stand sie vor einer gewaltigen Tür. »Heizraum« stand in alten Lettern darauf geschrieben, ergänzt um einen ganzen Roman voller Warnschilder und Verbote.

Sie war nicht verschlossen.

Wieso hält mich niemand auf?

Rechnete die Frau aus dem Spiegel nicht damit? Lief Sophie

geradewegs in eine Falle? War sie am Ende auf dem Holzweg?

Schluss mit all diesen Fragen. Jetzt zählten Taten. Sie zog mit aller Macht an der Tür und betrat den Heizraum.

Kapitel 55

DER HEIZRAUM

Hitze schlug ihr entgegen. Hitze und das wütende Gebrüll tosender Flammen. Hier stand er, tief im Inneren des Grandhotels, weit unter der Erde, in einem Nest aus schwitzend heißer Dunkelheit, Qualm und Ruß. Ein gewaltiges, dröhnendes, zischendes und glühendes Monstrum aus Metall und rot glühendem Hunger: der Ofen. Das Herz des Hotels.

Sophie spürte die alles versengende Hitze auf ihrer Haut. Sie trat an dieses übermächtige Wesen heran, studierte es aufmerksam. Hier die gewaltige Klappe, durch die der Ofen Nahrung erhielt, dort oben die dicken Rohre, die den lodernden Lebenssaft durch die Adern des Hauses pumpten. Und da ein Rad. Ein großes rostiges Metallrad zur Regulierung. Ohne Weiteres griff Sophie zu, um dem Ofen die Luft abzuschneiden, wie ihr zuvor die Luft aus den Lungen gepresst worden war.

Mit einem lauten Schrei zuckte sie zurück. Das Metall war glühend heiß, natürlich war es das. Geistesgegenwärtig schnappte sie sich die Axt, klemmte sie in das Rad und presste sich mit aller noch verfügbaren Kraft dagegen.

Nichts. Das Metallrad bewegte sich keinen Millimeter.

»Komm schon«, zischte Sophie und versuchte es wieder. Sie warf sich dagegen, zog daran, drückte, so fest sie konnte. Vergeblich. Das Rad blieb, wo es war, schien sie und ihre lächerlichen Anstrengungen zu verhöhnen.

Sie pustete gegen ihre verbrannten Hände, wischte sich Schweiß und Ruß von der Stirn. Stemmte sich wieder dagegen.

Dann kamen sie.

Von allen Seiten stürmten sie auf sie ein, Geister, Phantome, verblassende Erinnerungen. Es war das letzte Aufgebot der Frau aus dem Spiegel, das spürte Sophie. Sie war in ihrem Herzen, ein Ort, den die Frau im Spiegel selbst nicht erreichen konnte, ihr innerstes Heiligtum. Also schickte sie die Dämonen ihrer Vergangenheit, die gepeinigten Bruchstücke ihrer Seele, um Sophie in die Knie zu zwingen.

Es war ein ungleicher Kampf. Ein Kampf der Gegensätze. Liebe gegen Hass, Hoffnung gegen Verzweiflung. In dichten Wogen hämmerten Negativität und Enttäuschung auf Sophie ein, trieben ihr Freude, Zuversicht und Entschlossenheit mit gezielten Schlägen aus. Instinktiv setzte sich Sophie zur Wehr, bot alles auf, was sie hatte. Doch ihr Arsenal schmolz. Und schmolz. Und schmolz.

Noch hing Sophie am unbeugsamen Metallrad, noch versuchte sie, dem Ofen die Luft abzudrehen. Doch ihre Zuversicht war beinahe leer gesaugt.

Sie spürte eine Präsenz neben sich, etwas seltsam Vertrautes strich an ihr vorbei. Dann sah sie, wie sich vier zusätzliche Hände um das Rad schlossen.

Barnaby und Lady Esmeralda! Die letzten guten Erinnerungen des Grandhotel!

»Brauchst du Hilfe, Kindchen?«, fragte die füllige Dame und

Sophie liefen Tränen der Erleichterung die Wangen herab. Sie nickte.

»Dann mal los.« Barnaby schenkte ihr ein kurzes Lächeln. »Wird Zeit, dass dieser Spuk ein Ende hat.«

»Aber … was passiert dann mit euch?«, fragte Sophie mit tränenerstickter Stimme. »Dieses Hotel ist doch euer Zuhause!«

»Ein ziemlich langer Urlaub, das passiert mit uns«, erwiderte Esmeralda augenzwinkernd. »Und jetzt alle zusammen – los!«

Sophie konnte anschließend nicht sagen, wann das Rad endlich nachgegeben hatte. Umschwirrt von den missgünstigen Phantomen einer schlechteren Welt, unterstützt von den Erinnerungen an eine bessere … ein Endkampf inmitten des wütenden Feuers. Krachend, ächzend und quietschend gab das Rad nach. Erst widerwillig, dann kampflos und geschlagen.

Die Luftzufuhr war abgeschnitten. Der Ofen starb inmitten heulender Phantome einen qualvollen Tod. Kurz vor der Besinnungslosigkeit bildete sich Sophie ein, einen letzten Aufschrei zu hören. Dann breitete sich eine tiefe Stille aus.

Es war vollbracht.

Entkräftet ließ sich Sophie zu Boden sinken. Schlafen, sie wollte einfach nur schlafen. Sie empfand keine Freude, keinen Triumph. In ihr herrschte eine große Leere, die nur mit Ruhe gefüllt werden konnte.

»Flieh«, drang eine Stimme wie ein Rauschen zu ihr durch. »Flieh!«

Sophie war hellwach. Max!

Um sie herum rumorte es, Putz rieselte von der Decke, dann kleinere Steine. Sie wusste, was das bedeutete. Das Hotel riss endgültig entzwei. Und diesmal gab es kein Entkommen.

Kapitel 56

DAS GEHEIME ZIMMER

Ohne zu wissen, woher sie die Kraft nahm, kämpfte sie sich hoch, bahnte sich ihren Weg zurück durch die Keller, wich herabstürzenden Steinen aus, sprang über urplötzlich aufbrechende Klüfte im Boden hinweg.

Das Hotel würde nicht mehr lange stehen. Was dann passierte, wollte sich Sophie gar nicht ausmalen.

Wie sie den Aufgang zum Turm wiedergefunden hatte, konnte sie nicht sagen. Vielleicht hatte sie etwas geleitet, vielleicht hatte sie einfach nur gewaltiges Glück gehabt. Mit neuem Mut eilte sie die wankende Wendeltreppe hinauf. Risse zogen sich auch hier über die Wände, überall lagen Schutt und Steine, mehr als einmal bekam sie kleinere Brocken und Splitter ab.

Was, wenn Max nicht da war? Quatsch, er würde da sein. Er musste da sein.

Die Erleichterung, die sie verspürte, als sie ihn zusammengekauert neben Ludwig in einer Ecke des Turmzimmers sitzen sah, war dennoch so gewaltig, dass sie ihr die Sprache verschlug.

»Sophie!« Max sprang auf und warf sich ihr entgegen. Sie

sank in seine Arme, weinend, lachend, aufgelöst. »Du hast es geschafft!«, flüsterte er im Tumult und strich ihr erleichtert über die Haare.

»Es ist vorbei. Sie … sie ist tot.«

»Ist alles in Ordnung?«, fragte Max, nachdem sie sich einen Moment der Ruhe im Auge des Sturms gegönnt hatten.

Sophie nickte.

Die Realität kehrte wieder. Und mit ihr der ohrenbetäubende Todeskampf des Hotels. »Ich störe nur ungern, Leute«, meldete sich Ludwig zu Wort, »aber hat jemand eine Idee, was wir tun sollen?«

»Ludwig!« Sophie umarmte ihn. »Das vorhin war wirklich stark! Was ist passiert?«

»Der Concierge, er stürmte irgendwann einfach davon. Ich konnte Margarete nicht retten, also bin ich die Treppen hinauf gelaufen und habe Max hier gefunden. Und …« Er blickte zu den Spiegeln. »Und unsere Eltern.«

»Und was machen wir jetzt?«

»Ich glaube, ich weiß es. Kommt.« Sophie schritt zu den Spiegeln.

»Der Turm wird gleich einstürzen«, gab Ludwig zu bedenken, doch Sophie schüttelte den Kopf. »Ich glaube nicht«, sagte sie. »Ich glaube, hier sind wir sicher. Nach allem, was ich weiß, hat die Frau aus dem Spiegel keine Macht über diese Steine.«

Niemand widersprach ihr.

An den Spiegeln wandte sie sich zu Max und Ludwig um. »Es gibt etwas, was wir dieser Frau und diesem Hotel voraushaben«, begann sie. »Liebe. Das ist alles. Damit konnte ich sie vernichten. Jeder hätte das gekonnt.«

Sie wandte sich dem Spiegel zu, hinter dem ihre Eltern ausharrten. Ihr Herz pochte so heftig, dass ihre Hand zitterte.

Sie spürte Max' Hand auf ihrem Arm. »Geht es dir wirklich gut?«, fragte er.

Sie nickte schwach.

»Ich bin so stolz auf dich«, flüsterte er ihr ins Ohr und küsste ihre Wange.

Dann trat er zurück.

Sophie legte eine Hand auf den Spiegel. »Warte«, sagte Max dann und nahm ihre Hand vom Glas.

»Was ist …«, begann Sophie, doch ein Blick in seine Augen verriet es ihr. Mit diesen Augen hatte es angefangen. Und mit diesen Augen, so schien es, würde es enden.

»Wir werden uns nicht wiedersehen, habe ich recht?«

Sophie spürte, wie sich ihr Hals zuschnürte. Sie wusste nicht, was passieren würde, doch sie wusste, dass es kein gutes Ende geben würde. Kein gutes Ende geben *konnte*. Max kam aus einer anderen Zeit. Sie hatte nie allzu viel Interesse an Physik gehabt, wusste aber, dass das außerhalb dieser Mauern nicht funktionieren konnte.

Sie lehnte ihren Kopf an seine Brust, schloss die Augen und lauschte seinem kräftigen Herzschlag. Die Tränen kamen ungehindert, doch sie ließ sie zu. Es waren gute Tränen, wahre Tränen. Sie schluckte. »Ja«, hauchte sie nur, hob den Kopf und sah ihn an.

Sie küssten sich im verzweifelten Bemühen, diesen Moment tief in ihrer Erinnerung einzubrennen. Unzählige Worte gäbe es zu sagen, unzählige Dinge zu tun. Am Ende genügte ein Blick. Er sagte alles, was es zu sagen gab. Einem Blick, in dem die wahre Liebe lag, gelang so etwas mühelos. Sophie ließ ihn los, spürte, wie sie etwas verlor. Sie schenkte ihm ein Lächeln, legte ihre Hand wieder auf den Spiegel. Dachte an etwas besonders Schönes, fühlte die Wärme, die von dieser reinen Erinnerung ausging.

Apfelkuchen mit Sahne an einem Sommertag im Garten. Ihre Mutter trug einen breiten Hut, ihr Vater schenkte ihr selbst gemachte Limonade ein.

Das Glas zerrann zwischen ihren Händen. Ihre Eltern waren frei. Einen Moment lang konnte sich Sophie nicht vom Fleck rühren, so unwirklich erschien es ihr.

Dann sahen sie sich an.

Sophie bekam gar nicht mit, wie Max und Ludwig dasselbe taten. Sie fiel ihren Eltern blindlings in die Arme. Kurz darauf war das Turmzimmer erfüllt von einer Geräuschkulisse der ungläubigen Erleichterung. Ringsherum stürzte das Hotel ein, doch hier in diesem geheimen Raum herrschte die größte Freude, die dieses Hotel jemals erlebt hatte.

»Was ist nur geschehen?«, fragte ihre Mutter mit belegter Stimme. Wie sehr sie sie vermisst hatte!

»Das erkläre ich euch später«, meinte Sophie mit einem müden Lächeln. Dann fiel ihr etwas ein. »Was ist mit Margarete?«

Sie war noch immer mit ihrer Familie hinter dem Spiegel gefangen, wusste gar nicht, was hier draußen geschehen war.

»Sie hat mir zwar übel mitgespielt, aber verdient hat sie das nicht.« Ludwig trat an den Spiegel und legte seine Handfläche darauf. Nichts geschah.

Irgendwo donnerte es und mit einer gewaltigen Erschütterung ging etwas Schweres zu Boden.

»Ah, Moment!« Ludwig kramte in seiner Hosentasche. »Hier, dieses Tuch hat sie von ihrer Mutter geschenkt bekommen. Vielleicht reicht das ja.«

Ludwig presste das Tuch gegen den Spiegel. Das Glas verschwand und auch Margarete war endlich frei. Sie blickte sie an, sagte nichts, wandte dann den Blick zu Boden und sank in die Arme ihrer Eltern.

Bevor irgendjemand etwas sagen konnte, veränderte sich der Raum. Ein weißer Nebel zog auf, der die Konturen verhüllte und sich rasch über alles legte wie Zuckerguss.

Sophie spürte, wie Max ihre Hand nahm und fest drückte. Sie blickte in seine grünbraunen Augen, bis sie nichts mehr im Nebel erkennen konnte.

Kapitel 57

Zimmer 217

Ruckartig wachte Sophie auf. Sie blickte sich um und wusste für einen kurzen seligen Moment nicht, wo sie sich befand. Dann fiel ihr Blick auf den Kleiderschrank, ihre achtlos hingeworfenen Klamotten, das Fenster.

Nein, es war kein Traum gewesen, das wusste sie diesmal sofort. Aber was viel wichtiger war: Es war vorbei. Wahrhaftig vorbei.

Sie stand auf, lief auf nackten Füßen ins Zimmer ihrer Eltern. Die beiden standen ratlos herum, blickten sich um, als wüssten sie nicht genau, wie, wann oder warum sie hierhingekommen waren.

»Es ist alles gut«, sagte Sophie und kam sich fürchterlich altklug dabei vor.

»Was … was ist gestern Abend nur passiert?«, fragte ihr Vater und kratzte sich reichlich überfordert am Kopf. »Haben wir zu viel getrunken?«

»Nee, so viel könnt ihr gar nicht trinken.« Sophie winkte ab. »Ich denke, ich erzähle es euch auf der Heimfahrt. Vielleicht«, fügte sie lächelnd an, »kannst du ja was davon für dein Buch verwenden.«

Ihr Vater schüttelte verwirrt den Kopf. »Wo … wo waren wir denn?«

»Das ist jetzt nicht wichtig.« Sophie fasste sich ein Herz. »Wichtig ist nur, dass ihr wisst, dass es mir leidtut. Ich war nicht einfach in letzter Zeit.«

»Ach, Kleines«, begann ihr Vater und strich ihr über den Kopf. Wie konnte sie das bis vor Kurzem noch als lästig empfunden haben?

»Wir wohl auch nicht. Wir haben uns viel zu sehr auf unsere Arbeit konzentriert«, erwiderte ihre Mutter.

»Ja, irgendwie hat es auch mit der Inspiration in diesem Hotel nicht so geklappt, wie ich mir das vorgestellt habe. Vielleicht sollte ich als Nächstes doch diesen New-York-Roman schreiben. Was meinst du?«

Und damit war alles geklärt. Manchmal war es eben doch so einfach.

»Also gut, wer ist dafür, dass wir dieses schreckliche alte Gebäude endlich verlassen?«, fragte ihr Vater und Sophie musste schmunzeln.

»Ich bin gleich da.«

Zurück in ihrem Zimmer setzte sie sich auf das Bett. Alles war so schnell gegangen, dass sie wohl noch lange brauchen würde, um all das angemessen zu verarbeiten. Sie hatte sich verändert. Wie sehr, würde sie wohl selbst erst noch herausfinden müssen.

Sie spürte einen Stich. Sie hatte Max verloren. Für immer. Wenn er jetzt wie sie in seinem Zimmer zu sich gekommen war, dann lag das über einhundert Jahre in der Vergangenheit. Ein Gedanke überrannte sie.

Max war seit vielen, vielen Jahren tot. Sie beide hatten gewusst, dass sie keine Zukunft haben würden. Wie sollten sie auch, wenn sie nicht mal dieselbe Gegenwart hatten? Dennoch. Ein kleiner Teil von ihr hatte bis zum Ende gehofft, dass es einen Weg für ihre Liebe gab.

Ein Gedanke ließ sie aufspringen. Hatte Max nicht gesagt, er wäre mit seinen Eltern auch in Zimmer 217 gewesen? Was, wenn … aber nein, das war doch eigentlich unmöglich. Nach all den Jahren.

Oder?

Mit wachsender Aufregung durchsuchte sie das Zimmer. Immerhin bewohnte sie eines der unrenovierten Zimmer im alten Flügel. Da bestünde doch zumindest die winzige Möglichkeit, dass … Sie wusste nicht, wonach sie suchte, sie wusste nicht, wo sie suchen sollte. Sie tat es dennoch.

Unter der Matratze, nichts. In den Schränken, nichts. Sie wollte schon aufgeben und die Idee als hoffnungslos romantischen Unsinn abtun, als ihr Blick auf die alten Holzlatten des Bodens fiel. Ihr Puls raste. Eine von ihnen war locker. Versteckt unter den Latten wurde sie fündig. Ein Stück Papier, gefaltet und vergilbt.

Sophie setzte sich auf das Bett. Mit zitternden Händen entfaltete sie das Blatt.

Meine geliebte Sophie,

ich weiß nicht, wo ich anfangen soll. Es ist vorbei und hier sitze ich in meinem Zimmer. Ich bin gerettet und doch verloren. Wo bist du?

Es ist schwer zu verstehen, dass du noch gar nicht lebst, während ich diese Zeilen schreibe.

Ich habe dir nie gesagt, wie schön du bist. Wie gut du duftest. Wie wunderbar deine Haare glänzen, die du immer zu diesem Zopf bindest. Ich wünschte, ich könnte dir noch einmal in die Augen sehen, wünschte ich hätte noch einige kostbare Minuten mit dir. Ich habe das Gefühl, dir gar nichts von all den Dingen gesagt zu haben, die ich gerne gesagt hätte. Ich hoffe, du weißt es auch so.

Wir haben Unglaubliches, Unvorstellbares erlebt. Wir haben schreckliche Dinge durchgestanden, von denen ich überzeugt bin, dass wir sie nur überstanden haben, weil wir ihnen gemeinsam entgegengetreten sind! Eines Tages werden wir das Grauen vergessen haben, doch dich, Sophie, dich werde ich nie vergessen.

Ich werde nie Gewissheit haben, dass du diese Zeilen findest, aber selbst in dieser kurzen Zeit, die ich dich kennen durfte, haben wir uns blind verstanden – und deshalb hoffe ich, dass du auf dieselbe tollkühne Idee kommst wie ich.

Ich weiß nicht genau, was in diesem Hotel passiert ist, doch ich weiß, dass du uns gerettet hast. Ohne dich hätte ich es nicht geschafft. Ohne dich würde ich noch immer in diesen Kellern sitzen. Ich danke dir von ganzem Herzen – auch dafür, dass du mir bewiesen hast, dass es sich lohnt zu lieben. Ganz gleich, wie kurz oder lang.

Dein Max

Als Sophie den Brief fertig gelesen hatte, war er durchnässt von ihren Tränen. Sie faltete ihn sorgsam, verstaute ihn in ihrer Hosentasche wie einen Schatz. Dann packte sie ihre Sachen, wischte sich noch einmal über die Augen. Und verließ ihr Hotelzimmer mit der Gewissheit, die wahre Liebe empfunden zu haben.

EPILOG

DIE EMPFANGSHALLE

Es war ungewohnt und kam einem mittleren Schock gleich, die Empfangshalle wieder so intakt und voller Leben zu sehen. Draußen schien die Sonne, Gäste reisten ab, lachten, tranken, ließen Koffer zur Tür tragen.

»Hat es Ihnen bei uns gefallen?«, fragte ein blasierter Rezeptionist in der Empfangshalle. Sophie und ihre Eltern schauten sich an und zogen es vor, nichts darauf zu erwidern.

Eine Person fiel Sophie auf. Es war der Concierge, und für einen kurzen Moment war sie sich sicher gewesen, dass es immer noch der Sohn des Zimmermädchens war, der dort hinten mit einem älteren Ehepaar redete. Dann wandte er ihr das Gesicht zu. Und verlor jegliche Ähnlichkeit mit der tragischen Figur.

»Können wir, Sophie?«, fragte ihr Vater und Sophie nickte bloß.

Gemeinsam traten sie durch die Drehtür in den freundlichen Tag. Und warfen keinen Blick zurück.

Die drei alten Frauen, die in der Empfangshalle in alten Sesseln kauerten und ihnen hungrig hinterherblickten, bemerkten sie nicht. Ihre Blicke folgten ihnen noch, als sie das Hotel längst verlassen hatten.